HEYNE <

LISA STROMME

Das Erdbeermädchen

Roman

Deutsch
von Marie Rahn

WILHELM HEYNE VERLAG
MÜNCHEN

Die Originalausgabe erschien unter dem Titel
THE STRAWBERRY GIRL

Zitatnachweis *Zur Farbenlehre*:
Johann Wolfgang von Goethe, *Zur Farbenlehre*, Cotta, Tübingen 1810.

FSC
www.fsc.org
MIX
Papier aus verantwortungsvollen Quellen
FSC® C014496

Verlagsgruppe Random House FSC® N001967

2. Auflage
Vollständige deutsche Erstausgabe 07/2017

Redaktion: Steffi Korda
Umschlaggestaltung: Eisele Grafik Design, München
Satz: Fotosatz Amann, Memmingen
Druck und Bindung: GGP Media GmbH, Pößneck
Printed in Germany

ISBN: 978-3-453-41974-2

www.heyne.de

Für Dagfinn,
die Palette, auf der ich meine Farben mische

Åsgårdstrand

1893

I

Weiße Leinwand

Das höchste nicht blendende Helle
wirkt neben dem völlig Dunkeln.

Johann Wolfgang von Goethe,
Zur Farbenlehre

Ich versteckte mich in Dem Bild, in der Hoffnung, sie würde nicht sehen, was aus mir geworden war. Manchmal gelang mir das noch. Wenn ich die Augen schloss und an Erdbeeren dachte, spürte ich, wie die Fäden des eingerissenen Kleides an meiner nackten Schulter kitzelten, während Herrn Heyerdahls Pinsel über die Palette rieb und die Leinwand tupfte. Wenn ich mir Mühe gab, wurde meine Miene trotzig und doch fügsam, genau so, wie er sie festgehalten hatte. Ich spürte sogar die dünnen Stängel des Jasmins, die sich wie Spinnweben zwischen meinen Fingern verwoben hatten. Meine andere Hand hielt, zitternd vor Anstrengung, die Schale umfasst. An meiner Schulter juckte es, aber ich durfte mich nicht kratzen: nicht bewegen, nicht reden, ganz still bleiben.

Im Winter, wenn keine Gäste da waren, sah sie mich so, wie ich früher war: zehn Jahre alt, unbedarft und nützlich.

Aber mit sechzehn wurde es immer schwerer, das Erdbeermädchen zu sein. Der Spitzname hatte mich ersetzt, mich entschieden hinter sich geschoben. Kaum war Das Bild fertig und wurde im Grand Hotel ausgestellt, damit alle Gäste aus Kristiania es bewundern konnten, hatte ich diesen Titel inne, der sich verhärtete wie Farbe auf einer Leinwand. Als Kind trug ich ihn mit gezwungenem Stolz. Jetzt trug er mich. Doch der Firnis bekam Risse und blätterte langsam ab.

Mutter kniete vor dem Ofen und schwenkte den Lappen im Eimer, als badete sie ein kleines Kind. Als sie mich kommen sah, wrang sie ihn so entschieden aus, als hätte er Widerworte gegeben.

»Beweg dich, Johanne«, keifte sie. »Was trödelst du, wenn noch so viel zu tun ist? Herrgott, es ist Saisonbeginn! Heute Nachmittag kommen die Heyerdahls. Du weißt, er will das Haus hell und luftig, makellos …« Sie hob die Stimme, hielt inne und wartete auf meine Antwort. »Makellos?«

»Ordentlich«, sagte ich mit zusammengebissenen Zähnen.

»Deinen Trotz kannst du dir sparen, Mädchen.« Wie um ihren Worten Nachdruck zu verleihen, schob sie ihre bereits aufgerollten Ärmel noch höher. »Er bringt Leinwände, Farben, seine gesamte Ausrüstung mit. Da kann er nicht arbeiten, wenn nicht alles *makellos ordentlich* ist.«

Dabei war Hans Heyerdahl so etwas völlig gleichgültig. Er war Maler. Er *schuf* mehr Unordnung, als wir vier je gemacht hatten.

Ich malte mit dem Finger einen Kringel auf die Wand.

»Also, steh nicht einfach nur so da! Ich habe dir doch den Brief vorgelesen, oder etwa nicht? Laut und deutlich.«

»Ja, Mutter. Zuerst mit dem Boot, dann mit dem Wagen. Wir sollen Vater und Andreas schicken, um sie abzuholen.«

»Und deshalb müssen wir uns beeilen.«

Sie hastete an mir vorbei, reckte sich, um das hohe Wandbord zu erreichen, und knallte dann eine Holzschale auf den Ofen.

»Pflück Beeren, ja?«, herrschte sie mich an. »Die ganze Schale voll. Schnell. Danach musst du noch die Böden wischen und die Laken lüften.«

»Es ist noch zu früh dafür«, entgegnete ich. »So viele Erdbeeren werde ich erst in ein paar Wochen pflücken können.«

»Ich sagte, du sollst diesen Trotz ablegen. Los, ab in den Wald, und lass deine Widerworte gleich da.« Sie klatschte dicht vor meinem Gesicht in die Hände. »Und wenn dir dieser Thomas wieder nachläuft, sag ihm, an solcher Aufmerksamkeit bist du nicht interessiert. Hörst du?«

»Ja, Mutter.«

»Und lungere nicht in der Nähe des Hauses des anderen Malers herum. Der Sünder! Frau Jörgensen hat gesagt, er sei gestern Abend angekommen. Und er habe wieder das Böse mitgebracht. Dieser Mann ist nicht ganz da.« Sie tippte sich an die Schläfe. »Nicht wie unser Herr Heyerdahl. Nicht ganz richtig im Kopf. Geh schnurstracks an seiner Hütte vorbei. Wirf nicht mal einen Blick in den Garten. Du weißt ja, er lässt seine grässlichen Bilder draußen trocknen. Sündig, das sind sie. Er stellt seine Verdorbenheit noch zur Schau, als wäre er stolz darauf. Du hältst den Kopf gesenkt, Johanne Lien, verstanden? Denk an deinen Ruf und an den deiner Familie. Und jetzt geh, und sammle Beeren für die Heyerdahls.« Sie drückte mir die Schale in die Hand. Dann scheuchte sie mich hinaus und brummte noch etwas über meine nackten Füße und wirren Haare, während ich in die strahlende Morgensonne hinauseilte. Ich ließ sie im Wirrwarr ihres Gemurmels zurück.

Die Erdbeeren waren bestimmt noch nicht reif, sondern hart und zäh wie kleine, weiße Fäuste. Die Natur hatte ihre Farben zwar schon angemischt, aber noch nicht auf die Leinwand aufgetragen. Die Früchte und Blumen brauchten Licht und Wärme, bevor sie reifen und blühen konnten. Offenbar meinte Mutter, ich als Erdbeermädchen könnte sie kraft meiner Gedanken reifen lassen. Für sie hatte dieser Titel weniger mit meiner Beschäftigung und mehr mit Dem Bild zu tun. Er war wie eine Währung, eine Brücke, die uns mit den höheren Klassen verband, den reichen Sommerfrischlern aus Kristiania, Herrn Heyerdahls Gästen, die jedes Jahr nach Åsgårdstrand strömten.

Das Bild war ein Porträt von mir als Zehnjährige. Blaue und gelbe Farbflächen verschmolzen so, dass sich ein unordentliches kleines Mädchen in einem verschlissenen Kleid darin zeigte, dessen Falten und Risse von Schatten verdunkelt wurden. Durch den zerrissenen Ärmel wirkte meine nackte Schulter fast rein, dabei war ich von meinen wilden Streifzügen durch Gebüsch und Unterholz immer mit Schrammen übersät. Ich begriff nicht, wieso Das Bild eine Verbindung zwischen uns und den Damen schaffen sollte, die mit feinen, weißen Kleidern, Hüten und Schleifen durch den Ort stolzierten. Aber Herr Heyerdahl wohnte in *unserem* Häuschen. Das musste doch etwas bedeuten, oder nicht? Das Bild verlieh uns eine Sonderstellung. In den Augen der Gäste aus Kristiania schien dieses Gebilde aus Formen, Konturen, Farbe und Licht mich in eine Prinzessin zu verwandeln. In den Augen meiner Mutter reichte das als Beweis, dass wir praktisch dazugehörten.

Es gab nur einen Erdbeerstrauch, der schon reif sein konnte. Sein Standort war perfekt: auf einem Hügel vor einem

Wall gelegen, leicht zugänglich und den ganzen Tag von der Sonne beschienen, obwohl es noch früh im Jahr war. Das einzige Problem war nur, dass er sich in *seinem* Garten befand.

Wenn Hans Heyerdahl für Mutter wie ein Gott war, so war der Sünder für sie der leibhaftige Teufel. Andreas und ich durften nicht mal seinen Namen in den Mund nehmen. Auch nur an ihn zu denken war Verrat.

Mutter wusste nicht, was er mir gegeben hatte. Wusste nichts von unseren Gesprächen und unseren Treffen im Wald.

Der Mann war weder vornehm noch erfolgreich. Er war ein Unikat im Ort. Der Feriengast, den die Einheimischen mochten, aber nicht verstanden, nicht mal ansatzweise. Er war genauso arm wie wir und konnte kaum die Miete für seine Hütte bezahlen. So arm war er, dass wir nicht mal ein »Herr« vor seinen Namen setzten, als wäre er dessen nicht würdig.

Seine merkwürdigen Bilder kamen seinem Ruf auch nicht zugute, und es gingen Gerüchte um, er wäre trunksüchtig und verrückt. Unsere vornehmen Gäste aus Kristiania, zu denen Mutter unbedingt gehören wollte, ignorierten ihn. Den Damen war angeraten worden, den Blick von seinen Bildern abzuwenden und sich gar mit ihren Sonnenschirmen von der dort offen zur Schau gestellten Vulgarität abzuschirmen.

Draußen im Freien traute ich mich jetzt, seinen Namen auszusprechen, trat dabei aber heftig mit den Füßen auf, um meine Stimme zu übertönen. Zuerst flüsterte ich ihn, wisperte die beiden Wörter, die geradezu vor Verderbtheit troffen. Dann sprach ich seinen Namen laut aus.

»Edvard Munch.«

Als der Name meinen Lippen entschlüpfte, knackte etwas hinter mir. War ich jetzt verflucht? Auf der Stelle verdammt? Als ich herumschnellte, entdeckte ich jedoch bloß Thomas, der aus einem Birkenhain an der Straße geschlendert kam. Sein offenes Gesicht strahlte, und seine dunkelbraunen Augen funkelten trotz des hellen Sonnenlichts so deutlich, dass ich genau wusste, was in ihm vorging.

»Johanne! Warte!«, rief er. »Wohin gehst du?«

»Beeren pflücken für die Heyerdahls.«

»Kann ich dir helfen?«

Ich winkte Thomas leicht, mir zu folgen. Meine Hand fuhr über meine Schulter, nestelte am Stoff und strich die Nähte meiner Bluse glatt.

»Wie viel Zeit hast du?«, fragte er und schnappte sich meine Schale.

»Gib sie zurück!« Ich streckte die Hand aus, er aber hob sie hoch über den Kopf, wich zurück in Richtung Birkenhain und bedeutete mir, näher zu kommen. »Thomas! Für so was habe ich heute keine Zeit! Gib sie zurück.«

»Ist gut«, sagte er und ließ die Hand mit der Schale sinken. »Aber komm wenigstens mit zum Strand. Eine kleine Abkühlung kann doch nicht schaden, oder?« Er lief los und ließ mich zurück.

Ich starrte mit dem vertrauten Aufkommen von Sehnsucht aufs Meer. Diese riesige Wasserfläche bestimmte mein ganzes Leben. Das Meer hatte mich schon immer fasziniert. Es wirkte so unendlich, dass ich kaum glauben mochte, was die Fischer vom Ende des Fjords erzählten, wo dieser in die offene See überging. Das endlose Blau wurde nur hier und da von Schiffen und Segelbooten sowie der Insel Bastoy unterbrochen und konnte überall von Åsgårdstrand aus gesehen werden; der Ort selbst schien in den Steilhang geschnitzt zu sein, so als hätten die Bewohner des Fjords ein Zeichen setzen wollen.

Thomas lief schon weit vor mir. Vom Wasser angezogen, brauchte ich keine weitere Aufforderung. Unser Hügel senkte sich steil zum Meer, daher fiel es schwer, ihn langsam hinunterzugehen. Ich stolperte hinter Thomas her, durch das Viertel Nygardsgaten, bis das Gefälle unten nachließ. Wir kamen an den Fischerhütten vorbei, in denen meine Familie und ich den Sommer über hausen würden, während die Heyerdahls in unserem Haus wohnten. Aus reiner Gewohnheit wandte ich den Blick ab, als wir zu der kleinen senfgelben Hütte am Ortsende gelangten, die Munch von Frau Jörgensen gemietet hatte. Dann stürmten wir die Havnagata entlang. Die Kopfsteine fächerten sich unter uns auf und führten zur Pier und dem Badehaus auf der felsigen Seite der Küste, wo das Wasser vom Fjord hereinströmte. Erleichtert atmete ich auf und sog die frische Seeluft ein.

Thomas rollte die Hosenbeine bis zum Knie hoch und watete hinaus ins Wasser. Ich raffte Rock und Unterrock. Schlick drang zwischen meine Zehen. Draußen auf dem Meer zogen Segelboote vorbei, bewegten sich leise und verträumt mit der Dünung. Am Strand war es ruhig. Unter dem wachsamen Blick einer Mutter, die auf einem Felsen unter ihrem Sonnenschirm saß, spielten ein paar kleine Mädchen am Ufer mit Kieselsteinen. Etwas weiter entfernt schrubbte ein alter Fischer den Rumpf seines umgekippten Boots, während ein bärtiger Mann hinter ihm Knoten in ein Seil knüpfte. Ich war froh, dass sie uns keine Beachtung schenkten.

»Komm schon! Bis zu den Knien«, rief Thomas, stellte die Schale auf einem Felsen ab und ging mit großen Schritten voraus. »Wenn du dich traust!«

Ich folgte ihm. Als das Wasser über meine Knöchel stieg, spritzte es beim Gehen auf. Thomas steuerte eine Felsengruppe an, die aus dem Meer herausragte. Als Mädchen hatte ich oft dort gesessen und Meerjungfrau gespielt.

»Ich kann heute nicht weit raus«, rief ich, mir des Buches in meiner Tasche bewusst. »Nicht ohne meine Badesachen.«

»Spielverderberin!« Er schöpfte mit beiden Händen Wasser und blies dagegen, sodass dünne Fontänen um mich herum spritzten.

»Thomas!«, kreischte ich.

Wäre das Buch nicht gewesen, hätte ich ihn auch nass gespritzt. Stattdessen entfernte ich mich platschend von ihm und suchte nach Schätzen. Aber kurz darauf war er hinter mir, schlang seine Arme um meine Taille und presste seine Brust an meinen Rücken.

»Schau mal«, sagte er und zeigte auf einen Punkt am Horizont. »Eines Tages bringe ich dich dorthin, Johanne.« Als ich seinen Atem an meinem Ohr spürte, flatterte etwas in meinem Bauch und zog sich dann zusammen, weil seine Lippen über meine Haut strichen und er mit der Geschichte begann, die er so gern erzählte. »Ich nehme dich mit auf ein Abenteuer«, sagte er und senkte seinen Mund zu meinem Hals. »Ich werde Skipper auf einem großen Schiff sein.«

»Und wohin bringst du mich?«, fragte ich, als wüsste ich die Antwort nicht bereits.

»Weit hinaus aufs Meer, zuerst nach Dänemark, dann weiter nach Frankreich und Ägypten. Wir werden reich und mit Juwelen bedeckt zurückkehren. Man wird uns König und Königin von Åsgårdstrand nennen.«

»Du klingst genau wie Peer Gynt«, sagte ich, »und schau, wohin ihn seine Seefahrt gebracht hat.«

»Zumindest war er reich«, entgegnete Thomas. »Am Ende.«
Ich entwand mich seinen Armen und drehte mich zu ihm um.

»Nein, er war selbstsüchtig und hat all seine Reichtümer verloren.«

Thomas zuckte die Achseln. »Aber du kommst trotzdem mit mir, eines Tages. Oder nicht, Johanne?«, fragte er unsicher. Sein Selbstvertrauen sank wie der Wasserspiegel in einem löchrigen Eimer.

»Wer weiß.«

»Willst du denn nicht sehen, was da draußen ist?«, fragte er und umfasste meine Hände. »Es *erforschen*?«

Ein Schiffshorn ertönte dumpf auf dem Fjord. Als ich mich umwandte, sah ich die *Jarlsberg* auf die Pier zusegeln; ihre Fahnen flatterten im Wind, um von ihrer Ankunft zu künden.

Ich hob meine Röcke noch höher und schüttelte den nassen Saum aus, als ich zum Strand zurückrannte, um meine Schale zu holen.

»Warte!«, rief Thomas. »Johanne, komm zurück!«

»Keine Zeit!«

»Aber so warte doch! Johanne, bleib stehen!«

Ich eilte schon davon.

»Heute Abend gibt es einen Tanz. Im Grand Hotel«, rief er, »Du kommst doch, oder?«

»Vielleicht«, rief ich zurück. *Vielleicht. Wenn mich meine Mutter bis dahin nicht umgebracht hat.*

Ich rannte quer über den Strand, über Felsen und Seetanghaufen. Meine Füße kannten den Weg und fanden leicht die glatten Pfade, die unzählige Badende in vielen Jahren ausgetreten hatten. Ich schnappte mir die Schale und eilte am Wassersaum entlang, vorbei am Grand Hotel zu dem Weg, der in den Fjugstad-Wald führte. Munchs Haus war auf einem steilen Hang erbaut, sodass der Pfad unterhalb der Hütte entlangführte. Die Obstbäume und Beerenbüsche auf der anderen Seite des Zauns winkten mich mit ausgebreiteten Armen heran.

Der Zaun hatte mich noch nie aufgehalten. Ich stellte meine Schale auf einen Pfosten und hob meinen Rock bis zu den Knien, während ich an den Fenstern der Nachbarhäuser nach Zeugen für mein Vergehen suchte. Doch außer den kreischenden Möwen über mir sah und hörte ich nichts. Ich stieg mit den Füßen auf den Draht und schaukelte ein bisschen, als er unter meinem Gewicht nachgab. Mein Rock zerriss an einem hervorstehenden Holzsplitter, als ich hinübersprang.

Ich landete im hohen Gras, wich den Brennnesseln aus und machte mich daran, die Büsche nach Beeren abzusuchen. Doch obwohl ich die Zweige mit den zarten, weißen Blüten und den gezackten Blättern gründlich absuchte, fand ich nichts. Also kniete ich mich hin, kroch über den Boden und suchte das Unterholz ab. Ich tauchte meine Arme in die dichte Hecke und zerkratzte mir dabei Finger und Unterarme, bis leuchtend rote Striemen auf meiner Haut erschienen. »Ach, verdammt!«, schimpfte ich. »Diese verfluchten Heyerdahls!« Mein Gesicht steckte tief im Gebüsch.

»Du verschwendest nur deine Zeit.«

Die Stimme stieß eine Tür zu meinen Erinnerungen auf. Ich ließ die Blätter in meiner Hand los und spürte, wie mir ein Schauer über den Rücken lief.

Mit brennenden Armen drehte ich mich um und fand

mich Munch gegenüber, der auf mich herabblickte. Er trug eine dunkle Jacke, die ihm so lose von den Schultern hing, als hätte er sie von einem älteren Bruder geerbt. Eine graue Weste hielt ihn zusammen. Er hatte einen sinnlich geformten Mund, den ich mich kaum anzuschauen traute. Die volle, geschwungene Oberlippe wurde von einem dünnen Schnurrbart umrahmt, und seine Unterlippe war prall und weich, fast wie bei einem Kind. Er hatte starke Kieferknochen und fahlblaue Augen, aus denen die Traurigkeit sprach. Ich hatte den Eindruck, diese Traurigkeit war kein vorübergehendes Gefühl, sondern etwas, das ihm immer zu eigen war, wie ein Anker.

»Johanne?«, fragte er mit dem Anflug eines Lächelns.

»Ja, ich bin's.« Ich strich meinen zerrissenen Rock glatt. »Mutter wollte, dass ich Beeren für die Heyerdahls sammle.«

»Meine Schwester und ich haben die reifen heute Morgen gepflückt«, sagte er. »Komm mit zum Haus.«

Zuerst wollte ich ablehnen. Mutter würde mich bei lebendigem Leib häuten, wenn sie erfuhr, dass ich dabei ertappt worden war, wie ich Erdbeeren stahl – und dann auch noch von ihm. Aber mit leeren Händen konnte ich nicht zurückkommen, und Munchs Gesicht war zwar ernst, aber sein Blick freundlich.

»Wir dürfen doch nicht zulassen, dass Hans keine Erdbeeren bekommt, oder?«, bemerkte er und nahm meine Schale vom Zaun.

Er hielt ein beigefarbenes Skizzenbuch mit abgewetzten Rändern in der Hand. Das Deckblatt war mit Kritzeleien und Kaffeeflecken beschmiert. Er steckte es sich unter den Arm und machte sich an den Aufstieg. Ich folgte ihm, trat in seine Fußspuren und tappte mit schmutzigen Sohlen über das

Gras, das er mit seinen Stiefeln platt gedrückt hatte. Als ich zur Hügelkuppe hinaufschaute, fielen mir sofort die Bilder ins Auge.

Zwei Leinwände, fast so groß wie ich, ragten über uns auf. Wie Sonnenanbeter lehnten sie an der Mauer des dunkelroten Gebäudes, das Munch vorübergehend als Atelier diente. Die Bilder waren so faszinierend, dass ich den Blick nicht von ihnen abwenden konnte. Eines zeigte eine Dame, eine dunkle Gestalt, die tieftraurig auf etwas blickte, was aussah wie ihr eigener Schatten. Sie wirkte so verzweifelt, dass meine Brust sich zusammenzog und sich in meiner Kehle ein Kloß bildete.

Das andere Bild zeigte eine Szene im Grünen. Ein Mann und eine Frau ruhten sich unter einem Baum aus. Die Frau trug eine hellblaue Schürze und hielt eine Schale mit roten Früchten in den Händen, die meine Neugier weckten und irgendwie meine Traurigkeit vertieften. Am liebsten hätte ich die Hand ausgestreckt und das Paar berührt. Die beiden wirkten verletzlich.

Als wir die Hütte erreichten, rief Munch nach seiner Schwester. »Inger! Johanne sucht Erdbeeren.«

Ich blieb draußen, während er die Stufen zur Hintertür hinaufging.

Als ich mich wieder dem Paar auf dem Bild zuwandte, entdeckte ich, dass die Frau mit den Früchten guter Hoffnung war; ihr Bauch ragte über der Schale empor. Die Früchte waren Kirschen, und der Baum war wie die Frau üppig und auf dem Höhepunkt seiner Reife. Der Mann hingegen war müde, und seine Glieder waren schwer. Zusammengesunken saß er auf einem Baumstamm, neben ihm lehnte ein Gehstock. Im Zentrum des Bildes verschandelte die kreisförmige

Schnittwunde eines frisch geschlagenen Astes den Baumstamm und beraubte beide ihres Glücks.

»Hallo«, sagte Inger, die in der offenen Tür erschienen war.

Widerstrebend löste ich meinen Blick von den Bildern und sah sie gezwungen lächelnd an. Sie trug von Kopf bis Fuß schwarz, abgesehen von einem weißen Rüschenkragen, der ihren Hals umschmiegte. Ihre dunkelbraunen Haare hatte sie zu einem strengen Knoten zurückgebunden.

»Die haben wir heute Morgen gepflückt«, sagte sie und präsentierte mir eine Schale, als schuldete sie mir die Erdbeeren darin. »Es ist reichlich davon da.«

Ich warf einen Blick auf das Häufchen Erdbeeren und wusste, dass sie mehr nicht hatten.

Inger ähnelte Munch, aber ihr Ausdruck war offener als seiner, und ihre Augen waren dunkler und größer. In gewisser Hinsicht wirkte sie wie die Frau auf dem Bild, die von ihrem eigenen Schatten gequält schien.

»Die sind für die Heyerdahls«, sagte ich mit schlechtem Gewissen.

»Ja, ich habe von hier oben das Schiff ankommen sehen – wir haben einen prächtigen Ausblick«, erwiderte sie und überreichte mir lächelnd die Schale. »Du bist doch das Erdbeermädchen, nicht wahr? Bist ganz schön gewachsen seit letztem Sommer.«

Munch tauchte wieder aus dem Haus auf. »Die Personen auf Bildern wachsen und verändern sich, Inger, wie das Leben. Sie *sind* das Leben. Sie verändern sich mit unseren Stimmungen und der Tageszeit. Sind jedes Mal anders, wenn wir sie ansehen.«

Ich beobachtete ihn, während er sprach und dabei Figuren in die Luft malte. »Wie läuft's mit deinen Bildern, Johanne?«

»Ach, es sind nur Skizzen«, sagte ich rasch. »Ich habe keine Farben. Die würde Mutter zu schmutzig finden. Aber ich lese täglich in dem Buch, das Sie mir gegeben haben.«

»Komm doch morgen wieder«, sagte er. »Du könntest ein paar von meinen Farben haben. Ich wollte welche mischen, aus …« Seine sanfte Stimme verstummte, und seine Hände beschrieben Bögen, als wollten sie den Satz beenden.

»Das würde Mutter nicht erlauben.«

»Sie muss doch nichts davon erfahren, oder?« Er warf einen vielsagenden Blick auf die Erdbeeren in meinen Händen.

»Vermutlich nicht.«

»Dann also bis morgen«, sagte er. »Ich werde eine Leinwand für dich beiseitelegen.«

Die Sonne schien heiß auf meinen Rücken, als ich Nygardsgaten hinaufrannte, und erinnerte mich daran, wie spät es schon war. Mit meinem zerrissenen Rock und den schmutzigen Armen kam ich mir vor wie eine Skizze, zerknüllt und weggeworfen, wie eine Idee, die durchgestrichen worden war. Doch ich konnte nur an morgen denken. Morgen würde ich ihn wiedersehen. Morgen würde ich malen.

Mutters Freundin Frau Berg stand an unserer Gartenpforte, als ich die Spitze des Hügels umrundete. Sie war mollig, hatte aufgeplusterte Backen und wirkte von ihrer kurzen Strecke den Berg hinunter genauso erschöpft wie ich von dem langen hastigen Aufstieg. Ihr riesiger Busen hing über dem Zaun, der sie bei ihrem täglichen Schwatz mit meiner Mutter kaum stützen konnte. Ich verlangsamte meinen Schritt.

»Du meine Güte, Johanne, sieh dich nur an«, sagte Frau Berg und starrte auf mein Kleid und die schmutzigen Füße. »Warst du im Krieg?«

Sie war eine Waschfrau und wie meine Mutter besessen von gestärkten Kragen und makellos sauberen Röcken. Schmutzflecken auf Kleidern waren ein Zeichen für den befleckten Charakter eines Menschen. Für Frau Berg war ich ein hoffnungsloser Fall.

Mutter kam aus der Küche geeilt. Sie hatte ihren besten Rock mit den Nadelstreifen und die weiße Bluse angezogen, die sie sonst nur in der Kirche trug. Ihr schmaler, ohnehin schon angespannter Körper straffte sich noch mehr, als sie mich erblickte. »Wo *warst* du denn, Johanne? Es ist schon nach zwölf. Sie werden jede Minute da sein. Ich musste mich ganz allein um die Böden und Laken kümmern.« Sie blickte auf den Riss in meinem Rock. »Wie ist das denn … Jetzt *sieh* dich nur an«, sagte sie mit schriller, erboster Stimme.

»Du wolltest doch eine ganze Schale«, erwiderte ich.

Sie presste die Lippen zusammen, und ihre Wangen blähten sich, als würden sie mit heißem Dampf gefüllt. Wären wir allein gewesen, hätte sie mir eine heftige Ohrfeige versetzt, aber Frau Bergs Knopfaugen dämpften ihren Zorn. »Siehst du, Benedikte«, bemerkte sie, »genau deshalb braucht sie eine Arbeit. Sie rennt den ganzen Sommer wie ein Straßenkind herum. Zugegeben, sie verkauft Beeren, aber als Hausmädchen wird sie uns mehr einbringen.«

»Was soll das heißen?«, fragte ich.

»Frau Berg und ich haben dir Arbeit besorgt. Du wirst als Hausmädchen für Admiral Ihlen und seine Familie in Borre arbeiten.«

»Aber ich pflücke doch Erdbeeren«, sagte ich ungläubig.

»Das wirst du auch weiterhin tun. In deiner Freizeit. Aber von Montag bis Samstag bist du nun ein Hausmädchen. Du fängst morgen an.«

2

Grundierung

Beim Kolorieren war das
unterlegte gleichsam getuschte Bild
immer wirksam.

Johann Wolfgang von Goethe,
Zur Farbenlehre

Als sie eintrafen, wusch ich mir gerade an der Wasserpumpe die Füße. Leises Hufgeklapper ertönte von der staubigen Straße, und als ich aufblickte, sah ich ein geflecktes Pony, das sich gegen das Gewicht eines schwer beladenen Wagens stemmte. Es nickte mit dem Kopf, als wollte es Kraft aus seinen Muskeln am Nacken ziehen. Das Fell glänzte vor Schweiß.

Mein Vater wirkte auf dem Wagen fehl am Platz. Er war Segelmacher und benutzte sonst nie Wagen oder Pferd; es war ihm unangenehm, bis auf die Knochen durchgerüttelt zu werden. Lieber ließ er sich sanft vom Meer wiegen. Der Karren war eine Leihgabe von Vaters Freund Svein Karlson, aber mein Bruder Andreas war derjenige, der ihn fahren konnte. Er saß in der Mitte, flankiert von Vater und Herrn

Heyerdahl. Er zügelte das erschöpfte Pony und brachte den Wagen zum Stehen. Mutter hatte Andreas gezwungen, seine Sonntagssachen anzuziehen. In seinem weißen Hemd und der schwarzen Weste wirkte er ziemlich steif. Selbst seine Kappe war gebürstet worden.

»Gut gemacht, Junge«, sagte Herr Heyerdahl mit dröhnender Stimme und schlug Andreas leicht aufs Knie.

Andreas war dreizehn und so schüchtern, dass er kaum sprach. Mit an die Brust gepresstem Kinn sprang er vom Wagen und band die Zügel des Ponys an unseren Zaun.

Herr Heyerdahl hatte seit letztem Jahr zugenommen. Die Knöpfe seiner Weste kämpften gegen den Druck seines vorragenden Bauchs, den er umklammerte, als er schwer atmend ausstieg. Sein Bart war ebenfalls gewachsen und verjüngte sich unter seinem Kinn zu einer ordentlichen Spitze. Vater war bereits im hinteren Teil des Wagens und half Frau Heyerdahl, einer spröden Dame mit Blümchenhaube. Sie saß eingezwängt zwischen Schrankkoffern und riesigen Leinwänden, die jeden Moment umzukippen und sie unter sich zu begraben drohten. Ihre beiden Kinder Sigrid und Hans sprangen vom Wagen und flitzten durch den Garten wie zwei Vögel, die ihrem Käfig entkommen waren.

Mutter eilte herbei, um ihre Gäste zu begrüßen. »Willkommen zurück in Åsgårdstrand«, sagte sie mit süßlicher Stimme.

Mit besonderem Nachdruck betätigte ich den Schwengel der Wasserpumpe, um ihre Plattitüden zu übertönen.

»Sara, wie schön«, erwiderte Herr Heyerdahl. »Halvor hat mir erzählt, dass Sie wieder alles getan haben, damit wir es gemütlich haben. Sie sollen sich nicht solche Umstände machen.«

»Aber das sind doch keine Umstände«, wehrte Mutter überschwänglich ab. »Ich hoffe, es ist alles zu Ihrer Zufriedenheit.«

Während sie weiterplapperte, merkte ich, dass Herrn Heyerdahls Aufmerksamkeit abschweifte und er nur noch aus Höflichkeit weiterlächelte. Über Mutters Schulter hinweg sah er mich an wie ein Mann, der über Bord gegangen ist und Hilfe suchend den Arm ausstreckt. »Johanne!«, rief er übertrieben laut.

»Sie war Beeren sammeln und hatte noch keine Zeit, sich sauber zu machen«, haspelte Mutter. »Achten Sie gar nicht auf ...«

»Meine Güte, bist du gewachsen«, sagte er. »Aber du hast immer noch die kornfeldfarbenen Haare und diese wunderhübschen blauen Augen.«

Ich schüttelte das Wasser von meinen Füßen und senkte den Kopf. »Hallo, Herr Heyerdahl«, sagte ich. Ich mochte vielleicht der vollkommene Gegensatz zu meiner Mutter sein, aber unhöflich war ich nicht.

»Du hast Beeren gesammelt? So früh im Jahr? Was hast du gefunden?«, fragte er und betrachtete mich mit seinen Maleraugen.

Mir stieg die Röte in die Wangen. »Erdbeeren«, antwortete ich und spürte unangenehm den Blick meiner Mutter auf mir.

»Eigentlich ist es noch zu früh«, ergänzte sie, »aber Sie können sich darauf verlassen, dass sie Ihnen noch viel mehr bringt, wenn sie erst reif sind.« Sie suchte angestrengt nach den richtigen Worten, um seine Aufmerksamkeit von mir abzulenken. Offenbar hatte sie Angst, dass mein bloßer Anblick bewirken könnte, dass er seine Entscheidung, unser Haus zu mieten, rückgängig machte und alle zurück in den Wagen beorderte.

Aber er blieb unbeeindruckt. »Man nennt dich nicht umsonst das Erdbeermädchen. Wo hast du sie denn gefunden?«, fragte er.

»Ach, im Wald«, erwiderte ich vage.

»Wirklich, Johanne, du musst jetzt deine Stiefel anziehen«, fuhr Mutter fort. »Wir sollten die Heyerdahls in Ruhe ankommen lassen. Halvor!«, rief sie. »Was ist mit *unserer* Truhe? Ist sie schon aufgeladen?«

»Wir sind bereit, Sara«, flüsterte Vater. Seine Stimme wurde von der Stille gedämpft, die ihm zu eigen war und jedes weitere Wort unnötig werden ließ.

Ich kletterte hinten auf den Wagen und setzte mich auf die Truhe mit unserer Kleidung und Bettwäsche. Mutter ließ sich neben mir nieder und warf mir meine Stiefel und ein Paar Strümpfe zu. »Zieh das an«, sagte sie und hielt sich an der Seite des Wagens fest. »Im Ernst, Johanne, je früher du eine Uniform bekommst, desto besser.«

Andreas ließ die Zügel knallen und zog am Mundstück des Ponys, damit es umdrehte. Dann ratterten wir los, fort von unserem Haus, den Hügel hinunter zur Pier. Von meinem Blickwinkel aus schien alles rückwärts an mir vorbeizuziehen. Nicht nur die weißen Holzhäuschen mit den Fliederbüschen am Zaun, sondern auch ich. Mein Leben im Rückwärtsgang. Viele Monate hatte ich versucht, mich von Dem Bild abzugrenzen, denn das Unschuldige und Erwartungsvolle daran waren eine zu schwere Last für mich, doch jetzt sehnte ich mich schmerzlich danach. Nach der Freiheit darin. Als Erdbeermädchen hatte ich die Freiheit, durch die Natur zu vagabundieren, zu rennen und zu tanzen, ohne die Bande, die andere an ihrem Platz hielten. Ich konnte frei durch die Wälder und Felder streifen, den Strand und die Felsen erkunden. Ich war ein Vagabund, wie *er*. So fanden wir einander, immer wieder. Und morgen hätte ich gemalt. Endlich wäre ich in der Lage gewesen, das, was ich im Buch gelesen hatte, in die Tat umzusetzen, Farben anzumischen und mit ihnen auf einer echten Leinwand zu experimentieren. Stattdessen würde ich ein Hausmädchen in Uniform sein – aller Freiheit beraubt.

Ich sah meinen Sommer auf der Spitze des Hügels verschwinden, so als überließe ich ihn wie unser Haus den Heyerdahls. Diese Saison gehörte doch mir! Konnte Mutter wirklich so grausam sein, sie mir wegzunehmen?

Als wir an Munchs Hütte vorbeikamen, zuckte Mutter zusammen. »Nicht hinsehen, Johanne«, befahl sie, als der Wagen an den Bildern vorbeirollte, die immer noch vor dem Atelier in der Sonne standen.

»Das sind doch nur Bilder«, entgegnete ich. »Was können die schon schaden?«

»Johanne Lien!«

Als hätte ich etwas Gotteslästerliches gesagt.

»Ich will nicht, dass du so etwas siehst«, sagte sie und wandte sich auf ihrem Sitz ab. »Die Ärzte in Kristiania haben gesagt, solche Bilder könnten einen krank machen. Ich will nicht, dass du dir so etwas Sündhaftes anschaust. Wenigstens bist du dem jetzt den ganzen Sommer über nicht mehr ausgesetzt«, fügte sie hinzu und nahm ihre Hand vom Gesicht. »Die Ihlens sind eine überaus achtbare Familie, und du wirst dich nur in Gesellschaft von Damen befinden. Sie haben drei Töchter und tragen die feinsten Kleider in ganz Kristiania. Frau Berg kümmert sich um ihre Wäsche.«

»Wozu brauchen sie dann mich?«

»Ach, Johanne, du musst noch viel lernen.«

Ich zupfte am Riss meines Rocks und rollte die losen Fäden auf.

Als wir die Fischerhütten erreichten, war die Luft warm und weich. Normalerweise kam vom Wasser her ein belebender Wind, doch als wir jetzt einatmeten, weiteten sich unsere Lungen nicht. Es herrschte Chaos, da die Hälfte der Einwohner plappernd und klappernd in die Hütten zog und die Morgenstille zerriss.

Überall sah man Familien, Karren und Truhen. Männer trugen Kisten hoch über ihren Köpfen. Der Schweiß tropfte ihnen von der Stirn, während sie ihre Karren lenkten oder über den frischen, dampfenden Pferdedung auf dem Weg stiegen. Überall wimmelten Kinder umher, strömten die Pier entlang und rannten mit Reifen zum Badehaus; einige der Kleinen weinten wegen der Wärme und Aufregung. Hunde jagten mit heraushängender Zunge und laut kläffend Möwen. Pferde wieherten und schlugen mit ihren Schweifen nach Fliegen. Frauen fächelten sich mit ihren Hauben Luft zu, während sie versuchten, ihre Kinder, Männer und Habseligkeiten im Auge zu behalten. In der Wärme erhitzten sich auch die Gemüter, und hier und da flammte Streit über Räumlichkeiten und Schlüssel auf.

Unser Wagen hielt in der prallen Sonne. Meine Beine und Füße erstickten geradezu in den Strümpfen und Stiefeln, und ich verspürte den heftigen Drang, sie mir abzustreifen und zum Wasser hinunterzurennen. Ich schwitzte aus allen Poren. Meine Bluse war mir zu eng, und die Stangen meines Korsetts drohten meinen Brustkorb zu durchbohren.

»Kannst du nicht in den Schatten fahren?«, stöhnte meine Mutter.

»Die Straße ist blockiert«, sagte Vater, während sein Blick zu den Segelbooten in der Bucht schweifte. »Wir müssen einfach warten, bis wir an der Reihe sind.«

»Aber das könnte Stunden dauern«, protestierte meine Mutter. Vom Chaos angezogen wie von Staub auf der Fensterbank, wurde sie unruhig. »Sieh doch! Da ist Frau Hansen. Ich steige mal aus und frage sie, was los ist. Halvor – hilf mir!«

Gehorsam sprang Vater vom Wagen. Mutter stieg über die Schränkchen, Teppiche und Kerzenleuchter, die um uns herum aufgestapelt waren, und zwängte sich zum Ende des Karrens, wo mein Vater sie so ungeschickt herunterhob, dass ihre Waden zu sehen waren. Sie blickte sich um, ob das jemand mitbekommen hatte, schalt raunend meinen Vater und winkte ihm kurz zu, um sich dann in die Menge zu stürzen, fest entschlossen, alles in Ordnung zu bringen.

»Was macht sie denn?«, fragte ich.

»Ach, offenbar hat Frau Hansen unsere Schlüssel«, antwortete Vater kopfschüttelnd und begab sich zurück auf den Bock des Wagens.

»Dadurch wird die Straße auch nicht frei«, sagte Andreas, lüftete seine Kappe und wischte sich über die Stirn.

Während ich meiner Mutter nachsah, die in der Menge hinter uns verschwand, fiel mein Blick auf einen lockigen Haarschopf. Thomas. Er trug eine Palette Kabeljau. Die silbernen Schuppen des frischen Fangs glitzerten in der Sonne. Er hatte mich noch nicht bemerkt, und für einen Augenblick beobachtete ich, wie er zielstrebig die Straße herunterkam. Alles an Thomas war zielstrebig, und ich beneidete ihn darum. Seine muskulösen Arme spannten sich so zuversichtlich an, als wäre die Last der Palette gar nichts. Die Menschenmenge wirbelte um ihn herum, doch er hob nur das Kinn. Wärme wellte in meiner Brust auf und flutete mir über Hals und Wangen. Da ich keine Zeit hatte, dieses Nervenflattern näher zu untersuchen, schob ich es in die Nische meines Kopfs, die ich für nüchternes Nachdenken freihielt.

Weil meine Mutter nicht da war und Thomas näher kam, ergriff ich die Gelegenheit, drehte mich um und tippte meinen Vater an.

»Hm?«

»Hast du gehört, dass Mutter mich den Sommer über nach Borre wegschickt?«

»Sie schickt dich doch nicht weg, Schatz«, entgegnete er. Beim Gedanken an meine Abwesenheit umwölkte sich sein Gemüt, und seine Miene verdüsterte sich. »Sonntags kommst du ja wieder und vielleicht sogar an manchen Abenden, wenn man dich nicht braucht.« Da wusste ich, er hatte die »Johanne wird Hausmädchen«-Debatte schon hinter sich und wie so viele Male zuvor jämmerlich verloren.

»Ich dachte nur … heute Abend ist ein Tanz im Grand Hotel«, sagte ich, »und weil ich morgen ja wegmuss, würdest du mir vielleicht erlauben hinzugehen?«

Die Frage hing in der flirrenden Luft. Thomas kam auf uns zugestapft.

»Das ist meine letzte Gelegenheit für so etwas«, drängte ich.

Mein Vater reckte seine Hand nach hinten und strich mir über das verschwitzte Haar. »Ist gut, Schatz. Wenn du mir sagst, wann du gehst, und versprichst, nicht zu spät zurückzukommen.«

Die Arme voller Fisch, konnte Thomas nicht winken, aber

er grinste mich breit an. »Hallo!«, rief er. »Ich habe hier dein Abendessen.« Er neigte die Palette zu mir, als wäre jeder einzelne Fisch nur für mich. Ich fand den salzigen Geruch, der mir in die Nase drang, seltsam frisch und verlockend.

»Wohin gehst du denn?«, fragte ich.

»Ich liefere die bei den Damen aus. Das ist der Fang von heute Morgen. Mit Pellkartoffeln und einem Glas Bier werden sie köstlich schmecken. Du kommst doch auch zum Strand, oder?«

»Wenn ich es je von dieser Straße runter schaffe.«

»Und zum Tanz? Später? Kommst du?«

Ich nickte, worauf er erneut grinste; er hatte wieder dieses Funkeln in den Augen. Noch während er weiterging, konnte ich sehen, wie er breit grinste.

Es ging nur quälend langsam voran. Doch als die Sonne uns endlich aus ihrem sengenden Griff entließ, setzten sich die Wagen in Bewegung, und die Fesseln um unser Gemüt lösten sich, sodass bessere Stimmung aufkam. Wir luden unsere Habseligkeiten ab und schleppten alles in die Hütte. Unser Haus auf dem Hügel war alles andere als geräumig, wirkte wegen Mutters übertriebener Ordnungsliebe aber größer. Hier konnte aber selbst sie nichts ausrichten. Die Hütten waren eng und dunkel und eigentlich für Männer gedacht, die nur eine primitive Schlafgelegenheit brauchten. Sie waren horizontal aufgeteilt, was hieß, dass einige Familien oben lebten und ihre Haustüren nach Nygardsgaten hinausgingen, während andere Familien, wie unsere, unten und mit Blick auf den Strand wohnten.

Es gab jeweils drei Zimmer. Die Haustür führte direkt in die Küche, die nur mit einem Eisenofen und einer Anrichte ausgestattet war. Rechts davon befand sich ein kleines Schlafzimmer, wo Andreas und ich in einem Stockbett schliefen. Links von der Küche war das Wohnzimmer, wo Mutter und Vater Matratzen unter dem Sofa aufbewahrten, die sie abends zum Schlafen herauszogen. In einer Ecke des Wohnzimmers gab es einen alten Tisch mit Farbflecken auf der Platte, und vier unterschiedlich hohe Stühle standen darum herum.

Während wir unsere Sachen hereinschleppten, zwängten wir uns aneinander vorbei, stießen uns die Ellbogen an den Möbeln und stiegen über verwaiste Koffer. Ich fragte mich, wie die Andersons oben zurechtkamen. Sie hatten genauso viel Platz wie wir, waren aber zu siebt, mit fünf Kindern im Alter zwischen sechs Monaten und sechs Jahren.

Da die Heyerdahls nicht mehr in Sichtweite waren, gab es für meine Mutter keinen Grund mehr, sich vorteilhaft zu präsentieren, daher zog sie wieder ihre normalen Sachen an und nahm sich, mit einem Lappen bewaffnet, die Hütte vor. Andreas und ich packten aus. Mein erster Gedanke galt einem Versteck für das Buch. Ich schob es vorübergehend unter meine Matratze. Mutter würde das Bettzeug oft wechseln und die Matratzen umdrehen, um sie auszuklopfen. Also war es dort nicht lang sicher.

Ich wühlte in meinem Koffer, um ein Kleid für den Tanz herauszusuchen, aber alles, was ich fand, war eine Bluse mit Matrosenkragen und Puffärmeln, ein Baumwollrock und ein breiter Gürtel, um meine Taille zu betonen.

»Oh«, sagte Mutter, als sie mich so sah. »Tja, das war doch gar nicht so schwer, oder, Johanne? Wenn du dir jetzt noch die Haare kämmst, könntest du halbwegs anständig aussehen.«

Ich hatte ihr nichts vom Tanz erzählt. Das konnte warten, bis wir am Strand waren, wo sie wegen der Leute keine Szene machen würde. Einstweilen würde ich sie in dem Glauben belassen, ich wollte wie die Ihlens aussehen, die feinen Herrschaften aus Kristiania, deren Hausmädchen ich werden sollte.

»Könntest du dich um meine Haare kümmern?«, fragte ich.

Ihre Augen leuchteten auf, und sie eilte zu ihrem Koffer.

»Ich habe hier irgendwo die Schildpattkämme. Damit könnten wir dein Haar feststecken«, sagte sie und schob mich zum höchsten der Stühle am Esstisch. »Andreas, füll den Krug mit Wasser«, befahl sie. »Wir müssen uns alle fürs Abendessen sauber machen.«

Ich ließ es zu, dass meine Mutter mich kämmte und frisierte, hier und da Kämme anbrachte wie ein Kind bei einer Puppe. Mein Daumennagel fand einen Farbplacken auf dem Tisch, aus dem ich einen Halbmond formte, indem ich wie mit dem Bleistift vor und zurück schraffierte.

»Hör auf zu zappeln, Johanne!« Mutter zog meinen Kopf zur Seite. »Jetzt sieh dir an, was du wieder angestellt hast. Halt still, ich will dich doch hübsch machen. Du könntest so nett aussehen, wenn du nur wolltest. Das hat sogar Herr Heyerdahl gesagt. Hast du das nicht gehört?«

Nein, ich hatte nur gehört, dass meine Augen blau und meine Haare wie ein Kornfeld waren.

»Vielleicht malt er dich diesen Sommer noch einmal«, sagte sie mit einem Kamm zwischen den Zähnen, während sie meine Haare zu schmerzhaft straffen Zöpfen flocht, die an meiner Kopfhaut zerrten. »Du musst sie besuchen, hörst du? Bring ihnen Erdbeeren und Kirschen, wenn sie reif sind.« Sie nahm den Kamm aus dem Mund und kratzte damit über meine Kopfhaut, als sie meine Haare penibel feststeckte. »Niemand hat gesagt, dass du nur Erdbeeren pflücken musst.

Kirschen können genauso schön auf Bildern aussehen, oder etwa nicht?«

Ich musste wieder an die Schale auf dem anderen Bild denken: die reifen Kirschen, die schwangere Frau und die frisch geschlagene Wunde am Baum, die ihr Glück gestohlen hatte.

Wir versammelten uns am Sandstrand auf der anderen Seite der Pier. Es war nicht mehr so heiß, doch ein warmer Wind umspielte die Grüppchen der Einwohner. In einem Topf überm Feuer spülten Frauen Geschirr und Besteck. Die älteren sangen beim Arbeiten Volkslieder, während die jüngeren mit verhaltenem Respekt Melodien summten. Die Männer, müde nach einem hektischen Tag und besänftigt vom Bier, hockten auf Liegestühlen oder Fischerbooten, redeten über Netze und Holzpreise und erzählten sich schlüpfrige Witze. Zwischen dem Knacken des Feuers und dem Gesang der Frauen erhoben sich ihre Stimmen rau und brummend in die Luft. Die Kinder plantschten mit der unermüdlichen Energie, die nur ein Sommerabend erzeugen kann, im Wasser und spielten Fangen, jagten einander entzückt aufquiekend am Ufer entlang. Andreas und seine Freunde flitschten Kieselsteine und ließen sie geschickt über das sich kräuselnde Wasser hüpfen.

Die Sonne zerfloss in orangefarbenen Streifen auf der Meeresoberfläche, was mich magisch zum Wasser zog. Ich widerstand der Versuchung, meine Stiefel auszuziehen und hineinzuwaten, und ging am Strand entlang, lief seitwärts wie ein Krebs, wenn die Wellen ans Ufer rauschten. Ich hatte schon fast die Biegung der Bucht erreicht, als Thomas mich entdeckte.

»Johanne!«, rief er. »Warte!«

Ich drehte mich um und sah ihn auf mich zurennen, seine

wilden Locken hüpften. Er lief so schnell, dass ich schon dachte, er würde mich umstoßen, doch als er mich erreichte, blieb er wie angewurzelt stehen, als hätte er mich mit jemandem verwechselt.

»Was ist denn?«, fragte ich.

»Nichts – du siehst nur …« Er fuhr sich atemlos mit der Hand durchs Haar. »Bist du fertig? Für den Tanz?«

»Ja«, sagte ich und hob das Kinn.

»Du siehst … *anders* aus«, sagte er und vollendete damit seinen abgebrochenen Satz.

»Mutter hat mir die Haare geflochten.«

»Also erlaubt sie dir, zum Tanz zu gehen?«

»Sie weiß noch nichts davon. Aber Vater hat es mir erlaubt«, sagte ich, »weil es doch mein letzter Abend ist und so.«

»Dein letzter Abend? Was meinst du damit?«

»Mutter hat mir für den Sommer eine Arbeit in Borre besorgt, als Hausmädchen.«

»Ach.« Er wurde genauso bleich wie mein Vater.

»Aber sonntags bin ich hier und auch an den Abenden, wo man mich nicht braucht.«

»Als *Hausmädchen«,* wiederholte er, verwirrt von dem Wort. »Aber du sammelst doch Erdbeeren.«

Ich wusste nicht, ob er wegen meiner Eignung für diese Arbeit irritiert war oder bereits um die heimlichen Küsse trauerte, die er mir bei meinen Streifzügen in den Wäldern entlockte.

»Das kann ich immer noch«, sagte ich, »wenn ich Zeit habe.«

Er schnappte sich meine Hand und zog mich zu sich. »Dann komm, Johanne«, sagte er. »Lass uns gehen.«

Während wir den Strand zurückeilten, überflog mein Blick

auf der Suche nach meinem Vater die Menge. Es war fast unmöglich, ihn ausfindig zu machen. Halvor Lien war eine dünne, stille Gestalt, die mit der Umgebung zu verschmelzen schien – manchmal fiel es sogar schwer, ihn in einem leeren Raum zu entdecken.

Als wir so am Ufer standen und den Strand nach ihm absuchten, hörte ich meine Mutter meinen Namen kreischen wie eine verrückte Möwe. »Johanne! Ich habe überall nach dir gesucht«, rief sie und warf einen kurzen Seitenblick auf Thomas. »Was machst du denn? Wir gehen jetzt nach Hause.«

»Ich geh noch zum Grand Hotel – dort gibt es einen Tanz.«

»Auf gar keinen Fall.« Ihr Gesicht begann zu glühen. »Morgen fängst du bei deiner neuen Stelle an und musst früh aufstehen.«

»Ich hab Vater um Erlaubnis gefragt, und er hat sie mir gegeben«, erwiderte ich und wich langsam zurück.

Sie stemmte die Hände in die Hüften, während ihr meine Hinterlist klar wurde und sie erkannte, dass sie mir sogar bei den Vorbereitungen geholfen, mich frisiert und hübsch gemacht hatte. Ich dachte, sie würde anfangen, mich anzuschreien, aber da erschien Vater neben ihr und unterband den Wutausbruch, den er bestimmt vorausgesehen hatte.

»Halvor!«, stieß Mutter hervor, »sag ihr, sie geht nirgendwohin. Und schon gar nicht mit *diesem* …«

Noch bevor sie *diesem Thomas* sagen konnte, hatte mein Vater seinen Arm um ihre Taille geschlungen und fing an, sie herumzuwirbeln. Er hatte eindeutig schon ein paar Bier getrunken, vielleicht in Vorbereitung auf den unvermeidlichen Zorn meiner Mutter. »Ach, komm schon, Sara«, sagte er. »Du warst doch auch mal jung, weißt du nicht mehr?«

»Aber sie fängt ihre neue Stelle an. Halvor!« Sie wehrte sich gegen seinen Griff. »Und wenn sie zu spät kommt? Was werden sie dann von ihr denken? Was werden sie sagen?«

»Du wirst bestimmt nicht zulassen, dass sie zu spät kommt, Liebes«, sagte er. »Jetzt komm, lass dein Haar herunter, Frau. Ich habe selbst Lust zu tanzen.« Er wirbelte sie herum, zog sie zu sich und begann leicht schwankend, mit ihr zu tanzen. Lauter Beifall ertönte von einer Gruppe Männer, die in der Nähe auf einem Fischerboot saßen, und einer von ihnen hob sogar seine Flasche zum Gruß.

»Halvor!«, jammerte Mutter. »Halvor! Also wirklich!«

Das Grand Hotel lag zwischen zwei Stränden am Ende der Mole für die Dampfschiffe. Es war ein schönes, weißes Gebäude, grenzte an Havnegata und das Ufer und lag gegenüber zum Kiosterud-Haus, das Herr Heyerdahl und Munch so gerne malten. Als wir dort ankamen, erstrahlte es in voller Pracht. Aus allen Fenstern fiel Licht, und Geigen lockten uns mit einem drängenden Rhythmus hinein. Thomas fasste mich an der Hand, und dann rannten wir die Treppe hinauf.

»Komm«, sagte er. »Mein Vetter Kristian spielt.«

Die Türen standen offen, und als wir eintraten, wurden Stimmengewirr und Lachen lauter.

Aus dem Speisesaal, wo es Essen für die Sommergäste gegeben hatte, strömten Leute heraus. Kellnerinnen räumten die Tische ab, und ich hörte das Klirren von Porzellan und Besteck. Zigarettenrauch hing in Schlieren und Wölkchen in der Luft, und mit einem Mal fühlte ich mich erwachsen, kühn und frei.

Thomas führte mich in den Salon, wo der Tanz gerade anfing. Im Hintergrund saßen die Geiger auf Hockern, zuckten mit den Ellbogen, tappten mit den Füßen und waren in ihre

Musik versunken. Die Möbel waren beiseitegeschoben worden, um Platz für eine Tanzfläche zu schaffen. Die Gäste standen in Grüppchen beieinander. Ein paar hatten Stühle von der Wand gezogen und in kleinen Kreisen aufgestellt.

Mehrere Paare drehten sich bereits auf der Tanzfläche in der Mitte des Raums. Wir umrundeten sie, und Thomas winkte seinem Vetter zu. Eine Weile standen wir an der Wand und beobachteten die hereinströmenden Gäste aus der Stadt. Die Frauen trugen Abendkleider mit Rüschen, Schleifen und Turnüren. Sie waren so herausgeputzt, als wollten sie an einem Wettbewerb teilnehmen. Eine der Tänzerinnen hatte ein perlenbesticktes Kleid mit applizierten Schwalben und Schmetterlingen. Eine andere trug ein Kleid mit goldenen Blättern und Spitze. Einige hatten ihre Haare in perlenverzierten Zöpfen hochgesteckt, andere hatten Blumen im Haar und lange Korkenzieherlocken, die ihre Gesichter einrahmten.

Eine gertenschlanke Frau Anfang zwanzig stand etwas abseits. Sie trug ein hauchzartes, weißes Kleid mit kurzen Ärmeln, die die Schultern kaum bedeckten. Ihr tiefer Ausschnitt wurde von einer einzelnen roten Rose geschmückt. Das Korsett war so eng geschnürt, dass ihre Taille kaum noch wahrnehmbar war. Sie hatte ihren Rock gefasst und schwenkte ihn langsam hin und her, jedoch nicht im Takt, sondern in einem sanften Rhythmus, als hörte sie in ihrem Innern eine eigene Musik. Sie hatte blaue Augen, die durchdringend gewesen wären, hätte nicht ein glasiger Film über ihnen gelegen, und rote Locken, die ihr lose auf die nackten Schultern fielen.

Als die Musiker ein neues Stück anstimmten, fasste Thomas mich am Arm und sprang vor. »Tanz mit mir!«

Er zog mich in seine Arme und wirbelte mich so schnell herum, dass ich ein flaues Gefühl im Magen bekam. Meine

Füße berührten kaum den Boden, als wir uns im zunehmenden Tempo des Tanzes drehten. Entzückt lachte ich auf, als der Saal in allgemeinem Geschrei und Gelächter und einem Schleier aus Gold und Weiß an mir vorbeizog. Ich klammerte mich an Thomas' Oberarm und fühlte mich trotz des schnellen Tanzes wunderbar sicher. Ich blickte in seine strahlenden Augen, froh, von ihm geführt zu werden, und als die Geigen endlich verstummten und ich erneut aufsah, drückte er mir einen Kuss auf den offenen Mund.

Der Abend verging wie im Flug. Wir tranken Bier und Apfelwein gegen unseren Durst, tanzten und lachten und küssten uns. Auf wundersame Weise befreit, kümmerte ich mich nicht darum, ob man mich sah oder über mich redete. Mutter sperrte ich aus meinem Kopf aus. Schließlich suchten wir uns ein leeres Sofa, und ich kuschelte mich an die Lehne. Mir lief der Schweiß von den Schläfen, und ich musste meinen Gürtel lockern.

»Ich kriege kaum noch Luft«, sagte ich. »Wo hast du so tanzen gelernt?«

Thomas lächelte. »Das haben Seeleute im Blut.«

Er ließ sich neben mir nieder, und ich erlaubte ihm, seinen Arm über mein Knie zu legen, während wir die Tanzenden beobachteten.

Da sah ich Munch. Er saß allein an einem runden Tisch in einer Ecke des Raums. Ein leeres Glas Wein stand neben einem vollen, das anscheinend ignoriert und vergessen worden war. Ich wollte zu ihm gehen, ihm von meiner Stelle erzählen und erklären, dass sich alles geändert hatte, dass ab morgen alles anders sein würde; aber er blickte streng und zeichnete eifrig etwas in ein großes Buch. Da durfte ich ihn nicht stören. Als ich seinem Blick folgte, erkannte ich, dass er das Mädchen in dem weißen Kleid skizzierte. Sie stand noch immer abseits der anderen und schwenkte ihren Rock.

»Wer ist dieses Mädchen da drüben?«, fragte ich, halb an mich, halb an Thomas gerichtet.

»Wo denn?« Thomas setzte sich auf.

»Die in dem weißen Kleid, die da ganz allein steht.«

»Ach, das ist Miss Ihlen, eine Tochter des Admirals.«

»Ihlen?«

»Regine, die jüngste«, fuhr er fort, »aber sie wird anders genannt – Tullik, glaube ich. Sie wohnen den Sommer über in Borre.«

»Ja«, sagte ich. »Davon habe ich gehört.«

»Sieht so aus, als hätte der Verrückte sie entdeckt«, bemerkte Thomas lachend und zeigte auf Munch, der immer noch wie wild zeichnete und gerade ihr lockiges Haar und die Biegung ihrer Taille schraffierte.

»Glaubst du, er ist verrückt?«, fragte ich.

»Muss er doch. Hast du mal seine Bilder gesehen?«

»Ab morgen bin ich ihr Hausmädchen«, wechselte ich das Thema. »Ich muss ihr aufwarten, sie bedienen und ihr hübsches Kleid waschen.«

Aber Thomas hörte mir gar nicht zu. Er hatte mich am Arm gefasst und zog mich wieder auf die Füße. Willig ließ ich mich von ihm auf die Tanzfläche bringen. Dort tanzte und drehte ich mich, wo auch immer er mich hinführte; doch diesmal galt mein Blick nicht ihm. Ich konnte die Augen einfach nicht von Tullik Ihlen abwenden. Dem Mädchen, das Edvard Munch unbedingt zeichnen wollte.

3

Rot

Man darf eine vollkommen gelbrote Fläche starr ansehen, so scheint sich die Farbe wirklich ins Organ zu bohren. Sie bringt eine unglaubliche Erschütterung hervor und behält diese Wirkung bei einem ziemlichen Grade von Dunkelheit.

Johann Wolfgang von Goethe,
Zur Farbenlehre

Kurz vor fünf kehrte ich heim. Mutter, die vor lauter Angst, ich würde verschlafen, die ganze Nacht kein Auge zugetan hatte, war schon vor der Dämmerung auf den Beinen, breitete meine Kleider auf dem farbbesprenkelten Tisch aus und holte Wasser und Seife, um mich abzuschrubben.

»Du solltest gleich aufbrechen«, sagte sie und warf mir einen Waschlappen zu. »Mach dich sauber, im Gesicht und hinter den Ohren. Ich kümmere mich um deine Haare.«

Mir dröhnte der Schädel. Ich schmeckte immer noch das Bier vom Abend, der mich völlig ausgedörrt hatte. Und ich spürte immer noch die Küsse, die Thomas mir aufs Gesicht gedrückt hatte, schmeckte ihn auf meinen Lippen, als ich mir mit dem Waschlappen über den Mund fuhr.

»Was ist denn los mit dir?«, fragte Mutter und knuffte mich in den Rücken. »Steh gerade. Damen lassen sich nicht so hängen – vergiss das nicht.«

Ich ließ ihre Zuwendungen über mich ergehen, und noch bevor die Uhr sechs schlug, schob sie mich aus der Hütte und flüsterte mir letzte Befehle und Anweisungen zu. Barfuß und mit einem bequemeren Rock hätte ich für den Marsch durch den Wald nicht mal zwanzig Minuten gebraucht, doch in meinem steifen Aufzug und dem Bemühen, mich nicht schmutzig zu machen, erstrahlte die Sonne schon so hell am Horizont, dass ich, als die Kirche von Borre in Sicht kam, schon befürchtete, zu spät zu kommen.

Im Gegensatz zu Åsgårdstrand war Borre größtenteils flach und senkte sich sanft zum Meer. Im Zentrum stand die Kirche, nur ein paar hundert Meter entfernt vom spektakulären Gräberfeld der Wikinger am Strand. Die großen Hügel, unter denen Könige aus grauer Vorzeit inmitten ihrer Schätze ruhten, hatten mich schon immer mehr beeindruckt als die steinerne Kirche mit dem alten Holzgebälk.

Das Haus der Ihlens stand direkt gegenüber der Kirche auf der anderen Seite des Viertels Kirkebakken. Es war kastanienbraun, hatte einen Holzzaun und ein Schrägdach und leuchtete in der Sonne wie die Häuser in Åsgårdstrand. Mutter nannte es »das große Haus«, doch groß war es nur im Vergleich zu den restlichen Häuschen und Hütten, die die Straße säumten. Das Pfarrhaus neben der Kirche stellte das Haus der Ihlens in den Schatten und hätte Platz für jeden Einwohner des Orts geboten – doch kein Haus war hübscher und stolzer als das der Ihlens.

Ich schob das Gartentor auf und ging zur Haustür, die von vier Holzsäulen eingerahmt wurde. Als ich auf die vordere

Veranda trat, ließ ich meine Hand über das geschnitzte Geländer gleiten. Ich war unsicher, ob ich den Türklopfer betätigen oder lieber warten sollte, bis man mich entdeckte. Zwei breite Fenster flankierten die Tür und folgten jeder meiner Bewegungen wie durchsichtige Augen, tadelten mich, weil ich die Stirn hatte, an der Vordertür vorzusprechen. In einem Anflug von Panik huschte ich ums Haus und wurde von gackernden Hühnern in einem Stall begrüßt. Als ich mich vorneigte, um sie zu betrachten, und gerade meinen Finger durch den Maschendrahtzaun schieben wollte, ertönte eine Stimme vom Haus: »Du solltest dir besser eine Schürze anziehen, wenn du Miss Tulliks Hennen anfassen willst.«

Erschrocken machte ich einen Satz rückwärts. Als ich mich umdrehte, sah ich Frau Berg an der Hintertür stehen, die von ihrer massigen Gestalt ganz ausgefüllt wurde. Sie hielt eine große Zinkwanne in der Hand und hatte ein Waschbrett unter einen Arm geklemmt. Mit großen Schritten schritt sie über den Hof und rief dabei die Hennen, die scheinbar alle einen Namen hatten. »Gack-gack, Ingrid!«, rief sie. »Gack-gack! Margrete! Cecilia, heute schenkst du mir aber ein paar Eier, junge Dame, gestern hast du uns nichts gegeben. Und du, Dorothea, ich hätte gute Lust, dich zu rupfen und zum Abendessen zu braten, solltest du keine Eier für das Frühstück des Admirals rausrücken.«

So plauderte sie mit den Hühnern, während sie ihre Wanne am Brunnen abstellte, wo ein Eimer darauf wartete, gefüllt zu werden. »Hast du schon mal Hühner versorgt, Johanne?«, fragte sie und holte eine Handvoll Körner aus ihrer Schürzentasche. »Du musst mit ihnen reden, weißt du – ich bin sicher, sie verstehen jedes Wort. Nicht wahr, Dorothea? Da bist du ja, braves Mädchen, jetzt schenk mir ein paar schöne Eier.«

Sie warf die Körner durch die Futterklappe, und die Hennen stürzten sich darauf, pickten mit ihren Schnäbeln dort auf die Erde, wo das Getreide gelandet war. »Du kommst jetzt besser rein und machst dich an die Arbeit«, sagte Frau Berg. »In der Spülküche hängt eine Schürze.«

Ich folgte ihr ins Haus. Als ich einen Fliederbusch streifte, der neben der Tür wuchs, erfüllte sein Duft die Luft.

»Sie werden jeden Augenblick zum Frühstück herunterkommen«, bemerkte Frau Berg und zog eine Schürze vom Haken. »Hier, zieh die an, dann zeig ich dir alles.«

Während ich mein Schultertuch aufhängte und die Schürze überstreifte, ging Frau Berg in die Küche und erklärte mir eine lange Liste von Pflichten und Reinigungsutensilien: welche Tücher, Lappen und Putzmittel für welche Oberflächen; dass Laken, Tischdecken und Vorhänge eingeweicht und gebleicht wurden; zu welcher Uhrzeit welche Mahlzeit serviert wurde, und dass sich alles änderte, wenn Gäste im Haus waren. Sie zeigte mir das Spülbecken, den Ofen, den Stapel Holz, der ihn befeuerte, und eine Auswahl an Töpfen und Pfannen. Ich versuchte, ihren Ausführungen zu folgen, aber es waren einfach zu viele. Als sie mich durchs Haus führte, lenkten mich die feinen Damen und wichtig aussehenden Marineoffiziere ab, die mich aus ovalen Rahmen an der Wand beäugten. Aus den Wänden drang der Geruch von Kaffee und Pfeifentabak, und die Bodendielen knarzten, als wir darüber hinweggingen. Das ganze Haus schien zu neuem Leben zu erwachen, wie eine alte Dame, die nur selten Gäste hat.

Die Zimmer waren schlicht geschnitten, aber prächtig möbliert. An den Fenstern hingen geraffte Vorhänge, und auf den Böden lagen bunt gemusterte Teppiche. Der Salon, ein sattgrüner Dschungel voller Farne und Topfpflanzen, hatte hochlehnige Sessel und einen runden Kartentisch am Fenster. An der Wand stand ein Piano, auf dem in silbernen Rahmen weitere Familienbilder zu sehen waren. Im Speisezimmer war der Tisch schon mit einer weißen Tischdecke geschmückt, die Frau Berg eilig glattstrich.

»Besteck ist in der Schublade da drüben«, sagte sie und wies mit dem Kopf auf eine Kommode am Kamin. »Du kannst für vier decken. Admiral Ihlen sitzt am Kopfende, Frau Ihlen hier, mit dem Rücken zum Fenster, und Miss Tullik und Miss Nusse je auf einer Seite.«

»Nusse?«, fragte ich. »Eine Miss?«

»Miss Caroline«, antwortete sie. »Sie nennen sie Nusse.«

Ich holte das Besteck aus der Schublade und legte es ordentlich auf den Tisch. Unwillkürlich dachte ich daran, wie sehr meine Mutter es wegen der geschwungenen Griffe und der raffinierten Gravur bewundert hätte. Auch das satte, solide Geräusch beim Auflegen aufs Tischtuch hätte ihr gefallen.

»Wenn du damit fertig bist, kannst du mir bei der Zubereitung des Frühstücks helfen. Ragna hat heute ihren freien Tag, daher muss ich zusätzlich zur Wäsche auch ihre Aufgaben übernehmen.« Das zischte sie, als wäre Ragnas Abwesenheit meine Schuld. »Du wirst bis spät zu tun haben und hier übernachten«, sagte sie, bevor sie wieder in die Küche ging und mich allein zurückließ.

Bei der Aussicht auf eine lange Nacht überkam mich der Drang zu gähnen, dem ich unter dem wachsamen Blick eines Mannes mit einem dicken, schwarzen Schnurrbart in einem Bilderrahmen auf dem Kaminsims nachgab. Leise deckte ich die Teller auf, rückte das Besteck neben ihnen gerade und stellte Salz- und Pfefferstreuer in die Mitte des Tischs. Ich bückte mich, um in der Kommode nach Eierbechern zu suchen. Während ich so vornübergebeugt dastand, hörte ich Schritte auf der Treppe. Ich fuhr hoch und machte einen Satz rückwärts, weg vom Silberbesteck, als wäre ich ein Dieb. Als die Tür aufschwang, erstarrte ich.

Die Frau, die ins Zimmer trat, war klein und korpulent, doch makellos gekleidet: Sie trug einen olivfarbenen Krinolinenrock und ein Mieder mit zarten Streifen. Ihre Haare, an den Schläfen schon grau, waren zu einem ordentlichen Knoten auf dem Kopf aufgetürmt. Als sie mich entdeckte, musterte sie mich mit ihren Augen, die hellblau und fast durchscheinend waren wie das Wasser im sommerlichen Fjord. »Oh, hallo«, sagte sie. »Du bist bestimmt Johanne?«

Ich verneigte mich und knickste gleichzeitig, wobei ich etwas über die Eierbecher murmelte.

»Ich bin Julie Ihlen«, erklärte sie, »die Frau des Admirals. Lass mich dir helfen.« Sie kam zur Kommode und legte mir sanft eine Hand auf den Rücken. »Auf einer neuen Stelle muss man so viel im Kopf behalten, nicht wahr, meine Liebe?«, sagte sie. »Aber keine Sorge, du findest dich bestimmt schon bald zurecht.«

Ihre Stimme war tröstend und ihr Ton so weich wie Schlagsahne. Nicht mal Thomas sprach so zu mir.

»Ich habe gehört, du sammelst im Sommer normalerweise Erdbeeren?«, fragte sie, zog eine Schublade auf und reichte mir ein paar Servietten.

»Ja«, antwortete ich. »Ich verkaufe sie im Ort.«

»Vielleicht könntest du uns dann auch im Garten helfen? Wir haben Rhabarber und Stachelbeeren und an der Grundstücksgrenze drei gut tragende Apfelbäume. Allerdings keine Erdbeeren.«

»Ich könnte Ihnen Jungpflanzen aus dem Wald mitbringen«, sagte ich. »Im richtigen Boden werden sie gut anwachsen. Wie die in …« Ich schluckte die Worte *Munchs Garten* herunter und machte mich an den Servietten zu schaffen, faltete sie zu Dreiecken und legte sie auf die Teller.

Als eine Uhr an der Wand schlug, warf Frau Ihlen einen Blick auf ihre Armbanduhr. »Ich hole die Mädchen«, verkündete sie. »Wir werden gleich so weit sein. Die Eierbecher sind im Schrank, auf der rechten Seite.«

Ich deckte den Tisch fertig und eilte zurück in die Küche, wo Frau Berg Eier und Kaffee kochte.

»Die Hühner waren heute großzügig«, erklärte sie. »Hier, schöpf die mit einem Löffel raus. Ich hole das Brot.« Sie verschwand in der Vorratskammer, wo sie unter Geklapper Aufstrich und Marmeladen zusammensuchte. Dabei hörte ich sie ächzen und schimpfen, während sie sich nach den hohen Regalen streckte, und Fragen stellen, auf die sie keine Antwort erwartete. »Wohin hat sie die nur gestellt?« – »Was zum Teufel hat sie denn damit gemacht?« – »Und wo sind jetzt die …«

Mit einem Tablett voller Gläser und silberner Schüsseln kehrte sie zurück. »Leg die Eier in das Körbchen, und decke sie mit einem Tuch zu«, befahl sie. »Und bring den Kaffee mit.«

Mit vollen Händen folgte ich ihr ins Speisezimmer. An der Schwelle räusperte sie sich und stieß mit dem Ellbogen die Tür auf. Als ich sah, dass sich die ganze Familie am Tisch versammelt hatte, versteckte ich mich hinter Frau Berg, dankbar für ihren Umfang.

Admiral Ihlen saß am Kopfende. Er war wesentlich älter als seine Frau, hatte zurückweichende graue Haare, die mit Frisiercreme zurückgestrichen waren, und einen buschigen

Bart, der wie eine wilde Hecke an seinem Kinn wucherte. Er war eine ältere Version des Mannes auf dem Foto, der mich beim Gähnen beobachtet hatte.

Eine der Töchter saß bei unserem Eintreten mit dem Rücken zu uns. Sie wirkte anmutig und selbstsicher, aber ich konnte ihr Gesicht nicht sehen. Als ich aufblickte, um zu prüfen, wohin ich den Kaffee stellen sollte, traf mein Blick den der anderen Tochter auf der gegenüberliegenden Seite des Tischs. Sie hatte rote Haare und hellblaue Augen wie Frau Ihlen, doch die breiten Augenbrauen ihres Vaters. Und es war eindeutig das Mädchen von der Tanzveranstaltung: Tullik Ihlen. Das flammende Rot ihres unbändigen Haars erhellte das Zimmer und verlieh ihrem blassen Teint einen leichten Gelbstich, der ihre Augen nur noch mehr hervorhob. Sie lächelte, als sie mich sah, worauf ich wieder versuchte, mein Gesicht zu verbergen. Hatte sie mich wiedererkannt? Hatte sie gesehen, wie ich mit Thomas getanzt und ihn vor all den Gästen aus Kristiania geküsst hatte? Ein Anflug von Mutters ständiger Sorge kroch mir in die Kehle.

»Ach ja, hört mal, das ist Johanne«, sagte Frau Ihlen. »Sie hilft uns den Sommer über.«

Frau Berg trat einen Schritt beiseite, sodass ich dem prüfenden Blick aller preisgegeben war. Caroline drehte sich auf ihrem Stuhl herum. Ihr Gesicht zeigte ebenfalls Ähnlichkeit mit beiden Eltern, doch ihre Züge waren schärfer und spitzer als Tulliks. Das Aussehen der Töchter wurde eindeutig vom Erbe ihrer Mutter dominiert: die leicht schräg gestellten blauen Augen, die gerade Nase und der kleine Schmollmund. Ich wurde rot, weil alle vier mich gründlich musterten.

»Du kommst aus Åsgårdstrand?«, erkundigte sich der Admiral, ohne die Miene zu verziehen.

»Ja, mein Herr«, sagte ich und stellte den Kaffee neben ihm ab.

»Sandstrand- oder Kiesstrandseite?«

»Kiesstrandseite«, antwortete ich, »oben auf dem Hügel, gegenüber von Jörgensens Hof.«

»Ich würde auch gerne dort wohnen«, sagte Tullik, und in ihren Augen tanzte der Schalk. »Zwischen all den Malern.«

Caroline wandte sich zu ihrer Schwester. »Was willst du denn mit den Malern von Åsgårdstrand?«, fragte sie und richtete das Besteck neben ihrem Teller.

Tullik antwortete nicht, sondern verdrehte nur die Augen, während sie sich eine Scheibe Brot nahm.

»Ich bin sicher, von dort oben ist der Ausblick auf den Fjord sehr inspirierend«, bemerkte Admiral Ihlen. »Einige von Herrn Heyerdahls Landschaftsgemälden sind entzückend.«

»Mir sind seine Porträts lieber«, erwiderte Caroline.

Frau Berg drehte sich um und sah mich an. Ich machte einen Schritt zur Tür und hoffte nur, das Gespräch würde sich schnell von Herrn Heyerdahl und seinen Porträts abwenden.

»Wie zum Beispiel seine Kinderbilder«, fuhr Caroline fort. »Die Mädchen auf der Straße sind sehr süß.«

Tullik legte ein Scheibchen Butter auf ihr Brot und drückte mit dem Messer darauf, um es besser verstreichen zu können. »Aber sie haben nicht dieselbe Tiefe wie *seine* Bilder«, bemerkte sie.

Ich krallte meine Hände in den Stoff meines Kleids. Es lag daran, wie sie *seine* gesagt hatte.

»Wessen Bilder?«, fragte Frau Ihlen.

Tullik presste nur weiter ihre Butter aufs Brot.

»Tullik? Wessen Bilder?«

Caroline rutschte auf ihrem Stuhl hin und her und entfaltete mit einem Schlag ihre Serviette.

»Tullik«, beharrte Frau Ihlen, »wessen Bilder?«

Tullik hielt den Blick auf den Teller gerichtet. Da die Butter jetzt weicher war, fing sie an, sie großzügig auf dem Brot zu verstreichen. Das erinnerte mich an seine Hände am Abend zuvor, die wie die Paare auf der Tanzfläche über die Seite des Skizzenbuchs geglitten waren und die Kurven von Tulliks Körper und die lockigen Strähnen ihrer gelösten Haare festgehalten hatten.

»Munchs«, flüsterte ich.

Noch bevor mir klar wurde, dass mir sein Name entschlüpft war, scheuchte mich Frau Berg mit wedelnden Armen aus dem Zimmer.

»Nils, mein Lieber, reichst du mir mal den Kaffee herüber?«, fragte Frau Ihlen und schoss Caroline mit ihren schrägen Augen einen warnenden Blick zu. Tullik hingegen schien nichts von der drohenden Gefahr zu bemerken und verstrich weiterhin Butter auf ihrem Brot.

Frau Berg zitterte, als wir die Küche erreichten. »Du kannst den Namen dieses Malers nicht in diesem Haus erwähnen!«, flüsterte sie. »Was hast du dir nur gedacht? Zu Hause redet ihr doch auch nicht von ihm, oder? Wie kommst du auf die Idee, es hier zu dürfen?«

»Es tut mir leid«, erwiderte ich. »Ich wollte das gar nicht sagen. Aber Miss Tullik …«

»Lass Miss Tullik aus dem Spiel«, zischte sie. »Du bist gehalten, gar nichts zu sagen, nur zu reden, wenn du angesprochen wirst, und ansonsten schweigend deine Arbeit zu verrichten.«

Sie verbannte mich aus dem Haus und befahl mir, die Hühner zu versorgen. Ich musste den Hühnerstall ausmisten, das Wasser wechseln, neues Heu auslegen und das Federvieh füttern. Im Stall war es heiß und stinkig. Als die Sonne weiter stieg, wurde auch der Gestank von den Hinterlassenschaften der Hühner immer stärker, während ich vornübergebeugt harkte und schrubbte und die Hennen zu meinen Füßen gackerten und pickten. Immer wieder musste ich zum Brunnen und zurück und darauf achten, dass keines der Hühner aus dem Stall entwischte. Das Essigwasser, mit dem ich putzte, stach mir in die Nase und brannte in den Augen.

Schon nach wenigen Minuten war mir klar: Ich hasste Putzen. Im Käfig gefangen mit Dorothea und Ingrid, die an meinen Fingern pickten, fielen mir die Kratzer auf meinen Armen auf, die ich mir in Munchs Garten zugezogen hatte. Diese Kratzer waren mir egal. Ich hätte alle Dornen und Nesseln dieser Welt ertragen, um meine Beeren zu sammeln. Ich sehnte mich nach den Büschen und verfluchte meine Mutter, weil sie mich zu den Ihlens geschickt hatte, um mich in etwas zu verwandeln, das ich nicht war und nie sein würde.

Während mir solche Gedanken im Kopf herumwirbelten, hantierte ich immer wütender mit der Harke und ertappte mich dabei, dass ich den Eimer so heftig aufsetzte, dass das Wasser über den Rand schwappte. In meiner Wut hätte ich fast eine Henne mit der Harke geschubst, da drang eine Stimme durch den Käfig zu mir: »Er hat dich gemalt, oder?« Erschrocken ließ ich die Harke fallen und drückte die Hände an die Brust. Mein Herz schlug mir bis zum Hals.

»Ich wollte dich nicht erschrecken.«

Als ich aufblickte, entdeckte ich Tullik am Gatter des Hühnerstalls. »Miss Ihlen«, sagte ich. »Ich sollte nicht … Ich meine, ich muss wirklich weitermachen. Ich bin fast fertig.«

»Ich helfe dir«, sagte sie. »Es sind so brave Mädchen, nicht wahr? Nicht wahr, Ingrid?«, murmelte sie, an eine Henne gewandt. »Du bist ein braves Mädchen.« Sie hob das Gatter, kletterte zu mir herein, umfasste die gackernden Hennen mit beiden Armen, hob sie hoch, küsste sie und setzte sie dann wieder ab. Wie Kinder. »Los, gib mir die Bürste«, sagte sie und griff nach dem Eimer.

»Dürfen Sie das denn?«, fragte ich verwirrt. »Tut mir leid, ich kenne die Regeln hierfür nicht.«

Tullik Ihlen stieß ein lautes, kehliges Lachen aus.

»Regeln! Wen kümmern denn Regeln? Wer hat so was Dummes überhaupt erfunden?« Sie knöpfte ihre Manschetten auf und rollte die Ärmel hoch, scheinbar hoch erfreut über die Arbeit, die mir so zuwider war. Sie trug weder Schürze noch Kittel, sondern ging in ihren feinen Kleidern auf alle viere und schrubbte den Boden mit der Bürste. »Früher, als ich noch klein war, habe ich das alles selber gemacht«, erklärte sie. »Ich habe mich schon immer um die Hühner gekümmert. Das war meine Aufgabe. Ich hab sie gefüttert und sauber gemacht und morgens die Eier eingesammelt. Das gab mir ein Gefühl von Stolz und Befriedigung. Ich sehe nicht ein, wieso ich das jetzt nicht mehr tun sollte. Aber irgendetwas Unbegreifliches ist passiert, als ich zwanzig wurde. Plötzlich wurde mir alles genommen, was mir Spaß gemacht hat. Jetzt darf ich nur noch still dasitzen, schweigen und keinerlei Interessen mehr haben. Du kannst dich so glücklich schätzen, Johanne, weil du noch deine Freiheit hast.«

Ich harkte einen Haufen frisches Stroh zur Seite und blickte sie an. Am liebsten hätte ich geweint. »Ich liebe Beeren, genau so wie Sie diese Hühner lieben«, sagte ich, zeichnete mit einem Zinken der Harke eine Erdbeere in den Staub und malte sie halb aus, um einen Schatten anzudeuten.

Tullik blickte mit ihren exotischen Augen zu mir auf. »Du bist das Erdbeermädchen, nicht wahr?«, fragte sie. »Herr Heyerdahl hat dich gemalt – ich habe gehört, wie Frau Berg das erwähnte.«

»Damals war ich noch ein kleines Mädchen.«

»Hoffentlich habe ich dich nicht gekränkt. Mit dem, was ich über Herrn Heyerdahls Bilder gesagt habe.«

»Nein«, lachte ich. »Ich stimme Ihnen zu. Er malt sehr schöne Bilder, aber bei ihnen *empfinde* ich nicht so wie bei ...«

»Munchs?« Kaum hatte Tullik diesen Namen ausgesprochen, da veränderte sich ihre Miene. Sie wischte sich mit dem Unterarm über die Stirn und sah blinzelnd in die Sonne, die mir auf den Rücken brannte. »Kennst du ihn?«

»Ein bisschen.«

»Hat er dich auch gemalt?«

»Du meine Güte, nein!«, sagte ich. »Das heute Morgen tut mir leid, Miss Ihlen. Ich weiß nicht, wieso ich seinen Namen gesagt habe. Laut, meine ich. Ich wollte keine Schwierigkeiten machen.«

»Bei mir musst du dich nicht entschuldigen«, sagte sie. »Mir ist das egal. Aber für die anderen ist sein Name wie Gift, wie Salz in einer Wunde. Nach allem, was passiert ist.«

Ich wusste nicht, wovon sie sprach, wollte aber nicht nachfragen, weil ich spürte, dass unser Gespräch bereits zu weit gegangen war. Ich breitete den Rest des Heus aus und ging zur anderen Seite des Hühnerstalls. Tullik hörte auf zu schrubben und warf die Bürste in den Eimer. Wir beide liefen geduckt aus dem Stall und gingen über den Hof zum Brunnen, um uns die Hände zu waschen. Tullik ergriff den Schwengel und bedeutete mir, mich als Erste zu waschen. Unter dem kalten Strahl rieb ich meine Hände aneinander und reinigte Gesicht und Hals. Dann tauschten wir. Ich wollte gerade anfangen zu pumpen, da legte mir Tullik die Hand auf den Arm. Sie warf einen Blick über die Schulter zum Haus und vergewisserte sich, dass niemand an Tür oder Fenstern war. »Es ist wegen meiner Schwester«, flüsterte sie. »Sie hatte eine Affäre mit ihm. Sie glauben, ich wüsste nichts davon.«

4

Karmesin

Man entferne bei dieser Benennung alles, was im Roten einen Eindruck von Gelb oder Blau machen könnte. Man denke sich ein ganz reines Rot, einen vollkommenen, auf einer weißen Porzellanschale aufgetrockneten Karmin.

Johann Wolfgang von Goethe,
Zur Farbenlehre

Der Raum in meinem Kopf war der einzige Ort in meinem Leben, wo Mutters Regeln eingehalten wurden: Er war hell, luftig und makellos ordentlich. Wenn ich nicht durch die Wälder streifte, wo meine Gedanken ebenso frei wandern durften wie ich, sammelte ich die Gedanken, die Ränke schmiedeten und Lösungen suchten, überantwortete sie dem Raum und bewahrte sie dort auf wie Insekten in einem Glas. Später kehrte ich zu ihnen zurück und nahm sie wieder auf, so wie Frauen ihr Strickzeug.

Mein Vormittag im Haus der Ihlens hatte diesen Raum in meinem Kopf schnell gefüllt. Frau Berg hielt mich auf Trab, und bei jeder neuen Aufgabe musste ich meine Konzentration verdoppeln. Ich musste Silber polieren, Böden wischen,

Regale abstauben, Laken lüften und bei der Zubereitung des Essens helfen. Jede Sekunde war mit der Angst beschwert, noch einen Fehler zu machen. Ich hatte die Ihlens bereits vor den Kopf gestoßen, indem ich *seinen* Namen laut ausgesprochen hatte, also durfte ich mir keine weiteren Verstöße leisten. Da mein Kopf bereits über Gebühr strapaziert war, wurden jegliche Gedanken an Caroline Ihlen und Edvard Munch sofort auf später verschoben.

Da ich mit den häuslichen Gewohnheiten der Oberschicht nicht vertraut war, fand ich es ziemlich ermüdend, ihrem Tagesablauf zu folgen. Beim Admiral war es noch am einfachsten. Er beschäftigte sich mit seinen Papieren und geschäftlichen Angelegenheiten in seinem Arbeitszimmer im hinteren Teil des Hauses. Ich hörte seine grollende Stimme nur, wenn die Familie sich zu den Mahlzeiten versammelte, und einmal, als er nach Frau Berg rief, die einen Brief zur Post bringen sollte. Zweimal brachte ich ihm Kaffee und stellte ihm schweigend Kanne und Tasse hin. Seine düstere, militärische Erscheinung schüchterte mich ein, aber er war nie unhöflich zu mir.

Die Anwesenheit der Damen machte sich viel deutlicher bemerkbar. Tullik und Caroline stritten sich ständig. Tullik sonderte sich von den Abläufen im Haus ab und fügte sich nur unter Zwang den Anweisungen ihrer Mutter. Die meiste Zeit wirkte sie gelangweilt, strich lustlos durchs Haus, folgte der Katze, las und kümmerte sich um die Blumen im Garten. Caroline war ruhig und reserviert und genoss es, ihrer Schwester Fehler nachzuweisen. Ich hörte, wie sie sich oben zankten. Dann kreischte eine von ihnen auf, und beide zerrten aneinander wie zwei tobende Kinder.

Julie Ihlen gab sich alle Mühe, sie zu beschwichtigen, erhob jedoch nie ihre sanfte Stimme gegen die Mädchen. Sie sagte nur: »Komm, Tullik, deine Schwester schreibt etwas, komm da jetzt weg.« Sie hielt sich so lange in ihrer Nähe auf, bis sie sicher war, dass wieder Frieden herrschte, dann widmete sie sich ihren Aufgaben: Pflichten im Haus, Besorgungen, Mahlzeiten, Briefen und ihrer Mitarbeit in einem kürzlich gegründeten Komitee zum Schutz der Tiere. Ich hatte mitbekommen, wie sie dem Admiral erzählte, Frau Esmark und Frau Schibsted hätten ihr geschrieben und sie zu einem Treffen eingeladen, um über die Gesetze zu Tierversuchen zu diskutieren; daher müsse sie möglicherweise ein paar Tage nach Kristiania.

Ich räumte gerade das Geschirr weg, als die Uhr drei schlug und im Haus Betriebsamkeit ausbrach.

»Tullik? Kommst du?«, hörte ich Julie die Treppe hinauf rufen.

»Lass sie doch hierbleiben, wenn sie will«, sagte der Admiral.

»Nusse! Wir gehen jetzt.«

Fußgetrappel auf der Treppe.

»Sie kommt nicht«, verkündete Caroline. »Lieber verfault sie hier.«

»Dann lass sie verfaulen«, sagte der Admiral.

»Aber sie muss doch unter die Leute – *Kontakte knüpfen.*«

»Dazu hat sie in Kristiania noch genug Zeit«, erwiderte der Admiral. »Tullik«, rief er. »Wir gehen zu Tante Bolette.«

»Ja, Vater.« Ich hörte Tullik am oberen Treppenabsatz. »Darf ich hierbleiben? Ich lese gerade.«

»Ja, ist gut, Liebes«, sagte er. »Wir grüßen deine Tante von dir.«

»Ich werde nicht für sie lügen«, erklärte Caroline.

»Niemand wird lügen«, sagte Frau Ihlen. »Tante Bolette wird es nicht stören. Bis später, Liebes.«

Ohne ein weiteres Wort stampfte Tullik auf ihr Zimmer zurück, und für einen Augenblick war es im ganzen Haus still.

Kurz darauf erschien Frau Berg. »Es ist Besuchszeit«, sagte sie. »Sie sind zu Frau Nicolaysen nach Horten gegangen. Wir können uns ein Weilchen nach draußen setzen. Komm.«

Frau Berg brachte einen Teller mit Brot und Butter und zwei Flaschen Apfelsaft zu dem runden Tisch im Garten, an dem wir Platz nahmen, nachdem wir die schmiedeeisernen Stühle über den Rasen gezogen und dabei mit ihren Beinen kleine Erdklümpchen aufgeworfen hatten. Wir saßen versteckt hinter den Hemden des Admirals, die neben den Unterröcken der Mädchen auf der Leine hingen. Der Duft des Flieders war in der Nachmittagssonne noch intensiver, umhüllte mich und lockerte, als ich ihn in mich einsog, die Spannung in Schultern und Nacken. Zum ersten Mal an diesem Tag konnte ich richtig durchatmen.

»Eine kleine Erfrischung, bevor wir das Abendessen vorbereiten«, sagte Frau Berg. »Gott sei Dank kommt Ragna morgen wieder. Du kannst dann mit dem Putzen weitermachen, ich kann hier draußen die Wäsche erledigen, und sie kümmert sich ums Essen.«

Meine Hände waren rot und brannten von Essig und Karbolseife, mit der sie Bekanntschaft gemacht hatten. Ich trank den Saft aus der Flasche und presste das kühle Glas an die Haut, um die Reizung zu lindern.

»Daran gewöhnst du dich schnell«, sagte Frau Berg. »Sieh dir meine an.« Sie streckte mir ihre Fäuste entgegen, öffnete sie und drehte sie um, um mir die aufgeplatzte Haut zwischen den Fingern zu zeigen. »Als ich in deinem Alter war, war meine Haut so weich wie ein Babypopo. Es ist nicht schön, aber es bringt dich auch nicht um«, sagte sie lachend. Sie bestrich eine Scheibe Brot mit Butter und biss ein so großes Stück davon ab, dass sich beide Wangen füllten. »Natürlich hatte ich mir etwas ganz anderes für mich vorgestellt.« Sie schluckte den Bissen hinunter. »Aber großartige Pläne sind nur der Jugend vorbehalten. Was zählt, ist eine Arbeit und ein regelmäßiges Einkommen – der Rest sind nur Träume.«

Ich dachte an Thomas und seine Pläne, die Welt zu bereisen, zu fernen Orten zu segeln und mit Gold und Juwelen zurückzukehren. Ich fragte mich, wie man eine Zukunft erträumen konnte, die sich derart vom gegenwärtigen Moment unterschied, und wie man beides durch das Verstreichen der Zeit miteinander verband.

»Und dann sind da noch solche wie Miss Tullik«, fuhr Frau Berg flüsternd fort, während sie weiter ihr Brot mampfte. »Hat alles, musste noch nie arbeiten und wird auch keinen Tag ihres Lebens arbeiten müssen – aber ist sie glücklich?« Sie schluckte und schüttelte gleichzeitig den Kopf. Dann nahm sie ihre Flasche und trank einen großen Schluck Saft, gierig wie ein Trinker. Sie starrte hinauf zu Tulliks Fenster, und ein Ausdruck der Verwirrung huschte über ihr Mondgesicht. »Um die glücklich zu machen, braucht es mehr als einen Ehemann und ein schönes Haus in Kristiania.« Sie wischte sich mit dem Handrücken den Mund ab und stieß mit geschlossenen Lippen auf, zufrieden mit ihrem Selbstgespräch und ihrer Schlussfolgerung. »Ganz allein da oben«, bemerkte sie. »Vielleicht möchte sie ja was essen? Warum bringst du ihr nicht eine Flasche Apfelsaft hoch? Es ist nicht gut für sie, sich da oben einzusperren wie ihre Hennen in dem Käfig.« Sie zeigte in Richtung Spülküche. »In der Vorratskammer steht noch eine volle Kiste. Wo die Gläser sind, weißt du ja.«

Ich aß mein Brot auf und sammelte meine Sachen zusammen.

»Ich bleibe noch ein paar Minütchen sitzen«, sagte Frau Berg und scheuchte mich mit einer Handbewegung fort, »solange es ruhig ist.« Sie faltete ihre Hände über ihrem imposanten Bauch und ließ sich tiefer in den Stuhl sinken.

Ich kehrte zum Haus zurück und holte eine Flasche Apfelsaft für Tullik. Drinnen war es still, und ich hielt leicht den Atem an, als ich auf der Suche nach einem Glas durch die Küche schlich. Die Katze, ein altes, dickes, getigertes Ding, beobachtete mich vom Fensterbrett aus. Ich spitzte die Lippen und flüsterte »Miez, miez, miez«, worauf sie sich herunterplumpsen ließ und miaute. Sofort bereute ich, sie gestört zu haben. Sie folgte mir aus der Küche die Treppe hinauf, rieb ihren Rücken an den Stufen und schlang ihren Schwanz um die Streben des Geländers.

Ich wusste nicht, welches Zimmer Tulliks war, daher blieb ich kurz auf dem Treppenabsatz stehen und fühlte mich dumm und verloren. Die Katze strich an mir vorbei und trottete zu einem Zimmer rechts von mir. Als sie sich hinsetzte und miaute, wartete ich gemeinsam mit ihr.

»Ehrlich, Miss Henriette Miezekatze, kannst du dich nicht einmal entscheiden?«, fragte Tullik und öffnete die Tür. »Ach, du bist es, Johanne.« Ihr leuchtend rotes Haar hing ihr lose über den Schultern, und in ihrer Hand hielt sie ein Buch.

»Tut mir leid, Miss Ihlen. Frau Berg hat sich gefragt, ob Sie vielleicht ein Glas Apfelsaft mögen?« Ich hielt Flasche und Glas in die Höhe.

»Danke.« Tullik lächelte. »Aber bitte nenn mich doch Tullik. Komm herein.«

Ich folgte ihr ins Zimmer und stellte den Saft auf den

Nachttisch. Tulliks Zimmer war schlicht und gleichzeitig chaotisch. Schlicht von der Einrichtung her: nackte Wände, einfache Baumwollvorhänge, roter Teppich. Chaotisch wegen der Unordnung: Stapel von Büchern, verstreute Papiere, herumliegende Kleider. Dominiert wurde es von einem Schrank am Fuß des Bettes. Das Bett mit dem mit Schnitzereien verzierten Kopf- und Fußende zeigte dieselbe Mischung: Schlicht war die reinweiße Bettwäsche, chaotisch waren die verschiedenen Decken am Fußende und die zu große Tagesdecke, die heruntergerutscht war. Der mächtige Mahagonischrank mit dem Rücken zur Wand wirkte wie ein Wächter des Zimmers. Er ragte auf wie ein Berg und schien zu schwer für die Bodendielen. Über ihm fiel das Dach bis zum geöffneten Fenster ab, vor dem schlaffe Vorhänge hingen. Sie allein hatten Tullik von Frau Bergs Stimme abgeschirmt.

»Wie war dein Tag?«, fragte sie, als ich ihr etwas Saft eingoss.

»Ziemlich hart«, antwortete ich. »Ich glaube, ich kann nicht besonders gut putzen. Und ich muss noch so viel lernen.«

Ich biss mir auf die Lippen. Eigentlich hätte ich meine Arbeit nicht vor ihr kritisieren sollen, aber Tullik stieß nur ihr ansteckendes, heiseres Lachen aus. »Tja, um dieses eine Zimmer brauchst du dich nicht zu kümmern. Ich mag's nicht, wenn es aufgeräumt ist. Ich habe hier meine eigene Ordnung.« Sie wies mit der Hand auf die Bücherstapel und die über den ganzen Boden verstreuten Papiere. »Ich weiß, wo alles ist. Dahinter steckt System. Sieh mal hier«, sagte sie und schob ein paar Blätter mit Skizzen und Illustrationen beiseite. »Manchmal versuche ich zu zeichnen, aber es gelingt mir nicht besonders gut. Eigentlich sind das nur Versuche. Aber setz dich doch, ruh dich aus.« Sie klopfte neben sich aufs Bett und ergriff, als sie sah, dass ich zögerte, meinen Arm. »Ach, komm schon, es ist doch so heiß heute. Bis meine Eltern zurückkommen, dauert es noch Stunden, und die alte Berg wird schon nichts sagen.«

Schnell überredet, ließ ich mich neben ihr aufs Bett plumpsen.

»Diese Besuche sind so langweilig«, erklärte sie. »Mutter erkundigt sich nach meinen Vettern und Cousinen, und dann werden alle sieben durchgehechelt, bis wir an der Reihe sind. Und danach müssen wir uns Nusses endlose Prahlereien über ihren wundervollen Verlobten und die Hochzeitsvorbereitungen anhören.«

»Miss Caroline ist verlobt?«, fragte ich.

»Oh ja, mit Herrn Olsen. Er ist ein Doktor und Mykologe. Das ist eine Art Biologe. Er erforscht Pilze«, erklärte sie. »Überrascht dich das?«

»Nun ja … ein bisschen schon.«

»Warum?«

»Tja, weil … wenn man erst mit einem Maler wie Munch zusammen war und dann mit einem Doktor. Das finde ich etwas … Verzeihung, das sollte ich nicht sagen.«

Tullik fing an zu lachen. Jetzt kicherte sie nicht mehr, sondern warf den Kopf zurück und lachte aus vollem Hals. Ihr flammend rotes Haar tanzte um ihren Körper, als wollte es sie kitzeln.

Verstört starrte ich sie an. »Verzeihung, Miss Ihlen«, sagte ich. »Aber was ist denn so lustig?«

Schließlich kam sie wieder zu Atem. »Oh, Johanne«, rief sie aus. »Du hast doch nicht ernsthaft gedacht, *Caroline* hätte eine Affäre mit Munch gehabt, oder?«

»Aber Sie sprachen doch von Ihrer Schwester.«

»Ja, aber von meiner *älteren* Schwester. Von Milly.«

In diesem Moment hörte ich wieder die Stimme meiner Mutter: »Sie haben drei Töchter und tragen die feinsten Kleider in ganz Kristiania.«

»Damals war sie noch mit Carl Thaulow verheiratet; es war ein ziemlicher Skandal. Sie dachten, ich wäre zu jung, um das Ganze zu verstehen, aber ich erinnere mich daran.« Tulliks Augen veränderten die Form, ihre Züge erschlafften plötzlich, als wäre sie geschlagen worden, und ihr Mund, der noch Sekunden zuvor so lebhaft gewirkt hatte, wurde bleich, und seine Winkel senkten sich nach unten. »Es war eine schreckliche Zeit«, sagte sie. »Vor allem für Mutter. Das ganze Gerede, die Geschichten, der endlose Tratsch. Es hat Schande über uns gebracht. So ist das in Kristiania: Wenn du keinen Tratsch verbreitest, wirst du selbst zum Tratschopfer. Gerede, Gerede, Gerede. Das fordert seinen Tribut. Mutter war untröstlich. Sie drohten, Milly zu verstoßen, sie mit Großmutter Aars zu Tante Bolette nach Horten zu schicken – alles, nur damit die Demütigungen aufhörten. Aber Milly war ja verheiratet, also blieben es nur leere Drohungen. Sie weigerte sich einfach, Kristiania zu verlassen. Jetzt ist sie mit einem anderen Mann verheiratet, Ludvig, und hat eine Tochter. Sie wirkt mittlerweile gesetzt, und Mutter und Vater haben die ganze Episode mit *diesem Maler* zum Tabu erklärt. Sie glauben, ich wüsste nichts davon, aber zwischen Schwestern gibt es keine Geheimnisse, nicht wahr?«

»Kommt Milly im Sommer auch nach Borre?«

»Manchmal. Aber sie hält sich jetzt für eine Schauspielerin. Ludvig ist ein Mann vom Theater, und sie inszenieren Stücke. Sie vermittelt gerne den Eindruck, sie hätte viel zu tun, doch eigentlich ist es nur ein Hobby für sie. Natürlich wird sie rastlos, wenn sie lange Zeit hier ist, aber es würde mich nicht überraschen, wenn sie später in der Saison noch auftaucht. Eine kleine Gruppe Bohemiens kommt noch immer den Sommer über hierher.«

»Was für eine Gruppe?«

»Bohemiens. Davon hast du doch bestimmt schon gehört? Von den Bohemiens aus Kristiania?«

Als ich den Kopf schüttelte, hob sie ihr Buch auf. »Das lese ich gerade.« Sie warf es mir in den Schoß. »Aber nur heimlich, weil es illegal ist. Wenn man mich damit erwischen würde, würde ich wahrscheinlich verhaftet«, fügte sie scherzhaft hinzu.

»*Kristiania-Bohème*«, las ich laut den Titel. »Wer ist Hans Jaeger?«

Tullik lehnte sich aufrecht an die Wand. »Ein Freund von Munch. Der hat ihn porträtiert. Das Buch habe ich in Millys Haus gefunden. Es gibt kaum noch Exemplare davon, da es verboten wurde und Jaeger dafür ins Gefängnis kam.«

»Wieso?«, fragte ich. »Wovon handelt es denn?«

Tullik nahm es mir aus der Hand und blätterte durch die Seiten. »Freie Liebe, freie Meinungsbildung, eine freie Gesellschaft. Freiheit von Regeln und Zwängen. Daran glauben sie alle: Jaeger, die Krohgs, Gunnar Heiberg. Künstler, Dichter und Schriftsteller. Milly war früher mit allen bekannt. Sie versammelten sich im Grand Hotel auf der Karl-Johan-Straße, diskutierten bis tief in die Nacht und wollten die Welt verbessern. Milly machte mit, weil sie sich schick dabei vorkam, aber sie hat einfach nicht die Tiefe. Wie könnte sie es auch verstehen?« Tullik schob sich das Haar zurück, als hätte es sie geärgert. »Was weiß sie schon von der Leidenschaft, die einen

Maler antreibt? Eigentlich hat sie gar kein Gespür für Kunst. Ihr geht's nur um Ästhetik, um Hüte und Kleider. Sie hat keine Ahnung von echten Gefühlen. Kein Wunder, dass es nicht von Dauer war.« Sie ließ das Buch zuknallen und schob es unter ihr Kopfkissen, während ich es dem Raum in meinem Kopf überantwortete.

»Du bleibst heute über Nacht, oder?«, fragte Tullik munter.

»Ich glaube schon.« Ich warf einen Blick auf meine Hände, da mir die letzte Hoffnung, doch noch zu malen, durch die Finger glitt.

»Dann musst du Millys Zimmer haben, es ist direkt gegenüber von meinem.«

Ich protestierte, aber als die Ihlens zurückkamen, war schon alles geregelt. Tullik bestand darauf, dass ich Millys Zimmer bekam, obwohl Ragna, die Köchin, in einer winzigen Kammer im hinteren Teil des Hauses schlief. Ich war die Jüngste, ein unerfahrenes Hausmädchen zumal, und doch war mein Zimmer größer und schöner als Tulliks und auch als Carolines. Millys Zimmer war luftig und lichtdurchflutet und hatte ein großes Fenster mit Blick auf die Kirche. Die Wände schmückten weiße Holzpaneele und eine seidige Blumentapete. Hellblaue Vorhänge umrahmten das Fenster und wurden von goldenen Kordeln mit Quasten gehalten. Milly wäre entsetzt gewesen, hätte sie gewusst, dass ein Eindringling wie ich, ein einfaches Hausmädchen, in ihrem Bett schlief.

»Sie ist eh nie hier«, erwiderte Tullik auf meinen fünften Einwand. »Und wenn sie Ludvig und Lila mitbringt, wohnt sie nicht mal mehr hier in Solbakken, sondern im Grand Hotel.«

»Solbakken? Ich dachte, das hier wäre Kirkebakken?«

»Wir nennen das Haus Solbakken«, sagte sie. »Es ist unser kleiner Platz in der Sonne.« Als sie das sagte, lächelte sie bemüht, so als wäre sie gezwungen, hier in Borre glücklich zu sein. Aber ihre Mundwinkel hoben sich nicht, und während sie sprach, sah ich etwas Dunkles in ihren Augen aufblitzen.

Ragna Thorsen war eine junge, magere Frau und so anders, als ich mir eine Köchin vorgestellt hatte, dass es schon fast lachhaft war. In meiner Fantasie war sie wie Frau Berg gewesen: eine Frau mit großem Busen und rosigen Wangen, mit müden Krähenfüßen und Wurstfingern. Doch die Person, die mich am nächsten Morgen begrüßte, während ich die Asche aus dem Ofen fegte, war ein kleiner Spatz und sah aus, als hätte sie seit Monaten nichts mehr gegessen.

»Freut mich, dich kennenzulernen«, sagte sie knapp, während sie blitzschnell mit dem Messer Gemüse hackte. Ihre dunklen, mandelförmigen Augen waren auf ihre Finger fixiert; es schien, als müsse Ragna sich geradezu überwinden, um mich anzublicken, was auch nur flüchtig geschah und prüfend, als wäre ich ein Gegenstand, bevor sie sich wieder der Zwiebel – dem derzeitigen Mittelpunkt ihrer Welt – zuwandte.

Den Rest des Tages schlich ich weiträumig um Ragna herum und sprach ausschließlich während der Mahlzeiten mit ihr, wenn ich ihr beim Servieren half. Sie verließ nur selten die Küche und war so versunken in ihre Arbeit, dass sie kaum den Kopf hob, wenn ich mit meinen Eimern und Bürsten kam und ging. Die wortkarge Köchin schien sich durch ihre Speisen mitzuteilen, und ich nahm die wechselnden Gerüche in der Küche als Indiz für ihre Stimmung. Der Morgen war eine Symphonie der Düfte, die vom stechenden Geruch der

Zwiebeln, die sie mit solcher Präzision kleinhackte, bis zur simmernden Gemüsebrühe reichte, dicht gefolgt vom kräftigen Aroma des starken Kaffees. Nachdem die Ihlens zu Mittag gegessen hatten, verging Ragnas Nachmittag in der tröstenden Atmosphäre frisch gebackenen Brots, die der frische, pikante Geruch von Säften und Konserven durchzog. Manchmal wurde ich von der Aussicht auf Freundschaft zu ihr hingezogen. Wenn sie Brot buk, geriet ich oft in Versuchung, sie anzusprechen. Vielleicht konnte ich ihr ein Lob zollen, ihr sagen, wie köstlich es roch? Doch jedes Mal, wenn ich den Mut aufbrachte, mich ihr zu nähern, schreckte mich stechender Essiggeruch und ihre strenge Miene beim Schnipseln und Rühren wieder ab.

Schließlich entschied ich, dass sie und ich Freundschaft schließen könnten und dass ich beim nächsten Backen ein, zwei freundliche Worte an sie richten würde. Doch bevor es dazu kam, trieb Tullik einen solchen Keil zwischen uns, dass unsere Freundschaft schon beendet war, bevor sie überhaupt angefangen hatte.

Es war später Vormittag, als Tullik mich suchen kam. Ich saß an der Bank in der Spülküche und bereitete das Wachs zum Bohnern des Salonbodens vor. Frau Berg hatte es mir kurz gezeigt, und jetzt mischte ich vorsichtig Leinöl mit Bienenwachs. Ragna pulte Erbsen am Spülbecken.

»Wo ist Johanne?«, fragte Tullik sie.

Ragnas Antwort hörte ich nicht, doch Tullik kam zur Hintertür, wo sie mich fand. »Da bist du ja! Du musst sofort mit deiner Arbeit aufhören und dich fertig machen«, sagte sie. »Wir gehen nach Åsgårdstrand. Du kannst mir zeigen, wo du wohnst.«

Ich wischte meine klebrigen Hände an der Schürze ab und

starrte sie nur an, weil ihre Worte keinen Sinn für mich ergeben wollten. »Aber ich muss bohnern«, erwiderte ich einfältig.

»Nein, musst du nicht. Du gehst jetzt mit mir nach Åsgårdstrand.«

Ragna schlug ihr Küchensieb gegen das Spülbecken. Das Geräusch klirrte in meinen Ohren.

»Mach dich fertig«, sagte Tullik.

»Aber was ist mit meiner Arbeit? Es ist doch so viel zu tun.«

»Ich hab Mutter gefragt, und sie hat zugestimmt.« Tullik bedachte mich mit einem Lächeln und zerrte an meinen Schürzenbändern. »Komm schon!«

Der entscheidende Schlag, um jegliche Verbindung zwischen mir und Ragna zunichtezumachen, kam, als Tullik mich in die Küche zog. »Ragna, hilf Johanne, ihre Hände vom Bohnerwachs zu reinigen. Sie kommt mit mir nach Åsgårdstrand.«

Ragna ging zu einem Schrank an der hinteren Wand und holte einen Lappen und ein Fläschchen mit einer durchsichtigen Flüssigkeit heraus. Ohne mich eines Blickes zu würdigen, knallte sie beides vor mir auf den Küchentisch. Das Fläschchen wackelte ein paar Sekunden gefährlich nah am Tischrand, doch ich erwischte es noch, bevor es hinunterfiel. Als ich den Deckel abschraubte, tränten mir die Augen von den Dämpfen, die dem Fläschchen entwichen.

»Reib dir damit die Hände ab«, befahl Ragna und wandte sich wieder ihren Erbsen zu.

Die Flüssigkeit brannte an meinen Fingern und sickerte in alle winzigen Schnitte und Risse meiner aufgesprungenen Haut. Als ich mit dem Lappen über meine Handflächen wischte, brannte alles wie Feuer, und das Brennen wanderte bis hinauf zu meinen Ohren. Ich schrie kurz auf und biss mir auf die Lippen. Ragna drehte sich nicht um und zeigte auch kein Mitgefühl. Sie pulte weiterhin Erbsen und kratzte die Hülsen mit ihren Fingerspitzen aus.

Tullik wurde langsam ungeduldig. »Komm jetzt – das können wir auch draußen am Brunnen abspülen.«

Ich rannte in den Garten und hielt meine Hände unter den Hahn, während Tullik Wasser pumpte.

Frau Berg saß an ihrem Zuber und schrubbte etwas Kleines, Weißes über ihr Waschbrett. »Was ist los?«, fragte sie.

»Meine Hände brennen«, erklärte ich. »Ragna hat mir eine Flüssigkeit zum Entfernen der Politur gegeben. Aber es fühlt sich an wie Brennnesseln.«

Frau Berg runzelte die Stirn und warf das Wäschestück in den Zuber. »Lass mal sehen«, sagte sie, schob den Zuber mit dem Fuß beiseite und stand ächzend auf. »Hat sie dir Terpentin gegeben?« Sie untersuchte meine Hände. »Ach du lieber Himmel. Du hast viel zu heftig darauf reagiert. Ich hole mal Zinkspat und Öl.«

Ein paar Minuten später kam sie zurück und fing an, meine Finger mit einer milchigen Flüssigkeit abzutupfen. Als diese eingezogen war, rieb sie mit kreisenden Bewegungen Öl in meine Haut, was lindernd wirken sollte, aber ihre rauen Daumen kratzten mich und machten alles nur noch schlimmer.

»Wir können doch nicht zulassen, dass du deine Hände nicht mehr nutzen kannst«, sagte sie. »Schließlich ist heute so viel zu tun! Alle Böden müssen gebohnert und die Vorderfenster geputzt werden.«

Ich warf Tullik einen Blick zu, die sich sofort für mich stark machte. »Johanne kommt heute mit mir nach Åsgårdstrand«, sagte sie. »Dann können sich ihre Hände erholen. Wenn wir da sind, hole ich ihr eine Creme vom Apotheker.«

Vor lauter Überraschung riss Frau Berg ihre Augen so weit auf, dass ich zum ersten Mal deren Farbe sah. Bislang hatte ich sie immer für schwarz gehalten, doch jetzt erkannte ich, dass sie haselnussbraun waren und grüne Sprenkel hatten. Da Frau Berg schon bei den Ihlens gearbeitet hatte, als die Kinder noch klein waren, hatte sie, im Gegensatz zu Ragna, keine Hemmungen, uns auszuschelten.

»Und was ist mit der ganzen Arbeit hier?«, fuhr sie Tullik an. »Sie können Johanne nicht einfach so mitnehmen, Miss Tullik.«

»Kann ich wohl«, sagte diese trotzig. »Ich hab Mutter gefragt, und die hat es erlaubt. Und jetzt müssen wir gehen, wenn Sie nichts dagegen haben, Frau Berg.«

Frau Berg atmete so scharf aus, dass alle Luft aus ihren Wangen wich und ihr Gesicht eingefallen wirkte. Fast sah ich sie schon wanken und in Ohnmacht fallen. Ich konnte sehen, dass sie angestrengt überlegte, was sie sagen sollte. Sie blies wieder und wieder ihre Wangen auf. Doch sie wusste, dass sie geschlagen war. Gegen eine Entscheidung von Julie Ihlen durfte sie keinen Widerspruch einlegen. Daher blieb ihr nichts anderes übrig, als uns ziehen zu lassen.

»Nun, dann bleibt nicht zu lange«, brachte sie schließlich hervor. Doch da zerrte Tullik mich bereits mit sich, und Frau Bergs Worte waren nichts als Seifenblasen, die himmelwärts trieben, wo sie zerplatzten.

5

Scharlachrot

Die Mitte dieses Kreises wird hell erscheinen, farblos oder auch gelblich, während der Rand rot wirkt. Nach einer Weile wird sich das Rot zur Mitte hin ausbreiten, den ganzen Kreis und schließlich auch das helle Zentrum bedecken.

Frei nach der Farbenlehre
von Johann Wolfgang von Goethe

Die Sonne stand schon hoch am Himmel, als Tullik und ich die Straße überquerten. Wir gingen an der Kirche vorbei und dann den Weg zum Wald hinunter, wo die dunklen Kiefern uns in ihre schattige Welt einluden.

»Es ist so kühl im Wald«, bemerkte Tullik, streifte sich den Hut ab und zog sich die Haarnadel aus dem Haar. »Wie verzaubert. Glaubst du an Feen, Johanne?« Sie hüpfte mit ausgestreckten Armen zwischen den Bäumen hindurch und streifte mit den Händen über die Rinde. »An Trolle? Und Geister? Glaubst du, in diesem Wald hausen Gespenster?«

Die Sonne warf ihre Strahlen durch die Äste und ließ Tullik aufblitzen, als wäre sie ein Tautropfen auf der silbrigen

Birke. Als sich das Licht in ihrem Kleid fing, sah ich die Umrisse ihrer Beine. Sie tanzte anmutig durch den Wald, und der Stoff umwirbelte sie funkelnd wie ein Schleier aus Sternen. Tullik war ein ätherisches Wesen, nicht ganz von dieser Welt, das alles Feste, Irdische ihrer Fantasie entsprechend formte und veränderte.

Sie tänzelte weiter durch die Bäume, doch mit einem Mal blieb sie abrupt hinter einer dicken Birke stehen, umklammerte den Stamm und neigte den Kopf zur Seite. »Hast du das gehört?«, fragte sie.

»Was denn?«

»Dieses Geräusch. Das Knacken. Waren das Schritte?«

»Ich habe nichts gehört.«

»Mein Vater hat uns früher Geschichten über Trolle und das Huldrevolk erzählt«, sagte sie und blickte sich um, als sähe sie die Fantasiewesen herankommen. »Manchmal gehe ich bei Dämmerung durch diesen Wald, wenn der Himmel schon dunkler ist, aber noch nicht schwarz. Dann sehe ich Formen und Schatten, die sich wie Geister zwischen den Bäumen bewegen, halb sichtbar, halb unsichtbar. Du auch, Johanne?«

»Nein.«

»Hörst du das nicht?«, fragte sie. »Es kommt immer näher.«

Ich schloss die Augen und lauschte, vernahm aber nur das tröstende Schlagen der Wellen ans Ufer und hier und da das Krächzen einer Krähe. »Da ist nichts, Tullik.«

Sie versteckte sich immer noch hinter dem Baum. »Guck mal hier drüben, hinter mir.«

Ich ging zu ihr und spähte zwischen die Bäume, hörte aber nichts Ungewöhnliches. »Ehrlich, Tullik, da ist nichts.«

Ich dachte, sie spielte ein Fantasiespiel, wie ein Kind. Einen Moment lang fiel es mir schwer zu glauben, dass sie fast fünf Jahre älter war als ich, eine junge, schon zwanzigjährige Frau. Als ich jedoch näher kam, erkannte ich, dass sie wirklich Angst hatte, und selbst als ich sie beruhigte, wollte sie den Baumstamm nicht loslassen. »Komm schon, Tullik«, sagte ich und löste ihre Hände vom Baum, »da drüben am Weg gibt es Beeren. Ich suche dir welche.«

Da griff sie so fest nach meinem Arm, als würde ich von ihr verlangen, aus großer Höhe zu springen. Ihre Augen blickten starr über mich hinweg auf das unsichtbare Böse, das sich uns näherte.

»Ist schon gut«, sagte ich. »Es ist alles gut.«

»Lass mich nicht los«, bat sie.

»Nein, ich hab dich, Tullik. Ich halte dich fest.«

Sie klammerte sich wie ein ängstliches Kind an mich, während ich sie zurück zum Waldweg führte. Ich wusste nicht, was ich sagen sollte, so erstaunt war ich über ihr verändertes Verhalten. Ich führte sie zu einer Hecke, wo ich eine reife Erdbeere pflückte. »Willst du mal kosten?«

Sofort veränderte sich ihre Miene. Die Erdbeere besiegte die bösen Schattenwesen in ihrem Kopf. »Ist die süß«, sagte sie, nachdem sie die Beere in den Mund geworfen hatte und wieder die alte Tullik geworden war. »Woher wusstest du, wo du suchen musstest?«

»Aus Erfahrung«, sagte ich.

Wir blieben noch ein Weilchen bei den Erdbeersträuchern, dann brachte ich sie zum Meeresufer. In Tulliks Welt spielte Zeit keine Rolle. Sie ergriff jeden Augenblick und verkürzte oder verlängerte ihn nach Gutdünken, ließ sich ganz von ihren Launen treiben. Wir schlüpften aus dem Wald heraus, wanderten am Wassersaum entlang, sprangen über die Felsen, hielten inne, um uns Kiesel anzusehen, blickten hinaus aufs Meer und zeigten uns Schiffe am dunstigen Horizont.

Als wir Åsgårdstrand erreichten, erschien das große, weiße Bauernhaus der Nielsens zu unserer Rechten. Auf dieser Seite des Waldes war es für mich leichter, in Tulliks Gesellschaft zu sein. Jetzt befanden wir uns in meinem Gebiet, und in Åsgårdstrand war ich nie durch die Gesetze einer festen Anstellung gebunden gewesen. Wir gingen weiter den Weg entlang, bis er breiter wurde und wir Nygardsgaten am Fuß der Anhöhe erreichten. Auf der Straße war es ruhig. Nur Frau Books Pony scharrte im Schatten eines Baumes im Staub. Die Frau selbst jätete Unkraut in ihrem Garten, und als sie uns kommen hörte, tauchte ihr Kopf über dem Zaun auf. »Hallo, Johanne«, sagte sie und winkte mir durch den Jasmin.

»Kennst du hier alle?«, fragte Tullik.

»Fast alle.«

»Wo ist dein Haus?«

»Da oben«, sagte ich und zeigte um die Kurve herum den Hügel hinauf.

»Können wir hingehen?«

»Im Augenblick wohnen wir nicht da. Herr Heyerdahl hat es gemietet.«

»Herr Heyerdahl wohnt in *eurem* Haus?«

»Ja. Jeden Sommer, mit seiner Frau und seinen Kindern.«

»Dann müssen wir unbedingt hin und ihn treffen«, sagte sie, blieb auf der Straße stehen und schwenkte den Hut an ihrer Seite.

»Wieso?«, fragte ich.

Tullik lachte. »Wieso, Johanne? Um seine Bilder zu sehen, natürlich! Um ihn bei der Arbeit zu sehen!«

»Der Hügel ist schrecklich steil«, sagte ich.

Doch da sie schon herumgewirbelt war, blieb mir nichts anderes übrig, als ihr zu folgen.

In der Gluthitze stapften wir die Anhöhe hinauf, vorbei an Gärten, in denen Rhododendron und Lupinen gerade erblühten. Die Sonne streckte ihre Arme nach uns aus und machte uns den Anstieg noch mühsamer. Wir hatten die Biegung hinter uns gelassen und begaben uns an das letzte steile Stück, als uns eine Frau mit einem Korb entgegengeeilt kam.

Es war Mutter. »Johanne?«, rief sie, als sie noch etliche Meter entfernt war. »Johanne, bist du das? Was machst du hier?«

Ihr Blick fuhr von mir zu Tullik und wieder zurück, während sich eine Vielzahl von Fragen auf ihrer Miene zeigten. *Ist sie nach Hause geschickt worden? Sind die Ihlens enttäuscht von ihr? Hat sie etwas falsch gemacht? Hat sie der Familie Schande gemacht?*

Einen Augenblick lang genoss ich ihre Verwirrung. Ich sah, dass sie angestrengt nach einem Grund suchte, warum ihre Tochter zu dieser Tageszeit mit einer feinen, jungen Dame aus der Stadt unterwegs war. »Das ist Miss Ihlen«, sagte ich. »Tullik, das ist meine Mutter, Sara Lien.«

Tullik war zu meiner Mutter genauso freundlich wie ihre Mutter zu mir und streckte ihr höflich die Hand entgegen. »Sehr erfreut, Ihre Bekanntschaft zu machen, Frau Lien«, sagte sie, und mit einem Mal spürte man, dass sie aus besseren Kreisen kam.

So viel Aufmerksamkeit verwirrte Mutter nur noch mehr, und sie spulte ihre für Herrn Heyerdahl gelernten Floskeln ab. »Oh ja, hallo, Miss Ihlen. Ich hoffe doch nur, Johanne macht Ihnen keine … Das macht sie doch nicht, oder? Ich wollte gerade die Heyerdahls aufsuchen. Sie wissen doch, dass sie den Sommer über unser Haus gemietet haben? Ich dachte, ich bringe ihnen ein paar … Aber momentan haben sie Gäste aus Kristiania. Kennen Sie Herrn Heyerdahls Bilder? Er hat auch Johanne einmal gemalt, hat sie Ihnen das erzählt?«

»Ja, eigentlich wollten wir gerade zu ihm. Ich hatte gehofft, ihn kennenzulernen«, sagte Tullik.

»Oh nein!« Mutter lenkte ihre Missbilligung auf mich. »Du kannst jetzt nicht zu den Heyerdahls, Johanne, sie haben Gäste. Sagte ich das nicht? Freunde aus Kristiania.«

»Dann kenne ich sie vielleicht«, wandte Tullik ein.

»Nein, ich glaube, es sind hauptsächlich Maler«, erwiderte Mutter und sah immer noch mich an. Ihre Stimme wirkte gepresst, als versuchte sie, einen an Tullik gerichteten Tadel herunterzuschlucken. Da sie wusste, dass sie schnell an Boden verlor, wandte sie sich erneut an mich. »Aber was machst du denn hier? Wieso bist du nicht bei der Arbeit, Johanne? Ich hoffe, sie hat nicht …«

»Wir sind mit ihrer Arbeit sehr zufrieden«, sagte Tullik, und als sie ihren Arm um meine Schultern legte, durchströmte mich eine Welle der Zuneigung. »Ich hatte sie gebeten, mich heute zu begleiten. Meine Mutter hat uns die Erlaubnis gegeben. Und wir müssen den Apotheker aufsuchen; Johanne braucht Salbe für ihre Hände.«

»Was ist denn mit deinen Händen?«, fragte Mutter mich vorwurfsvoll. »Du hast Hände, die gut anpacken können.«

»Terpentin«, sagte ich in der Hoffnung, dieses eine Wort wäre Erklärung genug.

»Dann hol ein bisschen Lavendelsalbe«, sagte sie und wühlte in ihrer Tasche. »Ich hab bestimmt ein paar Kronen dabei. Oder du lässt bei Herrn Backer anschreiben.«

»Nein, nein«, mischte sich Tullik ein. »Ich kaufe die Salbe.

Schließlich ist sie unsere Angestellte. Wir brauchen eh einen Vorrat davon.«

Meine Mutter knickste gekünstelt, trat näher zu uns und wollte uns wieder den Hügel hinunterdrängen. »Du solltest Miss Ihlen die Pier zeigen, Johanne. Oder mit ihr am Strand spazieren gehen, dort weht eine frische Brise. Hier oben erstickt ihr ja. Man hat keine Luft zum Atmen.«

»Nein, das ist nicht schlimm«, sagte Tullik. »Ich würde wirklich gerne Herrn Heyerdahl besuchen. Ich bin sicher, unser Besuch wird ihm keine Ungelegenheiten bereiten.«

Mutter hatte einen ganz merkwürdigen Gesichtsausdruck. Den kannte ich schon von anderen Gelegenheiten, wenn sie unbedingt protestieren wollte, es aber wegen der Umgebung oder anderer Anwesender nicht konnte. Wie Frau Berg konnte auch meine Mutter nichts gegen Tulliks Ansinnen machen. Also hob sie ihr Kinn und zwang sich zu einem verkniffenen Lächeln. »Nun denn, dann einen schönen Tag«, sagte sie, ohne noch einmal mich, meine Hände oder meine Anstellung bei den Ihlens anzusprechen. Sie verschwieg etwas, aber ich wusste nicht, was.

Tullik und ich stiegen also den Hügel hinauf, bis wir endlich den letzten Abschnitt des Weges erreichten, der zu unserem Haus führte. Wir beide waren von der glühenden Hitze erschöpft und blieben alle paar Schritte stehen. Unser Blick wurde wie magisch vom Fjord angezogen. Und so standen wir da und nahmen die überwältigende Aussicht in uns auf: das tiefe, glitzernde Blau, das sich bis in die Unendlichkeit erstreckte.

»Kein Wunder, dass die Künstler hierherkommen. Bei so einem Panorama«, bemerkte Tullik. »So etwas muss ja inspirieren.«

»Sie sagen, dass sie auch wegen des Lichts kommen«, erklärte ich. »Offenbar ist es hier ganz besonders. Die alten Bauern behaupten, das liegt an den Klippen aus grauer Vorzeit, die zurückblieben, als vor Tausenden von Jahren das Eis schmolz. Es heißt, die Form der Landschaft bricht das Licht so, dass wir immer wie in Gold gebadet sind. Und das lieben die Künstler.«

Ich hob mein Gesicht zum Himmel und tauchte es ins Licht. Als meine Haut von der Sonne zu brennen anfing, fiel mir wieder ein, was *er* über Personen in Bildern gesagt hatte: dass sie wachsen und sich verändern würden wie das Leben. Dass sie das Leben *wären*.

»Das kann ich verstehen«, sagte Tullik. »Es ist wirklich faszinierend. Aber wie übersteht ihr den Winter? Wie kommt ihr durch Schnee und Eis hier hoch?«

Im Augenblick war es unmöglich, sich den Winter vorzustellen. Meine feuchten Kleider klebten am Leib, und mir rann der Schweiß den Rücken hinunter. Die Sonnenstrahlen durchdrangen meinen ganzen Körper; meine Kehle war ausgedörrt, meine Stirn schweißnass und meine Hände, die immer noch vom Terpentin brannten, glühten in der Hitze. Ich sehnte mich nach dem Winter, nach nur einer einzigen kalten Sekunde. Wie schön wäre es jetzt gewesen, mich in den tiefen Schnee zu werfen und die eisige Luft einzuatmen, die meine Nase frieren ließ und meine Wangen rot färbte.

»Zu Fuß«, sagte ich. »Man gewöhnt sich daran.«

»Bei einem so steilen Hügel müsste ich mit einem Seil gezogen werden!«

»Wahrscheinlich lernt man das, wenn man hier aufgewachsen ist«, sagte ich. »Unsere Körper scheinen genau zu wissen, wie sie sich vorbeugen müssen, um die Steigung hinaufzukommen, und auch, wie sie sich nach hinten neigen müssen, um hinunterzukommen. Tatsächlich gibt es in Åsgårdstrand nur ganz wenige Stellen, wo man wirklich ganz gerade steht.«

Wir lachten gerade über dieses Phänomen, als ich einen Mann sah, der durch unsere Gartenpforte auf den Weg trat.

»Sieh dir den an, Johanne«, scherzte Tullik. »Ist er ein Einheimischer? Beugt er sich im richtigen Winkel? Kannst du das erkennen?«

Ich blieb stehen und schaute ihn mir genauer an. Er trug einen Panamahut mit schwarzweißem Band und eine dunkle, lange Jacke. Von seinem Gesicht konnte ich zwar nicht viel erkennen, doch ich wusste sofort, warum meine Mutter so gegen unseren Besuch gewesen war und was sie uns verschwiegen hatte. Die starke Linie an seinem Kiefer und die breite Stirn waren unverwechselbar: Wer sich da näherte, war Edvard Munch.

»Nein, der kommt nicht von hier«, sagte ich. »Das ist Munch.«

Mit einer Zigarette in der einen Hand und einem Skizzenbuch in der anderen kam er auf uns zu.

»Was sollen wir sagen?«, fragte Tullik ganz aufgeregt.

»Gar nichts.« In den vielen Jahren, die ich Munch beobachten konnte, hatte ich seine Verhaltensweisen und die unkonventionelle Art, wie er mit anderen Menschen umging, kennengelernt. »Man kann ihn nicht ansprechen. Er geht immer mit halb geschlossenen Augen, wie im Traum, und achtet auf niemanden. Aber wenn er etwas sieht, das ihn interessiert, bleibt er stehen.«

»Glaubst du, er wird meinetwegen stehen bleiben?«, fragte sie.

Ich erinnerte mich daran, wie gefesselt Munch von Tullik gewesen war, als er sie auf der Tanzveranstaltung gezeichnet hatte. »Das weiß ich nicht«, log ich.

Er kam näher, zog an seiner Zigarette und blickte hinaus aufs Meer. Der spektakuläre Ausblick hatte seine Aufmerksamkeit gefesselt. Die blau-violette Wasserfläche lockte ihn. Er studierte sie und prägte sich jedes kleinste Detail ein: wie sich das Sonnenlicht auf den Wellen fing und wie die Farbe an unterschiedlich tiefen Stellen variierte. Ich hatte oft gesehen, wie er malte, ohne sein Motiv auch nur anzusehen. Er verstaute jedes Bild in seinem Gedächtnis und konnte es jederzeit und an jedem Ort vollständig wieder heraufbeschwören.

Tullik ließ ihren Hut fallen. »Ach, jetzt sieh mich nur an«, sagte sie und beugte sich langsam vor, um ihn aufzuheben. »Wie ungeschickt von mir.«

Munch war uns jetzt so nahe gekommen, dass er, als er den Blick zum Weg zurückwandte, Tullik sah, die vor ihm am Boden hockte. So blieb ihm nichts anderes übrig, als stehen zu bleiben. »Verzeihung, Madam«, sagte er stockend.

Tullik richtete sich auf. Sie straffte die Schultern und schob sich die Haare aus dem Gesicht. »Tut mir leid, mein Herr, ich habe meinen Hut fallen gelassen«, sagte sie atemlos.

Munch trat einen Schritt zurück. Er riss die Augen auf und nahm seine Zigarette aus dem Mundwinkel. »Johanne?«, fragte er und steckte sich sein Skizzenbuch unter den Arm.

Einen Moment lang kämpfte er mit derselben Frage wie eben meine Mutter. Dabei blickte er von Tullik zu mir und wieder zurück.

»Das ist Miss Ihlen«, kam ich ihm zu Hilfe. »Sie wohnt den Sommer über in Borre. Ich arbeite als Hausmädchen für ihre

Familie. Mutter hat mir die Stelle besorgt. Deshalb konnte ich nicht zum Malen kommen – tut mir leid. Tullik, das ist Edvard Munch.«

Munch streckte die Hand aus, die Tullik entzückt ergriff. »Sehr erfreut, Ihre Bekanntschaft zu machen, Herr Munch.« Sie neigte den Kopf und lächelte ihn mit neckisch hochgezogenem Mundwinkel an, bevor sie die schockierende Feststellung äußerte: »Ich glaube, Sie kennen meine Schwester Milly.«

Wie nach einer Antwort suchend, blickte Munch auf den Weg. »Ja«, murmelte er schließlich. »Frau Thaulow und ich haben uns vor ein paar Jahren kennengelernt.«

»Sie heißt jetzt Frau Bergh«, erklärte Tullik.

»Selbstverständlich, davon habe ich gehört.«

»Wir wollten Herrn Heyerdahl besuchen«, sagte ich, weil mir auffiel, dass Munchs Hand zitterte.

»Hans unterhält den Feind. Ich musste da weg«, erklärte er.

Tullik stieß ihr ansteckendes Kichern aus. »Den Feind? Meinen Sie zufällig die langweiligen Gäste aus Kristiania?«

Munchs Augen leuchteten auf, als er merkte, dass sie die Anspielung verstanden hatte. »Langweilig und arrogant.«

»Von sich selbst eingenommen und hohl«, fügte Tullik hinzu. »Manchmal treibt mich die Langeweile zu den seltsamsten Zerstreuungen.«

Munch zog an seiner Zigarette und betrachtete sie wie ein Ausstellungsstück im Museum. Dieses Wesen mit den flammend roten Haaren irritierte ihn, entzückte ihn und zog ihn an wie eine Meerjungfrau oder eine Nymphe. »Waren Sie schon im Badehaus, Miss Ihlen?«, fragte er. »Es ist herrlich erfrischend. Ehrlich gesagt wollte ich gerade hinunter zum Strand.«

»Eine wunderbare Idee«, sagte sie. »Komm, Johanne, gehen wir baden!«

»Aber wir haben keine Badesachen dabei«, wandte ich ein.

»Es ist nach zwölf«, sagte Munch. »Da wird die weiße Fahne oben sein. Frauenbadezeit.«

»Dann los, Johanne, springen wir kurz ins Meer. Das wird uns erfrischen.«

»Aber …« Tausend Einwände marschierten mir durch den Kopf, unterstützt von den harschen Vorhaltungen meiner Mutter: *Mit dem Sünder gesehen werden? Tullik zur Bekanntschaft mit ihm ermutigen, obwohl du weißt, wie ihre Familie über ihn denkt? Ohne Badesachen ins Meer? Willst du an einem einzigen Tag deine Arbeit und deinen guten Ruf verlieren?*

»Und was ist mit Herrn Heyerdahl?«, fragte ich.

»Ach, der kann warten«, sagte Tullik und wedelte mit der Hand, als fege sie eine Fliege beiseite. »Außerdem hat er doch schon Gäste.«

Sie verbog wieder einmal mühelos die Wirklichkeit, um eine völlig nachvollziehbare Begründung vorzubringen, warum wir unser ursprüngliches Vorhaben aufgeben und stattdessen mit Munch zum Strand gehen sollten. Zuerst bei Julie Ihlen, dann bei Frau Berg, dann bei meiner Mutter. Und jetzt bei mir. Obwohl ich es besser wusste, konnte ich Tullik ihre willkürlichen Wünsche nicht abschlagen. Widerstrebend fügte ich mich meinem Schicksal und trottete hinter Tullik und Munch wieder den Hügel hinunter. Ihre rote Mähne schien ihn einzuhüllen, während sie nebeneinander hergingen. Ihre Oberkörper neigten sich einander zu, als würden sie durch eine unsichtbare Macht voneinander angezogen.

6

Rubinrot

Und so entsteht bei physischen Phänomenen diese höchste aller Farbenerscheinungen aus dem Zusammentreten zweier entgegengesetzten Enden, die sich zu einer Vereinigung nach und nach selbst vorbereitet haben.

Johann Wolfgang von Goethe,
Zur Farbenlehre

Während Tullik und Munch immer mehr zueinander drifteten, achtete ich darauf, mich ein paar Schritte hinter ihnen zu halten. Ihre Unterhaltung war durchsetzt von vielen Pausen. Doch das Schweigen war nicht unangenehm, und Munch schien sich in ihrer Gesellschaft wohl zu fühlen. Wir erreichten den Fuß des Hügels und kamen an den Fischerhütten vorbei. Mein Herz klopfte schneller. Wenn mich irgendjemand sah, würde meine Mutter in Minutenschnelle davon erfahren. Also hielt ich den Kopf gesenkt und versuchte, mich hinter Tulliks kleinem, zartem Körper zu verstecken.

Als wir Munchs Hütte erreichten, wollte ich schon weitergehen, aber Munch stoppte am Tor, und ich war gezwungen abzuwarten.

»Wenn Sie wollen, können Sie durch meinen Garten gehen«, sagte Munch. »Das ist eine Abkürzung zum Strand.«

»Oh, wie nett von Ihnen«, strahlte Tullik und folgte ihm zum Gartentor.

Ich eilte ihnen nach. Wenigstens würden die Bäume uns ein bisschen abschirmen, und im Garten fielen wir weniger auf als auf der Straße.

Wieder einmal trat ich durch das Tor in die verbotene Welt von Munch. Die Bilder lehnten unverändert an der Mauer seines Ateliers. Die dunkle Dame blickte immer noch tieftraurig auf ihren Schatten; die Schwangere mit den Kirschen wirkte immer noch einsam und verloren. Mir fiel auf, dass noch ein paar Bilder hinzugekommen waren. Im ganzen Garten lagen willkürlich verteilt Leinwände unterschiedlicher Formen und Größen, lehnten an Findlingen und Hecken. Die viereckigen Farbfelder, die mit den Pflanzen und den Blumen verschmolzen, wirkten wie eine Naturausstellung.

»Oh, wie zauberhaft!«, rief Tullik aus, als ihr Blick darauf fiel. »Eine Freiluftgalerie!«

»Ich verpasse ihnen die Rosskur«, sagte Munch. »Lasse sie draußen. Das verleiht ihnen Leben.«

Tullik schlenderte zwischen den Bildern umher, blieb hier und da stehen und betrachtete sie quälend lange.

Munchs Blick folgte ihr gebannt und fasziniert. Abgesehen von Inger war Tullik wohl eine der wenigen Frauen, die seinen Gemälden solch wohlwollende Aufmerksamkeit schenkte. Sie zeigte keinerlei Abscheu wie die anderen Damen aus Kristiania, sondern betrachtete sie mit offensichtlichem Genuss.

Meine Neugier überwältigte mich, und der Griff meiner Mutter um mein Gewissen begann sich zu lockern. Ein Bild von einer Straße voller Menschen bei Sonnenuntergang zog mich an. Leute kamen auf mich zugerannt, als wollten sie von der Leinwand fliehen. Ihre Gesichter zeigten Panik, ihre Augen Angst und Schrecken. Als Insel in diesem Strom von Menschen stand eine einsame Gestalt mit dem Rücken zu mir mitten auf der Straße, wie ein dünner, schwarzer Strich. Isoliert. Diese einsame Figur stellte sich dem unvermeidlichen Nahen der Nacht, fügte sich als Einziger ihrer Bedrohung. Sollte diese Gestalt Munch sein? Sah er sich so?

Neben der Straßenszene sah ich das Porträt eines Mannes, den ich kannte. Es war Jacob, der Aufseher im Badehaus. Sein Gesicht war grob und wettergegerbt. Munch hatte Jacobs langes, entbehrungsreiches Leben mit entspannten, fast willkürlich wirkenden und doch präzisen Pinselstrichen auf Leinwand gebannt. Im gelben Licht eines Büschels Butterblumen, das neben dem Bild wuchs, wirkte die Haut des alten Mannes fast lebendig.

Tullik stand versunken vor dem Porträt einer Waschfrau; das musste Frau Björnson sein, ein korpulentes Weib wie Frau Berg, mit dicken Armen und entschiedener Haltung. Sie übernahm in ganz Åsgårdstrand das Waschen und Bügeln. Würde und Ruhe umgaben die einfache Frau, die ihrer Arbeit nachging, während Munch, der stille Beobachter, einen Augenblick ihres Lebens stahl.

Jedes einzelne Bild war ein Stück Leben. Die Porträtierten posierten nicht wie Modelle und schienen kaum zu bemerken, dass der Maler sie beobachtete. Sie gingen einfach ihrer Arbeit nach, in ihrer natürlichen Umgebung, real und ungestört.

Tullik neigte ihren Kopf von der einen Seite zur anderen, als sie die Waschfrau und ihre Tochter Constanse betrachtete, die auf dem Bild neben ihrer Mutter stand. Dann kehrte sie zum Atelier zurück, wo ihr Blick auf das düstere Bild von der Frau mit ihrem drohenden Schatten fiel.

Nach einer Weile hob sie die Hand wie eine Schülerin in einer Klasse. Als sie sich umdrehte, um nach Munch zu schauen, entdeckte sie, dass er bereits direkt hinter ihr stand. »Warum malen Sie so?«, fragte sie.

»Ich versuche, die unlösbaren Rätsel des Lebens zu malen, das, was uns verstört«, antwortete er. »Ich versuche das Leben so zu malen, wie es gelebt wird.«

»Die Leute sagen, so wie Sie kann man nicht malen«, sagte Tullik und wies mit ihrem Hut auf das Bild vor ihr.

»Leicht ist es nicht«, sagte Munch.

Tullik lachte. »Nein, nein«, erwiderte sie, »sie stellen nicht Ihr Können infrage, sondern sagen, das sei grob und vulgär.«

»Die Wahrheit wirkt oft vulgär«, entgegnete Munch. »Während die Lüge funkeln kann wie prächtige Sterne.«

»Dies hier zum Beispiel«, sagte Tullik und zeigte auf das Porträt von Jacob. »Er sieht aus wie ein vornehmer Mann, dabei ist er nur der Aufseher des Badehauses.«

»Ja, ich nenne ihn den *Einheimischen*«, sagte er. »Sein Leben hat ein Ziel, und er kennt dieses Ziel. Im Gegensatz zu den Gästen aus Kristiania, den Leuten im Hotel, die ständig neue Möglichkeiten suchen, sich die Zeit zu vertreiben. Was ist das Ziel ihres Daseins? Finden sie es in Zeitungen und Zeitschriften, in Restaurants oder bei Spaziergängen auf der Karl-Johan-Straße? Wenn es ihnen passt, nehmen sie Jacobs Hilfe an, ohne zu wissen, dass das Ziel seines Lebens erreicht ist, nur weil er ihnen dient. Glauben Sie, dass sie je richtig glücklich sind, wie die Einwohner von Åsgårdstrand, die ihr Glück in den einfachen Dingen finden, etwa im Verdienen ihres Lebensunterhalts?«

»Die kleinen Leute sind eigentlich die großartigsten«, sagte Tullik, ohne mich anzusehen. »Es mögen kleine Leute sein, doch sie kümmern sich nicht um Kleinigkeiten. Diese Frau«, sagte sie und wandte sich wieder der düsteren Dame und ihrem Schatten zu. »Wer ist sie?«

»Das ist meine Schwester Laura«, antwortete er und zeichnete mit den Fingern die Silhouette von Lauras Körper nach. »Sie wird von Angst verzehrt. Ständig versucht sie, vor ihrem eigenen Schatten zu fliehen, kann sich aber nicht befreien. Arme Laura, sie leidet, wenn die Leute sich über meine Kunst lustig machen und mich verspotten.«

»Das kann ich verstehen«, sagte Tullik. Als würde sie es nicht bemerken, streifte sie mit ihrer Hand seinen Arm. »Ich glaube, ich könnte auch so sein.«

Munch antwortete nicht, sondern holte einen Kohlestummel aus seiner Tasche. Damit skizzierte er den Umriss einer anderen Frau um Lauras Körper und zeichnete behutsam Tulliks Gesicht hinein, bis dort schließlich zwei dunkle Gestalten zu sehen waren, die sich aus Angst vor ihrem eigenen Schatten aneinanderklammerten.

Tullik blickte auf das Bild. Dann strich sie ihre Haare zurück und setzte sich mit ebenso abschließender Geste den Hut wieder auf. »Komm, Johanne«, sagte sie zu mir, blickte dabei aber Munch an. »Lass uns baden gehen.«

Sie hatte die Arme gehoben, als wollte sie ihren Hut feststecken, aber die Bewegung war viel länger als notwendig und lud ihn ein, ihren Körper zu betrachten. Selbst ich war fasziniert, wie die Sonne ihr rotes Haar zum Leuchten und ihr weißes Kleid zum Schimmern brachte.

»Wir sehen uns am Strand, Herr Munch«, sagte Tullik. »Danke für diese höchst interessante Ausstellung.«

Munch lüftete seinen Hut, als Tullik langsam davonschlenderte. Wir wanderten durch das hohe Gras am Plumpsklo vorbei, einem schmalen Wachhäuschen ganz hinten im Garten. Tullik lachte schallend, als sie ungelenk den Maschendrahtzaun überstieg, und winkte über die Schulter zu dem Maler zurück, der sie, wie sie wusste, beobachtete.

Wir gingen am Grand Hotel und dem Kiosterud-Haus vorbei, dann am Kiesstrand entlang zum Central Hotel, einem weiteren der vier Hotels für die Sommergäste. Auf der Pier herrschte gespannte Erwartung; am hinteren Ende hatte sich eine Menge versammelt, die ungeduldig auf die Ankunft des fälligen Postboots mit den Löhnen der Seeleute wartete. Ein paar Segler umrundeten die Pier, und ein junger Mann tauchte die Füße ins Wasser und angelte sich mit den Zehenspitzen ein kleines Ruderboot.

Als wir am Badehaus ankamen, war es dort überraschend ruhig. Mittlerweile klebten mir die Kleider am Leib, und die Aussicht, ins Wasser zu springen, war höchst verlockend. Munch hatte recht gehabt: Die weiße Fahne flatterte über der Umkleidekabine neben dem kastenförmigen, dachlosen Zelt, das die weiblichen Badenden vor Blicken abschirmte.

»Siehst du«, sagte Tullik. »Wir brauchen keine Badesachen; das Zelt wird uns verbergen.«

»Wir können Jacob nach Handtüchern fragen«, sagte ich. »Die kriegt er vom Hotel.«

Wir liefen über die wacklige Holzpier zum Schwimmbereich. Ein junges Mädchen auf einer Rampe spielte mit einem Hund, der begeistert bellte, als wir vorbeigingen. Ich straffte mich und eilte vorbei, um keine Aufmerksamkeit auf mich zu lenken. Jacob hing in einem Liegestuhl auf der Terrasse. Der gestreifte Stoff sackte tief unter seinem Körper durch, und

Jacob hatte seinen Hut übers Gesicht gezogen, sodass nur noch sein Bart zu sehen war. Er schien zu schlafen, doch kaum hörte er unsere Schritte, sprang er vom Liegestuhl hoch, als wäre der in Brand gesteckt worden. »Meine Damen«, sagte er und rückte seinen Hut zurecht.

»Könnten Sie uns ein paar Handtücher leihen?«, fragte Tullik.

»Und Badesachen«, fügte ich hinzu.

Jacob steckte zwei Finger in den Mund und pfiff laut. »Marie!«, brüllte er dem Mädchen mit dem Hund zu. »Lauf schnell, und hol den Damen Handtücher und Badesachen.«

Das kleine Mädchen sprang auf und verschwand Richtung Hotel.

»Das ist meine Enkelin. Sie kriegt ein paar Öre, weil sie mir hilft«, erklärte er und kratzte sich mit seinen alten, rissigen Fingern am drahtigen Kinnbart. Ich betrachtete sein Gesicht und bemerkte all die Falten, die Munch so sorgfältig gemalt hatte und die sich jetzt, während Jakob sprach, bewegten und die Form veränderten.

Bei der Erwähnung von Geld suchte Tullik sofort in ihrer Tasche nach ein paar Münzen. »Wie lang dürfen wir?«, fragte sie.

»So lange Sie mögen«, antwortete Jakob. »Heute ist wenig Betrieb. Die Besucher sind beim Konzert in der Stadthalle.«

Marie kam zurückgerannt, mit einem Bündel in den Armen, das ihr Gesicht verbarg. Wir nahmen die Handtücher und Badesachen, und Jacob schloss die Umkleidekabine auf. »Die Damen«, sagte er noch einmal und wies uns mit einer schiefen Verbeugung hinein, bevor er zu seinem Liegestuhl zurückkehrte.

Tullik zog sich schnell aus und warf ihre Kleider auf die

Bank, als wären sie verseucht. Ohne jede Hemmung zog sie sich vor mir aus, sodass ich verlegen den Blick abwandte, als ich aus dem Augenwinkel das Aufblitzen weißer Haut sah. Sie griff nach einem Handtuch und hüllte es sich um die Schultern, während ich mein Korsett öffnete und kurz innehielt, um die Erleichterung zu genießen.

»Ich gehe rein«, sagte sie, ohne den Badeanzug, den Marie ihr gebracht hatte, auch nur eines Blickes zu würdigen. »Beeil dich!«

Ich musterte meinen Badeanzug mit den gerüschten Ärmeln und den langen Beinen. Ermutigt durch Tulliks Unbefangenheit, nahm ich mein Handtuch, wickelte es mir um den nackten Körper und kletterte die Leiter an der Rückseite der Kabine hinunter.

Hinter mir platschte es laut, als Tullik ins Wasser sprang und dann prustend und keuchend wieder auftauchte. »Huuuuuh!«, schrie sie. »Es ist wundervoll!«

Ich hängte mein Handtuch ins Geländer der Leiter und zögerte kurz auf der untersten Sprosse.

Tullik kicherte. Ihre Lippen glänzten feucht, und ihr Haar driftete wie goldener Seetang um sie herum. »Spring.«

Ich hielt mir die Nase zu, hüpfte von der Sprosse und tauchte ins köstlich kühle Meer.

»Ist das nicht herrlich?«, fragte Tullik, als ich wieder auftauchte. »So erfrischend und belebend!« Sie schwamm in Kreisen um mich herum, während ich mir die Haare aus dem Gesicht strich und die Augen rieb. Dann drehte sie sich auf den Rücken und schwamm von einem Ende des Zelts zum anderen, mit graziös durchgestreckten Armen. Ihre kleinen Brüste tauchten aus dem Wasser auf. Immer wieder warf sie sich herum und machte kehrt, wobei sie manchmal so lange unter Wasser verschwand, dass ich nervös wurde. Dann tauchte sie plötzlich in einer Fontäne wieder auf, und das Wasser rann ihr übers Gesicht wie flüssiges Gold. Es war, als gehörte sie ins Meer, wie Rán, die Meeresgöttin, von der wir in der Schule Geschichten gelesen hatten. Tullik fehlte nur noch das Netz, mit dem Rán die Männer fing, die sich aufs Meer hinausgewagt hatten.

»Weißt du, Johanne«, sagte Tullik, und ihre Augen blitzten in der Sonne, »an Tagen wie diesen hätte ich gute Lust, etwas wirklich Abenteuerliches zu tun, du nicht auch?«

»Was denn zum Beispiel?«

»Ach, ich weiß nicht. Etwas Kühnes, Gewagtes.«

Wir beschrieben mit den Armen weite Kreise und paddelten hektisch mit den Füßen, um uns über Wasser zu halten.

»Glaubst du, Munch ist schon am Strand?«, fragte sie.

Ich wusste sofort, was sie in Versuchung führte. Die Begegnung mit Munch hatte etwas in ihr ausgelöst, was ihre Furchtlosigkeit verstärkte und ihr neuen Auftrieb verlieh.

»Kann sein«, sagte ich.

Ihr Gesicht leuchtete, und ihr Blick, der sich in meine Augen bohrte, war so intensiv wie noch nie zuvor. »Ich schau mal nach«, verkündete sie mit kaum unterdrückter Erregung.

»Was meinst du damit?«

Sie schwamm zum Rand des Zelts und hob die Plane an.

»Tullik?«, fragte ich. »Was machst du da?«

»Warte hier. Ich bin gleich wieder da«, sagte sie nur.

Sie tauchte unter und verschwand in der Tiefe.

Ich schwamm ebenfalls zum Rand des Zelts und versuchte, die Plane so weit anzuheben, um auf die andere Seite sehen zu können. Doch da sie von Seilen und Holzpflöcken an Ort und Stelle gehalten wurde, befürchtete ich, das ganze Gebilde würde um mich herum zusammenbrechen. Daher schwamm ich zur Leiter und zog mich aus dem Wasser. Als ich mir mein Handtuch schnappte und mich darin einhüllte, machte ich mir Vorwürfe, weil ich so unvernünftig gewesen war. An einer Ecke des Zelts schaffte ich es, mit meinen Fingern eine kleine Lücke zwischen zwei Planen zu schaffen. Ich spähte hindurch, sah jedoch nur das Meer, das gegen die Felsen schlug. Ich stellte mich auf die Zehenspitzen und zerrte die Lücke weiter auseinander.

»Tullik«, flüsterte ich frustriert. Dann musste ich an ihren Vater denken. Ich stellte mir vor, wie ich zu einer Befragung ins Arbeitszimmer des Admirals gezerrt wurde. *Warum hast du Tullik erlaubt wegzuschwimmen? Wieso bist du ihr nicht gefolgt? Es war unverantwortlich von dir, sie fortschwimmen zu lassen. Wegen dir ist sie ertrunken.* Dann entdeckte ich in einer Ecke meines Gucklochs einen Kopf, der aus dem Wasser auftauchte. Ich hielt den Atem an. Der Kopf war schmal und glatt und durchschnitt die Wellen wie ein Delfin. Als er noch etwas weiter auftauchte, konnte ich die langen Haare sehen und erkannte, dass es Tullik war. Vor lauter Erleichterung stieß ich die Luft aus, die ich angehalten hatte. Was machte sie denn? Sie schwamm weiterhin schräg Richtung Strand. Wohin wollte sie?

Plötzlich hielt sie abrupt inne, dann fing sie an, auf allen vieren zu krabbeln. Das Wasser war mittlerweile zu flach zum Schwimmen. Während die seichten Wellen sie umspülten, legte sie sich mit dem Gesicht zum Strand auf die Seite, sodass Schulter und Hüfte deutlich aus dem Wasser emporragten. Sie stützte sich auf den Unterarm und blickte zum Strand. Jetzt waren ihr gesamter Oberkörper und ihre Hüfte deutlich zu sehen. Eine Schulter war noch im Wasser, und ihre Haare fielen ihr wie ein Vorhang über den Arm. Ihre andere Schulter leuchtete weiß in der Sonne. Die hellen Strahlen hoben ihre Brüste und die Kurven von Taille und Hüfte hervor. So blieb sie eine Weile liegen, wie eine wilde Kreatur, die das Meer angespült hatte, ätherisch und golden, stolz und ohne jede Scham. Nach ein paar Minuten glitt sie gemächlich wieder ins Wasser zurück. Während ihre Haut langsam untertauchte, wusste ich, dass irgendwo am Strand, außerhalb meiner Sichtweite, ein Paar traurige Augen sie beobachtete und eine Hand hektisch über einen Skizzenblock tanzte.

Herr Backer fragte nicht, was ich mit Tullik zu tun hatte. In seinen trüben alten Augen waren wir nur zwei junge Mädchen, die gemeinsam Besorgungen erledigten. Das war für ihn völlig normal.

»Es wird ein paar Tage dauern«, sagte er, als er die Lavendelsalbe über die Verkaufstheke reichte. »Und Terpentin solltest du eine Weile nicht anrühren. Bei manchen reagiert die Haut stärker als bei anderen. Glücklicherweise bist du keine Malerin, Johanne.«

»Nein«, sagte ich, »ich bin keine Malerin.« *Noch nicht.*

Tullik nahm die Salbe und steckte sie in ihre Tasche.

Wir traten aus dem Laden auf den Stadtplatz, wo gerade Markt war und buntes Treiben herrschte. Die Rufe der Marktschreier gellten uns von allen Seiten so laut entgegen, dass es schon fast erschreckend war.

Immer wieder zuckte Tullik zusammen und griff nach meinem Arm. »Halten die uns für taub?«

»Wer am lautesten schreit, verkauft am meisten.«

»Aber wenn sie alle Kunden verschrecken, kauft gar keiner mehr, oder?«

»Gibt es in Kristiania keinen Markt?«, fragte ich lachend.

»Doch, natürlich«, antwortete sie. »Doch da darf ich nicht hin. Dieses Privileg haben nur die Bediensteten.«

»Normalerweise stehe ich dort«, sagte ich und zeigte zu einer Straßenlaterne gegenüber dem Victoria Hotel, »und verkaufe meine Erdbeeren.«

»Eines Tages komme ich mit und schreie für dich die Kunden an«, sagte Tullik kichernd.

»Dann könntest du sie vielleicht verscheuchen.«

»Gut«, sagte sie. »Denn dann würde ich deine köstlichen Erdbeeren alle allein essen.«

Als wir an den Fischständen vorbeikamen, roch es noch stärker nach der salzigen Seeluft.

Ich hatte gar nicht an Thomas gedacht, doch plötzlich stand er direkt vor uns und riss sich die Kappe vom Kopf. »Johanne!« Er strahlte mich an. »Kaufst du was? Wir haben Kabeljau und Makrelen.«

»Nein«, sagte ich, »wir wollten nur …« Ich wies mit dem Kopf zu Tullik, die Thomas trotz ihrer feuchten, goldenen Haare und ihres lauten Kicherns offenbar nicht bemerkt hatte.

»Hallo, Miss Ihlen«, sagte er. »Möchten Sie etwas Kabeljau?«

»Thomas!«, mahnte ich. »Wir kaufen nichts!«

»Obwohl wir gerne was kaufen würden!«, erklärte Tullik eilig. »Aber leider ist unser Abendessen schon vorbereitet.«

»Kommst du bald nach Hause?«, fragte Thomas, der wieder mich ansah und nicht zu merken schien, wie taktlos das war.

»Thomas!«

Tullik lachte erneut.

»Es gibt wieder eine Tanzveranstaltung«, sagte er, entschlossen, mich in Verlegenheit zu bringen. »Im Grand. Freitag. Kristian spielt. Kommst du auch?«

»Thomas, im Ernst! Dies ist nicht der rechte Zeitpunkt …«

»Sie wird da sein«, sagte Tullik und verschränkte die Arme über der Brust.

Thomas nickte nachdrücklich. »Dann ist's ja gut«, sagte er und setzte sich wieder die Kappe auf, als hätte er gerade einen fairen Preis für eine Palette Kabeljau ausgemacht. Ich dachte schon, er würde Tullik die Hand drücken. »Dann sehe ich dich da.«

Noch bevor ich etwas darauf erwidern konnte, schob Tullik meine Hand in ihre Armbeuge und zog mich vom Fischstand fort. Anscheinend bemerkte sie nicht die Blicke, mit denen uns die Damen aus Kristiania bedachten. Und wenn doch, schien sie unempfindlich gegen ihre Neugier und Missbilligung.

»*Dann sehe ich dich da*«, wiederholte sie, als wir den Platz hinter uns gelassen hatten und in eine stille Gasse eingebogen waren. »Wer *war* das?«

»Das war nur Thomas«, antwortete ich zurückhaltend.

»Nur Thomas? Nur Thomas und weiter?«, scherzte sie.

»Thomas Askeland.«

»Er mag dich«, erklärte sie. »Magst du ihn auch?«

»Vielleicht.«

Tullik quiekte und schlang die Arme um mich. »Vielleicht? Nur vielleicht? Wie viel ist denn vielleicht? Ist vielleicht sehr, oder ist vielleicht ein bisschen?«

»Tullik!«, sagte ich, obwohl ich es genoss, wie sie mich aufzog. »Hör auf!«

»Aber *vielleicht* magst du ihn«, fuhr sie fort und drückte

mich noch fester an sich, bis ihre Stirn fast meine berührte. So, unter dem Rand ihres Huts, hinter dem Vorhang ihrer Haare, waren wir einander nahe genug, um uns die intimsten Geheimnisse anzuvertrauen. »Vielleicht magst du ihn sehr!«, sagte sie. Ihre weichen Lippen fuhren mir über die Wange, und ich spürte ihren Atem auf meinem Mund. »Vielleicht *begehrst* du ihn«, flüsterte sie. Die Außenwelt verblasste, als Tullik mich mit ihrer sanften Neckerei verzauberte. »Du begehrst ihn doch«, hauchte sie, »nicht wahr, Johanne?« Ihre Zunge strich über ihre geöffneten Lippen, während sie mich noch näher an sich zog. Sie hatte meine Taille umfasst. Wir wurden von einem überhängenden Jasmin verdeckt, dessen zarter Duft uns betörte und mit unseren Sinnen spielte. Gefangen in Tulliks Welt, ließ ich es zu, dass sie mich noch dichter an sich drückte, noch fester umfasste. »Du begehrst ihn – jawohl, das tust du«, sagte sie mit plötzlich ernster und leicht heiserer Stimme. Jetzt waren unsere Brüste gegeneinandergepresst, unsere Haut klebte von der Hitze aneinander, und wir atmeten beide schneller. Die Grenzen zwischen Wirklichkeit und Fantasie verschwammen, als sich das Feuer ihrer Berührung auf mich übertrug. Wieder strichen ihre Lippen über meine und verharrten dort für den Bruchteil einer Sekunde, lange genug, um die heiße, anschwellende Begierde zwischen meinen Beinen zu entfachen.

Ich war die Einzige in Tullik Ihlens Welt, und für diesen kurzen Augenblick wusste ich, wie es sich anfühlen konnte, wahrhaft geliebt zu werden.

Als ich den Mund öffnete, um ihren süßen Kuss zu empfangen, brach sie in schallendes Gelächter aus und löste sich von mir.

7

Licht

Und so erbauen wir aus diesen dreien
[… Hell, Dunkel und Farbe …] die sichtbare Welt und
machen dadurch zugleich die Malerei möglich.

Johann Wolfgang von Goethe,
Zur Farbenlehre

In den nächsten Tagen war ich bei den Ihlens gefangen in zwei Welten, die eine zunehmend größere Kluft trennte. Frau Berg wurde immer strenger mit mir und Ragna noch reservierter. Ich stand früh auf und aß allein zu Abend. Als meine Pflichten langsam zur Routine wurden, musste ich ihnen weniger Konzentration widmen und konnte während der Arbeit immer öfter den Raum in meinem Kopf aufsuchen. Es war gleich weniger anstrengend, die Teppiche auszuklopfen, und weniger öde, die Böden zu wischen, wenn ich dabei die Schätze begutachten konnte, die ich in meinem Kopf angehäuft hatte. Dies und meine sich entwickelnde Freundschaft zu Tullik bildete ein Gegengewicht zu dem Groll, der in Ragna köchelte.

Auf Tulliks Bitte hin übernachtete ich regelmäßig in Solbakken. Wenn ich endlich, zum Umfallen müde, von meinen Pflichten befreit war, saßen Tullik und ich in ihrem Zimmer und flüsterten heimlich die ganze Nacht miteinander. Wir sprachen über viele Dinge, doch hauptsächlich über Munch.

»Was hast du gemeint«, sagte sie eines Nachts, als wir auf ihrem Bett saßen, »als wir ihn auf dem Hügel trafen?«

»Was habe ich womit gemeint?«

»Mit deiner Arbeit hier. Dass du deshalb nicht zu ihm gehen und malen kannst? Wolltest du mit ihm zusammen malen?«

»Oh ja«, sagte ich. »Er hat letztes Jahr meine Zeichnungen gesehen und fand sie ziemlich gut.«

»Du zeichnest auch, Johanne?«, fragte sie, rückte näher zu mir und packte mich am Arm.

»Ich versuche es. Ich kann mich in Zeichnungen besser ausdrücken. Aber meiner Mutter gefällt das gar nicht. Er hat mir ein Buch gegeben, das ich vor ihr verstecken muss.«

»Was für ein Buch?«

»Es heißt *Farbenlehre*«, sagte ich, selbst überrascht, dass mir der Titel so leicht über die Lippen ging. »Und ist von einem Deutschen namens Johann. Er heißt also fast wie ich.«

»Johann von Goethe?«, fragte Tullik aufgeregt.

»Ja, genau.«

»Ich habe auch eines seiner Bücher«, sagte sie und sprang vom Bett. »Hier, auf diesem Stapel.« Sie kroch zu einem Bücherturm neben dem Fenster und fing an, während sie suchte, ein Gedicht aufzusagen. »›Wenn ihr's nicht fühlt, ihr werdet's nicht erjagen, wenn es nicht aus der Seele dringt und mit urkräftigem Behagen die Herzen aller Hörer zwingt.‹ Das ist aus *Faust*«, erklärte sie. »Kennst du es? Dann kommt was anderes und dann: ›Bewundrung von Kindern und Affen, wenn euch darnach der Gaumen steht – doch werdet ihr nie Herz zu

Herzen schaffen, wenn es euch nicht von Herzen geht.‹ Hat er *Faust* auch gelesen? Hat er das Buch?«

»Das weiß ich nicht«, antwortete ich und klang hoffnungslos unterlegen. »Er hat mir nur das Buch über Farben gegeben.«

»Dann musst du dich von ihm unterrichten lassen«, beschloss sie. »Wir gehen noch mal zu ihm nach Hause. Ich komme mit.«

»Das kann ich nicht«, erwiderte ich. »Ich muss doch hier arbeiten. Und wenn mich meine Mutter jemals in Munchs Haus erwischen würde, bekäme ich Schläge. Sie hält ihn für den Leibhaftigen.«

»Sie muss ja nichts davon erfahren, oder?«, sagte Tullik mit seltsam glühendem Blick.

»Das hat er auch gesagt. Trotzdem …«

»Was denn: trotzdem?«, widersprach Tullik. »›Wenn es nicht aus der Seele dringt!‹ Wenn deine Seele malen will, dann musst du malen. Wir gehen hin, gleich morgen!«

»Aber wie denn? Ich habe doch so viel Arbeit hier.«

»Ich überlege mir was«, sagte sie und tippte auf den Einband von Goethes *Faust*, als wären dort alle Antworten enthalten.

Tullik war die Jüngste der Ihlen-Töchter, daher verhätschelten der Admiral und seine Frau sie ein wenig.

»Ich habe ihnen gesagt, du müsstest mir dabei helfen, Stoff für ein neues Kleid auszusuchen«, erklärte sie, als wir durch den Wald nach Åsgårdstrand gingen.

»Wären deine Freundinnen aus Kristiania dazu nicht besser geeignet?«, wandte ich ein.

»Ach, die sind so langweilig«, gab sie zurück. »Mutter weiß, dass ich nichts für sie übrighabe. Sie mag dich, und solange deine Arbeit erledigt wird, wenn wir wieder da sind, hat sie nichts dagegen, dass du mich begleitest.«

Die Arbeit würde sich häufen. Ragna und Frau Berg würden fuchsteufelswild werden. Aber mit der Sonne erwachte vor meinen Augen der Sommer zum Leben, daher ließ ich mich in die Schönheit von Åsgårdstrand fallen, ohne einen weiteren Gedanken an Putzmittel und Wischmops zu verschwenden. Die Clematis hatten zu blühen begonnen, und überall hingen Rosen über den Zäunen, rahmten Türen und Fenster ein und verströmten ihren betörenden Duft. Die Natur malte, und ich musste ihrem Beispiel folgen.

»Wir können doch nicht einfach in sein Haus gehen«, sagte ich, als wir uns Munchs Hütte näherten.

»Warum nicht?«, fragte Tullik.

»Wir müssen erst eingeladen werden. Er muss … ich weiß nicht, *in der richtigen Stimmung* für Gäste sein.«

»Dann müssen wir ihn in die richtige Stimmung bringen«, sagte sie, nahm ihren Hut ab und wuschelte sich durchs Haar. »Komm!«

Wir gingen an Munchs Haustür vorbei, die er niemals nutzte. Sie blieb den ganzen Sommer über geschlossen, damit Passanten einfach weiterspazierten.

An der Gartenpforte blieb Tullik stehen und drehte sich zu mir um. »Nun?«, fragte sie und ergriff meine Hand. »Bist du bereit?«

Wie konnte ich je bereit sein, Munchs Garten zu betreten?

»Hallo?«, rief Tullik, bevor ich sie aufhalten konnte. »Herr Munch? Sind Sie zu Hause?«

Er saß auf der Rückseite des Hauses vor einer Staffelei, mit einer Palette in der Hand und einem Stapel Zeitungen neben sich, auf dem die Farbtuben lagen. Die trug er gerne so mit sich herum. Das Bild, an dem er gerade arbeitete, zeigte einen Mann auf einer Brücke, der auf einen violett wirbelnden Fjord blickte. Die untere Hälfte des Bildes wurde von sanften Blau- und Brauntönen und von Schwarz dominiert. Der Mann auf der Brücke im Vordergrund trug wie Munch eine dunkle Jacke und einen Hut. Zwei Gestalten mit Zylindern und schwarzen Anzügen entfernten sich im Hintergrund. Der verschwommene Himmel war farblos, noch nicht gemalt.

Unwillkürlich wich ich einen Schritt zurück und griff mir an die Brust, so bedrückend war das Bild. Ich hätte Munch direkt hier in seinem Garten in die Arme nehmen können, so groß war der Schmerz, der von ihm ausging.

»Tullik«, flüsterte ich. »Wir sollten gehen.«

Doch trotz meines Widerstands zerrte sie mich noch näher zu ihm, und mit einem Mal beherrschte sie die Atmosphäre so wie der Duft der Rosen.

»Wir wollten nur kurz vorbeischauen«, sagte sie, als er aufblickte. »Kommen wir ungelegen?«

Zu meinem Erstaunen erhob sich Munch von seiner Staffelei und steckte den Pinsel in das Glas am Boden. »Miss Ihlen«, sagte er, »Sie sind's.«

»Ja«, erwiderte sie lächelnd, »wir wollten kurz Hallo sagen.«

Als Munch sich zu mir wandte, blickte ich entschuldigend in seine traurigen Augen.

»Johanne«, sagte er, »im Atelier wartet eine Leinwand auf dich. Ich hole sie schnell. Wenn du schon mal hier bist, kannst du auch gleich …« Er verstummte und beendete den Satz mit seinen Händen. »Ich werde Inger bitten, Kaffee zu kochen.«

Er nahm das Bild vom Mann auf der Brücke von der Staffelei und verschwand im Atelier. Tullik hängte ihren Hut an die Lehne seines Stuhls, schlenderte durch den Garten und sah sich die anderen Bilder zwischen den Blumen und Büschen an.

»Grundiere es damit«, sagte Munch, als er mit einer Leinwand unter dem Arm aus dem Atelier kam, und reichte mir ein Stück Kreide. Er stellte die Leinwand auf die Staffelei und bedeutete mir anzufangen. »Einfach drüberreiben – so ist es richtig. Ich habe die Farbe mit Kadmium-Pigmenten angemischt. So leuchten die Farben am meisten, vor allem das Gelb. Sieh hier«, sagte er und zeigte mir eine intensiv gelbe Flüssigkeit in einem Glas. »Willst du es mal versuchen?«

Als ich mit der Grundierung fertig war, reichte er mir einen Pinsel. »Die Leinwand besteht aus Jute. Spüre ihre Beschaffenheit. Sie wird die Farbe schnell aufsaugen, also kannst du dick auftragen.«

Vollkommen uninspiriert, blickte ich im Garten umher. Tullik schlenderte am Zaun entlang und studierte die Bilder, die dort an großen Steinen lehnten.

»Male nicht, was du siehst, Johanne«, sagte Munch und reichte mir seine Palette, »sondern was du *fühlst.*«

Ich tauchte den Pinsel in die gelbe Flüssigkeit und klatschte sie auf die Leinwand, verteilte sie großzügig und ungleichmäßig mit den dicken Pferdehaarborsten.

Wie fühle ich mich?

Wie fühlt sich das an?

Vor meinen Augen erschien auf der Leinwand die Sonne. Ohne nachzudenken, fügte ich gelbe Wellen hinzu, wie die von Tulliks Haar, die von der Sonne ausgingen. Feuertentakel.

»Achte auf das Licht«, flüsterte er. »Ja, genau. Lass den Pinsel sich bewegen, wie er will.«

Mein Pinsel bewegte sich schneller, fuhr mit kurzen Strichen über die Leinwand und brachte die Fühler der Sonne in Bewegung. Sie pulsierten vor Leben.

Wie fühle ich mich?

Beseelt. Lebendig.

Wie fühle ich mich?

Glücklich. Voller Freude. Frei. Ich fühle mich frei.

»Achte auf das Licht«, flüsterte Munch noch einmal.

Ich mischte auf der Palette Rot an und umrandete die leuchtenden Sonnenstrahlen mit Scharlachrot.

Wie fühle ich mich?

Zielstrebig. Lebendig. Ich fühle mich lebendig.

Immer schneller huschte mein Pinsel über die Juteleinwand und ließ weitere Wellen, Arme, Verzweigungen aus der Sonne in der Mitte wachsen. An manchen Stellen war die Farbe nur dünn aufgetragen, sodass die Leinwand hindurchschimmerte, an anderen jedoch gerannen große Tropfen Kadmiumgelb zu Feuerspritzern. Brennend. Lebendig. Elektrisierend. Sich kräuselnd und wirbelnd. Strahlend. Immer weiter malte ich. Pinselte, tupfte, lauschte. Denn es war, als hätte ich ein langes Gespräch mit mir selbst. Die Zeit hielt an, und der Garten um mich herum verschwamm. Meine Empfindungen, meine Gefühle strömten aus mir heraus in einer Art, die ich nie mit Worten hatte ausdrücken können. Meine Zuneigung für Tullik und der Moment, als sie mich unter dem Jasmin fast geküsst hätte, kamen hier in dem Gelb zum Ausdruck. Ihre vollen Lippen. Ihre Haare. Dann Thomas, unsichere Tupfer. Munch, weit geschwungene, neugierige Wellen. Ich vergaß völlig, wo ich war, und spürte kaum noch meinen

Körper oder hörte meine Gedanken. Erst als Inger Munch hinter mir auftauchte, setzte ich mich hin und sah mir an, was ich gemalt hatte.

»Es ist sehr lebendig«, bemerkte Inger. »Ich wusste gar nicht, dass du so gut malen kannst, Johanne.«

Unsicher erhob ich mich vom Stuhl und legte den Pinsel auf die Staffelei. »Ich wusste nicht mal, dass ich überhaupt malen kann«, erwiderte ich.

»Möchtest du einen Kaffee?«

Hilfe suchend blickte ich zu Tullik. Sie stand mit Munch mitten im Garten. Er hatte den Kopf gesenkt und die Hände hinter dem Rücken verschränkt. Tullik neigte sich ihm zu. Sie unterhielten sich leise.

»Edvard!«, rief Inger. »Kaffee!«

»Hmm?«, machte er und wandte sich zum Haus. »Was ist denn, Inger?«

»Wolltest du keinen Kaffee?«, fragte sie.

»Doch, nun gut, sehr schön«, murmelte er.

Doch bevor sie sich zu Inger an den Tisch gesellten, sahen sich Tullik und Munch noch mein Bild an.

»Du blickst wunderbar tief, Johanne«, bemerkte Munch. »Aber deine Geschichte ist noch nicht fertig. Ich bewahre es hier für dich auf, dann kannst du weiter daran malen.«

»Es ist herrlich«, sagte Tullik, dabei sah sie mein Bild gar nicht richtig an, sondern hatte ihre Augen wie gebannt auf Edvard Munch gerichtet. »Morgen gibt es eine Tanzveranstaltung. Im Grand Hotel. Vielleicht wäre das Inspiration für ihre Malerei? Meinen Sie nicht auch, Herr Munch?«

»Solange sie malt, was sie fühlt, wird sie überall Inspiration finden«, antwortete er, zog Tulliks Stuhl zurück und lud sie ein, sich neben ihn zu setzen.

Früher sagte mein Vater immer, dass man einen Wald auf vielerlei Arten betreten kann: Man kann erwartungsvoll hineinrennen, ohne zu wissen, welche Entdeckungen man machen wird; man kann mit Freunden plaudernd und lachend hineinwandern, ohne auf die leisen Geräusche um einen herum zu achten; man kann Hand in Hand mit seinem Liebsten hineinschlendern, um ein verborgenes Plätzchen und einen gestohlenen Augenblick allein zu finden; oder man kann ganz still hineinschleichen und dem Atem der Natur lauschen, auf eine unerklärliche, magische Weise mit ihr selbst in Verbindung treten.

Genau so betraten Tullik und ich am folgenden Abend den Wald. Leise gingen wir den Pfad entlang, der Gegenwart der anderen gewahr, doch nur auf den Wald achtend. Das gedämpfte, müde Licht des frühen Abends verstrich die letzten Reste des Tages durch die Zweige der Bäume, sodass er hauchzart und elegant die letzten Augenblicke seines Tanzes vollführte. Unerwartet rauschte der Bach an uns vorbei und strömte sprudelnd und spritzend hinunter zum Meer. Über uns sangen die Vögel ihr ätherisches Lied von Überleben und Liebe. Der Wind streichelte uns so, wie er die Pflanzen und Blätter streichelte, und fuhr durch den Wald hindurch zu seinem unbekannten Ziel. Das unverwechselbare Rauschen des Meeres, das träge, hypnotische Fluten der Wellen, war hier und dort in einer Lücke zwischen den Ästen zu hören. Dort fand ich meinen Trost, im Fjord, der seit dem Tag meiner Geburt für mich gesorgt hatte.

Ich trug eines von Tulliks Kleidern. Sie hatte gesagt, ich könnte es mir für den Tanz ausleihen, Thomas würde es vielleicht mögen. Es war in einem wunderschönen hellen Zitronengelb gehalten, mit winzigen Fächern und Knötchen an den Ärmeln und Säumen, die so raffiniert waren, als hätten Elfen sie gefertigt. Ich konnte mir nicht mal ansatzweise vorstellen, wie viele Stunden für dieses erlesene Kunstwerk nötig gewesen waren, das Tullik direkt auf den Leib geschneidert worden war. Der Stoff umschmeichelte meinen Körper kühl und fließend. Er roch nach Jasmin und dem Moschusduft von Tulliks Haaren.

Tullik trug ein Kleid, das in seiner Schlichtheit einfach hinreißend war: ein loses, modernes silberweißes Gewand, das an ihr herunterfloss wie ein Wasserfall und nur von einem kohlschwarzen Seidenband an der Taille zusammengehalten wurde. Es hatte einen weiten Ausschnitt, ihr Dekolleté bloßgelegt, da sie keinerlei Schmuck trug. Doch am fesselndsten war der Anblick von Tulliks flammend rotem Haar, das in großzügigen Wellen ihre Schultern umspielte.

Die Nacht war mild, und wir in unseren feinen Kleidern waren wie zwei Jungvögel, die sich in die Lüfte erheben wollten. Als wir tiefer in den Wald gerieten, wurden dessen Geräusche lauter. Ich lauschte dem Murmeln seiner geheimen Botschaften, die durch die Blätter der endlosen Bäume wehten. Das Rascheln hoch über unseren Köpfen klang wie eine Warnung. Tulliks Stimmung war gedämpft. Ihre Munterkeit war einer Melancholie gewichen, und ich ging schweigend neben ihr her und spürte, wie die Bäume mich durch ihre Äste beobachteten.

Irgendwo im Fjugstad-Wald begann erneut der Zauber zu wirken, sodass Tullik und ich Åsgårdstrand als Gleichrangige erreichten, und sei es nur in meinem Kopf. Als wir durch Nygardsgaten gingen, erwachte Tullik aus ihrer Melancholie und sprach mich zum ersten Mal seit unserem Aufbruch an. »Was für ein schöner Abend«, sagte sie. »Wenn Gott ein Maler wäre, würde er seine Sommer hier verbringen, über die Früchte seines Schaffens staunen und sich von ihnen erfüllen und inspirieren lassen. Das heißt, wenn es einen Gott gibt. Glaubst du an Gott, Johanne?«

Diese Frage war mir noch nie gestellt worden, und ich hatte auch noch nie darüber nachgedacht. Gott war jemand, dem ich sonntags in der Kirche von Borre begegnete, der keine Unordnung im Haus duldete und Munch und seine Bilder nicht mochte. Ich hatte nie den Drang verspürt, seine Existenz infrage zu stellen.

»Ja«, sagte ich. »Tut das nicht jeder?«

»Jesus sagt ›Gott ist in mir. Ich *bin* in Gott. Der Vater ist in mir. Ich *bin* im Vater.‹ Könnten du und ich das nicht auch sagen? Das gilt doch genauso für uns, oder nicht?«

Ihre Frage verwirrte mich. Ich versuchte, gründlich nachzudenken und eine wohl überlegte Antwort darauf zu geben, doch mein Kopf wollte nicht nachdenken, und meine Gedanken waren schwer wie Blei. Ich konnte nur spüren: den Fjord, die Wellen, die Geräusche der Nacht. Dann fiel mir etwas aus dem Buch ein. »Goethe sagt: ›Wenn das Auge nicht etwas von der Sonne hätte, wie könnten wir dann Licht wahrnehmen? Wenn Gottes Stärke nicht in uns lebte, wie könnten wir uns dann an göttlichen Dingen ergötzen?‹«

»Ganz genau«, nickte Tullik. »Ich frage mich, was Edvard darüber denkt.«

Edvard? Seit wann nannte sie ihn Edvard?

»Wenn er heute Abend kommt, werde ich ihn fragen«, sagte sie.

Wir gingen an den Fischerhütten vorbei und hielten auch an Munchs Haus nicht an. Aber Tulliks Blick huschte dorthin, und als es nicht mehr in Sicht war, drehte sie sich, wie von unsichtbaren Schnüren gezogen, noch mehrmals danach um.

Das Grand Hotel warf bei unserer Ankunft bereits Licht und Glanz wie eine extravagante Tänzerin aufs Meer hinaus. Im Foyer begrüßte uns Musik, und leuchtend bunte Farben erfreuten unser Auge, als die Damen von Kristiania in Sicht kamen. Sie machten viel Aufhebens um sich und bedachten einander mit unaufrichtigen Komplimenten und übertriebenen Schmeicheleien. Tullik ignorierte sie, wahrte bewusst Abstand zu ihnen und blieb lieber bei mir, dem Hausmädchen.

»Gehen wir nach unten und schauen mal, ob wir Thomas finden«, sagte sie. »Er sucht dich bestimmt schon.«

Sie nahm meinen Arm und führte mich die geschwungene Treppe hinunter, wo uns die Musik der Fiedler erwartete. Als wir den Tanzsaal betraten, war ich nicht mehr so anonym wie beim letzten Mal. Zahllose Blicke waren auf uns gerichtet und hielten uns an der Tür fest. Sie huschten zwischen mir und Tullik hin und her und gingen der Frage nach, was wir miteinander zu tun hatten. Die Einheimischen beäugten mich missbilligend: *Wofür hält die sich, mit ihrem Festtagsstaat und ihrer neuen Freundin aus Kristiania?* Und die Gäste aus Kristiania waren nicht besser: Sie erdolchten uns mit Blicken, weil Tullik sich von ihnen abgesondert und mit mir angefreundet hatte.

»Lass sie doch starren«, sagte Tullik. »Wer schert sich schon um die Meinung anderer?«

Kühn betraten wir den Saal, und schon bald war Thomas an meiner Seite. »Johanne! Du bist gekommen!«

»Ich sagte doch, sie würde kommen«, bemerkte Tullik. »Willst du nicht mit ihr tanzen?«

»Doch, natürlich.« Er streckte die Hand nach mir aus, und ich flog in seine Arme. Wir liefen zur Tanzfläche, und kurz darauf verschwand ich in der Menge der Tanzenden.

»Du siehst schön aus«, sagte Thomas und presste seine Lippen an meinen Hals.

Er drehte und wirbelte mich in seinen Armen herum, und wieder einmal verlor ich mich im Rhythmus der Musik. Wir tanzten wie die Farben auf meiner Leinwand. Rasche Pinselstriche, hierhin und dorthin schnellend. Ein ganz neues Gefühl von Lebendigkeit wuchs in mir. Ich schloss die Augen und sah Gelb und Gold, Limone, Bronze, Kornfarbe und einen Hauch von Scharlachrot wie die Strahlen meiner Sonne. Schneller und schneller spürte ich das Bild in meinem Innern entstehen, und ich verschmolz so freudig damit, wie ich mit den Bäumen im Wald verschmolzen war.

So wirbelten wir und drehten uns im Kreis, Tanz um Tanz. Gelb, Bronze. Gelb, Bronze. Gelb, Bronze, Scharlachrot, Gold. Ich dachte nicht mal an Tullik, bis die Musik verstummte und Thomas mir ein Glas Bier reichte.

»Du tanzt ja schon wie eine Dame aus der Stadt«, sagte er. »Wie ist denn das passiert?«

»Ich hatte einen guten Lehrer«, erwiderte ich lächelnd. »Aber wo ist Tullik?«, fragte ich dann. »Hast du sie gesehen?«

»Ich hatte nur Augen für dich«, antwortete er. »Hast du das nicht bemerkt?«

Ich reckte den Kopf und überflog mit dem Blick die Tanzfläche und die Grüppchen, die sich an den Wänden des Saals drängten. »Wir haben Frau Ihlen versprochen, gemeinsam zurückzugehen und nicht zu spät zu kommen.«

»Sie wird schon irgendwo sein.« Er nahm meine Hand und wollte mich zur Tanzfläche zurückführen.

»Nein«, sagte ich, weil mir Tulliks melancholische Stimmung wieder einfiel. Auf der Suche nach ihrem flammend roten Haar reckte ich den Kopf hin und her und löste mich von Thomas.

Ich ließ ihn bei den Musikern zurück und drängte mich durch die lärmende Menge. Männer in Westen und Hemdsärmeln stießen klirrend ihre Biergläser zusammen und grölten vor Lachen, während die Frauen in ihren Grüppchen kicherten. Sie steckten tratschend und scherzend ihre Köpfe zusammen und sprachen ausgiebig dem Wein und Champagner zu. Ich verfluchte ihre Ausgelassenheit. Wo war Tullik? Ich streifte suchend durch den Saal und rannte dann hinaus in die Eingangshalle. Als ich sie dort nicht fand, eilte ich durch den Speisesaal, doch der war dunkel und verlassen.

»Ich habe sie verloren«, sagte ich zu Thomas, als ich zu ihm zurückkehrte. Meine Stimme war dünn und zittrig.

»Was soll's, Johanne, sie ist eine erwachsene Frau. Sie kann auf sich selbst aufpassen.«

»Aber wir haben es Frau Ihlen versprochen«, wandte ich ein. »Ich weiß nicht, wieso sie mich allein lassen sollte. Ich wüsste auch nicht, wohin …« Noch bevor ich den Satz beendete, hatte ich schon die Antwort darauf. »Ich muss gehen. Ich muss nach Nygardsgaten.«

»Dann lass mich mitkommen«, bat er.

Wir verließen das Hotel, obwohl der Tanz noch nicht beendet war. Ich hatte es so eilig, dass ich immer ein paar Schritte vor Thomas lief, während wir den Hügel von Havnegata erklommen und nach Nygardsgaten einbogen.

»Warum ist das denn so wichtig?«, beklagte sich Thomas.

»Wegen ihrer Stimmung. Sie war anders als sonst«, erklärte ich, erwartete aber nicht, dass er mich verstand.

Als ich die Gartenpforte von Munchs Haus erreichte, blieb ich stehen und wartete, bis Thomas zu mir aufgeschlossen hatte.

»Was machen wir denn hier?«

»Schsch! Pass auf, dass du nicht gesehen wirst.«

Aus den Fenstern schien gedämpftes Licht von heruntergebrannten Kerzen. Im Garten war es still. Man hörte nur das leise Wehen des Abendwinds. Ich verschob den Riegel des Tors und spürte kühles Metall unter meinen Fingern. Als ich in den Garten spähte, sah ich das Bild mit den erschreckten Leuten auf der Straße. Dahinter erblickte ich eine Flamme aus rotem Haar. Tullik stand mit dem Rücken zu mir vor dem Bild von Laura Munch mit ihrem Schatten. Ich wollte gerade zu ihr gehen, da hörte ich, wie die Hintertür geöffnet und wieder geschlossen wurde, dicht gefolgt von Schritten auf der Veranda. Ich ließ die Pforte los und sprang zurück, wobei ich Thomas auf die Füße trat.

Er schlang seinen Arm um meine Taille, und so standen wir, eng aneinandergeschmiegt, an der Gartenpforte.

»Ich musste noch mal kommen«, hörte ich Tullik sagen. »Ich hatte so viele Fragen.«

»Selbstverständlich«, antwortete er mit seiner sanften Stimme.

»Glauben Sie an Gott?«, fragte Tullik und bot ihm diese gewichtige Frage wie ein Getränk dar.

»Warum fragen Sie?«

»Es ist nur – ich wäre traurig, wenn es nicht so wäre. Nicht wegen Ihres fehlenden Glaubens, sondern weil ich in Ihren Bildern etwas so Wundervolles, Spirituelles sehe, das nur von Gott kommen kann.«

Munch trat näher zu ihr. »Es ist wahr«, sagte er. »Ich habe

an Gott gezweifelt. Ich habe für meine Mutter und meine Schwester Sophie gebetet, aber meine Gebete wurden nicht erhört. Wo war Gott da? Mein Vater war überzeugt, unsere Gebete würden sie retten, selbst als sie schon in den letzten Zügen lagen. Am Ende betete ich auch für ihn, doch Gott verschonte auch ihn nicht. Heißt das, Gott existiert nicht? Ich weiß es nicht. Aber ich habe immer an die Göttin der Kunst geglaubt und sie an mich. Das ist die Seele, die Sie in diesen Bildern sehen. Ein wahrer Künstler nutzt die Kunst, um die Reise der Seele auszudrücken, das, was der Intellekt nicht ausdrücken kann. Haben Sie Dostojewksi gelesen, Miss Ihlen?«

»Tullik. Sie müssen mich Tullik nennen, wenn wir Freunde sein sollen.«

»Sollen wir denn Freunde sein?«, fragte er. Ihre Körper näherten sich einander, und ihre Stimmen verloren sich in der Nachtluft.

»Ja«, sagte sie atemlos. »Das müssen wir.«

»Möchten Sie mit mir einen Spaziergang machen, Tullik? Es ist ein so milder Abend.«

Als ich hörte, wie sich ihre Schritte der Pforte näherten, schob ich Thomas zurück, und wir beide stolperten in die Gasse zu den Nachbarhäusern.

»Sie kommen raus«, flüsterte ich und hockte mich hinter die Hecke.

Das war Thomas völlig gleichgültig. »Können wir dann zurück zum Tanz?«, flüsterte er zurück.

»Nein«, sagte ich. »Ich darf sie nicht noch mal aus den Augen verlieren.«

Tullik und Munch traten hinaus auf die Straße und gingen Richtung Wald.

»Komm«, sagte ich. »Wir müssen ihnen nach.«

»In den Wald?« Jetzt klang Thomas doch interessiert.

»Ja, in den Wald.«

Thomas und ich schlichen ihnen in einem gewissen Abstand nach. Ihre Körper berührten sich fast, während sie nebeneinander hergingen. Tulliks silberweißes Gewand war wie ein Schatten in der untergehenden Sonne, und ihre Haare umwallten sie wie ein schützender Schleier. Sie neigte ihren Kopf zu Munchs Schulter und schließlich, vor dem gierig aufklaffenden Maul des Waldes, schlang er den Arm um ihre Taille, und die beiden Gestalten verschmolzen zu einer.

Ein rotes Glühen drang durch die Bäume, als wäre der Wald in Tulliks Licht getaucht. Die Kiefern schimmerten rostbraun, als sie sich um das Paar schlossen, das den Wald auf *diese* Art betrat: wie zwei Liebende.

»Komm«, sagte Thomas und lief schneller. »Wen interessieren schon Miss Ihlen oder der verrückte Munch? Heute Abend bist du mein, Johanne Lien.«

8

Kirschrot

Wir sagten: die ganze Natur offenbare sich
durch die Farbe dem Sinne des Auges.

Johann Wolfgang von Goethe,
Zur Farbenlehre

Ängstlich und aufgeregt nahm ich Thomas' Hand und eilte zum Wald. Eine Brise erfrischte uns, als wir uns in den Schutz der Bäume begaben.

»Komm her, Johanne«, flüsterte Thomas und führte mich vom Weg in die rötliche Abenddämmerung.

Er küsste meinen Hals, dann fuhr er mir mit seinen großen Händen durch die Haare. Wickelte sie um seine Finger. Zog sachte daran. Sein stürmischer Mund eroberte meinen. Heiß und hart. Rot. Kirschfarben.

Er presste sich an mich, während wir uns küssten, und berührte mich, wo es ihm gefiel. Seine Hände waren auf meinen Brüsten, Hüften, Beinen. Fuhren immer weiter hinab, bis zu meinem Kleidersaum und dann wieder hinauf. Zogen die Linien meiner Innenschenkel nach. Seine Liebkosungen weckten Sehnsucht in mir. Knospendes Verlangen. Rubinrot.

Scharlachrot. Ich war bereit. Schon bald bewegten sich meine Hüften in ihrem eigenen Rhythmus. Hoben und senkten sich. Luden seine Hand ein. Aber er berührte mich nicht. Noch nicht. An die Stelle seiner Finger trat die harte Ausbuchtung an seinen Leisten. Die drängte und presste. Lust. Karmesin. Fuchsia. Gold.

Vielleicht lag es an Tulliks Kleid oder am Knospen der Liebe im Wald, dass ich so zügellos war. Ich schlang mein Bein um ihn. Wieder hob er mein Kleid hoch und dann meinen Unterrock. Dieses Mal berührte er mich, sanft, wo mich noch niemand berührt hatte. Aufstöhnend erforschte er mich. Streichelte, umkreiste, ließ seine Finger durch meine feuchte Zone gleiten und dann beherzt hineinfahren. Ich keuchte auf und ließ es zu, wieder und wieder.

Auf einmal bestürmten mich Schuldgefühle. Indigo. Ich stieß Thomas weg. »Nein. Nein, Thomas, hör auf!«

Er erstarrte und sog zischend Luft ein, als hätte er Schmerzen.

»Ich kann nicht. Nicht jetzt. Ich bin zu jung. Ich bin nicht bereit. Es tut mir leid«, sagte ich und strich die Falten in Tulliks schönem Kleid glatt, glättete damit meine eigene Angst.

Er trat ein paar Schritte zurück und sackte an einem Baum zusammen. Als er sich wieder gefasst hatte, wandte er sich lächelnd zu mir. »Johanne, warum heiratest du mich nicht?«

»Ist das ein Antrag?«

»Ja.«

»Ich bin zu jung zum Heiraten. Ich bin erst sechzehn.« Ich fuhr mit der Hand zur Schulter und tastete nach dem Stoff.

»Dann verloben? Wir könnten uns verloben. Du magst mich doch, oder?«

»Ja«, sagte ich. Wäre ich allein gewesen, hätte ich geweint.

»Was soll dann dieser Ausdruck auf deinem Gesicht?«

»Ich hatte noch nicht so weit gedacht«, sagte ich und zupfte an meinem Ärmel.

»Du musst mir nicht sofort eine Antwort geben«, sagte er, nahm meine Hand und küsste meine Finger, »aber denk darüber nach.«

Eingeschüchtert von seiner Ernsthaftigkeit und dem, was ich getan hatte, schwang ich seine Hand kindisch hin und her. Es wurde dunkler, und ich hatte Angst. Wieder einmal hatte ich Tullik aus den Augen verloren.

Angezogen vom tröstlichen Rauschen der Wellen, schlug ich vor, zum Strand zu gehen. Ein fahler Mond erhob sich über den sanften Wogen. Es lag etwas so Reines darin, dass ich ihm unwillkürlich entgegenstrebte. Wir gingen am plätschernden Bach entlang und fanden eine Lücke zwischen den Bäumen, wo der Pfad eine Biegung machte und zum Ufer hinunterführte. Und dort fand ich sie, allein zwischen den Kiefern.

Tullik stand mit dem Rücken zum Wasser. Sie hatte ihr Gesicht zum Himmel gehoben und die Augen halb geschlossen. Ihre Hände waren hinter dem Rücken verschränkt und ihre Brust vorgestreckt. Das sanfte Mondlicht ließ ein paar goldene Lichter in ihren Haaren und auf ihrem Kleid funkeln. Tulliks Lippen waren gespitzt, als wollte sie geküsst werden. Munch sah sie an, studierte sie. Sie sprachen nicht.

Hinter Tullik erstreckte sich das Meer, eine weite, blauviolette Fläche. An den seichten Stellen ragten Felsen heraus, tüpfelten die Oberfläche und verzerrten das strudelnde Wasser zu Grimassen. Zwischen den Baumstämmen leuchtete der Mond gelbgold und warf einen breiten, goldenen Streifen übers blaue Wasser.

Munch schob sich die Ärmel hoch und ging zu Tullik. Er fing an, ihre Haare zu arrangieren, drapierte einen Teil davon um ihre Schultern und ließ den Rest ihren Rücken hinuntergleiten. »Sie sehen aus wie eine Meerjungfrau«, sagte er.

Tullik reckte den Hals und hob ihr Kinn noch weiter an; ihre leicht geöffneten Lippen bettelten um einen Kuss. Munch fasste sie mit einer Hand sanft am Hinterkopf und zog sie zu sich. Erst da löste Tullik ihre verschränkten Hände, schlang sie um seinen Leib und erwiderte seine Küsse. Ich sah zu, wie Munch, überwältigt, langsam in Tulliks Welt gezogen wurde.

Als ich mich endlich bemerkbar machte, war ein weiterer Zauberbann des Waldes in Kraft getreten, dessen Folgen ich noch nicht ahnen konnte, dessen Macht aber sofort spürbar war. Der Sommerhimmel wurde so dunkel, wie es ihm möglich war. Da er kein schwarzes Tuch auszubreiten vermochte, auf dem die Sterne funkeln konnten, bildete er ein fahles Lavendel, das den Mond herausforderte, sich noch mehr Mühe zu geben.

Als im Wald Stimmen und Gelächter ertönten, wusste ich, dass der Tanz vorbei war. Grüppchen von Feiernden kamen vorbei, von denen manche betrunken zum Wasser schwankten und dort närrisch herumplatschten. Ich schickte Thomas nach Hause. Wir hatten den Rest des Abends in Tulliks Nähe verbracht, wenn auch in einer gewissen Distanz, um sie nicht noch mal zu verlieren. Ich wollte nicht spionieren, konnte aber nicht anders. Ich stand nahe genug, um die wachsende Leidenschaft ihrer Küsse zu beobachten: wie er sie berührte, wie sie sich ergab und seine Liebkosungen erwiderte. Etwas daran, wie sie einander erforschten und begehrten, faszinierte und erregte mich.

Als Tullik mich über Munchs Schulter hinweg erblickte, machte sie sich behutsam von ihm los. Munch schlenderte verlegen zum Strand, während Tullik munter auf mich zukam.

Eine Mischung aus Furcht und Erleichterung machte sich in meinem Magen bemerkbar, als ich sah, dass ihre Melancholie verschwunden und sie wieder so lebenslustig, feurig und verwegen wie immer war. »Johanne«, begrüßte sie mich mit strahlendem Lächeln, »es kann doch unmöglich schon Zeit sein, nach Hause zu gehen?«

»Doch. Wir haben es deiner Mutter versprochen. Und du hast mich beim Tanz allein gelassen – ich musste dich suchen.«

»Ich wollte ja zurückkommen«, erwiderte sie. »Ich wusste nur nicht, wie spät es ist. Und es war ein so schöner Abend.« Wieder einmal passte Tullik die Zeit ihrer Welt an.

»Die Tanzveranstaltung ist jetzt vorbei«, sagte ich. »Wir müssen heim.«

»Ist gut.« Sie nickte. »Ich komme.« Sie wandte sich zu Munch, der am Ufer stand. »Edvard!«, rief sie. »Ich muss jetzt gehen.«

»Ich bring dich nach Hause«, sagte er und kam über den Kiesstrand zurück.

Sie folgten mir bis zum Waldrand. Mir sank das Herz, als ich aus dem Wald trat und Richtung Borre strebte, jetzt wieder ein Hausmädchen, Tulliks Angestellte. In ihrem Kleid kam ich mir wie eine Hochstaplerin vor. Ich ging voran zur Kirche und wartete an der alten Tür. Die Kirche machte mich nervös – als hätte sie Thomas' Hände auf mir gesehen und wüsste von meiner Sünde. Ich wartete, bis Tullik und Munch näher kamen, und schlenderte dann langsam über die Straße zum Haus, in dem alles still war. Aus den Fenstern schien kein Licht, und das Gebäude wirkte unbewohnt. Dennoch hatte ich das Gefühl, beobachtet zu werden. Tullik und Munch trödelten noch an der Kirche, flüsterten miteinander und küssten sich, machten immer wieder den Versuch, sich voneinander zu lösen, und klammerten sich dann doch wieder aneinander.

Ich stahl mich durch die Hintertür ins Haus und eilte hinauf in mein Zimmer. In einer Mischung aus schlechtem Gewissen und brennender Neugier versteckte ich mich hinter Millys dichten Vorhängen und beobachtete, wie die Frischverliebten ihren Abschied hinauszögerten. Ich wusste nicht, was mich so an ihnen faszinierte. Vielleicht war es das Gefühl, dass die beherzte und feurige Tullik den Schlüssel in der Hand hielt, um das Mysterium um *ihn* zu enträtseln.

Ich lag bereits im Bett, als sie ins Zimmer geschwebt kam. »Johanne«, flüsterte sie. »Schläfst du schon?«

»Nein«, sagte ich lächelnd. »Komm rein.«

Sie stieg zu mir ins Bett und ließ ihren Kopf aufs Kissen sinken. Ihre Haare breiteten sich wie Bänder um uns aus und rochen nach frischer Nachtluft. »Er wird mich malen«, sagte sie, wandte mir ihr Gesicht zu, stützte den Kopf in die Hand und schlang ihren Arm um meine Taille.

»Das kann ich mir denken«, sagte ich. Schließlich hatte er sie bei der ersten Tanzveranstaltung unablässig beobachtet und gezeichnet.

»Er sagte, er würde heute Nacht anfangen, im Mondlicht, solange der Himmel noch klar ist. Oh, Johanne«, seufzte sie. »Er hat mich geküsst!« Sie rollte sich auf den Rücken, zog sich ihr Haar über die Schultern und fuhr immer wieder mit den Fingern hindurch. »Er hat mich geküsst«, wiederholte sie, ließ ihre Haare los und berührte ihre Lippen, um die Küsse zu spüren, die sie immer noch schmeckte. »Und er hat mich berührt«, sagte sie, nahm meine Hand und drückte sie auf ihre Brust. »Hier.« Schweigend starrte sie an die Decke. Nach einer Weile sagte sie: »Er hat etwas Trauriges an sich.«

»Ja«, nickte ich. »Irgendwas quält ihn.«

»Diese Traurigkeit wird nicht verschwinden, selbst dann nicht, wenn ich mein ganzes Leben damit verbrächte, ihn zu lieben.«

Während wir so dalagen und zu dem raffinierten Fries an Millys Decke starrten, wusste ich: Selbst wenn Tullik klar war, dass Munchs Traurigkeit nicht einfach durch Liebe verschwinden würde, konnte sie nichts davon abhalten, es dennoch zu versuchen.

Sonntagabend saß ich an dem wackligen Tisch zu Hause und knibbelte mit dem Daumennagel an einem Farbklecks. Mutter gab Bratensauce auf die Kartoffeln von Vater und Andreas. Da ich auf dem niedrigsten der Stühle saß, war ich wieder jung, das Erdbeermädchen. Ich versteckte mich in Dem Bild und ließ zu, dass das Gespräch dem Alter des Erdbeermädchens entsprach. Auf gar keinen Fall wollte ich über Tullik sprechen.

»Die Beeren werden diese Woche reif sein«, sagte Mutter. »Du kannst sie auf dem Heimweg pflücken und dann auf dem Markt verkaufen. Sie sollten über zwei Kronen das Pfund einbringen. Und vergiss die Heyerdahls nicht. Ich habe ihnen gesagt, du würdest ihnen welche bringen. Ach ja, jetzt fällt es mir wieder ein: Habe ich dir schon erzählt, dass er mit dem Sünder verkehrt? Wusstest du das, Halvor?«

Nach *zwei Kronen das Pfund* hatte mein Vater nicht mehr zugehört. »Hmm?«, machte er und strich die überschüssige Sauce von seinem Messer an der Kartoffel ab, bis das Silber glänzte.

»Der Sünder! War bei den Heyderdahls! Die arme Christine, sie muss ihre liebe Not damit gehabt haben, ihn von den Kindern fernzuhalten.«

Andreas wischte sich mit dem Ärmel über den Mund, um sein Grinsen zu vertuschen, und ich attackierte einen weiteren Farbklecks mit meinem Daumennagel.

»Er hat die Kinder gemalt?«, fragte Vater, der nur halbherzig der Geschichte folgte.

»Das will ich doch nicht hoffen«, entgegnete Mutter. »Ich jedenfalls habe mich abgewandt, als ich ihn sah. In unserem Garten! Stell dir das mal vor, Halvor! Ich hoffe nur, man hat ihn nicht ins Haus gelassen. Sonst hat er vielleicht seinen Schmutz mit hineingebracht. Die Ärzte warnen doch ständig davor, weißt du das, Halvor? Im Herbst werde ich erstmal alles gründlich putzen.«

Vater schob eine Kartoffel durch die Sauce, um den Teller sauber zu machen.

»Jedenfalls bin ich weggegangen«, fuhr Mutter fort. »Und wer kam dann den Hügel hinauf? Mit ihrer Herrin?«

»Tullik ist nicht meine Herrin«, widersprach ich, sprang aus Dem Bild und ließ das kleine Mädchen hinter mir.

»Ach nicht?«, hieß meine Mutter mich im Gespräch willkommen. »Was ist sie dann?«

»Meine Freundin.«

»Ha! Hast du das gehört, Halvor? Miss Ihlen ist Johannes *Freundin*. Wag es nicht, Mädchen, wag es ja nicht!«

»Was denn?«, fragte ich.

»Halvor!«, kreischte Mutter und wurde hochrot. »Hast du das gehört? Diese Unverschämtheit! Sag's ihr, Halvor. Sag's ihr!«

Vaters Teller war jetzt sauber. Seine Gabel hatte er ebenso

abgeleckt wie sein Messer. Jeder Tropfen Sauce war verschwunden, und es gab nichts mehr abzuwischen. Also steckte er sein Messer in die Gabel, dass sie ein Dreieck bildeten.

»Sag's ihr!«, schrie Mutter.

»Ich glaube, was deine Mutter meint, Johanne, ist, dass du wahrscheinlich besser im Auge behältst, wo dein Platz bei den Ihlens ist. Du bist ein Hausmädchen, nicht mehr und nicht weniger. Zwischen Angestellten und Arbeitgebern gibt es eine Grenze, die man nicht überschreiten sollte, denn sonst kann es zahllose Schwierigkeiten geben.«

Ich dachte an Ragna und das Terpentin, und sofort fingen meine Hände wieder an zu brennen. »Tullik ist nur freundlich zu mir, mehr nicht.«

»Es heißt auch nicht *Tullik*«, wütete Mutter, »sondern für dich immer noch Miss Ihlen.«

»Sei einfach nur vorsichtig, Liebes«, sagte Vater und nahm seinen leeren Teller. »Andreas, Abwasch.«

Schweigend räumten wir den Tisch ab. Mutter kochte weiter und ließ ihre Wut an dem Tisch aus, schrubbte ihn so heftig, dass ich dachte, sie würde die Farbflecken und die oberste Holzschicht gleich mit abschleifen.

»Nicht am Tag des Herrn, Sara«, sagte Vater und kehrte mit einem Becher Kaffee und seiner Pfeife zum Tisch zurück. »Nicht am Tag des Herrn.«

Andreas und ich flohen in unser Zimmer und schlossen die Tür hinter uns.

»Ich liege unten«, sagte ich, als er das untere Bett nehmen wollte.

»Nein, liegst du nicht. Du wohnst hier ja nicht mehr«, entgegnete er verschmitzt.

»Soll ich dich vor Tagesanbruch wecken«, fragte ich, »weil

ich unter Knarren runterklettere? Komm schon.« Ich klopfte mit der flachen Hand aufs obere Bett. »Hoch mit dir.«

»Mann!« Widerstrebend stand Andreas auf. Als er zum Fußende ging, stolperte er über eine lose Bodendiele. Fast wäre er gestürzt. »Das verdammte Ding«, sagte er, halb sauer, halb lachend. »Das ist schon das dritte Mal diese Woche.«

»Können wir sie nicht festnageln?«, fragte ich.

»Zu viel Aufwand«, erwiderte er und kniete sich auf den Boden. »Sieh doch, die sind alle locker.« Er hob in der Mitte des Zimmers eine Diele nach der anderen hoch und wackelte daran. Sie waren lose bis zum Fenster.

»Dann müssen wir einfach vorsichtig sein«, sagte ich und wuschelte ihm durchs Haar. »Ich besorge einen Flickenteppich, den wir darüberlegen können.«

Nach allem, was nach meiner Einstellung bei den Ihlens geschehen war, wurde mir jetzt klar, wie schmerzlich ich meinen Bruder mit seiner kindlichen Schlichtheit vermisst hatte. Er streifte sich die Stiefel von den Füßen und kletterte aufs obere Bett. Ich zog mein Nachthemd an und kroch auf die harte Matratze unter ihm. Über uns weinte das Baby der Andersens.

Andreas zappelte in seinem Bett herum und boxte sein Kissen zurecht. »Ist es wahr?«, fragte er, als er schließlich so lag, wie er wollte.

»Was denn?«

»Dass Miss Ihlen für Munch posiert hat? Am Strand?«

»Wo hast du das denn gehört?«

»Markus und Petter behaupten, sie hätten sie gesehen«, antwortete er, über den Rand seines Bettes hervorlugend. »Und sie sagten, sie war … du weißt schon.«

»Nein, ich weiß nicht«, entgegnete ich. »Und du solltest nicht alles glauben, was Markus und Petter dir erzählen.«

»Aber ist es wahr?«, fragte er grinsend.

Es fiel mir schwer, etwas vor meinem Bruder zu verheimlichen. Wir hatten zu viel gemeinsam erlebt und jahrelang unter der Knute unserer Mutter gestanden. Aber dieses Gerücht musste ich im Keim ersticken, um Tulliks willen und auch um meinetwillen.

»Ich weiß nichts davon«, sagte ich. »Aber ich bezweifle es. Diese Jungs haben einfach eine zu lebhafte Fantasie.«

»Aber sie sagen, sie hätten sie nachher auch mit nassen Haaren gesehen, also muss sie es gewesen sein.«

»Sollen sie doch denken, was sie wollen«, sagte ich und klang genau wie Tullik.

»Aber hat Munch sie gemalt?«, fragte er.

»Woher soll ich das wissen?«

»Du redest doch mit ihm, oder nicht?«

»Nein!«

»Manchmal schon.«

»Manchmal. Aber nur ganz selten.«

»Ich erzähle es auch niemandem«, sagte Andreas.

»Was denn überhaupt?«, erwiderte ich ausdruckslos. »Wie willst du denn jemandem nichts erzählen?«

Grummelnd rollte er sich wieder aufs Bett zurück. »Thomas war gestern hier«, sagte er dann.

»Und?«

»Hat Mutter Fisch gebracht, doch sie meinte, sie bräuchte keinen. Dann hat sie mit Vater gestritten, weil der nicht verstand, wieso sie ein schönes Stück Kabeljau abgelehnt hat.«

»Hat er was gesagt?«, fragte ich und spürte, wie mich Schuldgefühle beschlichen: wegen der Sache im Wald, seiner Hände, seines Antrags.

»Wer?« Andreas klang gelangweilt.

»Thomas.«

»Was denn? So was wie ›Darf ich Ihre Tochter heiraten?‹«

Ich trat von unten gegen Andreas' Matratze. »Hör auf!«

»Aber du wirst ihn doch heiraten, oder nicht, Johanne?«

»Was weiß denn ich, wen ich heiraten werde.«

»Was mich betrifft, kannst du auch den verrückten Munch heiraten«, sagte Andreas und warf sich in seinem Bett herum, sodass die Latten knarrten.

Die ganze Nacht drehte er sich so unruhig hin und her, dass das Bett quietschte und knarzte wie ein Rad, das geölt werden muss. Zwar streckte der Schlaf seine Hand nach mir aus, doch konnte ich sie immer nur wenige Stunden festhalten und nicht in tiefe Träume versinken. Der Morgen kam zu früh, und gerade als ich zum hundertsten Mal versuchte, richtig einzuschlafen, stand Mutter auf der Türschwelle, um mich zu wecken, während Andreas weiterschnarchte.

»Das hat er schon die ganze Nacht gemacht«, flüsterte ich und stolperte über eine lose Bodendiele. »Und das Bett quietscht bei der leisesten Bewegung.«

»Hör auf zu jammern, Johanne. Heute Nacht, nach einem harten Arbeitstag, kannst du bestimmt gut schlafen.«

Ich hatte meiner Mutter nichts von Millys Schlafzimmer mit den luxuriösen Laken erzählt, in denen ich schlief wie eine Königin. Hätte sie das gewusst, hätte sie sich zweifellos höchstpersönlich bei den Ihlens beschwert. Ich fragte mich, wie lange Frau Berg noch den Mund halten würde.

Eilig zog ich mich an. Als Mutter zum Ofen zurückkehrte, glitt ich mit den Händen unter die Matratze und holte das Buch hervor. Ich strich über den grauen Leineneinband und fuhr mit den Fingern über Goethes Namen, der auf den Buchrücken geprägt war, bevor ich es in meine Tasche steckte.

»Vergiss nicht, Erdbeeren zu suchen«, sagte Mutter und schob mir einen Becher Kaffee zu, als wir uns an den Tisch setzten. »Wenn du deine Pflichten schnell erledigst, solltest du genug Zeit haben, sie auf dem Markt oder zumindest von Tür zu Tür zu verkaufen.«

»Ja, Mutter.«

»Diese Woche treffen auch noch mehr Gäste ein. Die Horten und die Jarlsberg kommen jetzt zweimal pro Tag: um Viertel vor zwölf und um zehn nach sechs. Die Hotels füllen sich, daher wirst du viele Käufer finden. Aber jetzt los – beeil dich, wir wollen doch nicht, dass du zu spät kommst.«

Ich nahm meine Stiefel, zog sie aber nicht an. Barfuß konnte ich schneller laufen, und ich wollte beim Sonnenaufgang die kühlen Steine am Strand unter meinen Sohlen spüren.

Draußen gehörte der Morgen den Vögeln, hauptsächlich Möwen, die kreischend durch die Luft glitten. Sie kreisten über der Bucht und suchten den Strand nach Essbarem ab. Gekrümmte Schnäbel und schwarze Augen huschten über mich hinweg, als ich hinunter zum Ufer rannte und zwischen den Felsen, die die Wellen brachen, nach neuen Kieseln und Muscheln suchte.

Der durchdringende Geruch des Meeres drang mir in Nase und Kehle. Ich folgte der Kurve, die das Ufer nahm, und lief Richtung Wald. Zu dieser frühen Stunde war kaum jemand zu sehen: Nur ein paar Fischer stießen ihre Boote von der Pier ab, und ein Mann lud unter den wachsamen Blicken der Möwen seine Köder ein. Ich ging lautlos an ihnen vorbei und hüpfte geschickt über die Felsen. Als ich einen terrakottafarbenen Stein mit ungewöhnlicher weißer Maserung entdeckte, bückte ich mich, um ihn aufzuheben. Er war rau und schwer und versteckte sich zwischen grauen Kieseln und weißen Steinen. Ich steckte ihn in meine Tasche und ging weiter.

Der Strand in der Nähe des Fjugstad-Waldes war schmaler. Bäume und Sträucher wurden zu meiner Linken immer dichter und zwangen mich ins Wasser. Ich plantschte etwas in den Wellen, als diese über meine Füße hinwegspülten. Der Strand war jetzt sandiger. Schleimige Seetangknäuel klebten an meinen Füßen und schlängelten sich zwischen meine Zehen. Im Sand wuchsen dicke Grasbüschel, und schon bald war ich auf dem Pfad, der in den Wald führte.

Ich streifte gerade meine Füße an einem Baumstamm ab, als ich eine leichte Veränderung der Atmosphäre um mich herum bemerkte. Die Gegenwart eines anderen. Als ich zurück zum Meer blickte, entdeckte ich, dass in einiger Entfernung ein Mann auf einem großen Felsen saß. Es war Munch. Irgendetwas rief mich zu ihm. Aus dem Nichts befiel mich eine Traurigkeit und setzte sich in meiner Brust fest. Am liebsten hätte ich geweint. Es wäre nicht recht gewesen, zu ihm zu gehen, obwohl es mich genau danach drängte. Meine Füße wollten zu ihm rennen, meine Arme sich nach ihm ausstrecken, doch ich musste mich bezwingen und meine Zehen fest in das Moos und die Zweige auf dem Waldboden graben.

Seine Gegenwart allein hielt mich in Bann, und ich blieb so angewurzelt wie die Bäume um mich herum stehen. Ich konnte mich einfach nicht von ihm lösen und betrachtete ihn voller Sehnsucht und Schmerz.

Plötzlich fuhr er rasch herum und ertappte mich dabei, wie ich ihn anstarrte. Seine Reaktion war ganz anders, als ich erwartet hätte: Er winkte. Als ich zurückwinkte, bedeutete er mir, mich zu ihm zu gesellen, und ich rannte los.

Er sprang von seinem Felsen auf und kam mir mit dem

Skizzenbuch in der Hand entgegen. Da er heute keinen Hut trug, waren seine gewellten Haare wild vom Wind zerzaust. Ich wusste nicht, wie lang er dort gesessen hatte, doch ich hatte ihn schon oft zu den merkwürdigsten Zeiten an den merkwürdigsten Orten gesehen, daher war es durchaus möglich, dass er die ganze Nacht über dort gewesen war.

Jetzt wirkte seine Miene ernst und entschlossen. »Johanne!«, rief er, als er nur noch ein paar Schritte entfernt war. »Ich habe gerade an dich gedacht.«

Ich blieb stehen und wartete, bis er mich erreicht hatte.

»Und da bist du! Hast du das auch schon mal erlebt? Dass du an jemanden denkst, und ein paar Minuten später taucht derjenige auf? Mir passiert das oft. Glaubst du, da steckt was dahinter? Dass wir eine geheime Macht haben? Glaubst du, das wäre möglich?« Er richtete seine traurigen Augen mit den schweren Lidern auf mich und bettelte fast um eine Antwort.

Der Schmerz in meiner Brust wurde stärker. Zwar lächelte ich, doch ich kam mir schrecklich einfältig vor. »Ich habe gespürt, dass Sie da sind, noch bevor ich Sie gesehen habe«, sagte ich aufrichtig.

»Dann hast du das auch«, nickte er und schien irgendwie beruhigt.

Ich sah die Schönheit seines Gesichts: in seinen schräg geschnittenen, umschatteten blaugrauen Augen und den sinnlich geschwungenen Lippen; in seinem perfekt konturierten Amorbogen unterm Schnurrbart und in dem tiefen Grübchen in seinem Kinn, wo seine Kieferknochen aufeinandertrafen. Er war anziehend. Männlich und doch verletzlich.

»Gehst du zu den Ihlens?«, fragte er und zog das vertraute Skizzenbuch unter dem Arm hervor.

»Ja.«

»Würdest du dann ein Bild für Tullik mitnehmen?«

»Selbstverständlich.«

Er holte eine lose Seite heraus, die im Wind flatterte. »Ich roll es noch auf«, erklärte er, bevor ich einen Blick darauf werfen konnte. »Komm, ich begleite dich bis zur Kirche.«

Wir schritten durch den Wald. Ich fühlte mich wohl. Ich ging nach wie vor barfuß und hielt die Stiefel in der Hand. Munch betrieb kaum Konversation. Entweder schwieg er, oder er äußerte seine Gedanken in einem Redeschwall, als hätten sie sich schon lange in ihm aufgestaut. Es war wie eine geistige Blutung, eine innere Reinigung, bei der ich nur Zuschauer sein konnte.

»Es ist noch nicht fertig«, erklärte er, als er mir die Skizze reichte, »doch lieber würde ich tausend unvollendete Bilder malen, die ganz anständig sind, als auch nur ein schlechtes zu vollenden. Du nicht auch? So viele Künstler meinen heutzutage, ein Bild sei erst dann fertig, wenn sie so viele Details wie möglich reingepackt haben und alles schön ordentlich und glänzend ist. Dabei könnte man schon einen einzigen Pinselstrich als fertiges Kunstwerk ansehen, wenn er nur mit Gefühl ausgeführt wurde. Details, die man hinzufügt, um das Ganze realistischer zu machen, verfälschen ein Bild nur. Was könnte realer sein als ein Gefühl? Etwas Realistischeres gibt es doch gar nicht, oder?«

Seine gedämpfte Stimme wurde, während er sich so ereiferte, aufgeregt, fast fiebrig, und seine Hände bewegten sich, als würde er malen, obwohl da kein Pinsel und keine Leinwand war, sondern nur die Visionen in seinem Kopf.

»Man muss wahre Beobachtungen malen, die wahren Gefühle in dem, was gemalt wird. Man sieht die Dinge immer wieder anders; der Blick darauf ist morgens ganz anders als abends. Wie man sieht, hängt von der eigenen Stimmung ab, nicht wahr?«

Ich wusste, diese Fragen waren nicht an mich gerichtet, sondern an ihn selbst, daher suchte ich nicht mehr nach einer Antwort, sondern hörte ihm einfach nur zu.

»Stimmungen verändern sich. Gedanken verändern sich«, fuhr er fort. »Außen- und Innenwelt sind verbunden. Unsere Außenwelt verändert sich entsprechend unseren Gefühlen. Und das muss ich aufzeigen. Genau wie Dostojewski mit seinen Worten ins Reich der Seele vordringt, muss ich mit meiner Kunst bis dorthin vordringen.«

Wir hatten die Pforte der Kirche erreicht, und die Sonne lugte schon hinter den jetzt weiter entfernten Wipfeln des Waldes hervor.

»Ich muss gehen«, sagte ich.

»Kannst du ihr sagen, dass ich da bin?«, fragte er. »Ich warte hier, unter diesen Lindenbäumen oder im Wald. Ich werde warten.«

»Ja, ich sag's ihr. Auf Wiedersehen, Munch.«

Dann ließ ich ihn allein, damit er Antworten auf seine unlösbaren Fragen finden konnte.

Als ich ankam, kochte Ragna gerade Eier. Mich würdigte sie keines Blickes, aber sie beäugte die Papierrolle in meiner Hand und schürzte die Lippen, als hätte ich etwas Anstößiges gesagt.

»Guten Morgen«, sagte ich gezwungen munter.

»Mmm-hmm«, brummte sie und starrte so konzentriert auf ihren Topf wie ein Wissenschaftler, der gerade eine neue, schockierende Entdeckung macht.

Sie hatte noch keinen Kaffee aufgesetzt, und bis zum Frühstück würde es noch ein Weilchen dauern. Ich sprang die Treppe hinauf und klopfte an Tulliks Schlafzimmertür.

»Ja?«

»Ich bin's«, flüsterte ich.

Die Tür schwang auf. Tullik griff nach meinem Arm und zog mich hinein. »Da bist du ja wieder!«, rief sie strahlend. Sie drückte mich so fest an sich, als hätte sie mich schon mehrere Wochen nicht mehr gesehen.

»Ich habe was für dich«, erklärte ich und gab ihr die Rolle. »Von *ihm*.«

Tullik holte keuchend Luft und riss mir die Skizze aus der Hand. Sie brachte sie zum Fenster, rollte sie vorsichtig auf und hielt sie ins Licht. »Sieh mal«, sagte sie und winkte mich zu sich. »Komm, sieh es dir an!«

Die Skizze war mit Bleistift, Tusche, Kohle und Farbe angefertigt worden. Sie zeigte eine Frau, ganz eindeutig Tullik, die vor dem Hintergrund des Fjords zwischen den Bäumen des Waldes stand. Munch hatte Tullik zuerst mit Bleistift gezeichnet und dann mit Tusche konturiert. Sie hatte die Hände auf dem Rücken verschränkt, das Kinn angehoben und die Brust herausgedrückt – genau wie an dem Abend vor ein paar Tagen. Tullik stand im Zentrum des Bildes, und links und rechts von ihr waren Baumstämme zu sehen. Diese waren mit Kohle gezeichnet. Ein paar von ihnen waren mit dunkler Farbe betupft. Auf der linken Seite gab es eine Lücke zwischen den Bäumen, wo Munch den Lichtstrahl des Mondes auf dem Wasser gezeichnet und nachlässig mit Gelb ausgemalt hatte. Über Tulliks Kopf waren ein paar Äste mit grünen Farbflecken zu erkennen. Dieses Grün und das Gelb des Mondes waren die einzigen Farben in dem ansonsten in

Schwarz und Weiß gehaltenen Bild. Draußen auf dem Meer hatte Munch ein winziges Ruderboot mit den Silhouetten dreier Gestalten gezeichnet, die nicht wussten, welche Schönheit sich zwischen den Bäumen verbarg.

»Ich werde es hüten wie einen Schatz«, sagte Tullik.

»Du solltest es besser verstecken«, bemerkte ich.

Tullik öffnete ihren riesigen Kleiderschrank und strahlte mich an. »Hier guckt niemand nach«, sagte sie und schob das Bild hinter ein paar Mäntel und Kleider.

»Er wartet auf dich«, sagte ich. »Draußen.«

Wieder keuchte sie auf. Dann packte sie mich am Ellbogen. »Sag ihnen, ich sei Beeren sammeln gegangen«, bat sie, »oder frische Luft schnappen. Sag ihnen irgendwas, Johanne. Ich muss zu ihm.« Ihre Augen blitzten feurig, glühten vor einer Leidenschaft, die sie nicht verbergen konnte.

9

Blau

Wie zwei Flüsse, die auf einem Berge entspringen, aber unter ganz verschiedenen Bedingungen in zwei ganz entgegengesetzte Weltgegenden laufen.

Johann Wolfgang von Goethe,
Zur Farbenlehre

Munch und ich waren uns früher schon oft begegnet. Als ich klein war, war ich von morgens bis abends die Wege entlanggestromert, immer auf der Suche nach Beeren und Kräutern. Munch war ein Vagabund. Er hatte die Gabe, wie ein Chamäleon völlig mit seiner Umgebung zu verschmelzen, um diese unbemerkt zu beobachten. Er war unzugänglich, hatte mich aber schon immer fasziniert. Er malte. Er zeichnete. Er tat das, was ich auch tun wollte. Drückte sich genau wie ich in Farben und Formen aus. Als Kind suchte ich mir oft in einer gewissen Entfernung zu ihm einen Platz und ließ mich dort nieder, auch wenn wir nie miteinander sprachen. Er wusste, dass ich da war. Wir spürten einander.

Als ich irgendwann anfing, immer näher zu rücken, schien ihn das nicht zu stören. Ich beobachtete ihn, während er das

Leben beobachtete. Manchmal riss er ein Blatt aus seinem Skizzenbuch und ließ mich mit ihm zusammen zeichnen. Ich hielt Muscheln und Kieselsteine fest und die Boote auf dem Fjord. Es waren einfache Skizzen, die mir die Gelegenheit zum Reden gaben. Dennoch sprachen wir nur wenig.

Im letzten Sommer traf ich ihn eines Tages am Strand. Es hatte geregnet, und der Sand roch frisch wie Schlamm. Munch hatte keine Jacke an und hatte unter dem abgebrochenen Ast eines Baums, den der Wind niedergedrückt hatte, Schutz gesucht.

Als ich ihn sah, blieb ich stehen.

»Hallo, Johanne«, sagte er und lockte mich mit seinem seltenen Lächeln zu ihm. »Komm her. Ich habe was für dich.«

Obwohl seine Aufmerksamkeit mich einschüchterte, folgte ich seiner Aufforderung. Er hielt ein Buch in seinen Händen.

»Hier«, sagte er, »das solltest du lesen.«

Schweigend nahm ich das Buch entgegen.

»Du denkst doch über Farbe und Licht nach, oder, Johanne? Über Perspektive?«

»Ich zeichne«, sagte ich verwirrt.

»Dann lies dieses Buch«, drängte er. »Es ist von Goethe – guck mal, sein Vorname ist Johann, fast genau wie deiner. Lies es. Präge es dir ein. Es wird dir helfen, das Licht zu verstehen.«

Als ich es durchblätterte, sah ich, dass es hier und da Bilder hatte: Kreise und Sterne, Dreiecke und Muster mit Quadraten.

»Und die Natur«, fügte Munch hinzu. »Es wird dir helfen, die Natur zu verstehen.« Er stand dicht neben mir und blätterte auf eine der ersten Seiten. »Da, lies das«, sagte er, »und zwar von ›So spricht die Natur hinabwärts zu anderen Sinnen …‹«

Ich räusperte mich. Vorlesen konnte ich nicht gut.

»›So spricht die Natur hinabwärts zu anderen Sinnen‹«, begann ich, »›zu bekannten, verkannten, unbekannten Sinnen; so spricht sie mit sich selbst und zu uns durch tausend Erscheinungen.‹«

»Weiter«, forderte Munch mich auf.

Ich fasste das Buch fester und hielt es dichter vor meine Augen.

»›Dem Aufmerksamen ist sie nirgends tot noch stumm; ja, dem starren Erdkörper hat sie einen Vertrauten gegeben, ein Metall, an dessen kleinsten Teilen wir dasjenige, was in der ganzen Masse vorgeht, gewahr werden sollen. So mannigfaltig, so verwickelt und unverständlich uns oft diese Sprache scheinen mag, so bleiben doch ihre Elemente immer dieselbigen. Mit leisem Gewicht und Gegengewicht wägt sich die Natur hin und her, und so entsteht ein Hüben und Drüben, ein Oben und Unten, ein Zuvor und Hernach, wodurch alle die Erscheinungen bedingt werden, die uns im Raum und in der Zeit entgegentreten.‹«

Zwar verstand ich kaum die Worte, die ich laut gelesen hatte, hatte jedoch das Gefühl, dass sie in gewisser Hinsicht magisch waren, dass dieser Mann, Johann, das Geheimnis der Natur selbst verstanden hatte und in der Lage gewesen war, es zu lüften.

Ich war wie verzaubert.

Ich versteckte das Buch unter einem Stapel Taschentücher in Millys oberster Kommodenschublade. Ganz hinten hatte ich zwischen die Seiten die einzigen beiden Zeichnungen geschoben, die ich vor den Argusaugen meiner Mutter hatte retten können: Bilder von der Küste und der Bucht, die ersten Zeichnungen, auf die ich je stolz gewesen war.

Zusammen mit Munchs Porträt in Tulliks Schrank war das versteckte Buch das erste einer Reihe von Geheimnissen und Täuschungsmanövern von Tullik und mir. Als die Erdbeeren reiften und die Saison in Schwung kam, folgten Tulliks Leidenschaft und Munchs Kreativität ihrem Beispiel. Tullik fing an, für lange Zeitspannen zu verschwinden. Am Nachmittag stattete sie überhaupt keine Besuche mehr ab, sondern flüchtete sich mit der Behauptung in den Wald, sie brauche frische Luft. Wann immer ich von meinen Pflichten entbunden werden konnte, nutzte sie mich als Vorwand und nahm mich mit. Sie erklärte gegenüber ihrer Mutter, dem Erdbeermädchen dürfe es nicht verwehrt werden, Beeren zu pflücken, und bestand darauf, sie mit mir gemeinsam im Wald zu sammeln. Doch immer wenn ich mich zum Victoria Hotel aufmachte, um meine Ware zu verkaufen, traf Tullik sich mit Munch. Ragna und Frau Berg waren fuchsteufelswild über meine Freiräume, aber Tullik war froh, und nur das schien Frau Ihlen zu interessieren.

Eines Nachmittags kehrte Tullik aus dem Wald zurück und entdeckte mich im Garten, wo ich Wäsche aufhängte. Ihre Wangen waren rot, und ihre Haare zerzaust. Sie hatte keinerlei Anstalten gemacht, sie glatt zu streichen. »Inger ist nach Kristiania zurückgekehrt«, verkündete sie.

»Wieso?«

»Wegen Laura. Sie ist schwer krank. Spricht kaum noch.«

Ich dachte an die Frau auf dem Bild. Düster und grau. Also war Munchs jüngste Schwester doch noch ihrem Schatten erlegen.

»Sie schicken sie nach Gaustad«, sagte Tullik.

»Wo ist das?«

»Das ist ein Krankenhaus für Frauen in Ekeberg«, erklärte sie. »Edvard meint, dort bekomme sie die richtige Behandlung. Vielleicht kann man ihr ja dort helfen.«

»Wie lange wird sie dableiben?«

»Das wissen sie noch nicht. Inger und ihre Tante Karen wollen mit den Ärzten reden. Wahrscheinlich auf unbestimmte Zeit.«

Obwohl dies offenkundig schlechte Neuigkeiten waren, meinte ich doch, etwas Frohlockendes in Tulliks Augen zu entdecken.

»Sie machen sich bestimmt große Sorgen«, sagte ich.

»Oh ja, schreckliche. Der arme Edvard. Natürlich wird er jetzt jemanden brauchen, der ihn tröstet. Schließlich kann ich nicht zulassen, dass er im Schmerz versinkt, oder?«

Danach glänzte Tullik immer öfter und immer länger durch Abwesenheit. Und jedes Mal kehrte sie mit einer Skizze zurück. Immer war sie das Motiv. Wir fanden in Carolines Schrank ein Stück alten schwarzen Stoff und hefteten ihn an die Wand von Tulliks Schrank. Dahinter versteckten wir die Bilder. Zusätzlich schirmten Tulliks feine Roben, Mäntel und Kleider Munchs zusammengerollte Porträts ab.

Tullik testete ihre Grenzen immer mehr aus und blieb bis spät in den Nachmittag bei Munch. Manchmal erschien sie nicht mal mehr zum Abendessen.

Und eines Abends kam sie überhaupt nicht mehr zurück.

»Das ist schon das dritte Mal, dass sie beim Essen fehlt«, bemerkte Caroline, als ich die Teller vom Tisch räumte.

»Wo mag sie bloß hingegangen sein, Nils?«, fragte Frau Ihlen und tippte sich mit dem Finger an die Lippen.

»Du kennst sie doch«, antwortete der Admiral. »Sie genießt ihre Streifzüge und kleinen Abenteuer im Wald. Lass sie einfach. Sie kommt schon früh genug zurück.«

Sie zogen sich in den grünen Salon zurück, um dort ihren Kaffee zu trinken, während ich in die Küche ging, um das Geschirr abzuwaschen.

»Du weißt, wo sie ist, oder?«, bemerkte Ragna, während sie übrig gebliebene Marmelade zurück ins Glas kratzte.

»Nein«, erwiderte ich. »Woher?«

»Ihr zwei beide«, sagte sie kopfschüttelnd. »Das ist einfach nicht recht.«

Ich ignorierte sie und widmete mich meinen Aufgaben. Ich trocknete das Porzellan ab und brachte es zurück ins Speisezimmer, zog die Tischdecke ab und schüttelte sie im Garten aus. Ich fegte die Böden, staubte alle Oberflächen ab und polierte sogar das Besteck. Die Stunden vergingen nur schleppend, und dennoch gab es kein Zeichen von Tullik. Ich versuchte, mich mit Beschäftigung abzulenken, und machte alles doppelt gründlich. Dann fing ich mit den Pflichten vom nächsten Tag an, nur um nicht ins Bett zu gehen, weil ich durch Tulliks Abwesenheit viel zu unruhig war. Schließlich, als die Zeiger der Uhr sich Mitternacht näherten und im ganzen Haus nichts mehr zu tun war, stieg ich die Treppe hinauf zu meinem Zimmer.

Am Fenster starrte ich angestrengt in die Dunkelheit und prüfte auf der Suche nach ihr jeden Schatten. Ich überflog mit dem Blick die Landschaft – den Waldrand, den Kirchhof und das ganze Viertel Kirkebakken –, doch nirgendwo gab es eine Spur von ihr. Unten debattierten die Ihlens aufgeregt. Caroline war wütend, Julie besorgt. Ihre Worte hörte ich zwar nicht, aber das Heben und Senken ihrer Stimmen, ihr Gespräch, das immer wieder stockte und dann an Fahrt aufnahm, sowie das tiefe Grollen des Admirals verrieten mir, dass sie erst beruhigt wären, wenn Tullik wieder da wäre.

Dann hörte ich, wie die Tür zum Salon aufschwang, jemand die Treppe heraufstieg und schließlich an meiner Tür klopfte. Ohne auf eine Reaktion zu warten, kam Frau Ihlen, gefolgt von Caroline, hereingeeilt. »Oh, du bist ja noch wach, Johanne«, sagte sie, weil ihr Blick zuerst zum Bett gewandert war, bevor sie mich am Fenster entdeckt hatte. »Ich weiß, es ist eine Zumutung«, fuhr sie fort, »aber Tullik ist immer noch nicht zurück. Ihr beide steht euch doch nahe, oder? Weißt du vielleicht, wo sie sein könnte?«

»Nein, das weiß ich nicht«, erwiderte ich. »Vielleicht bei Freunden in Åsgårdstrand?«

»Aber doch nicht so lange, oder?«, wandte sie ein.

»Du weißt es *doch*, Johanne«, sagte Caroline. »Gib es zu, du weißt, wo sie ist.«

»Nein, wirklich nicht«, protestierte ich und zwang mich zu einer Unschuldsmiene, weil ich Tullik unbedingt schützen wollte. »Sie hat mir nicht gesagt, wohin sie will.«

»Könntest du vielleicht so gut sein und sie suchen?«, fragte Julie. »Normalerweise würde ich dich nicht darum bitten, aber wir sind so …«

»Selbstverständlich«, unterbrach ich sie. »Ich mache mich sofort auf den Weg.«

Ich nahm mein Schultertuch und rannte die Treppe hinunter, wo der Admiral bereits mit einer Laterne auf mich wartete. Sein durchdringender Blick trieb mich zur Eile an, daher flüchtete ich regelrecht durch die Vordertür aus dem Haus.

Die bewölkte Nacht war erstaunlich kühl. Mit einer Hand drückte ich mir das Schultertuch über der Brust zusammen, mit der anderen hielt ich die Laterne. Die Dunkelheit im Wald war tintenblau. Jetzt wirkte der Wald nicht mehr freundlich, sondern bedrohlich. Das Knacken der Zweige unter meinen Füßen, das endlose Rascheln der Blätter über mir und hier und da der schmerzerfüllte Schrei einer Krähe ließen mich immer schneller rennen. Die Laterne warf einen schwankenden bernsteinfarbenen Kreis vor mir auf den Boden, doch ich konnte nicht weiter als ein paar Meter voraus sehen. Obwohl ich jeden Winkel des Waldes kannte, erschien er mir jetzt fremd, sogar feindlich gesinnt, als wollte er mich verbannen.

Als ich endlich den dunklen Umriss von Nielsens Bauernhaus zu meiner Rechten sah, durchströmte mich Erleichterung, obwohl dort alles dunkel und still war. Ich entschloss mich, nicht am Strand entlangzulaufen, sondern durch Nygardsgaten, denn sonst hätte ich riskiert, von meiner Mutter gesehen zu werden, wenn ich an den Fischerhütten vorbeikam. Ich wollte ihr nicht erklären, was ich zu dieser Uhrzeit dort zu suchen hatte. Ich huschte wie ein Einbrecher über die Straße und ließ die Laterne tief an meiner Seite hängen. Ich brauchte den schwachen Lichtschein der Öllampe nicht, ich hätte meinen Weg durch Nygardsgaten auch blind gefunden.

Als ich zu Munchs Haus kam, legte die Furcht ihre eisigen Finger um meine Kehle. Was, wenn Tullik nicht da war? Was, wenn sie wirklich verschwunden war? Was würde ich ihm dann sagen? Was den Ihlens?

Ich schob die Gartenpforte auf, stand eine Weile reglos da und hielt den Atem an, um besser hören zu können. Von der Rückseite des Hauses drang leises Murmeln. Als ich mich dem näherte, konnte ich Stimmen erkennen, kaum vernehmlich und doch so sanft und stetig wie das leise Rauschen der

Wellen. Ich lehnte mich an die Wand der Hütte und atmete unter den Blicken der entsetzt weglaufenden Leute auf dem Bild tief ein, um Kraft zu sammeln. Voller Angst vor dem, was mich erwartete, schlich ich um das Haus herum.

Sie saßen eng aneinandergeschmiegt auf einer Bank im Garten. Munch hatte seine Arme um sie geschlungen, und sie presste ihre Wange an sein Gesicht. Er flüsterte ihr etwas ins Ohr. Ihre Augen waren geschlossen, ihre Miene ernst. Eine dunkle Flasche und zwei leere Gläser standen zu ihren Füßen. Es widerstrebte mir, sie zu stören, so versunken waren sie in ihre Zweisamkeit. Ich kam mir albern vor, wie ich da mit hängender Laterne stand und sie mitten in der Nacht beobachtete.

»Tullik«, sagte ich schließlich nur. »Es ist Zeit, nach Hause zu gehen.«

Ihre Augen öffneten sich und suchten in der Dunkelheit nach dem Ursprung der Stimme.

»Ich bin's, Tullik«, sagte ich und trat näher zu ihr. »Ich komme dich abholen. Es ist jetzt Zeit, nach Hause zu gehen.«

Munch sprang von der Bank auf und streckte mir seine Hand entgegen, während Tullik mit einem Kopfschütteln versuchte, munter zu werden.

»Ich muss mich entschuldigen«, sagte Munch. »Offenbar haben wir die Zeit vergessen.«

»Wie viel Uhr ist es denn?«, fragte Tullik und stand unsicher auf.

»Nach zwölf«, erwiderte ich. »Deine Eltern machen sich Sorgen.«

»Oh«, sagte sie vage. »Ja, Edvard. Ich muss gehen.«

Sie küssten sich. Ich wollte den Blick abwenden, konnte es aber nicht. Denn eine solche Intensität hatte ich noch nie gesehen: wie sie sich umklammerten und einander in Besitz nahmen. Schließlich ließ Munch sie gehen, und sie taumelte auf mich zu wie der Verlierer eines Faustkampfes.

»Soll ich euch begleiten?«, fragte Munch, als Tullik sich in meine Arme schmiegte.

»Nein«, antwortete ich, aus Angst, mit ihm gesehen zu werden. Noch etwas, worüber ich keine Rechenschaft ablegen wollte. »Ich kenne den Wald in- und auswendig.«

Tulliks Haut war kalt, und unter meinem Arm sackten ihre Schultern nach unten.

»Wir müssen uns beeilen«, sagte ich. »Wie lange hast du schon hier draußen gesessen?«

»Ich weiß nicht.« Sie stolperte, als ich sie zwang, sich in Bewegung zu setzen. Der Geruch nach Alkohol umgab sie.

»Hast du etwa getrunken, Tullik?«

»Ein bisschen. Nur ein wenig von dem Portwein, den Edvard aus Deutschland mitgebracht hat. Mit dem Alkohol verwischt er die Kanten.«

»Welche Kanten?«

»Des Lebens«, antwortete sie abwesend.

Da Tulliks Kopf vom Portwein umnebelt war, erkannte sie nicht, in welchen Schwierigkeiten sie steckte. Sie war in ihre eigene Welt gedriftet, ohne sich um die Wirklichkeit zu kümmern, die sie zurückgelassen hatte. Die Zeit wurde gedehnt. Die Kanten verwischt. Doch was zählte das schon, wenn man seine Leidenschaft auslebte?

»Warte, geh noch nicht«, sagte Munch. »Das Bild, Tullik. Ich will, dass du es bekommst.«

Als er zu den Stufen der Hintertür eilte, stieß er versehentlich die leeren Gläser um. Tullik eilte dorthin und stellte sie wieder ordentlich auf.

Munch kam mit einer Leinwand unter dem Arm zurück. »Hier«, sagte er. »Für dich. Denn das bist du, Tullik. Deine Stimme, wie sie im Wald war. Es heißt einfach *Die Stimme.*«

Tullik nahm das Bild, ohne einen Blick darauf zu werfen. Sie küsste Munch auf die Wange, und er tätschelte ihren Rücken, wie ein Vater es bei seinem Kind tun würde.

»Geh jetzt«, sagte er. »Geh mit Johanne. Gute Nacht.«

Ich half Tullik mit dem Bild. Gemeinsam trugen wir es auf die Straße. Ohne es genauer anzusehen, wusste ich gleich, dass es ein Gemälde nach der ersten Skizze war, die Munch ihr gegeben hatte: Tullik im Wald. Ich sah die braunen Linien der Baumstämme und Tulliks Kleid, das perlweiß im Mondlicht schimmerte. Während wir durch den Wald eilten, umklammerte ich das Bild und überließ Tullik die Laterne.

»Wo sollen wir das verstecken?«, fragte ich.

»Im Schrank. Das passt doch, oder?«

»Tullik, dein Vater wartet darauf, dass ich mit dir zurückkomme. Wie sollen wir vor ihm verbergen, dass du bei Munch warst, wenn wir *das da* mit uns herumtragen?«

»Ach so, verstehe«, sagte sie und unterdrückte ein Kichern. »Dann müssen wir es bis morgen früh irgendwo verbergen. In der Kirche. Da verstecken wir's.«

»Aber die ist doch jetzt nicht offen«, wandte ich ein.

»Dann auf dem Friedhof. Wir verstecken es hinter einem Grabstein. Du kannst es holen, bevor Ragna und die anderen aufwachen.«

Als wir aus dem Wald traten, schlichen wir den Pfad zur Kirche entlang. Tullik ging mit der Laterne voraus, und ich stolperte unbeholfen mit dem Gemälde hinterher. Aus den Fenstern von Solbakken schimmerte Kerzenlicht. Julie und der Admiral warteten. Wir bogen vom Weg ab, damit sie uns nicht sahen, und schlichen um die Kirche herum zum Friedhof dahinter, ganz leise, als könnten wir sonst die Toten aufwecken.

»Hier«, flüsterte Tullik. Sie war zwischen den Gräbern umhergehuscht und zeigte jetzt auf einen großen Grabstein unter den Linden. »Dahinter ist es doch nicht zu sehen, oder?«

Ich gab ihr das Bild, und wir lehnten es so von hinten an den Grabstein, dass es nicht mehr zu sehen war.

»Das müsste reichen«, sagte Tullik. »Es ist ja nur bis zum Sonnenaufgang.«

Wir verließen den Friedhof. Das Bild war nun in Gottes Hand, wie die Toten darum herum.

Der Admiral wartete an der Tür. Er stand so aufrecht da wie wohl auch auf seinem Schiff. »Regine Ihlen, wo warst du?«, fragte er barsch. Es war das erste Mal, dass ich ihn Tullik mit ihrem richtigen Namen anreden hörte.

»Hallo, Vater«, sagte sie. »Verzeih, dass ich mich verspätet habe.«

»Wo war sie?«, fragte er mich.

»In Åsgårdstrand.«

»Und wo da?«

»Sie war schon auf dem Heimweg«, log ich. »Ich habe sie am anderen Ende des Waldes gefunden.«

»Ab ins Bett, alle beide«, sagte er, schob uns ins Haus und knallte die Tür hinter uns zu.

Ich huschte in mein Zimmer und warf mich ins Bett, ohne auch nur mein Nachthemd anzuziehen. Als ich in meine Kissen sank, wünschte ich, ich läge mit Andreas im Stockbett. Ich sehnte mich nach meinem einfachen Leben, der Fischerhütte und den losen Dielenböden, die repariert werden mussten.

Ich schlief nur unruhig, und beim ersten Tageslicht sprang ich aus Millys Bett und rannte barfuß aus dem Haus. Durch das taufeuchte Gras lief ich zum Kirchhof und fand *Die Stimme* genau dort, wo wir sie gelassen hatten. Ich bekreuzigte mich und dankte dem Allmächtigen, als ich es holte und ins Haus trug, wo die Ihlens noch schliefen.

Mein erstes Ziel war die Spülküche. Ich lehnte die Leinwand gegen den Arbeitstisch und schloss die Hintertür, dann lief ich auf Zehenspitzen in die Küche und spitzte die Ohren, ob Ragna schon auf war. Ich hörte keinen Mucks. Daraufhin holte ich das Bild, umklammerte es mit beiden Armen und floh durch die Eingangshalle die Treppe hinauf, wo meine feuchten Füße ein komisches Muster hinterließen.

Ohne anzuklopfen, platzte ich in Tulliks Zimmer. Erstaunt sah ich, dass die Vorhänge bereits zurückgezogen waren. Sie stand am Fenster, hatte die Hand zum Mund gehoben und knabberte an ihrem linken Daumen. »Gott sei Dank, du hast es geholt«, flüsterte sie, als sie sich umdrehte. »Ich habe gewartet und nachgedacht. Über das Bild.« Ihr Gesicht war blass, ihre Augen wirkten müde und trüb und waren rot umrandet.

»Hier ist es«, sagte ich. »Wir müssen es verstecken.«

Tullik lehnte das Bild gegen die Schranktür, worauf wir es eine Weile betrachteten. In dem dämmrigen Zimmer leuchtete der Lichtstrahl des Mondes golden auf dem Wasser. Er beschien Tulliks Kleid auf dem Bild und ihr rotbraunes Haar. Zartgoldene Lichtreflexe blinkten darin auf.

»Glaubst du, das bin ich?«, fragte sie und fing wieder an, an ihrem Daumen zu knabbern.

»Was? Ja, natürlich bist du das. Genau so hast du an jenem Abend ausgesehen.«

»Aber findest du wirklich, dass es wie ich aussieht?«

»Wie dein Spiegelbild. Wer sollte das denn sonst sein?«

»Du findest doch nicht, dass es wie Milly aussieht, oder? Meine Schwester?«

Ich hatte Tulliks älteste Schwester nur in silbergerahmten Fotografien auf dem Klavier gesehen. Auf manchen Bildern war sie noch ein Kind, und ihre Ähnlichkeit mit Tullik deutete sich nur an Mund und Augen an, doch diese Ähnlichkeit wurde eindrücklicher, je älter sie wurde. Trotz der raffinierten Hüte und Kostüme zeigte sich das charakteristische Aussehen der Ihlen-Frauen – die schräg geschnittenen Augen, die lange Nase und der Schmollmund – bei allen dreien.

»Sei nicht albern, Tullik«, sagte ich. »Du *weißt*, dass du das bist. Munch hat es selbst gesagt. Er hat gesagt, dass du das bist, deine Stimme – weißt du nicht mehr?«

»Aber es könnte auch sie sein, oder nicht? Es könnte Milly sein. Die dunkel umschatteten Augen, die sehen doch aus wie ihre, oder nicht?«

»Tullik, dieses Bild zeigt dich. Genau so hast du im Wald ausgesehen. Und jetzt müssen wir es verstecken.«

Tullik riss sich ein Stück Nagelhaut ab. Ein winziger Blutstropfen quoll aus ihrem Daumen. Sie saugte daran, öffnete mit der anderen Hand den Schrank und griff zwischen ihre Kleider, um die Nadeln an dem schwarzen Stoff zu lösen. Als er herunterklappte und die Skizzen preisgab, hob ich *Die Stimme* an und lehnte es gegen die hintere Wand des Schranks. Dann zogen wir den Stoff wieder hoch und hefteten ihn fest. Das Bild war versteckt. Das Geheimnis war sicher.

Beim Frühstück sprachen Julie, Nils und Tullik offenbar nicht miteinander. Die Luft war so dick, ich hätte sie mit einem

Buttermesser schneiden können, während ich um sie herum Dinge auf den Tisch stellte und wieder abräumte. Tulliks ungehöriges Verhalten wurde ebenso wenig erwähnt wie eine Bestrafung.

Auf dem Tisch lag ein Brief. Er war an Caroline adressiert.

»Wann ist der denn gekommen?«, fragte sie, nahm ihn und öffnete ihn mit ihrem Messer.

»Frau Berg hat ihn gebracht«, sage Julie. »Ich glaube, er ist von Milly.«

»Ja, tatsächlich!«, erwiderte Caroline und entfaltete ihn. Sie trank einen Schluck von ihrem Kaffee und las dann laut vor:

»*Meine liebe Nusse,*

wir kommen nach Åsgårdstrand, um mit euch Sankt-Hans-Aften zu feiern, also zündet auch ein Feuer für uns an! Wir nehmen die Jarlsberg *am Samstag. Sag Mutter, sie soll sich keine Umstände machen, wir übernachten nicht in Solbakken, sondern im Grand Hotel. Lila ist schon ganz aufgeregt, und ich habe ihr für den Anlass ein neues Kleid gekauft, das einfach entzückend ist. Die neuen Sommerstoffe sind wie frischer Wind, und die Damen auf der Karl Johann haben uns auf der Promenade schon bewundert. Lila ist mit ihren Puffärmeln und dem kleinen Sonnenschirm einfach hinreißend. Jeder behauptet, sie sei eine Miniaturausgabe von mir. Natürlich habe ich in einen neuen Sommerhut investiert, den ihr dann sehen könnt, wenn wir ankommen.*

Grüße Mutter, Vater und Tullik,

deine dich liebende Schwester

Milly.

Caroline faltete den Brief wieder und steckte ihn in ihre Tasche. »Sie kommt am Samstag. Das ist schon morgen!«

Als niemand darauf etwas sagte, tupfte sich Julie Ihlen mit

der Serviette die Mundwinkel ab.»Das ist ja wundervoll, Liebes«, sagte sie und schürzte die Lippen. »Nur werde ich zur Sommersonnenwende leider nicht da sein.«

»Aber Mutter«, sagte Caroline. »Warum denn nicht?«

»Kitty und Thrine haben ein Treffen in Kristiania einberufen, da muss ich für ein paar Tage hin. Frau Esmark schreibt einen Artikel für die *Aftenposten.* Unsere Organisation wird jetzt offiziell die Norwegische Frauengesellschaft zur Verhinderung von Tierquälerei.«

»Aber dann verpasst du ja die Lagerfeuer am Strand«, entgegnete Caroline, ohne auf die Bestrebungen ihrer Mutter einzugehen. »Und Musik und Tanz wird es auch geben. Es wird ein großer Spaß werden.«

»Das ist ja ausgezeichnet, meine Liebe«, sagte Admiral Ihlen zu seiner Frau. »Du und deine Damen leisten sehr gute Arbeit. Was euch Mädchen betrifft, so könnt ihr drei zusammen zum Strand gehen«, fuhr er fort. »Aber ihr bleibt auch zusammen.« Dabei warf er einen strengen Blick zu Tullik, die am Tisch lümmelte und ihr Kinn auf die Hände gestützt hatte. Sie hatte nicht gesagt, wo sie am Abend zuvor gewesen war, doch ihrer Miene nach zu urteilen befand sie sich noch in Munchs Garten. Vielleicht hatte Julie diesen Ausdruck schon mal auf dem Gesicht ihrer ältesten Tochter gesehen? Vielleicht hatte sie Edvard Munchs Einfluss auch schon in Millys Augen gesehen? Jedenfalls machte ihr das, was sie in Tulliks Gesicht sah, Angst. Denn sie weigerte sich, ihre jüngste Tochter anzublicken, und tupfte sich immer wieder den Mund.

Nach dem Frühstück ging Tullik auf ihr Zimmer. Ich sah sie erst am späten Abend wieder, als ich die Asche auskehrte. Alle anderen waren zu Bett gegangen, und im Haus war nur noch das leise Ticken der Uhren zu hören.

»Milly kommt.« Mehr sagte sie nicht.

Als ich mich zu ihr wandte, ließ sie sich auf einen Stuhl fallen und starrte versunken auf die Platte des Küchentischs.

»Und wenn er sie sieht? Was wird dann?«

»Milly ist verheiratet«, entgegnete ich nur und leerte die Asche in einen Eimer.

»Das hat sie früher auch nicht abgehalten.« Sie sah mich an. Ihre Augen waren glasig und voller Angst. »Er liebt *mich*«, erklärte sie.

»Hast du denn Grund, daran zu zweifeln?«

»Ich glaube nicht«, sagte sie und zupfte an der Haut ihres Daumens.

»Was ist es dann?«

»Du kennst sie ja nicht«, sagte sie. »Sie hasst es, wenn jemand anderer glücklich ist, wenn jemand etwas hat, das sie nicht hat: neue Kleider oder Hüte oder … Liebe. Da macht sie keinen Unterschied.«

»Sie ist deine Schwester, Tullik«, entgegnete ich und wischte mir die Hände an einem Lappen ab. »Da will sie dich doch gewiss nicht unglücklich sehen.«

Tullik lachte; blau, leer und bitter. »Edvard sagt, sie hätte ihn gedemütigt, und ich bin mir ganz sicher, dass sie das auch mit mir vorhat.«

»Aber sie weiß doch gar nichts von dir und Edvard«, sagte ich. »Oder?«

»Ich wünschte, sie wüsste es«, murmelte Tullik. »Ich wünschte, alle wüssten es.«

Geräuschvoll schob sie ihren Stuhl zurück und überließ mich meinen Putzarbeiten. Ich hörte, wie sie mit schweren Schritten die Treppe zu ihrem Zimmer hinaufstieg.

Wieder Gefahr. Karmesin. Rubinrot. Gefahr.

Sankt-Hans-Aften war unser Mittsommernachtsfest. Die alten Bauern behaupteten, die Wikinger, die früher an der Küste von Borre gelebt hatten, hätten zur Feier der Sonnenwende Lagerfeuer angezündet, um der Sonne mehr Kraft zu verleihen. Es war eine magische Zeit der Erneuerung, und die Leute glaubten, dass heilige Orte an jenem Abend noch mehr Kraft hätten. Immer noch kamen Kranke und Invaliden nach Borre, um den ganzen Abend aus der Quelle zu trinken, weil sie hofften, die Heilkräfte des Wassers würden auch bei ihnen wirken. Doch die Kirche hatte die Sommersonnenwende zum Fest von Johannes dem Täufer erklärt, und jetzt zündeten wir unsere Lagerfeuer an, um Hexen und böse Geister zu vertreiben. Ich hoffte, sie würden wirken. Um Tulliks willen.

Ich durfte schon früh gehen. Die Ihlens fuhren mit der Kutsche zur Pier von Åsgårdstrand, wo sie Milly und Ludvig von der *Jarlsberg* abholen wollten. Tullik war niedergedrückt, ihr inneres Feuer erloschen, weil sie ihre Mutter verabschieden und ihre Schwester empfangen sollte. Sie würde keine Sekunde lang unbeobachtet bleiben.

Ich ging bewusst langsam durch den Wald zurück. Er war frisch und feucht, und der Geruch nach Gras und Klee erfüllte die Luft. Fliegen umschwirrten mein Gesicht, aber ich scheuchte sie nicht fort. Ich hatte die Erfahrung gemacht, dass es sinnlos war, gegen die Natur anzukämpfen, also ließ ich die Fliegen einfach in Ruhe. Ich ließ alles einfach in Ruhe. Überall begann es bereits zu sprießen. Die Natur bereitete sich auf ihr Blütencrescendo vor und hatte den Waldboden mit purpurfarbenen Hyazinthen und großen, bernsteinfarbenen Lupinen überzogen. In den Hecken leuchteten saftige Himbeeren, und die Wildrosen öffneten langsam ihre weichen, rosa Blüten.

Am Kiesstrand wimmelte es vor Betriebsamkeit, weil der Dampfer kam, die Fischer früh heimkehrten und die Frauen alles für das Fest vorbereiteten. Kinder sammelten Blumen für die Kränze, mit denen sie ihr Haar schmücken würden, und trockene Äste und Zweige für die Lagerfeuer, die am Sandstrand errichtet werden sollten. Dort würden auch wir essen und tanzen. Ich sah Jacobs Enkelin Marie mit den Armen voller Blumen zum Strand rennen, dicht gefolgt von ihrem kleinen, kläffenden Terrier. Einen Augenblick beneidete ich sie: um ihre nackten Füße, die kurzen Ärmel und die Unschuld ihres Herzen, die noch nicht von unverständlichen Gefühlen gefährdet wurde.

Als ich unsere Hütte erreichte, trug meine Mutter gerade einen schweren Topf Wasser hinein. »Oh, gut, dass du kommst, Johanne«, sagte sie statt einer Begrüßung. »Du kannst mir beim Tragen helfen.«

Ich umfasste einen Henkel, dann gingen wir gemeinsam in die Hütte.

»Ich mache für heute Abend Fischeintopf. Wenn du willst, kannst du den Kabeljau für mich filetieren«, sagte sie und zeigte auf einen Teller Fisch auf dem Tisch mit den Farbklecksen. Keine Bitte, sondern ein Befehl. »Das Messer ist dort.«

»Das sind aber viele Fische«, sagte ich, krempelte die Ärmel auf und zog mir eine Schürze an. »Woher hast du die denn?«

Darauf sagte meine Mutter nichts. Ich dachte schon, sie hätte mich nicht gehört.

»Mutter?«, fragte ich noch mal. »Woher hast du denn all die …«

»Dein Vater hat sie von diesem …« Sie verstummte, zündete den Herd an und blies ins Feuer. Als sie sich umdrehte, war ihr Gesicht hochrot. »Dein Vater hat sie von Thomas angenommen«, sagte sie. »Der denkt wohl, er kann sich mit einer Palette Fisch in diese Familie einkaufen. Nun, dann hoffe ich doch, du wirst ihn dazu bringen, sich mehr anzustrengen, Johanne.«

Ich lächelte in mich hinein, als ich das Messer durch die glänzend silbernen Schuppen bohrte. Einen ausdrückliche-ren Segen würde Thomas von meiner Mutter nicht bekom-men.

10

Mischen

So fordert Gelb das Violette, Orange das Blaue,
Purpur das Grüne, und umgekehrt.

Johann Wolfgang von Goethe,
Zur Farbenlehre

Julie Ihlens hatte eine Zwillingsschwester namens Fredrikke Vilhelmine Regine. Nach ihr wurde Tullik benannt. Julies Zwillingsschwester starb, als sie gerade mal dreiundzwanzig Jahre alt war. Ich hatte beim Abstauben gerahmte Fotos von ihr in der Eingangshalle und auf dem Klavier gesehen. Als ich jetzt zum ersten Mal Milly und Tullik zusammen sah, war es, als hätte ich Julie Ihlen und ihre Zwillingsschwester vor mir, obwohl Milly ganze zwölf Jahre älter war als Tullik.

Von allen Ihlen-Töchtern ähnelte Milly Julie am meisten. Sie war die exakte Wiedergabe ihrer Mutter. Beide hatten durchscheinend türkisfarbene Augen, eine gerade Nase und volle Lippen. Vom Admiral hatte Milly nichts geerbt. Der einzige Unterschied zwischen Mutter und Tochter bestand darin, dass der Ernst, der Julies Gesicht manchmal überflog, sich bei Milly als Hochmut präsentierte. Sie hielt sich sehr gerade, reckte Kinn und Nase in die Luft und wechselte am Strand von einer selbstsicheren und offenbar einstudierten Pose in die nächste.

Das Feuer war angezündet, und der ganze Strand leuchtete von den Flammen und dem kupferfarbenen Schein der untergehenden Sonne. Millys Posen waren an die Einheimischen von Åsgårdstrand vollkommen verschwendet, denn die vergnügten sich zum Spiel der Geiger auf der Grasböschung mit Kreistänzen, bei denen sie sich abwechselnd die Hände reichten und einander herumwirbelten.

Milly trug ein weißes Kleid, das über der Brust in breite Falten gelegt war und sich an den Ärmeln bauschte. Ein Juwelenkollier betonte ihren langen Hals. Sie war unglaublich dünn, und ihre Taille war wie Tulliks außerordentlich schmal. Ihr gelbblondes Haar türmte sich unter einem seitlich aufgesetzten Strohhut voller Blumen und fiel ihr in Wellen den Rücken hinunter. Ich half Mutter gerade beim Abwasch, als ich sah, dass die beiden sich mir näherten. Tullik selbst sah ebenfalls hinreißend aus mit dem karmesinroten Kleid und ihrer wilden Mähne, die genauso leuchtete wie die Flammen vom Feuer. Milly hielt sich hinter ihrer Schwester und sah mich, ohne das Kinn zu senken, von oben herab an. »Das ist also das Hausmädchen, das in meinem Bett schläft«, bemerkte sie spöttisch.

»Nein, das ist Johanne«, erwiderte Tullik. »Sie ist meine Freundin.«

Milly schüchterte mich sofort ein. Nichts zog mich zu ihr hin wie zu Tullik oder ihrer Mutter.

»Hallo, Frau Bergh«, sagte ich etwas unsicher. Es erheiterte mich ein wenig, dass Millys neuer Nachname dem der Hausangestellten ähnelte.

Doch Milly hatte mich schon vergessen. »Nun, stehen wir den ganzen Abend hier beim Abwasch herum, oder tanzen wir am Feuer, Tullik?«, fragte sie.

»Du kannst machen, was du willst«, antwortete Tullik.

»Nein, du weißt genau, dass ich dich nicht aus den Augen lassen darf, während die anderen ihren Spaziergang machen, was für dich und mich gleichermaßen lästig ist, also lass uns doch …« Sie blickte über meine Schulter hinweg und kniff die Augen zusammen, um jemanden hinter mir genauer zu mustern. »Ach, sieh mal einer an!«, sagte sie dann und lächelte. »Wenn das nicht der liebe Edvard ist. Ich muss zu ihm. Komm, Tullik.«

Tullik fuhr herum. Sie schob mich beiseite und reckte den Hals, um besser sehen zu können. »Wieso willst du ihn denn sprechen?«, fragte sie.

»Ach, wir sind alte Freunde«, sagte Milly, die sich schon in Bewegung gesetzt hatte.

»Frau Lien«, sagte Tullik zu meiner Mutter, die so tat, als hätte sie nicht zugehört, »könnten Sie Johanne für ein Weilchen entschuldigen? Ich hätte gerne, dass sie mich begleitet.«

Mutter war entsetzt.

»Ach, jetzt lass die jungen Dinger doch gehen und ein bisschen Spaß haben, Sara«, meinte Frau Jakobsen, die neben uns Teller in einer alten Zinkwanne sauber schrubbte. »Wir schaffen das hier schon allein. Ab mit dir, Johanne, geh tanzen.«

Mutter und ich starrten einander an. Sie hatte wieder diesen merkwürdigen Ausdruck, wobei sie die Lippen einklemmte, als wollte sie etwas sagen, würde es sich aber wegen der anderen verkneifen.

»Es dauert nicht lang«, sagte ich, als Tullik mich mit sich zog.

Munch saß mit seinem Skizzenbuch auf den Knien und einer Flasche Bier zu seinen Füßen am Rand der Grasböschung. Er hatte das Handgelenk gebeugt und beschrieb mit seinem Stift weit geschwungene Linien über dem Papier, bevor er in einer Ecke kleine, schraffierende Bewegungen machte. Die Leute um ihn herum bemerkte er gar nicht und blickte nicht mal auf, als ein kleines Mädchen fast das Gleichgewicht verlor und sich an seiner Schulter abstützte.

»Hallo, Edvard«, sagte Milly und verzog genau wie Tullik nur einen Mundwinkel zum Lächeln.

»Edvard«, sagte Tullik. »Ich bin's.«

Munch hob den Blick von der Zeichnung. Als er die zwei Schwestern vor sich sah, ließ er das Skizzenbuch fallen, und sein Stift rollte in den Sand. »Milly«, sagte er scheu. »Du bist hier.«

Milly kicherte. »Ja, mein Lieber. Ich bin hier. Möchtest du nicht mit uns tanzen kommen?«

»Du weißt doch, dass ich nicht tanze«, antwortete er.

»Dann begleite uns ein Stück«, erwiderte Milly, neigte den Kopf zur Seite und blickte ihn schräg über ihre Nase hinweg an. »Es ist so ein schöner Abend.«

Munch stand auf, und Milly streckte ihm ihre Hand hin.

Er ergriff sie.

Tullik geriet in Rage. Sie umkrallte meinen Arm wie mit Krebsscheren.

Milly hakte sich bei Munch unter und führte ihn vom Strand fort Richtung Pier. Dabei plauderte sie leise mit ihm, und er neigte lauschend den Kopf zu ihr.

Munch versank völlig in der Unterhaltung mit Milly, und so gingen sie immer weiter, ohne auf uns zu achten. Unter ihren Füßen trampelten sie Tulliks Herz nieder, und als wir das Ende des Strandes erreicht hatten, blieb Tullik abrupt stehen und ließ die beiden einfach ziehen.

»Er hat mich nicht mal angesehen«, sagte sie. »Ich hasse sie.«

»Vielleicht hat er versucht, dich zu schützen, Tullik«, wandte ich ein. »Damit deine Familie es nicht herausfindet.«

»Er hat mich ignoriert«, beharrte sie mit bebender Stimme. »Nur wegen *ihr*. Ich hasse sie. Wieso musste sie überhaupt herkommen?«

Ich führte sie zum Wasser, das sich ganz still und glatt ausbreitete, und wir setzten uns auf einen Felsen. Auf der anderen Seite des Fjords sah ich einen schwachen Lichtschein von den Lagerfeuern, die die Küste von Bastoy tüpfelten. Unser eigenes Feuer loderte noch und schoss Funken hoch in die Luft.

Tullik knabberte an ihrem Daumen. »Sie sind in den Wald gegangen, nicht wahr?«, fragte sie.

»Ich weiß nicht. Ich hab's nicht gesehen.«

»Oder vielleicht zu seinem Haus?«

»Glaubst du ernsthaft, das würde Milly tun? Wo doch ihr Ehemann …«

»Sie denkt nur an sich selbst«, unterbrach Tullik mich. »Bei Carl war es genauso. Er konnte sie auch nicht von dem abhalten, was sie wollte.«

»Waren sie lange verheiratet?«, fragte ich.

»Zehn Jahre. Bei ihrer Hochzeit war ich erst neun und sie einundzwanzig. Sie prahlte ständig damit, wie schrecklich gutmütig er war und ihr immer ihren Willen ließ. Es gab auch andere Männer, nicht nur Edvard: Schauspieler und Schriftsteller. Deshalb liebäugelte sie mit der Bohème. Der Lebensstil gab ihr die Erlaubnis, alles zu tun, was sie wollte.«

»Und was ist mit ihrer jetzigen Ehe, mit Ludvig?«

Tullik wies mit der Handfläche nach oben zur Pier. »Wo ist er denn jetzt? Und wo ist sie?«

Schweigend saßen wir dort am Wassersaum, während das Fest um uns herum seinen Lauf nahm. In ihrem roten Kleid war Tullik wie ein glühender Feuerball. Vor lauter Wut knirschte sie mit den Zähnen, seufzte und stöhnte. Sie schleuderte wie ein Krieger Kiesel ins Wasser. Als sie ihren Zorn nicht mehr zügeln konnte, sprang sie auf und marschierte Richtung Pier.

»Warte! Tullik«, rief ich. »Wo willst du denn hin?«

»Du musst nicht mitkommen«, sagte sie. »Nicht wenn es dir Ärger einbringt.«

»Warte«, sagte ich. »Ich komme mit.«

Ohne ein Wort marschierte sie vorneweg und strebte zum Weg am Ufer entlang. Ihre Ellbogen stießen vor und zurück, als sie am Central Hotel und dem Badehaus und dann am Kiosterud-Haus und dem Grand Hotel vorbeikam. Erst vor Munchs Haus blieb sie stehen. Sie stieg über den Zaun und zerrte so rücksichtslos am Rock ihres Kleides, dass er an mehreren Stellen einriss.

Tullik stürmte den Garten hinauf durch die Freiluftgalerie mit den Bildern, die sie an dem Tag, als wir schwimmen gegangen waren, so bezaubert hatten. Jetzt eilte sie vorbei, ohne sie eines Blickes zu würdigen. Das Haus wirkte verlassen. Zwar stand die Tür offen, aber man sah kein Licht, keine Kerzen in den Fenstern.

»Edvard!«, brüllte sie und stampfte die Stufen hinauf. »Edvard? Bist du da?« Sie klopfte laut an die Tür und ans Fenster, bekam jedoch keine Antwort. »Nun denn, dann bleibe ich hier und warte auf ihn«, sagte sie und ging hinein.

Ich folgte ihr. Die Hütte bestand aus drei miteinander verbundenen Kammern. Es war dunkel und unordentlich und roch nach Zigaretten und Terpentin. Tullik zündete eine Kerze an und schnappte sich ein Glas von einem Regalbord voller Farbtuben.

»Tullik«, mahnte ich. »Du kannst nicht hierbleiben. Deine Eltern …«

»Die sind mir egal«, erwiderte sie und verschwand in der Küche.

Nachdem sich meine Augen an das Dämmerlicht von den Kerzen gewöhnt hatten, fielen mir weitere Details in der Hütte auf: das niedrige Dach, die dicken Dielen und die braune Blumentapete. Überall lagen Leinwände auf dem Boden oder lehnten an den Wänden. Das Bett ragte rechtwinklig zur Wand in den Raum hinein. Eine graue Tagesdecke mit goldener Borte bedeckte es. Am Fußende stand ein kleiner Klapptisch mit einer Pfeife und mehreren Päckchen Tabak.

Tullik kehrte mit einer Flasche Portwein zurück. Sie schenkte sich ein und setzte sich aufs Bett.

»Tullik, du solltest lieber nicht …«

»Ach, hör doch auf, Johanne«, fauchte sie. »Du klingst ja schon wie die anderen. *Tu dies nicht, tu das nicht!* Ich habe genug davon! Von nun an mache ich genau das, was ich will. Wenn Milly das kann, kann ich das auch, oder?«

Ihr Ausbruch brachte mich zum Schweigen. Ich blieb noch einen Augenblick auf der Türschwelle stehen, dann ging ich wieder hinaus und setzte mich auf die Stufen.

Vom Strand drangen leise die Musik und die Juchzer der Tanzenden zu uns herüber. Mutter und Thomas würden sich schon fragen, wo ich blieb. Ich hatte Thomas versprochen, später mit ihm in den Wald zu gehen und Kräuter zu sammeln. In der Mittsommernacht war es Tradition für Mädchen, Kräuter zu sammeln. Der Sage nach würde ein Mädchen, wenn es zum Mittsommerfest sieben verschiedene Kräuter sammeln konnte und sie unter ihr Kopfkissen steckte, von seiner einzig wahren Liebe träumen. Thomas hatte gescherzt, ein Mädchen wie ich könnte leicht hundert verschiedene Kräuter im Fjugstad-Wald finden, doch jetzt würde ich vielleicht nicht mal eins entdecken. Das Fest würde bis tief in die Nacht gehen, und es konnte noch Stunden dauern, bis Munch zurückkäme.

Ich saß da und dachte über Sankt-Hans-Aften und die bösen Geister nach, fragte mich, ob sie heute in der Luft schwebten und Tullik verhext hatten. Am Strand wurden jetzt Lieder über unehrenhafte Leute gesungen, über Schufte und Feiglinge. Die alten Volksweisen erzählten Geschichten von faulen Bauern und sittenlosen Frauen. Sie sollten uns die Vorteile moralischer Tugenden lehren, damit wir in die Fußstapfen anständiger, frommer Menschen traten. Unwillkürlich dachte ich an Milly und ihr fehlendes Gewissen. Immer noch reckten sich die Flammen der Lagerfeuer zum Himmel, und ich zwang sie mit meinem Willen, das zu verbannen, was in meine Freundin gefahren war.

Als ich zurück ins Haus spähte, sah ich, dass Tullik inzwischen auf Munchs Bett mit über der Brust verschränkten Händen lag und an die Decke starrte. Ich wollte sie nicht stören, konnte sie aber auch nicht dort allein lassen, also wartete ich auf den Stufen darauf, dass Munch zurückkam. Zuerst blickte ich zu den Bildern, entdeckte in der Dunkelheit Umrisse von Gestalten und Formen. Manche Bilder leuchteten richtig, zum Beispiel ein großes Gemälde, das Inger in einem strahlend weißen Kleid auf einem Felsen am Wasser zeigte. Andere, wie Laura und Tullik, die auf ihre Schatten starrten, verschwanden vollkommen im Zwielicht.

Ich lehnte meinen Kopf an das Geländer und starrte müßig in den Garten. Mein Blick fiel auf die Tür zum Atelier, die offen stand, einladend geradezu. Tullik lag immer noch auf dem Bett. Sie hatte sich von mir abgewandt und auf die Seite gerollt. Also würde sie es nicht bemerken. Keiner würde es bemerken. Ich schlich hinüber zum Atelier und trat ein.

Sofort fiel mir das Bild ins Auge, an dem Munch im Garten gearbeitet hatte: Der Mann auf der Brücke, der hinaus auf den Fjord blickte. Munch hatte auf die untere rechte Hälfte noch mehr Farbe aufgetragen, ein schlammiges Grün in fedrigen Lagen und darüber aggressive dunkelblaue Striche, die wie Kratzer auf dem Rücken des Mannes wirkten. Doch am meisten berührte mich der Himmel. Über die Boote und die fernen, mauvefarbenen Berge hatte Munch loderndes Feuer gemalt, ein Weißgelb, überdeckt von zornigem Zinnober, dem Zähne gewachsen waren, mit denen es den Himmel zerfleischte. Der Lichtschein vom lodernden Himmel fiel auf das Gesicht des Mannes und ließ, während er blicklos auf den Fjord schaute, seinen Hut und Kragen leuchten, Meine Brust zog sich erneut schmerzhaft zusammen. Ich neigte mich näher zum Bild, um Munchs Pinselführung zu begutachten. Sie wirkte hektisch, als hätte er in Panik gemalt. Die intensiven Rot- und Gelbtöne waren wie Heere in einer Schlacht zweier Maler, die auf der Leinwand Platz erobern wollten wie Götter in einem Machtkampf. Die einsame Gestalt blickte verzweifelt in die Ferne, wohl wissend, dass die Schlacht über seinem Kopf nicht gewonnen werden konnte.

Unwillkürlich griff ich nach einem Pinsel. Ich nahm das

Bild von der Staffelei und suchte im Atelier nach meiner Leinwand. Die strahlende Sonne, die mit ihren schlängelnden Armen wie ein Talisman wirkte, lehnte an einer Wand in der Ecke. Eine Palette und Farben waren leicht zu finden, da sie hier und da im Atelier in unordentlichen Häufchen lagen. Ich zündete eine Kerze an und schnappte mir eine Palette. Blau. Ich brauchte Blau. Ich durchwühlte die Häufchen mit den Farbtuben und griff mir alles Dunkle. Dann quetschte ich mehrere Tropfen Ölfarbe auf die Palette und stellte meine Leinwand auf die Staffelei.

Traurig.

Bleischwer. Schmerzerfüllt. Dumpf.

Indigo. Ultramarin. Dunkel wie die Tiefen des Ozeans.

Um mich herum Dunkelheit. Schatten. Lang und schwermütig. Unheilvoll. Schwarz.

Tullik betrunken. Auf dem Bett liegend.

Kummer. Kummer wie die Natur. Krächzende Krähen. Brüllende Herden.

Umbra. Kohlschwarz. Dick verschmierte Lagen, geronnen und verdichtet.

Tullik. Die durch den Sumpf watete. Suchend. Keuchend. Untergehend.

Tullik. Verloren im Moor. Die schwarzen Tiefen ihres Herzens dem Untergang geweiht.

Schmerz, rinnend und strömend wie Tränen.

»Johanne, was in Gottes Namen tust du denn hier?«

Mir fiel der Pinsel aus der Hand und verspritzte Farbe über den Boden. Hitze stieg mir in die Brust. Mein Mund wurde trocken und schmeckte nach Metall. Meine Hände zitterten, und die Palette hing schlaff an meinem Daumen.

»Johanne? Malst du etwa?«

Ich drehte mich um.

Herr Heyerdahl.

»Erzählen Sie's nicht meiner Mutter«, platzte es aus mir heraus.

Er lachte. »Weiß Edvard, dass du hier bist?«

»Nein«, sagte ich. »Aber er hat mir diese Leinwand geschenkt, damit ich üben kann.«

»Wer ist die Frau?«, fragte er.

»Die Frau?«

»Auf deinem Bild«, sagte er und zeigte über meine Schulter hinweg.

»Ach, niemand Bestimmtes«, sagte ich, selbst überrascht, eine einsame Gestalt auf meiner Leinwand zu entdecken. Sie stand von der Sonne abgewandt.

»Das ist ziemlich gut«, bemerkte er. »Der Kontrast.«

Ich stellte meine Leinwand auf den Boden zurück und räumte Pinsel und Farben weg.

»Edvard hat mich geschickt. Ich soll eine Flasche Wein holen. Unten gibt's Musik und Tanz«, erklärte Herr Heyerdahl. »Willst du dich nicht zu uns gesellen? Er sagte, ich könne einfach ins Haus gehen, die Tür sei offen.« Er wandte sich ab und setzte sich in Bewegung.

»Miss Tullik ist auch hier!«, rief ich und rannte ihm nach. »Sie wartet auf Munch.«

»Munch ist am Strand«, sagte er und öffnete die Tür zur Hütte.

»Tullik!«, rief ich. »Tullik! Herr Heyerdahl ist hier!«

Tullik saß vornübergebeugt auf der Bettkante und trank. »Erfreut, Sie kennenzulernen«, nuschelte sie. Ihre Lippen hatten dunkle Flecken vom Wein. Ihre Haare waren wild zerzaust.

»Hallo, Miss Ihlen«, sagte Herr Heyerdahl und lüftete den Hut. »Ich kenne Ihre Schwester Milly. Vor ein paar Jahren bin ich ihr ein paar Mal begegnet.«

»Pech für Sie«, sagte Tullik gedehnt.

Herr Heyerdahl zeigte zur Küche und murmelte etwas von einer Flasche Wein. Ich blickte zu Tullik, doch sie senkte den Kopf und wandte sich ab.

»Die hatte ich gesucht«, erklärte Herr Heyerdahl, kam ins Zimmer zurück und hielt den Wein hoch, als sollten wir ihn begutachten. »Munch ist am Strand«, sagte er zu Tullik. »Soll ich ihn holen?«

»Nein«, erwiderte sie. »Ich warte hier auf ihn.«

»Aber es könnte Stunden dauern, bis …«

»Ich werde warten«, unterbrach sie ihn.

»Also gut«, nickte er. »Johanne, soll ich dich zurückbegleiten?«

Ich warf einen Blick zu Tullik.

»Geh schon«, sagte sie.

»Wenn du willst, bleibe ich bei dir, Tullik.«

»Geh einfach«, erwiderte sie, langte nach der Weinflasche und schenkte sich nach.

In Gegenwart von Herrn Heyerdahl war ich wieder ein Kind, für alle Zeit sein Erdbeermädchen. Weil ich mich vor Tullik fürchtete und ihr nicht helfen konnte, ging ich mit dem Maler in den Garten, dessen Bild mich nie älter werden lassen würde.

Herr Heyerdahl stellte trotz der offensichtlich angespannten Atmosphäre in der Hütte keine Fragen. Er plauderte darüber, wie schön Åsgårdstrand und unser Cottage seien und wie gut er seit seiner Ankunft hier habe arbeiten können. Ich hörte ihm zu, dachte aber die ganze Zeit nur an Tullik.

Wir stiegen über den Zaun und gingen den Pfad entlang am Kiosterud-Haus und dem Grand Hotel vorbei. Als wir das Badehaus erreichten, sah ich Caroline auf uns zukommen. Sie ignorierte Herrn Heyerdahl völlig und stürmte wild fuchtelnd auf mich zu.

»Du!«, schrie sie. »Johanne! Milly hat behauptet, du und Tullik wärt weggelaufen, kaum dass sie euch einmal den Rücken zugedreht hat.«

»Das ist nicht wahr«, entgegnete ich. »*Sie* sind einfach weggegangen, und zwar …«

»Willst du damit etwa sagen, dass meine Schwester eine Lügnerin ist?«

Ich schüttelte den Kopf.

»Wo ist Tullik?«, fragte sie. »Wo ist sie? Du weißt doch, wo sie ist, also lüg mich nicht an!«

»Ich weiß nicht«, sagte ich hilflos.

»Das ist auch nicht nötig«, erwiderte Caroline. »Ich glaube, ich kann es erraten. Komm mit.« Sie fasste mich am Arm und zerrte mich mit sich. Herr Heyerdahl blieb fassungslos zurück.

»Rein da«, befahl Caroline, als wir Munchs Garten erreicht hatten. Sie schob mich über den Zaun und stieg danach selbst schwankend hinüber, wobei sie den wackligen Maschendraht und den Pfosten verfluchte. Dann ging sie vor mir den Hügel hinauf. Bei jedem Bild schrak sie zusammen, keuchte auf und schirmte sich mit der Hand die Augen ab.

»Tullik!«, schrie sie und sah sich im Garten um.

Als sie die Hütte erreicht hatte, stemmte sie die Hände in die Hüften und starrte in die Dunkelheit.

»Tullik! Ich weiß genau, dass du hier irgendwo bist! Komm her! Tullik? Wo bist du?«

»Hier bin ich.« Tullik erschien, ziemlich mitgenommen, auf der Türschwelle.

Caroline drehte sich um. »Ich wusste es! Hierhin hast du dich also jeden Tag geschlichen!«

»Hast du sie etwa hierhergebracht?«, fragte Tullik und sah mich aus ihren schräg geschnittenen Augen enttäuscht an.

»Das musste sie gar nicht«, sagte Caroline. »Schließlich weiß ich, dass dein Kopf voller alberner Gedanken über Künstler und Bohemiens ist. Ich wusste, dass du hierhin gehst. Was suchst du denn, Tullik? Etwas Aufregung? Aufmerksamkeit? Hoffst du etwa, dieser Mann würde dich malen?«

Caroline konnte nicht wissen, dass Munch ihre Schwester bereits mehrere Male gezeichnet und einmal sogar gemalt hatte.

»Edvard liebt mich, und ich liebe ihn«, erklärte Tullik, und das Feuer kehrte in ihre Augen zurück.

»Jetzt sei nicht albern!«, stieß Caroline hervor. »Edvard Munch ist ein verrückter Trunkenbold. Das weiß doch jeder. Und er liebt nicht dich, sondern Milly!«

Tullik stemmte die Hände in die Hüften und hob das Kinn. »Das sagt er aber nicht, wenn er mich küsst«, schrie sie. »Und wenn er mich liebt!«

»Du kleine Schlampe!«, kreischte Caroline. »Du bist ja genauso verrückt wie er! Wenn du ihm erlaubt hast, dich zu küssen, hast du nur seinen Fantasien über Milly neue Nahrung gegeben. Nicht dich liebt er, du interessierst ihn gar nicht – sondern nur sie! Sie hatten eine Liebesaffäre. So, jetzt weißt du's. Er ist besessen von ihr. Aber weil er sie nicht haben konnte, benutzt er dich als billigen Ersatz.«

»Was weißt du denn schon von Liebe?«, gab Tullik höhnisch zurück. »Ich wette, Olav durfte dich bis jetzt nicht mal anfassen. Ich wette, du hast ihn noch nie geküsst! Du bist doch so kalt und vertrocknet wie eine alte Nonne.«

Caroline sprang die Treppe hinauf und stürzte sich auf ihre Schwester, doch Tullik wich keinen Zentimeter zurück.

Ich rannte hinter Caroline her.

»Verschwinde, du Einfaltspinsel«, schrie Caroline und wollte mich mit ausgreifender Geste verscheuchen.

Ich versuchte, mich zwischen sie zu stellen, doch Tullik hatte bereits Carolines Schultern gepackt und schob sie wieder die Treppe hinunter. Sie verkrallten sich ineinander, zerrten sich an den Haaren und fletschten die Zähne: stießen fauchend das Kirschrot der Gewalt aus wie zwei wütende Katzen.

»Hört auf«, rief ich. »Tullik! Tullik! Lass sie los!«

Doch sie rangen weiter miteinander. Wie zwei Wilde. Sie würden einander umbringen.

Vor lauter Verzweiflung brüllte ich sie an, doch sie beachteten mich gar nicht. Mir blieb nichts anderes übrig, als sie immer wieder beim Namen zu rufen.

Dann hörte ich eine barsche Stimme hinter mir und schnelle, schwere Schritte. »Hört auf, hat sie gesagt. Hört auf! Das reicht!«

Als ich mich umdrehte, sah ich Thomas durch den Garten auf uns zulaufen. Er marschierte geradewegs an mir vorbei und trat zwischen Tullik und Caroline, um sie zu trennen. Mit seinen starken Armen fiel ihm das nicht schwer, und er zog sie einfach auseinander wie zwei streitende Kleinkinder. »Ihr solltet euch schämen«, knurrte er.

Caroline wich zurück, wischte sich übers Gesicht und ordnete ihre Haare. Sie war aufgebracht, weil jemand wie Thomas sie offen mit ihrer Schwester hatte kämpfen sehen. Sie schob die Schultern zurück und räusperte sich.

»Tullik, komm mit, wir klären das zu Hause«, erklärte sie mit ihrer besten Kristiania-Stimme.

Munch würde nicht kommen, und Tullik wusste das. Sie verließ die Hütte und schloss die Tür. Die beiden Schwestern gingen schweigend an uns vorbei.

Doch dann blieb Caroline noch einmal stehen und sah mich finster an. »Unsere Mutter wird nichts davon erfahren«, sagte sie. »*Gar* nichts. Ist das klar?«

Ich nickte.

Tulliks Gesicht war tränennass. Mir zog sich das Herz zusammen, als ich sie ansah. Ich biss mir auf die Lippen, weil ich etwas sagen wollte, es vor den anderen aber nicht wagte.

II

Palette

Beide sind allgemeine elementare
Wirkungen nach dem allgemeinen Gesetz
des Trennens und Zusammenstrebens.

Johann Wolfgang von Goethe,
Zur Farbenlehre

Milly blieb noch drei Tage in Åsgårdstrand. Mit ihrem Mann Ludvig und ihrer Tochter Lila kam sie jeden Tag nach Solbakken zum Tee, und ich bediente sie in pastellfarbenem Schweigen. Das kleine Mädchen war so aufwendig herausgeputzt, dass es sich bei der Hitze kaum entspannen konnte. Hin und wieder spielte Tullik mit ihrer Nichte und unterhielt sich höflich mit Ludvig, der sich freundlich verhielt. Doch mit Milly sprach sie überhaupt nicht.

Julie kehrte aus Kristiania in ein Haus voller Spannungen zurück. Sie wusste zwar nichts von dem Streit zwischen Caroline und Tullik, doch schien sie sich noch immer vor dem zu fürchten, was sie in Tulliks Gesicht las. Offenbar wappnete sie sich, als wüsste sie, dass etwas dunkel Drohendes, ein Sturm, auf sie zubrauste.

Am dritten Tag nach dem Mittagessen hängten Frau Berg und ich Wäsche auf die Leine, als ich Caroline und Milly miteinander flüstern hörte. Sie saßen auf den Metallstühlen am Gartentisch. Milly thronte mit stocksteifem Rücken und erhobenem Kinn auf der Kante des Stuhls. Ihr Gesicht war unter dem Rand ihres Huts verborgen.

»Nun, du musst versuchen, sie davon abzubringen«, sagte sie zu Caroline, die sich, ihre Hände vor den Lippen gefaltet, zu ihr neigte. »Es ist reine Dummheit. Kindische Dummheit. Er kann nicht an ihr interessiert sein, nicht ernsthaft.«

»Selbstverständlich nicht«, sagte Caroline zustimmend. »Aber du weißt ja, wie sie ist, mit ihren Fantasien über Maler und Künstler.«

»Der Mann kommt einfach nicht über mich hinweg«, bemerkte Milly beiläufig. »Es ist so ermüdend.«

»Mutter hat sich gerade erst von alldem erholt und ist so froh, dass du jetzt glücklich mit Ludvig bist. Stell dir vor, wie sie sich schämen würde, wenn Tullik eine Affäre mit demselben Mann hätte! Offenbar werden wir diesen wahnsinnigen Maler niemals los.«

Milly lachte auf und presste sich dann ihre behandschuhte Hand auf den Mund.

»Das ist nicht komisch«, tadelte Caroline. »Kannst du dir vorstellen, welche Schande das über unsere Familie bringen würde?«

»Verzeih mir«, sagte Milly. »Ich finde es nur so amüsant … Er ist immer noch von mir betört, oder? Er betet mich an, und jetzt denkt er, durch meine kleine Schwester bekäme er ein Stück von mir. Wie schrecklich erbärmlich! Du musst dem ein Ende setzen, liebe Nusse, bevor sie noch anfängt, seine Lügen zu glauben.« Damit spannte Milly ihren Sonnenschirm auf und stolzierte die wenigen Schritte zur Hintertür, als träte sie zur Promenade auf die Karl-Johan-Straße an. »Ludvig, mein Lieber, es ist Zeit zum Aufbruch«, rief sie. »Lila, Schätzchen?«

Als Caroline ihren Stuhl unter den Tisch schob, warf sie mir einen harten, durchdringenden Blick zu. »Zurück an die Arbeit«, sagte sie und sah mich wie Milly von oben herab an.

Aus Millys Aufbruch wurde ein richtiges Spektakel gemacht. Mit großem Tamtam stiegen sie und Ludvig in die Kutsche, warfen mit Luftküssen um sich wie König und Königin und benahmen sich wie auf einer Bühne. Lila saß gequetscht neben Milly wie ein Accessoire, eine hübsche Blume oder ein Schmuckstück. Genau wie ihre Mutter winkte sie zierlich mit ihrer in einem Spitzenhandschuh steckenden Hand.

Als das Theater endlich vorbei war und das Klappern der Hufe auf der Straße verhallte, bekam ich es mit Ragna in der Küche zu tun.

»Wir brauchen Milch«, sagte sie. »Du musst welche von der Meierei am Pfarrhaus holen. Nimm die Kanne mit.« Sie drückte mir eine Kanne aus Zink in die Hand und zeigte zur Vorderseite des Hauses. »Du weißt doch, wo das Pfarrhaus ist, oder?«, fragte sie, betont langsam, als wäre ich schwachsinnig.

Obwohl diese Frage keiner Antwort bedurfte, nickte ich. »Natürlich«, sagte ich und entriss ihr die Kanne.

»Und mach nicht so lang. Nach diesem Besuch habe ich eine Menge aufzuholen.«

Ich war dankbar, aus dem Haus zu kommen. Durch Millys Anwesenheit war die Atmosphäre drückend geworden. Tullik und ich hatten seit dem Mittsommerabend nicht mehr miteinander geredet. In ihrem Zimmer war ich nur gewesen, um aufzuräumen und abzustauben. Jedes Mal, wenn ich eintrat, vergrub sie ihre Nase in einem dicken Buch mit dem Titel *Die Dämonen.* Sie sprach nicht mit mir und verbrachte Stunde um Stunde in Einsamkeit, während ihre beiden älteren Schwestern sich gegen sie verbündeten.

In der Meierei bekam ich die Milch von Isabel Ellefsen, einem Mädchen in meinem Alter mit einer rundlichen Figur und starken Armen. Unsere Mütter kannten sich, und sonntags sah ich sie in der Kirche, doch miteinander gesprochen hatten wir bisher kaum.

»Wie gefällt es dir beim Admiral und seiner Familie?«, fragte sie und goss die Milch geschickt und gleichmäßig in die Kanne.

»Gut«, sagte ich.

»Es ist eine anständige Familie, du hast Glück, für sie zu arbeiten.« Sie neigte sich näher zu mir und senkte ihre Stimme zu einem Flüstern. »Aber pass auf diese Ragna auf«, bemerkte sie. »Ihr entgeht nichts.«

Ich fand diese Bemerkung von einem Milchmädchen, das Ragna nicht gut kennen konnte, doch seltsam.

»Wenn sie herkommt, huschen ihre dunklen Augen immer hierhin und dorthin«, erklärte sie und schraubte den Deckel auf die Kanne. »Kein Wunder, dass sie keinen gefunden hat, der sie heiraten will. Sie gibt sich immer so still und gesittet, aber mich täuscht sie nicht. Meine Schwester hat erzählt, sie war mal verlobt. Aber er hat sie wegen einer anderen verlassen. Hat die Flucht ergriffen, bevor es zu spät war. Das kann man schon verstehen. Nimm dich vor ihr in Acht. Da ist was, das diese Augen nicht preisgeben.«

Ich wollte sie mit hundert Fragen bestürmen, durfte aber

nicht beim Tratschen in der Meierei erwischt werden. Ich hatte bisher nicht darüber nachgedacht, warum Ragna nicht verheiratet war, und konnte mir sie auch nicht verlobt oder verliebt vorstellen.

Isabel reichte mir die Kanne, als wäre es ein Glas, mit dem sie mit mir anstoßen wollte. »Behalte sie im Auge, Johanne«, sagte sie noch einmal, »denn sie behält dich ganz sicher im Auge.«

Ich nahm die Milch und eilte hinaus. Dabei fragte ich mich, ob Isabel tatsächlich etwas über Ragna wusste oder, noch besorgniserregender, wusste, dass Ragna etwas gesehen hatte. Mich. Auf dem Friedhof. Mit dem Bild.

Als ich die Kirche erreichte, pflückte Ragna im Vorgarten Minze. Auf der anderen Straßenseite stand ein Mann im Schatten der Linden.

»Nein«, flüsterte ich. »Nicht jetzt, Munch. Nicht jetzt.«

Ich presste mich an die Mauer der Kirche und wartete, um zu sehen, was er tun würde. Er lehnte an einem Baum, hielt eine lange Rolle, eine Röhre in der Hand und schaute zum Haus hinauf. Kalte Traurigkeit breitete sich in meiner Brust aus, so einsam und verloren wirkte er. Am liebsten wäre ich zu ihm gerannt, hatte aber Angst, Ragna würde mich sehen, also schwenkte ich die Milchkanne, um seine Aufmerksamkeit zu gewinnen. Seine Augen waren auf das Haus gerichtet und durchbohrten jede Holzlatte, jeden Nagel, jeden Dachziegel und jede Glasscheibe, als würden sie etwas vor ihm verbergen. Es sah so aus, als wollte er so lange warten, bis sie es endlich herausrückten.

Als Ragna sich bückte, sprang ich hinter der Kirche hervor und winkte ihm.

Kaum sah er mich, eilte er zu mir. »Johanne!«

»Schsch!« Ich legte einen Finger auf den Mund und bedeutete ihm, mit mir um die Kirche herum zu gehen. Als wir außer Sichtweite waren, reichte er mir die Rolle.

»Gibst du ihr das bitte?«, fragte er. »Ohne sie kann ich nicht arbeiten. Sie ist schon seit Tagen nicht mehr gekommen. Ich kann nicht malen. Ich kann nicht nachdenken.«

»Sie haben tatsächlich erwartet, dass sie kommt?«, erwiderte ich. »Nachdem ...«

»Nachdem was?« Seine traurigen Augen verdunkelten sich. Er presste sich die Hand an die Brust.

»Milly«, sagte ich nur.

Doch er sprach einfach weiter, als hätte dieses eine Wort keine Bedeutung für ihn. »Ich kann nicht ohne sie arbeiten, und wenn ich nicht arbeiten kann, kann ich nicht leben. Du musst ihr dies hier geben. Bitte, Johanne, du musst sie wieder zu mir zurückbringen.«

Es war unmöglich, sich seiner Verzweiflung zu entziehen. Er keuchte. Tullik war die Luft, die er zum Atmen brauchte. Vielleicht hatte er sie neulich abends am Strand nur beschützt? Vielleicht hatte er seine Gefühle zu ihr verborgen, damit ihre Familie nichts von ihrer Affäre erfuhr? Doch welche Gründe er für sein Verhalten auch haben mochte, jetzt konnte ich nicht danach fragen. Also nahm ich nur die Rolle entgegen.

»Sag ihr, ich warte hier«, bat er. »Ich warte am Baum, solange es sein muss.«

Ragna war in die Küche zurückgegangen und musterte mich bei meiner Rückkehr argwöhnisch. »Wo warst du? Du solltest doch nur Milch holen.«

»Tut mir leid«, erwiderte ich und reichte ihr die Kanne. »Ich habe mich mit Isabel unterhalten.«

»Und ich habe gewartet.«

Als sie mich von oben bis unten musterte, krümmte ich mich innerlich. Sie starrte auf die Skizze, rollte sie mit ihrem Blick regelrecht auf. Sie wusste Bescheid, wusste, dass es ein *sündiges* Bild vom *Sünder* war.

»Ich muss noch putzen«, sagte ich und entfernte mich eilends. »Auf dem oberen Treppenabsatz.«

Caroline war mit ihrer Mutter im Salon. Der Admiral hatte sich in sein Arbeitszimmer zurückgezogen. Frau Berg kämpfte an der Mangel mit Kleidern und Laken, und ich konnte nur vermuten, dass Tullik in ihrem Zimmer war.

Henriette, die Katze, bewachte die Tür. Ich stieg über ihren Schwanz und klopfte. »Tullik«, flüsterte ich. »Darf ich reinkommen?«

Keine Antwort.

»Tullik«, sagte ich etwas lauter. »Ich habe was für dich.«

Da endlich ging die Tür auf, und Henriette glitt hinein, strich mit einem leisen Miauen an Tulliks Beinen vorbei.

»Was ist denn?«, fragte Tullik. Ihr Haar hing offen über ihre Schultern. Anscheinend hatte sie geschlafen.

»Darf ich reinkommen? Ich muss mit dir reden.«

Sie ging ins Zimmer zurück und ließ zu, dass ich ihr folgte.

»Hier«, sagte ich und drückte die Tür hinter mir zu. »Das ist für dich.« Ich gab ihr Munchs Skizze.

»Was ist das?«, fragte sie.

»Ein Bild, glaube ich. Von *ihm*. Er wartet auf dich.«

»Ich will ihn nicht sehen«, sagte sie mit erstickter Stimme.

»Ich glaube, er geht nicht, bis er dich gesehen hat«, erwiderte ich.

»Und was ist mit ihr?«

»Es ist, als kenne er nicht mal ihren Namen.«

Tullik zögerte noch einen Augenblick, dann entriss sie mir

die Rolle. Bevor sie sie ausbreitete, schloss sie die Augen und räusperte sich.

Das dicke Papier entrollte sich unter ihren Händen, und als es zu groß zum Festhalten wurde, legte sie es aufs Bett.

Das Bild war tief bewegend.

Eine zarte Aquarellskizze, die Tullik im Wasser zeigte, an dem Tag, als sie nackt aus dem Badehaus geschwommen war und sich ihm am Strand präsentiert hatte. Er hatte sie als Nixe gemalt, und ihre Unterschenkel rollten sich zu einer filigranen Schwanzflosse auf. Der charakteristische Streifen Mondlicht auf dem Meer beleuchtete ihre blasse Haut, und ihr üppiges, kastanienrotes Haar hing ihr auf der einen Seite über der Schulter und trieb hinter der anderen Schulter im Wasser. Es war Tullik in all ihrer eleganten, ätherischen Schönheit. Ein betörender Anblick, eine mythische Kreatur, Schöpfung einer Sommernacht.

Tulliks Augen flogen begierig über die Skizze. »Bin ich das?«, fragte sie mit Tränen in den Augen.

»Natürlich bist du das«, antwortete ich. »Genau so, wie an jenem Tag.«

Unter der Skizze stand *E Munch, Seemädchen, 1893*.

»Mein armer Liebling«, sagte Tullik. »Wo ist er?«

»Unter der Linde.«

»Dann hilf mir beim Anziehen. Ich muss zu ihm.« Sie stürzte zu ihrem Schrank und zog mehrere Kleider von ihren Bügeln. »Welches, Johanne?«, fragte sie. »Welches soll ich anziehen?«

»Egal!«, sagte ich. »Du bist in allen schön.«

»Ja? Findest du das wirklich?«

»Aber natürlich«, sagte ich und strich ihr das Haar von den Schultern.

Sie entschied sich für ein cremefarbenes Sommerkleid. Die Haare flossen ihr den Rücken hinunter, und sie spritzte sich noch etwas frisch duftendes Parfüm hinter die Ohren. »Sag ihnen, ich mache einen Spaziergang im Wald«, sagte sie. »Wenn sie fragen sollten.«

Ich beugte mich ihrem Willen und wurde erneut zu Tulliks Geheimniswahrerin.

Als sie gegangen war, betrachtete ich noch eine Weile das Bild. Tulliks flehentliche Miene lockte mich zu ihr, zog mich ans Meer. Ihre Hände, die unter Wasser waren, und ihr geschwungener Schwanz ließen sie hilflos erscheinen. »Komm«, schien sie zu sagen, »komm und umarme mich in diesem mondbeschienenen Wasser.« Mit den Fingern fuhr ich die Spitzen ihrer Haare nach. Dicke Strähnen drifteten wie orangefarbener Seetang auf der Wasseroberfläche. Der helle Schein des Mondes tauchte ihre Haut in Bronze, setzte ihr Haar in Flammen. Sie war zum Leben erwachtes Feuer, lebendiges, atmendes, flüssiges Gold. Die Essenz des Lebens selbst.

Der Juni reichte dem Juli zu einem Pakt fiebriger Intensität die Hand. Die Temperaturen stiegen zum heißesten Sommer seit Menschengedenken. Während die meisten von uns in der Hitze vertrockneten, blühte Tullik auf. Ihre Haut nahm einen warmen Braunton an, und ihre Haare leuchteten noch mehr als sonst von den goldenen Strähnen, die die Sonne gebleicht hatte. Ihre Seele glühte vor Leben, Aufregung und Waghalsigkeit.

Der Admiral und Frau Ihlen wurden apathisch und schlichen ächzend im Haus herum, als stünden sie unter Beruhigungsmitteln. Caroline erging es nicht besser. Sie schleppte sich endlos von einem Zimmer zum anderen, immer auf der

Suche nach Schatten oder einem kühlen Luftzug. Frau Berg war aufs Äußerste gereizt. Ihre aufgeblähten Backen leuchteten apfelrot, und ständig wischte sie sich mit dem Unterarm über die Stirn, konnte die Schweißströme aber nicht stoppen. Ragna hingegen war putzmunter und wachsam. Wie eine Eidechse schärften sich all ihre Sinne in der Hitze. Ihre schwarzen Augen waren so scharf wie immer und ihre Wachsamkeit uneingeschränkt. Sie verfolgte jeden meiner Winkelzüge, während ich log und betrog, um Tulliks Scharade zu decken.

Wir erfanden Konzerte und Badeausflüge. Erzählten von Tanzveranstaltungen im Hotel und am Strand. Logen, wir würden im Wald spazieren oder Beeren sammeln gehen. Und die ganze Zeit über schluckten Julie und der Admiral unsere Lügen, als wären sie der süße Nektar vom blühenden Geißblatt. Solang Tullik nicht zu spät heimkehrte, stellten sie keine Fragen, und eine Zeit lang machte Tullik nur, was ihr gefiel. Genau, wie sie geschworen hatte.

Dann trafen die Bohemiens ein.

Ausgerechnet meine Mutter erzählte es mir. Die Ankündigung kam sonntagabends beim Essen.

»Die Barbaren sind angekommen«, sagte sie. »Die ganze Nacht habe ich sie gehört.«

»Hmmm?«, machte Vater und zog an seiner Pfeife. »Wer?«

»Diese Leute«, schnaubte sie. »In seinem Haus. Sie sind vor ein paar Tagen aus Kristiania gekommen. Feiern und trinken bis tief in die Nacht. Es ist eine Schande!«

»Wer sind denn *diese Leute*?«, fragte ich.

»Das willst du gar nicht wissen, Johanne«, erwiderte sie. »Von solch sündigem Treiben solltest du dich fernhalten. Wir wollen doch nicht, dass es sich ausbreitet. Diese Freunde von ihm sind ein erbärmlicher Haufen. Untergraben die Moral.

Halte dich ja von ihnen fern. Wer weiß, vielleicht sollte ich dir eine Stelle in Kristiania suchen. Möglicherweise ist Borre nicht weit genug weg. Offenbar ist Herr Heyerdahl der Einzige, der etwas Anstand besitzt.«

Wahrscheinlich waren es Schriftsteller und Maler. Tullik würde sie natürlich unwiderstehlich finden, und ich wusste jetzt schon, ich würde genau bei diesen Leuten landen, die Mutter am meisten fürchtete, und bei einer Lüge ertappt werden. Und dann? Würde sie mich tatsächlich verbannen? Nach Kristiania schicken? Nach dem Abendessen eilte ich aus der Hütte und lief geradewegs zur Felsenküste, wo das Meer mich rief. Ich streifte Schuhe und Strümpfe ab und rannte zum Ufer. Hob meinen Rock und watete ins Wasser. Folgte mit dem Gesicht dem Ruf des Meeres und sog das Licht der sinkenden Sonne auf, dazu die salzige Luft und das Kreischen der über mir fliegenden Möwen. Lange Zeit stand ich so da und fahndete nach einem Weg, das Unvermeidliche zu vermeiden.

Als ich mich schließlich umdrehte, war der Himmel schon dunkel, und ich musste nach meinen Schuhen suchen. Meine Strümpfe blieben unauffindbar. Ich wusste nicht mal mehr, wohin ich sie geworfen hatte.

»Was machst du da, Johanne?«

Die Stimme kam von den Felsen vor mir. Es war Thomas.

»Ich suche meine Schuhe«, antwortete ich. »Ich wollte ein bisschen frische Luft schnappen.«

»Es ist wirklich heiß«, meinte er. »Frauen leiden in der Hitze.«

»Es schnürt einem die Luft ab«, erklärte ich. »Selbst hier unten am Meer kann man kaum atmen.«

»Gehst du ein Stück mit mir?«, fragte er und bot mir grinsend seine Hand.

»Aber nicht lange.«

Wir gingen hinaus auf die Pier, blieben in der Mitte stehen und lehnten uns ans Geländer. Åsgårdstrand war wunderschön, selbst bei Nacht, wenn es zur Ruhe kam. Die Fenster in den Hotels warfen ihr Licht in die samtige Dämmerung. Laternen schmückten die Veranda, die sich über die gesamte Rückseite des Grand Hotels erstreckte. Es hingen auch welche in den Bäumen und bildeten hübsche Muster zwischen den Ästen. Im Hafen unter uns wippten die Boote sacht im Wasser, und man hörte nur das Platschen der Wellen gegen die Hafenmauer.

»Hast du noch mal über meinen Antrag nachgedacht?«, fragte Thomas und schmiegte sich an meinen Hals.

»Ja, aber ich bin zu jung«, antwortete ich.

»Aber du sagst nicht Nein, oder?«

»Nein. Ich sage nicht Nein.«

Von Heirat zu sprechen war eine direkte Einladung an meine Mutter, sich zu uns zu gesellen, mitsamt ihrer Missbilligung und Ablehnung.

»Ich sollte zurückgehen«, erklärte ich und löste mich von ihm.

»Mein Vater erlaubt mir, nächsten Sonntag allein mit dem Boot rauszufahren«, sagte er. »Willst du mitkommen, auf ein Abenteuer?«

»Das wird meine Mutter wohl kaum erlauben«, erwiderte ich.

»Muss sie denn davon erfahren?«

Mittlerweile war ich so geübt im Lügen, dass ich ganz leicht eine weitere Lüge hätte erfinden können, doch ich merkte, dass ich auf Täuschungsmanöver keine Lust mehr hatte. Die Vorstellung, an noch mehr denken zu müssen, noch mehr zu fabulieren und noch mehr zu verbergen, schreckte mich ab. Es war ein Strudel in trüben Gewässern. Braun. Dunkles Umbra. Schwarz und zähflüssig.

»Ich kann nichts versprechen«, sagte ich.

Wir schlenderten zurück, vorbei an den Hotels, Richtung Fischerhütten. Die Stille des Abends wurde jäh gestört, als wir an Munchs Garten vorbeikamen. Eine Frau kreischte vor Lachen. Als ich einen Blick über den Zaun warf, sah ich, dass sie einen Mann an den Händen gefasst hielt und sich mit ihm den Hügel hinauf und hinab drehte. Um sie herum sah man Zigaretten aufglühen und hörte Gläser klirren und Korken knallen. Ein Mann sang, ein anderer klatschte.

»Wie ich sehe, hat der verrückte Munch wieder mal Gäste«, bemerkte Thomas. »Ich habe gehört, es ging die ganze letzte Nacht so.«

Ich stand da und sah zu, wie das Pärchen den Hügel hinunter auf uns zugewirbelt kam.

»Die machen sich ihre eigenen Regeln«, sagte Thomas lachend. »Vielleicht sollten wir mehr sein wie sie?«

Am liebsten hätte ich ihm zugestimmt. Ich wollte die Freiheit, die aus Munchs Garten drang. Ich wollte davon kosten, selbst wenn sie vergiftet war. Sie barg eine Gefahr in sich, deren Folgen unerträglich waren, und doch wurde ich wie magisch von ihr angezogen. Ich wollte auch unter diesen Bäumen tanzen, wollte, dass Thomas mich bei den Händen fasste und durch die Bilder wirbelte, die über den Hügel verstreut standen. Mit der Natur ringsherum, der Sonne, dem Mond und dem Meer, war es kein Tanz der Zerstörung, sondern ein Tanz des Lebens.

Und ich wollte am Tanz des Lebens teilhaben.

12

Ultramarin

Wie wir den hohen Himmel, die fernen Berge blau sehen, so scheint eine blaue Fläche auch vor uns zurückzuweichen.

Johann Wolfgang von Goethe, *Zur Farbenlehre*

Wirbelndes Grün. Smaragd. Jade.

Forschend. Versuchend. Sich bewegend. Kriechend. Ein Hauch Türkis. Das Spektrum aufbrechend.

Tullik. Rastlos. Hände, die sich ausstrecken. Hände, die sich zurückziehen. Fort von der Sonne. Ins Ungewisse.

Ich folge. Neugierig. Wissbegierig.

Der Garten macht mir Angst hinauszugehen. Ich höre ihre Stimmen. Dunkel und brummig. Raues Lachen. Kratzt wie Sand. Ich höre ihre Gläser. Das Klingeln und Klirren. Blau. Türkis. Sie kommen zu mir. Ich verstecke mich in Farbe.

Hinter mir ist ein Mann. Er summt eine Melodie.

Ich verstecke mich in Farbe.

»Willst du dich den ganzen Nachmittag hier verkriechen, Johanne?«

Ich ließ meinen Pinsel in dem Glas mit Terpentin kreisen, bevor ich mich umdrehte.

Er rauchte Pfeife. Sein Atem roch nach Alkohol.

»Mir gefällt's hier drinnen«, sagte ich. »Ich male gern.«

»Sie ist schön. Verloren. Und hat der Sonne den Rücken zugewandt? Versteckt sie sich auch vor etwas?«

»Ich weiß nicht«, erwiderte ich. »Ich übe nur. Munch lässt mich seine Sachen mitbenutzen.«

»Mir gefällt das Bild.«

Der Mann hatte eine außerordentlich lange Nase, und sein Haaransatz war so weit zurückgewichen, dass man ihn nicht mehr sah. Er hatte sein spitzes Kinn auf die Brust gedrückt, als er mein Bild betrachtete. Es studierte.

»Verzeihung, Herr …«

»Delius, Fritz Delius.« Er sprach mit starkem Akzent, verschluckte an manchen Stellen Silben unserer Sprache und rundete oder blähte sie an anderen Stellen auf.

»Vielleicht sollten Tullik und ich jetzt heimgehen?«, sagte ich.

»Aber nicht doch! Ihr bleibt noch ein bisschen. Ich besorg dir etwas zu trinken. Damit du die Töne hörst.« Er wies mit dem Arm zur Tür des Ateliers, durch den ein Sonnenstrahl drang. Ich trat hinaus ins Licht, in dem die Staubkörnchen tanzten, und er folgte mir.

»Jens!«, rief er zu einem Mann im Garten. »Johanne braucht was zu trinken. Ist beim Arbeiten durstig geworden. Hat fleißig gemalt.«

Jens, ein schmächtiger Mann mit dunklem Vollbart, verschwand in Munchs Hütte. Munch und Tullik saßen mit einem Freund an einem Tisch mitten im Garten. Der Dritte war ein seltsamer kleiner Däne mit großer Nase, kurzem, fliehendem Kinn, winzigen Ohren und einem mächtigen dunklen Haarschopf. Beim Reden machte er mit den Armen ausgreifende Gesten.

»Komm, Johanne«, sagte Delius. »Setz dich zu uns an den Tisch. Wir unterhalten uns über Licht.«

Tullik saß an Munchs Arm geschmiegt. Sie bewegte sich kaum, hörte nur gebannt zu.

»Er stiehlt mein Stück, Delius«, erklärte der Däne.

»Sicher nicht, Helge! Der Mann ist Maler.«

»Aber ich hatte diese Idee: *Dansen Gaar – der Tanz geht weiter!*«, fuhr der Däne fort. »Meine Figur, der Künstler, sagt: ›Mein Bild soll *Tanz des Lebens* heißen. Ein Pärchen in fließenden Kleidern soll in einer klaren Nacht durch eine Straße mit schwarzen Zypressen und roten Rosenbüschen tanzen. Das herrliche Blut der Erde wird in den Rosen funkeln und leuchten, Claire. Er hält sie eng an sich gepresst. Er ist vollkommen ernst und glücklich. Etwas Festliches liegt in der Luft. Er wird sie so eng an sich drücken, dass sie halb in seinen Armen versinkt. Sie wird Angst haben – Angst – und etwas in ihr wird erwachen. Kraft strömt von ihm zu ihr. Und vor ihnen liegt der Abgrund.‹«

»Lebenstanz! Eine prächtige Idee«, sagte Delius. »Ich höre schon die Ouvertüre. Schick mir dein Stück, Rode. Ich würde es gerne lesen.«

»Weiß jemand, wo der Absinth geblieben ist?«, fragte Jens, der aus der Hütte zurückkehrte.

»Hier«, sagte Munch und holte eine Flasche unter seinem Stuhl hervor.

»Gut, dann schenk ein. Das Mädchen verdurstet ja.«

Jens reichte Munch ein Glas, das er bis zum Rand mit einer grünen, sirupartigen Flüssigkeit füllte.

»Hier, Johanne«, sagte Delius, »runter damit.«

Ich schob das Glas beiseite, aber er blieb hartnäckig.

»Komm schon, Johanne«, sagte Tullik. »Das wird dir beim Malen helfen.«

Ich nahm das Glas von Herrn Delius und nippte daran. Die grüne Flüssigkeit rann über meine Lippen, und ich schluckte sie ganz schnell herunter, als der starke Anisgeschmack meine Zunge überzog und in den Rachen glitt. Mir brannten die Augen. Ich zwang mich zu lächeln.

»Na bitte!«, lobte mich Delius. »Genau, was der Doktor verordnet hat.«

»Also, Munch«, sagte Jens und drängte mich zum Tisch. »Was höre ich? Du malst jetzt einen Tanz?«

»Ich habe da ein paar Ideen. Es ist nicht nur ein Tanz, sondern ein ganzes Fries. Ein Lebensfries. Eine Studie über Leben, Liebe und Tod.«

»Ich höre, wie es sich dreht, wie es steigt und fällt«, bemerkte Delius und nahm neben mir Platz. »Und es muss hier spielen, in eurer wunderbaren Landschaft. Hier in diesem dramatischen Land. Tief in den Bergen und Fjords. Ach, ich wünschte, ich könnte ewig hierbleiben.« Er hob sein Glas und kippte den grünen Anistrank hinunter. »Hier in Norwegen, meiner zweiten Heimat. Oder ist es meine dritte? Oder vierte?«

»England ist deine erste Heimat«, sagte Jens. »Oder Deutschland?«

»Vielleicht auch Florida?«, erwiderte Delius. »Vielleicht ist Amerika meine Heimat.«

»Aber als Nächstes willst du doch nach Frankreich«, meldete sich Munch. »Fühlst du dich da nicht auch heimisch?«

»Dann soll die Welt meine Heimat sein«, erklärte Delius, »und Norwegen – Norwegen soll meine Seele sein.«

Je mehr getrunken wurde, desto wirrer wurde die Unterhaltung. Von dem wenigen, das ich verstand, schloss ich, dass Fritz Delius ein englischer Komponist mit deutschen Wurzeln war. Munch hatte ihn über gemeinsame Freunde in Paris kennengelernt, und aus Munchs Anspielungen auf Delius' Briefe und Postkarten zu schließen schrieben sie sich wohl regelmäßig. Helge Rode, der Däne, war ein Dichter und Schriftsteller. Was der dritte Mann, Jens Thiis, machte, erschloss sich mir nicht, aber er beteiligte sich lebhaft an dem Gespräch und schien viel über Kunst zu wissen, denn er nannte oft Namen von ausländischen Malern, die ich noch nie gehört hatte. Sie alle waren mit jemandem namens Gauguin befreundet, dessen Name oft erwähnt wurde.

Ihre Unterhaltung über Rodes Theaterstück und die Idee rund um den Tanz des Lebens wurde den ganzen Nachmittag über immer wieder aufgenommen. Ich hörte aufmerksam zu, ohne zu erwähnen, dass mir am Tag zuvor genau diese Idee auch gekommen war. Poetische, tiefsinnige Gedanken über das Blut der Erde, dann über Munchs Blut, das in die Erde rann und die Blumen düngte, umkreisten den Tisch wie Gebete, bevor sie in derbe Witze über Prostituierte in den Gassen von Paris mündeten.

Ich folgte dem metronomischen Takt ihrer Stimmen. Benebelt vom Absinth, schaltete ich mich je nach Thema und Lautstärke ein und aus. Eine besonders ausgedehnte Ruhephase wurde von Munch unterbrochen.

»Diese Kraft, die zwischen Mann und Frau hin- und herströmt«, sagte er, »da hast du was falsch verstanden, Rode. Es ist genau umgekehrt: Nicht der Mann hält die Frau eng umfasst, sondern die Frau hält ihn. Die Frau umklammert den Mann, krallt sich an ihm fest. Und der Abgrund, der vor ihm liegt, ist der Abgrund, in den man durch die Arme der Liebe geworfen wird.«

Tullik sah ihn stolz lächelnd an und erfasste wohl nicht die Warnung in seinen Worten.

Im Laufe des Nachmittags wurde die Sonne immer stärker, und ich litt zunehmend unter der Hitze. Mir war schwindlig, ich sah alles doppelt, bekam kaum Luft, und vom Trinken war mir übel. Wir waren schon seit Stunden hier, gegen alle Vernunft und gegen meinen Willen. Tullik hatte mich unter dem Deckmantel einer weiteren Lügengeschichte hierhergelockt. Ich wollte schon auf die Knie fallen und sie anflehen, endlich zu gehen, da stand Munch plötzlich auf und befahl uns allen aufzubrechen.

»Ich muss arbeiten«, verkündete er, schob seinen Stuhl zurück und knallte sein Glas lautstark auf den Tisch. »Ihr könnt jetzt gehen. Alle miteinander.«

Zuerst lachten seine Freunde nur. Helge schenkte noch mal sein Glas voll.

»Nein, Helge. Ich *muss* jetzt arbeiten, und das kann ich nicht, wenn ich nicht meine Ruhe habe. Bitte geht jetzt.«

Die drei angetrunkenen Männer erhoben sich mühsam vom Tisch. Delius hielt sich nur noch schwankend auf den Beinen. »Ist ja schon gut, schon gut«, nuschelte er und klopfte Munch auf die Schulter, bevor er davonschwankte. Helge Rode und Jens Thiis folgten ihm auf ebenso unsicheren Beinen. Die drei mühten sich den Abhang hinunter und gaben zusammenhangslose Kommentare über die Bilder auf ihrem Weg ab.

Als sie verschwunden waren, ging Tullik zu Munch und schob ihren Arm durch seinen. Sie reckte den Hals und spitzte die Lippen zu einem Kuss.

»Du auch«, sagte Munch und entzog ihr seinen Arm. »Ich muss arbeiten. Siehst du das nicht? Geh!«

Taumelnd wich Tullik vor ihm zurück, als wäre sie geschlagen worden.

»Edvard, Liebster … willst du mich nicht …«

»Geh!«, brüllte er.

»Edvard?«

»Verschwinde!« Aufgebracht wandte er sich von ihr ab. Er musste fliehen. Sie beeinträchtigte, erstickte ihn.

»Aber … Edvard?«

Da fasste ich Tullik am Arm und führte sie sanft den Hügel hinunter. »Es ist Zeit heimzugehen, Tullik«, sagte ich zu ihr. »Wir waren schon den ganzen Tag fort. Deine Eltern machen sich bestimmt langsam Sorgen.«

»Und was wäre, wenn dies jetzt mein Zuhause wäre?«, fragte sie, entriss mir ihren Arm und wollte zu ihm zurückgehen.

»Aber so ist es doch nicht, Tullik, oder?«

»Was, wenn doch?«, entgegnete sie. »Was wäre, wenn ich einfach machen könnte, was ich wollte? Wenn ich gehen könnte, wohin ich wollte – zusammen sein könnte, mit wem ich wollte? Was wäre, wenn mein Zuhause hier wäre, bei Edvard und unseren Freunden?«

»Komm, Tullik«, beschwichtigte ich sie. »Er muss arbeiten.«

»Was verstehst du schon davon?«, fragte sie gehässig. »Du bist doch nur eine Dienstmagd.«

Das traf mich. Sie war betrunken. »Tullik, bitte, lass ihn in Ruhe.«

Munch stellte seine Staffelei auf und breitete Farben auf seinen Zeitungspacken aus. Er war so vertieft in seine Vorbereitungen, dass er uns schon völlig vergessen hatte.

»Tullik«, flüsterte ich. »Es ist Zeit heimzugehen.«

Sie starrte zu ihm hinauf, sah ihn mit derart brennendem Blick an, als wollte sie ihn dadurch zwingen, seine traurigen Augen zu heben und sie anzuschauen. Doch er quetschte nur ein paar Farben auf seine Palette, steckte sich diese an den Daumen und stellte dann eine große Leinwand auf die Staffelei. Es war der Mann auf der Brücke, unter dem wild bewegten Himmel. Munch betupfte mit seinem Pinsel das wellige, unruhige Wasser des Fjords. Versunken in seine Malerei, war er ganz weit weg.

Ich hatte jadegrüne Ölfarbe an den Fingern. Aber das fiel mir erst auf, als wir nach Hause kamen. Meine Hauptsorge hatte Tullik gegolten, die ich auf ihr Zimmer verfrachten musste, ohne dass jemand bemerkte, wie betrunken sie war. Da ich kein Terpentin benutzen konnte, holte ich Seife aus der Küche und fing an, mir die Finger abzubürsten. Ich schrubbte sie, bis die Haut dunkelrot war. Doch die Ölfarbe ging nicht ab.

Unter Ragnas bösen Blicken kehrte ich zu meinen Aufgaben zurück. Als sie die grünen Flecken auf meinen Fingern sah, hob sie die Augenbrauen und verzog die Mundwinkel nach unten. Sie verabscheute mich, verurteilte mein Verhalten: dass ich die Grenzen überschritt, meine Pflichten vernachlässigte und jetzt auch noch malte.

»Miss Tullik hat schon wieder das Abendessen verpasst. Wieso?«, fragte sie mit dunkel bohrendem Blick.

»Sie ist müde«, sagte ich. »Und hat sich für ein Nickerchen auf ihr Zimmer zurückgezogen.«

»Es liegt ein Geruch nach Anis in der Luft«, bemerkte sie.

»Wirklich?«

»Wo wart ihr heute?«

»In Åsgårdstrand.«

»Und wo in Åsgårdstrand?«

»Bei Tulliks Freunden. Damen aus der Stadt.«

»Mich könnt ihr nicht täuschen«, sagte Ragna, holte ein Messer aus der Schublade und umfasste es energisch. »Ich weiß, wohin ihr geht. Es würde mich nur ein einziges Wort zum Admiral kosten. Nicht zu Frau Ihlen, die könnte die Schande nicht ertragen; aber der Admiral würde das Böse ausmerzen, bevor es sich ausbreitet. Du wirst Miss Tullik jetzt lenken. Von ihrem Irrweg ablenken, Johanne, sonst wird sie schon bald alles verlieren. Ein zweites Mal werden sie das nicht erdulden.«

»Wieso sollte sie auf mich hören? Ich bin nur ein Hausmädchen.«

Doch Ragna sagte nichts mehr. Sie nahm ein Küchentuch und wischte damit über die Messerklinge, schob den gezackten Rand gefährlich nah an der Haut zwischen Daumen und Zeigefinger hin und her. Ich sah nicht mehr zu ihr hin, spürte aber, wie ihr Blick meinen Rücken durchbohrte, als ich die Küche verließ und die Treppe hinaufstieg.

Tullik lag verkehrt herum auf ihrem Bett. Kopf und Schultern hingen über der Kante. Sie starrte auf den Boden, wo sie Munchs Bilder und Skizzen verteilt hatte. Auch das *Seemädchen* war entrollt worden. Zwei Bücher an den Seiten hielten es flach auf dem Boden.

»Tullik, was machst du da?«, fragte ich und sammelte die Bilder auf. »Es könnte jeden Moment jemand reinkommen. Sollen denn alle erfahren, dass du die hier hast?«

»Und wenn?«, gab sie zurück. Sie rollte sich aufs Bett zurück und starrte an die Decke. Ihre Augen wirkten wie zwei dunkelgraue Tümpel. »Er liebt mich wirklich, Johanne, weißt du. Es ist nicht, was du denkst.« Sie fing wieder an, an der Nagelhaut ihres Daumens zu zupfen. »Er ist ein Künstler und braucht seinen Freiraum.«

»Aber ja«, sagte ich.

»Andererseits: Liebt er mich wirklich? Ich meine, weiß er eigentlich, was Liebe ist? Kann er überhaupt lieben? Er braucht mich, damit ich es ihm zeige: Das ist es! Morgen gehen wir wieder zu ihm.«

»Hältst du das wirklich für eine gute Idee, Tullik? Wenn er arbeitet?«

Tullik setzte sich auf, lehnte sich gegen die Wand und zog ganz langsam die Nagelhaut von ihrem Daumen. »Ich kann es ihm besser zeigen als Milly«, sagte sie und biss sich in den Daumen. »Sie weiß gar nichts von ihm. Sieh sie doch an.« Sie wies auf Munchs Skizze *Die Stimme,* die Tullik selbst im Wald zeigte. »Sieh sie doch an, mit ihren dunklen Augen und den hinter dem Rücken verschränkten Händen. Sie wusste nicht, wie man ihn verführt. Sie wusste nicht, wie man ihn *liebt*, oder, Johanne? Was weiß Milly schon vom Leben! Nichts. Sieh sie doch an, wie sie sich zwischen den Bäumen versteckt und versucht, ihn zu betören. Und da, im Wasser. Was hat sie sich nur dabei gedacht? Sie kann ihn nicht lieben. Nicht so wie ich. Nicht mit ganzer Seele. Meine und seine Seele sind miteinander verbunden, verstehst du das nicht, Johanne? Miteinander vereinigt.« Ihr Daumen blutete, und sie lutschte ihn ab. »Das bin nicht ich!«, sagte sie und deutete mit wegwerfender Geste auf die Bilder, als wären es nur Kritzeleien. »Das bin nicht ich! Das bin nicht ich!«

»Tullik, Tullik«, beschwichtigte ich sie, während ich die Skizzen aufsammelte und zurück in den Schrank räumte. »Natürlich bist du das. Das hat er doch selbst gesagt. Und sie sehen auch aus wie du. Hier im Wald – ich war doch dabei.

Ich habe dich gesehen, genau so, wie er dich hier gezeichnet hat. Und hier, im Wasser, an dem Tag war ich auch dabei. Was soll das denn alles?«

Jetzt weinte sie. Zog sich an den Haaren. Zerrte daran und wickelte sie sich um den blutigen Finger.

»Du tust dir ja selbst weh, Tullik«, mahnte ich. »Willst du dich nicht hinlegen und ein bisschen ausruhen?«

»Ich will morgen wieder zu ihm. Und du kommst mit«, sagte sie. »Du wirst sehen, wie sehr er mich liebt. Genauso sehr, wie ich ihn liebe. Er liebt nicht Milly, sondern mich.«

»Schsch, ganz ruhig jetzt«, erwiderte ich, drückte die Schranktür zu und drückte sie sanft auf ihr Kopfkissen. »Du musst dich ausruhen.«

»Er liebt mich doch, oder, Johanne?«

»Da bin ich ganz sicher, Tullik.«

Sie sackte seitwärts auf die Matratze und ließ endlich von ihrem mitgenommenen Daumen ab.

Das Ganze machte mir Angst. Sie war genau so, wie ich sie malte, entfernte sich von der Sonne auf das dunkle Unbekannte, auf den Abgrund zu, von dem Rode und Munch gesprochen hatten.

Am späten Vormittag stöberte sie mich im Garten beim Teppichklopfen auf.

»Bist du bereit?«, fragte sie und band sich den breitrandigen Sonnenhut mit einer Schleife unter dem Kinn fest.

»Tullik, ich habe zu tun«, entgegnete ich. »Ich muss noch alle Aufgaben von gestern nachholen, und Frau Berg braucht heute Hilfe bei der Wäsche. Sie bezieht die Betten.«

»Das kann warten«, erwiderte sie. »All das kann warten. Ist nicht wichtig, oder?«

»Doch, für deine Eltern schon. Schließlich haben sie mich dafür eingestellt.«

»Aber du musst mitkommen. Ich habe Mutter gesagt, wir würden an den Strand gehen.«

»Und wann soll ich meine Pflichten erledigen?«, fragte ich.

»Du hasst deine Pflichten.«

»Darum geht's nicht.«

»Aber du bist *meine* Dienstmagd, also musst du tun, was *ich* sage«, sagte sie und griff nach meiner Hand. Sie versuchte, sich unbekümmert zu geben, aber ich war nicht in der Stimmung zu scherzen. Ich wollte sie warnen, wegen *ihm*. Wie sollte ich es ihr begreiflich machen? Er brauchte Freiraum zum Arbeiten. Ein Besuch würde ihn jetzt zu sehr ablenken. Er brauchte Zeit, das Motiv auszuarbeiten.

»Er wird arbeiten«, flüsterte ich.

»Dann lass ich ihn eben arbeiten.«

»Aber er braucht Ruhe dazu. Warum kannst du das nicht …«

»Was kann ich nicht?«, unterbrach sie mich. »Es *verstehen?* Wieso? Weil ich kein Maler bin? Keine Malerin wie du? Meinst du, ich verstehe es deshalb nicht?«

»Nein, Tullik«, sagte ich. »Das meinte ich nicht.«

»Dann mach dich fertig«, befahl sie. »Ich warte auf dich.«

Frau Berg saß am Hühnerkäfig, ihre Arme bis über die Ellbogen in die Zinkwanne getaucht. Ich versuchte, unbemerkt den Garten zu durchqueren, doch sie sah mich, als ich an der Tür zur Spülküche war. »Was ist? Wohin willst du jetzt schon wieder?«

»Miss Tullik möchte, dass ich sie nach Åsgårdstrand begleite«, erklärte ich. »Um die Teppiche kann ich mich später kümmern.«

»Du kümmerst dich jetzt darum.« Sie blähte ihre rot werdenden Wangen auf.

»Sie kommt mit mir«, erwiderte Tullik. »Sie ist mein Hausmädchen, nicht Ihres.«

»Aber sie hat Aufgaben zu erledigen, Miss Tullik.«

»Das wird sie auch.«

»Heute noch?«

»Selbstverständlich.«

»Versprochen?«

»Selbstverständlich«, sagte Tullik, ohne einen Gedanken an diese Aufgaben zu verschwenden.

Mir sank das Herz. Ganz gleich, wann wir zurückkehrten, ich würde immer noch die Bügeleisen auf dem Herd erhitzen und die Laken bügeln müssen. Ich würde die Teppiche ausklopfen, im Haus abstauben und die Böden wischen müssen. Wann würde ich jemals schlafen können?

Tullik führte mich ab wie eine Gefangene. Frau Berg rückte ihr Häubchen zurecht und kehrte kopfschüttelnd zu ihrem Waschtrog zurück. Ragna beobachtete uns von der Küche aus. Ihre schwarzen Augen folgten mir, und ihr Arm kreiste bedrohlich, als sie etwas in einer Schüssel rührte, die außerhalb meines Blickfelds lag. Wie eine Hexe, die einen Zaubertrank braut, verfluchte sie uns und grinste grimmig in dem Wissen, dass unser Schicksal in ihren Händen lag. Ragna war uns auf der Spur. Unser Betrug würde auffliegen.

13

Gelb

Es ist die nächste Farbe im Licht. Sie entsteht durch die gelindeste Mäßigung desselben, es sei durch trübe Mittel oder durch schwache Zurückwerfung von weißen Flächen.

Johann Wolfgang von Goethe,
Zur Farbenlehre

Am Waldrand pflückte ich eine Handvoll Johannisbeeren. Sie waren einfach unwiderstehlich, wie kleine, glänzende Murmeln in Gold und Karmesinrot. Der Sommer hatte seinen Höhepunkt erreicht, in der Luft lag der Duft von Blüte und Reife. Im Wald konnte ich Tullik und Munch, Ragna und Frau Berg vergessen; ich sah und spürte nur die Natur, die vielen üppigen Geschenke des Waldes und meine Heimat Åsgårdstrand. Hier am Rand des Fjords, zwischen die steilen Anhöhen geschmiegt und von der strahlenden Sonne gewärmt, sang der Sommer seinen fruchtbaren Refrain.

Tullik marschierte vor mir her und blieb erst stehen, als sie Munchs Gartenpforte erreichte. Er war bereits draußen und arbeitete an drei Staffeleien gleichzeitig. Wir schlichen ums

Haus, und ich wartete an der Hintertür, während Tullik zu ihm ging, um mit ihm zu reden.

»Edvard, Liebster«, sagte sie, »kann ich mit dir sprechen?«

Er wandte sich von seinen Bildern ab. Eines zeigte den verzweifelten Mann, der auf der Brücke am Fjord stand; das zweite war eine andere Version desselben Motivs. Die Grundgestaltung war gleich, doch die Figur auf der Brücke abstrakter. Das dritte wurde nicht auf Leinwand, sondern auf einem Stück Karton gemalt – ein sicheres Zeichen, dass Munch das Geld ausging. Darauf hatte er wieder den unruhigen Himmel, den Fjord und die Brücke skizziert, doch diesmal fehlte die Figur und die untere Hälfte des Bildes war noch leer. Er dachte nach. Entwickelte das Motiv.

»Johanne hat Johannisbeeren gepflückt«, sagte Tullik liebenswürdig. »Möchtest du welche?«

»Ich arbeite«, erwiderte er und gab ihr zur Begrüßung einen unbeholfenen Kuss auf die Wange. »Am Sonntag habe ich wahrscheinlich wieder Gäste. Die Krohgs kommen. Sie werden auch malen wollen.«

»Christian und Oda?«, fragte Tullik mit blitzenden Augen.

»Genau. Du musst sie kennenlernen. Du wirst sie kennenlernen«, sagte er und fuchtelte mit seinem Pinsel in der Luft.

»Ich gehe jetzt rein«, erklärte sie. »Ich will dich nicht stören, und Johanne und ich machen Saft. In deinem Garten gibt es noch mehr Johannisbeeren.«

Darauf murmelte er etwas Unverständliches. Er zögerte, bevor er sich wieder seinen Bildern zuwandte. »Johanne kann auch malen, wenn sie möchte.«

Tullik warf mir einen finsteren Blick zu. »Zuerst macht sie Saft«, entgegnete sie. »Schließlich ist sie die Dienstmagd.« Sie entriss mir die Johannisbeeren und stieg die Stufen zur Hintertür hinauf. »Such noch mehr, Johanne«, befahl sie, »so viele, dass es für Saft reicht.«

Ich durchquerte den Garten und ging zu einem schattigen Plätzchen an der Hecke, wo es Johannisbeeren gab. Behutsam pflückte ich so viele, wie ich brauchte, und ließ sie in meine Schürzentasche gleiten. Als ich den Busch fast abgeerntet hatte, lehnte ich mich weit vor über den Zaun, um noch ein paar zu erwischen, die an einem der äußeren Zweige hingen.

»Johanne! Was machst du denn da?«

Frau Jörgensen stand auf der anderen Seite der Hecke und unterhielt sich mit einer Nachbarin.

Ich klammerte mich an den Zweig, konnte einfach nicht loslassen. Mir wurde ganz heiß, und mein Gesicht färbte sich ebenfalls johannisbeerrot. »Ich bin an der Hecke entlanggegangen, auf der Suche nach Johannisbeeren«, erklärte ich und versuchte, möglichst geistesabwesend zu wirken.

»Aber du bist in Munchs Garten«, sagte sie. »Weiß deine Mutter davon?«

»Oh«, sagte ich. »Das habe ich gar nicht gemerkt. Ich bin nur der Hecke gefolgt.«

Da rief mich eine Stimme von hinten, ein züngelndes Feuer, das ich nicht austreten konnte. »Sie sammelt für mich Beeren«, verkündete Tullik. »Sie ist meine Bedienstete. Ich habe es ihr befohlen. Gibt es ein Problem?«

Tulliks herablassender Kristiania-Ton war für Frau Jörgensen wie eine Ohrfeige. »Nein«, erwiderte sie gekränkt. »Nur dass mir dieses Grundstück gehört und ich es an Munch vermietet habe. Weiß er, dass Sie Beeren aus seinem Garten pflücken?«

»Aber sicher doch«, sagte Tullik unhöflich. »Komm, Johanne. Wir bekommen langsam Durst.«

Frau Jörgensen war fuchsteufelswild. Sie hatte ihre Lippen so fest zusammengepresst wie eine Faust. Es gab nichts, was ich zu meiner Verteidigung vorbringen, nichts, womit ich an ihr Verständnis appellieren konnte. Noch bevor die Sonne tief orangefarbene Strahlen auf den Fjord werfen könnte, würde meine Mutter davon erfahren, und morgen früh würde ich schon auf die *Jarlsberg* verfrachtet und nach Kristiania geschickt werden, um vor dieser verabscheuungswürdigen Sünde gerettet zu werden.

»Ich sagte, Johanne kann malen«, sagte Munch, als wir wieder zur Hütte zurückgingen. »Dein Bild steht noch im Atelier, genau da, wo du es gelassen hast, Johanne. Es ist sehr gut. Du malst, was du fühlst, nicht, was du siehst. Nur so muss man malen. Tullik, du kannst ja den Saft machen. Lass Johanne malen, wenn sie schon mal da ist.«

Ich dachte, Tullik würde sich auf mich stürzen. Sie kam mit großen Schritten und ausgestreckten Armen zu mir, als wollte sie mich erwürgen. Doch sie griff nur nach dem Bändel meiner Schürze, riss sie mir vom Leib und wuschelte mir dabei unsanft durchs Haar. »Ist gut«, sagte sie. »Dann mache ich halt den Saft.«

Im Atelier war es heiß, und der Geruch nach Ölfarbe und Terpentin drückte mir die Luft ab. Doch da ich es nicht riskieren konnte, noch mal im Garten gesehen zu werden, stellte ich die Staffelei außer Sichtweite am hinteren Ende des Raums auf. Auf meinem Bild watete die Frau, die sich von der Sonne abgewandt hatte, durch einen grünschattigen Sumpf in eine Dunkelheit, die ich nicht vorhergesehen hatte. Sie war ganz von selbst entstanden, als mein Pinsel die Leinwand berührt hatte. Im Kontrast zum Feuerball der Sonne hatte das dunkle Grün etwas Morastiges, das die Frau in seine Tiefen zog. Sie schien keine Füße zu haben, mit denen sie ihr Gleichgewicht halten konnte. Aber jetzt musste ich am Himmel arbeiten. Es gab noch blanke Stellen, an denen die nackte Leinwand durchschien.

Der Himmel war nicht blau, sondern bernsteinfarben, getönt von Tulliks Haar. Befleckt. Mehrere Schichten Kupfer, die hinter der Sonne abkühlten. Wie Lava, die aus einem Vulkan gespritzt war und fest wurde. Hart. Tullik ohne Füße, die unter der schwelenden Luft einsank. Strähnen ihres Haars fangen an der lodernden Sonne Feuer. Ihre Flammen, ausgestreckt wie Finger, greifen nach den Wirbeln des Himmels. Verschmelzen, verbinden, verknoten sich damit. Gold. Gelb. Tullik verbindet alles: die Sonne, den Himmel und die Dunkelheit der Erde. Tullik. Die versinkt.

Da erschien sie hinter mir. »Ich kann keinen Saft machen«, sagte sie. »Es gibt kein Sieb und kein Musselintuch. Er hat nicht mal eine Schüssel. Und jetzt ist Delius gekommen, und sie trinken Absinth, daher wird er wohl keine Lust mehr auf Johannisbeersaft haben.« Sie stellte sich neben mich und schlang mir den Arm um die Taille. »Das bin ich, nicht wahr? Auf deinem Bild?«

»Darüber habe ich noch nicht nachgedacht.«

»Doch, das bin ich. Das sehe ich«, sagte sie. »Tut mir leid, dass ich eben so gemein war. Aber ich muss einfach mit Edvard zusammen sein. Mein Herz ist so schwer, und ich denke nur an ihn. Ich will ihn gar nicht so lieben, aber so ist es eben. Ich brauche ihn wie die Luft zum Atmen. Ich habe Angst, verrückt zu werden, wenn ich nicht mit ihm zusammen bin. Wir sind verbunden, verstehst du, Johanne? Unsere Seelen. Sie sind miteinander verknotet wie Fäden. Genau wie meine Haare, hier«, sagte sie und zeigte auf mein Bild. »Verbunden. Für immer. Da oben im Himmel und da unten auf der Erde.«

Ich legte meinen Pinsel nieder.

Tullik zog mich enger an sich. »Ich muss bei ihm sein, Johanne. Sonst werde ich verrückt.«

Ich hörte Delius im Garten lachen. Hitze stieg in mir auf, und Panik umhüllte mich wie eine Glocke. Lange Nachmittage. Merkwürdige Gespräche, die keinen Sinn ergaben. Sonne. Intensität. Absinth. Schwindel. Pflichten, die zu erledigen waren. Mutter. Ich musste weg von Munch. Ich musste weg, sonst würde *ich* verrückt.

»Tullik, ich glaube, wir sollten zurückgehen. Ich habe noch so viel zu tun, und Frau Jörgensen hat mich hier gesehen. Es wird Gerede geben.«

»Ach, sollen sie doch reden«, sagte Tullik, »wenn es ihnen Spaß macht. Wir bleiben.«

»Aber das wird für mich Folgen haben«, wandte ich ein. »Ich kann nicht bleiben.« Ich räumte meine Pinsel und die Palette weg und trat hinaus in den Garten.

Delius und Munch standen an den drei Staffeleien.

»Johanne!«, rief Delius.

Ich zuckte zusammen. War Frau Jörgensen noch da? Konnte sie ihn hören? Wer sonst noch konnte diese durchdringende Stimme meinen Namen rufen hören? Meine Mutter? Andreas? Thomas?

»Herr Delius«, sagte ich leise. »Kann ich mit Ihnen reden?«

Delius lächelte und durchquerte mit großen Schritten den Garten, wobei er seine langen Arme schwang und dabei sein Getränk verschüttete. Als er vor mir stehen blieb und ich zu ihm aufblickte, musste ich die Augen vor der blendenden Sonne zusammenkneifen.

»Ich muss zurück«, erklärte ich und schirmte meine Augen ab. »Ich habe heute viel zu tun. Aber Tullik will unbedingt hierbleiben, bei Munch. Dürfte ich Sie bitten, dafür zu sorgen, dass sie sicher nach Hause kommt? Und nicht zu spät? Sie ist so …«

Verwirrt wollte ich sagen, *verstört,* biss mir aber auf die Zunge, weil mir das wie Verrat vorgekommen wäre. Doch dann schien Herr Delius es an meiner statt zu sagen, als wüsste er Bescheid; so als wüssten alle, was Munch und seine Freundschaft bewirkte.

»Arme Tullik«, sagte er. »Er weiß einfach nicht, welche Wirkung er auf sie hat.«

»Sie sehen es auch?«

»Wir alle reagieren auf seine Bilder, Johanne. Ich jedenfalls. Du nicht auch? Sie wirken auf uns, wenn auch unterschiedlich. Seine Krankheit – diese Beklemmung, die Angst, die er für seine Arbeit notwendig hält, und dieses endlose Bemühen um Wahrhaftigkeit. Um dem zu widerstehen, muss man schon eine robuste Seele haben.«

Ich wischte mir den Schweiß von der Stirn und fragte mich, ob vielleicht niemand Munch auf seinem Weg begleiten konnte. Nicht mal die, die ihn liebten.

»Du kannst mir vertrauen«, sagte Delius. »Ich bringe sie nach Hause. Aber am Sonntag sehen wir uns wieder, nicht wahr? Christian und Oda kommen.«

»Am Sonntag muss ich zum Gottesdienst«, entgegnete ich. Er grinste mich weiterhin an, als hätte ich einen Witz gemacht. »Dann kann Gott auch kommen.«

Ich lächelte höflich und ging. Tullik ließ ich allein in Munchs Garten zurück.

Der Nachmittag zog sich vor lauter Arbeit zäh und quälend in die Länge. Es war schon Abendessenszeit, als Tullik endlich auftauchte. Sie setzte sich zwar zu den anderen an den Tisch, sprach aber nur wenig. Sie war betrunken. Wieder einmal.

Caroline hatte einen Brief von Milly bekommen. Er lag offen neben ihrem Teller. Frau Berg versuchte, einen Blick darauf zu erhaschen, als sie das Brot brachte. Caroline las ihn nicht laut vor, sondern gab beim stillen Lesen mehrfach Kommentare von sich. »Ach du liebe Güte«, sagte sie und dann: »Herrje, das arme Ding«, und darauf: »Selbstverständlich, ist doch klar.«

»Nusse, Liebes, erzähl uns doch, was es Neues von Milly gibt. Behalte nicht alles für dich«, bat Julie, während sie anmutig an ihrer Suppe nippte.

»Milly sagt, die Krohgs kämen nach Åsgårdstrand.«

»Oh«, murmelte Frau Ihlen und tupfte sich mit der Serviette die Mundwinkel ab.

»Die Krohgs sind Freunde von Munch«, bemerkte Tullik kühn, »und Jaeger.«

»Jaeger. Dieser Irre«, sagte Caroline. »Wisst ihr, dass es ihm lieber wäre, wir würden uns umbringen, anstatt im Sakrament der Ehe zu leben? Vielleicht sollte ich das mal Olav erzählen?«

»Wieso?«, fragte Tullik. »Glaubst du, er würde sich lieber umbringen, als dich zu heiraten?«

»Tullik«, mahnte Admiral Ihlen und hob den Blick.

»Ach, ist schon gut, Vater«, sagte Caroline. »Sie tut nur so, als teilte sie diese Ansicht, weil sie weiß, dass es nie jemanden geben wird, der sie heiraten wollte.«

»Mädchen, wirklich! Das reicht«, mischte Julie sich ein. »Was schreibt Milly denn noch, Liebes?«

»Ach, nur, dass die Bänder an Lilas neuem Häubchen zu straff waren und Ludvig im National eine Aufführung hat.«

»Ach, wie faszinierend!«, sagte Tullik und warf ihre Serviette auf den Tisch. »Wie ungeheuer interessant! Möchte man da nicht gleich über den Sinn unserer Existenz nachdenken? Denk doch mal, Mutter! Die Bänder von Lilas neuem Häubchen waren zu straff! Was könnte das bedeuten? Was ist die *wahre* Bedeutung dieses Umstands?«

Julie tupfte sich noch einmal die Mundwinkel ab. »Tullik, geht es dir nicht gut?«, fragte sie. »Vielleicht solltest du dich ein bisschen ausruhen.«

»Ausruhen!«, wiederholte Tullik und sprang auf. »Wovon denn? Von unserem anstrengenden Leben? Von dieser anspruchsvollen, anregenden Unterhaltung?«

»Tullik!«, rief der Admiral. »Wie kannst du es wagen, so mit deiner Mutter zu sprechen! Was ist in dich gefahren? Geh sofort auf dein Zimmer, und leg diesen Trotz ab.«

Doch Tullik riss nur den Mund auf und lachte. Sie starrte voller Verachtung in die drei ungläubigen Gesichter und lachte sie aus.

Frau Berg befahl mir, in die Küche zurückzukommen. Dort packte sie mich am Ellbogen und zerrte mich hinaus zum Hühnerstall. »Wo war Miss Tullik den ganzen Nachmittag?«, stieß sie hastig hervor, bevor irgendjemand uns sah. »Sag mir die Wahrheit.«

»Ich weiß nicht.«

Sie blähte die Wangen auf. »Diese Leute, von denen da drinnen die Rede war«, beharrte sie und wies ruckend mit dem Kopf zum Haus, sodass ihre Hängebacken zitterten. »War Miss Tullik bei denen?«

Ich blickte in den Hühnerkäfig und beobachtete Dorothea und Cecilia beim Picken. Und sagte nichts.

»Deine Mutter hat mir erzählt, man könnte sie nachts hören. Da in diesem Haus. Selbst die Damen. Sie würden tanzen und trinken. Kreischen. Wenn Miss Tullik was damit zu tun haben sollte, wird es Gerede geben.«

»Was für Gerede denn?«, fragte ich wegwerfend.

»Gerede, das Frau Ihlen den Garaus machen würde ... und dem Rest der Familie.« Sie verlagerte ihr Gewicht von einem Fuß zum anderen und wischte sich mit der freien Hand eine Mücke von der Stirn. »Es ist deine Aufgabe, dafür zu sorgen, dass es kein Gerede gibt. Ich dulde nicht, dass Frau Ihlen weitere Schande erleiden muss. Sie ist eine feine Dame. Du stehst Miss Tullik nahe. Rede mit ihr. Sag ihr, sie muss sich von Edvard Munch und seinen Freunden fernhalten.«

»Wieso ist das meine Aufgabe?«, fragte ich.

»Weil sie auf dich hört.«

»Sie muss gar nicht auf mich hören. Ich bin nur ein Hausmädchen. *Ich* bin diejenige, die *ihr* dient.«

Frau Berg packte mich fester und schüttelte meinen Arm wie ein Laken. »Du redest mit ihr. Wenn du weißt, was gut für dich ist – was gut für uns alle ist!«

Als sich der Rest der Familie zur Nachtruhe begeben hatte, schlüpfte ich in Tulliks Zimmer. Es war schon spät, doch sie stand noch am Fenster und knabberte an ihrem Daumen.

»Tullik, warum bist du noch nicht im Bett?«

»Ich kann nicht schlafen«, sagte sie. »Er ist bei ihr, nicht wahr?«

»Bei wem?«

»Bei Milly. Er ist bei Milly.«

»Milly ist in Kristiania«, sagte ich verwirrt.

»Aber in seinem Kopf? In seinem Kopf? Bei wem ist er da, Johanne? Bei ihr oder bei mir? Das weiß ich nicht. *EM.* Da steht *EM.*«

»Wo?«, fragte ich.

»Da. Da drinnen. Auf allen Bildern.«

Ihr Blick huschte zum Schrank. Angst verdüsterte ihr Gesicht.

»*EM. E* und *M.* Edvard und Milly. Das schreibt er sogar ganz offen. Damit ich es sehen kann. Ist das seine Botschaft an mich?«

»Das sind seine Initialen, Tullik«, entgegnete ich. »Edvard Munch. *EM.*«

Sie drehte den Daumen in ihrem Mund um und knabberte an der Haut des Knöchels. Starrte immer noch zum Schrank. Ohne mich zu beachten. »Heute Nachmittag hat er überhaupt nicht mit mir gesprochen. Er hat was mit Delius getrunken. Und dann gemalt. Delius und ich sind am Strand spazieren gegangen. Es war Edvard gleichgültig, als ich ging. Er hat mir nicht mal Lebwohl gesagt. Oder mich auch nur angesehen. Was geschieht hier, Johanne? Ich verstehe das alles nicht.«

»Er arbeitet«, sagte ich hilflos.

»Er arbeitet? Nein: Er trinkt. Ich muss zurück zu ihm. Ich muss wissen, dass ich es bin, die er liebt. Ich halte es nicht aus. Am Sonntag, wenn Oda Krohg da ist, gehe ich hin.«

»Hältst du das für klug, Tullik?« Ich trat langsam zu ihr. »Wenn er so intensiv wie jetzt arbeitet?«

»Ich muss bei ihm sein«, sagte sie verzweifelt. »Ich muss bei ihm sein, sonst werde ich verrückt.«

»Aber am Sonntag muss ich zur Kirche«, sagte ich. Und zu

Thomas. Mir fiel wieder ein, dass Thomas mit mir einen Ausflug im Boot seines Vaters machen wollte.

»Danach. Nach der Kirche. Und du kommst mit mir«, beharrte sie.

»Ich kann nicht noch mal zu Munch, Tullik«, sagte ich und strich ihr über den Arm. »Das gibt Gerede. Und Mutter hat schon gedroht, mich nach Kristiania zu schicken.«

»Aber du musst mit. Wir sagen ihnen einfach, wir würden zusammen Beeren pflücken. Es ist mein Herz, Johanne. Dem muss ich folgen. Ich muss einfach. Was gibt es denn sonst? Wenn wir nicht unserem Herzen folgen, was bleibt uns dann?« Sie umfasste mein Gesicht mit ihren Händen. Ihre Daumen bluteten. Ihre Augen waren voller Liebe und Kummer. »Du musst deinem Herzen folgen, Johanne, und alles andere ausblenden.«

Ich nahm ihre Worte in mich auf und ließ sie zwei Tage wirken. Nachts lag ich wach in Millys Bett, las das Buch und versuchte, die Farbe von Tulliks Herz zu ergründen. Ich las über das Wesen der Farbe, die Macht der Farbe und dass für einen Wechsel der Farbe eine leichte Veränderung in den Einzelteilen des Ganzen erforderlich ist. War ich verändert? Hatte ich mich mit Tulliks Rot- und Munchs Blautönen vermischt? Ich beschwor Thomas vor meinem inneren Auge und rührte ihn auf meiner Palette an, goss die Worte über ihn, um zu sehen, ob sie sich vermischen würden. *Folge deinem Herzen, und blende alles andere aus.* War Thomas mein Schicksal, so wie Munch Tulliks Schicksal war?

Diese Frage stellte ich mir immer noch, als der Sonntag kam. Ich saß neben meiner Mutter in der Kirche von Borre. Die Kirche war durch die Mauern und Bodenplatten aus

Stein erfrischend kühl. Dennoch fächelten sich die Damen mit ihren Bibeln und Gesangbüchern unablässig Luft zu. Die Ihlens saßen ganz vorn. In ihren feinen Kleidern boten sie ein schönes Bild. Traurigkeit zog meinen Magen zusammen. Dieses schöne Bild würde nicht von Dauer sein. Tulliks Herz und Seele rasten schon auf den Abgrund der Zerstörung zu. Ich faltete meine Hände und betete, dass sie nicht gehen würde. Nicht zu Munch. Nicht ohne mich. Nicht heute.

Nach dem Gottesdienst strömten wir alle hinaus in die sengende Sonne. Die Damen suchten eilends Schatten unter den Linden, während sich die Männer in der drückenden Hitze unterhielten. Ich sah zu, wie sich die vertrauten Grüppchen bildeten und sich durch ihre Rücken voneinander abgrenzten. Der Kreis der Ihlens war geschlossen. Tullik war darin verborgen.

Wir schlenderten durch den Wald nach Hause. Wegen der Hitze war der Spaziergang kein Vergnügen. Andreas und ich gingen schweigend mit unseren Eltern. Thomas hielt sich in einiger Entfernung hinter mir; doch ich spürte seine Anwesenheit mit knospender Erregung. Als wir die Hütten erreichten, löste sich eine Gruppe junger Leute vom Pulk.

»Wir gehen zum Strand!«, rief einer der Jungen. »Wer kommt mit?«

Als sich ein paar Mädchen an mir vorbeischoben, ergriff ich die Gelegenheit. »Ich komme mit«, rief ich. »Mutter, ich gehe mit ihnen. Ich werde zum Abendessen zurück sein.«

Noch bevor sie protestieren konnte, war ich schon weg und spürte förmlich Thomas' Blick auf meinem Rücken.

Als er mich einholte, war ich bereits an der Pier. »Also kommst du mit mir?«, fragte er und drehte mich zu sich um.

»Das Boot ist bereit. Ich kann es den ganzen Nachmittag haben.«

»Ja.« Ich nickte. »Ja, ich komme mit, aber zum Abendessen muss ich zurück sein.«

Thomas grinste, und dann liefen wir zu dem Boot, das am Strandabschnitt vor dem Grand Hotel vertäut war. Es war nur ein kleines Ruderboot, hatte aber ein Segel und bot Platz für fünf Ruderer. Es war genug, dass Thomas sich darin wie ein Kapitän fühlen konnte. Er stieg hinein und streckte mir seine Hände entgegen. »Madam«, sagte er und grinste so breit, dass es schon wehtun musste.

Ich trat hinunter auf den Holzsteg, über den algenüberwucherten Rand der Pier. Thomas fasste mich am Arm. Als ich ins Boot stieg, schwankte es. Ich nahm am Bug Platz.

»Wohin willst du fahren?«, fragte er, setzte sich mir gegenüber und griff nach den Rudern. »Nach Kristiania? Dänemark? Frankreich?«

»Nach Bastoy«, sagte ich. »Zum Leuchtturm. Wir haben nicht so viel Zeit.«

Thomas hatte so starke Arme, dass das Rudern bei ihm ganz leicht wirkte. Das Boot durchschnitt das ruhige Gewässer. Schon bald waren wir draußen im Fjord und wippten in den Wellen wie die Segelboote auf den Bildern von Herrn Heyerdahl. Die Sonne breitete ein weißes Laken auf der Wasseroberfläche aus und ließ jede Schaumkrone aufblitzen. Ich stützte mich auf meine Hände, wandte mein Gesicht der Sonne zu und spürte das vertraute Kribbeln, als ihr Licht mich erfasste. Dadurch musste ich an Munch denken, daran, dass Personen auf Bildern wachsen und sich verändern; dass sie das Leben sind. Ich richtete mich auf und blickte zurück zum Ufer, suchte nach der kleinen senffarbenen Hütte und dem steil abfallenden Garten, doch wir waren mittlerweile zu weit draußen. Thomas setzte das Segel. Sofort blähte es der Wind auf und brachte uns näher an die Insel Bastoy heran.

»Woran denkst du gerade?«, fragte Thomas, als das Segel festgezurrt und unser Kurs gesetzt war.

»An Bilder«, antwortete ich.

»Was gibt es denn da nachzudenken?«

»Zum Beispiel, was den Maler inspiriert – oder über die Farben und Gefühle darin.«

»Aber in Bildern sind doch keine Gefühle, Johanne. Es sind nur Abbildungen von Dingen.«

»Nicht wenn man genauer hinschaut«, erwiderte ich. »Sie können auch bewirken, dass man Dinge *fühlt.*«

»Was denn?«

»Trauer, Angst, Freude, Sehnsucht, Liebe …«

Bei Letzterem merkte er auf. »Wie kann man Liebe empfinden, wenn man ein Bild ansieht?«

»Ich weiß nicht«, antwortete ich und dachte an die Bilder, die Munch von Tullik gemalt hatte. »Man spürt es einfach. Man empfindet, was der Maler empfunden hat.«

»Woher weißt du, ob der Maler überhaupt was fühlt?«, fragte er.

»Weil Kunst genau das ist: ein Ausdruck.«

Thomas lachte. »Ich glaube, du hast zu viel Zeit mit diesen Spinnern aus Kristiania verbracht. Du klingst schon ganz wie sie.«

»Ach ja? Und wie soll ich deiner Meinung nach klingen? Wie ein Fischweib? Das nur von Kabeljau und Makrelen redet, von Schuppen und Filets?«

»Sei nicht wütend, Johanne«, bat er.

Erst da bemerkte ich, dass ich tatsächlich wütend war.

»Ich möchte nur, dass du wie du selbst klingst«, sagte er und kam zu mir, »und von Beeren und dem Wald redest, von der Natur und den Jahreszeiten.«

»Wie kommst du darauf, dass ich darüber Bescheid weiß?«, fragte ich, als er mich umarmte.

»Weil du damit aufgewachsen bist. Du bist ein Kind dieses Waldes. Du gehörst in die Natur.«

»Kann sein.«

»Mein komisches Mädchen.« Er küsste mich auf die Schulter, und ich wartete darauf, dass meine Wut wich. Ich schloss die Augen und lauschte, ob die Stimme meiner Seele sich zu Wort meldete, mir sagte, dass dieser Mann mein Schicksal war und ich jetzt meinem Herzen folgte.

»Ich werde mich um dich kümmern«, sagte er und zog mich in seine starken Arme, »wenn wir verheiratet sind. Ich werde für dich sorgen. Dir wird es nie an etwas fehlen. Das weißt du doch, oder?«

Wieder drängte ich meine Seele, zu mir zu sprechen. »Ja«, sagte ich. »Das weiß ich.«

Ich hielt seine Hand. Thomas war ein guter Mann. Ich bezweifelte nicht, dass er für mich sorgen würde und wir ein gutes Leben miteinander haben würden. Doch verstand er mich wirklich? Verstand er meinen Drang zu malen und die Gefühle, die das in mir auslöste? Alles, was Munch mir beigebracht hatte: Würde Thomas mir das wegnehmen? Würde ich als seine Frau meine Seele aufgeben?

Ich küsste ihn.

Er umfasste mit seinen großen Händen mein Gesicht und drückte seine Lippen auf meine. Ich ließ es zu, dass seine Hände zu meinen Brüsten wanderten. Dunkelblau violett. Pflaume bis pink. All meine Sinne waren geweckt. Wir drängten uns immer enger aneinander und lehnten uns immer weiter zur Spitze des Boots. Ich fuhr mit den Fingern durch seine Haare, woraufhin er aufstöhnte. Sehnsucht. Er küsste meinen Hals. Heißes Feuer. Leckte mein Ohrläppchen. Süße. Ein süßes Aufwallen von Lust. Brennend. Er umfasste meine Hüften. Zog mich noch näher zu sich. Kirschrot. Seine Härte, die durch den Stoff zu mir drängte. Lust und Begehren. Blau. Rot. Scharlach. Keuchen. Küssen. Meine eigene Lust, die ich nicht zu leugnen vermochte.

Doch mein Herz schwieg.

»Haben wir Bastoy schon erreicht?«, fragte ich, setzte mich auf und strich mein Kleid glatt.

Thomas atmete schwer. Er stützte sich auf einen Ellbogen.

»Der Leuchtturm steht hinter der nächsten Bucht, dort, wo die Felsen wie eine Nadel herausragen.«

»Bring mich dorthin«, sagte ich. »Ich war schon so lange nicht mehr dort.«

Seine kastanienbraunen Augen glühten vor Enttäuschung, doch er tat so, als machte es ihm nichts aus, und ging zum Segel, um den Winkel zu verändern. Ich sah zu, wie er am Mast und der Takelage arbeitete, um uns dann vorsichtig um die Felsen herumzusteuern. Dann lenkte er das Boot in die Bucht, an deren Spitze der Leuchtturm stand. »Da«, sagte er. »Da ist er!«

Ich kletterte über meine Bank und blickte zu dem zylindrischen Turm, hoch hinauf zum Licht, das die Schiffe warnte. Ich fragte mich, ob mein Herz vielleicht jetzt sprechen und mich wie ein orientierungsloses Boot auf hoher See zu sich führen würde. Ich hielt die Luft an und schloss die Augen.

Doch alles, was ich hörte, war das wehmütige Kreischen ferner Möwen.

14

Dunkel

So wie Gelb immer ein Licht mit sich führt, so kann man sagen, dass Blau immer etwas Dunkles mit sich führe.

Johann Wolfgang von Goethe,
Zur Farbenlehre

Als wir die Pier von Åsgårdstrand erreichten, wich der Nachmittag schon dem Abend, und die Sonne hatte ihre sengende Kraft verbraucht. Thomas vertäute das Boot im Hafen, und ich stieg rasch aus, von heftigen Schuldgefühlen geplagt. Zwar überflog ich mit dem Blick den Hafen, sah jedoch nicht das Gesicht, vor dem ich mich am meisten fürchtete: das meiner Mutter.

»Danke für den Ausflug«, sagte ich.

»Wenn du möchtest, bringe ich dich nach Hause.«

»Das brauchst du nicht. Dann macht Mutter nur Bemerkungen.«

»Dann lass sie Bemerkungen machen«, erwiderte er. »Sind doch nur Worte.«

Da glomm ein Funke in meiner Magengrube auf, und ich lächelte ihn an.

»Am Ende der Woche gibt's wieder eine Tanzveranstaltung«, sagte er. »Ich kann davon ausgehen, dich dort zu sehen? Mit Miss Ihlen? Ihr beiden werdet langsam zum Stadtgespräch.«

»Was meinst du damit?«, fragte ich und musste an Frau Bergs Warnungen vor dem *Gerede* denken.

»Ich glaube, die Leute finden es nur komisch, dass eine Dienstmagd und ihre Herrin zusammen ausgehen. Miss Ihlen benimmt sich nicht wie die anderen Damen aus der Stadt.«

»Dann lass sie Bemerkungen machen«, sage ich. »Sind doch nur Worte.«

Ich wollte schon weggehen, als jemand meinen Namen rief. Als ich mich umwandte, sah ich einen großen Mann in weißem Anzug auf uns zueilen. Delius. »Johanne!«, sagte er und nahm seinen Hut ab.

Ich wich vor ihm zurück. Thomas starrte ihn an.

»Wir dachten, wir würden dich heute Nachmittag zu Gesicht bekommen. Kommst du denn gar nicht?«

»Nein«, sagte ich. »Ich muss jetzt zum Abendessen.«

»Ach, wie schade«, erwiderte er, grinste Thomas an und wartete darauf, vorgestellt zu werden.

»Tatsächlich bin ich spät dran«, erklärte ich. »Meine Mutter macht sich bestimmt schon Sorgen. Auf Wiedersehen, Thomas, auf Wiedersehen, Herr Delius.«

Ich hastete davon, während die beiden sich unangenehm berührt anstarrten. Thomas rief mir etwas nach, aber ich reagierte nicht.

Während ich ging, glättete ich mir eilig die Haare, weil mir bewusst war, wie unordentlich und zerzaust ich aussehen musste. Es war Abendessenszeit, und aus vielen Gärten und Küchenfenstern drang der rauchige Duft von gegrilltem Fleisch zu mir. Kamine stießen das Aroma von Eintöpfen und

Gemüsesuppen in die Luft. Überall wurden draußen die Tische gedeckt, mit Körben voll Brot und Schüsseln voller Obst. Ich sah, wie Frau Nedberg ein Tablett zu ihrem Mann trug, der unter den Bäumen Pfeife rauchte. Sie stellte eine Flasche und zwei Gläser auf den Tisch und winkte mir, als ich vorbeikam.

Die duftgeschwängerte Luft trieb mich an. Ich freute mich, als die Fischerhütten in Sicht kamen: So war ich noch pünktlich daheim, und Mutter würde kaum Fragen stellen. Ich hatte schon fast die Haustür erreicht, als ein durchdringender, schriller Laut mich abrupt zum Anhalten zwang. Ein schreckliches Kreischen ertönte, und jemand schrie so schrill, als hätte er Schmerzen. Ich drehte mich um und folgte dem Lärm. Er kam aus Munchs Garten.

Ich eilte zur Seite des Zauns, die an die Fischerhütten grenzte. Da ich zu große Angst hatte, den Garten zu betreten, hockte ich mich neben Munchs Atelier hinter einen Busch. Als ich einen Blick riskierte und eine Frau im Garten stehen sah, keuchte ich auf und schlug mir die Hände vor den Mund.

Die Frau war Ragna.

Sie in Munchs Garten zu sehen war ein solcher Schock für mich, dass mir Caroline, die, die Hände in die Hüften gestemmt, etwas weiter unten am Hügel stand, erst mit einiger Verzögerung auffiel. Der schrille Laut kam aus ihrem Mund.

»Du hast wohl gedacht, du könntest es vor uns verbergen, wie?«, schrie sie jetzt.

Ich lehnte mich zurück und wagte einen Blick um das Atelier. Dort stand Tullik, schwer atmend, die Hände zu Fäusten geballt, und starrte ihre Schwester an.

Sie war doch gegangen. Zu Munch. Ohne mich.

»Ich wusste, dass du hier bist!«, fuhr Caroline fort. »Du bildest dir wohl ein, auch du gehörtest zur Bohème, was? Ich habe deine Bücher gesehen, den ganzen Schund, den du da liest. Den ganzen Schund, den *er* dir einflüstert!« Sie zeigte über ihre Schulter, und als ich wieder zur anderen Seite herumfuhr, sah ich Munch an der Hintertür seiner Hütte stehen. Er rauchte eine Zigarette und lehnte sich übers Geländer. Seine Augen waren trüb, und er schwankte.

»Edvard und ich lieben uns«, gab Tullik zurück. »Und es ist mir egal, was ihr davon haltet. Es ist uns beiden egal.«

»Du bist so dumm, Tullik! Dieser Mann liebt Milly, siehst du das nicht? Du glaubst, du passt in seine Welt, aber das hier ist eine Nummer zu groß für dich. Du machst dich nur zum Narren. Du kommst jetzt sofort nach Hause. Los, ab in die Kutsche.«

Ragnas Blick huschte zwischen Munch und den streitenden Schwestern hin und her. Sie missbilligte all das und schien doch befriedigt, dass Tullik ertappt worden war. Ich bemerkte, dass Nachbarn auf der gegenüberliegenden Seite des Gartens die Köpfe reckten und hinter schützenden Bäumen oder Ecken hervorlugten. Ich wollte zu Tullik gehen und sie verteidigen, hatte aber zu viel Angst – Angst davor, von meiner Mutter erwischt zu werden, meine Stelle bei den Ihlens zu verlieren und nach Kristiania geschickt zu werden. Plötzlich machte ich mir Sorgen, genau wie Mutter, wie all das aussehen würde.

»Ich gehe nirgendwohin«, entgegnete Tullik. »Ich bleibe hier bei Edvard.«

Da senkte Caroline ihre Stimme zu einem bedrohlichen Flüstern. »Ich fasse es einfach nicht, dass du so tief gesunken und so selbstsüchtig bist, unserer Mutter etwas Derartiges anzutun«, zischte sie. »Ragna, hol sie.«

Ragna packte Tullik an einem Arm, und Caroline schnappte sich den anderen. Sie bog die Hände ihrer Schwester auf den Rücken und stieß sie gegen die Schultern. »Ab in die Kutsche!«

Tullik sah aus, als wollte sie Caroline ins Gesicht spucken. »Glaub ja nicht, das wäre das Ende«, stieß sie düster hervor.

Mit erhobenem Kinn ließ sie sich den Hügel hinunterführen. Sie warf einen Blick zu Munch, der nur erbärmlich dastand und ihr nachsah. Ragna und Caroline wandten ihm den Rücken zu, während er langsam die Zigarette aus dem Mund nahm und ihnen den Rauch hinterherblies.

In diesem Augenblick hasste ich ihn. Wieso hatte er nicht für Tullik gekämpft und sie verteidigt? Wieso hatte er zugelassen, dass Caroline das über Milly sagte? Wieso hatte er nicht gesagt, dass er Tullik liebte? Wieso hatte er überhaupt nichts gesagt?

Nachdem sie gegangen waren, stand er da und starrte auf die drei Staffeleien, als sähe er vor seinem inneren Auge noch einmal die Geschehnisse des Abends vor sich. Er schnippte die Asche in die Hecke und ging in die Hütte, um sich eine neue Flasche zu holen.

Ich stand auf. Zorn brodelte in meinen Adern. Gerade wollte ich über den Zaun steigen, um ihn zur Rede zu stellen, da hörte ich Mutters Stimme hinter mir.

»Johanne Lien, komm sofort weg da!«, kreischte sie.

Ich wirbelte herum und sah, dass sie von der Haustür aus nach mir rief.

»Das Essen ist fertig. Wo warst du?«

»Unterwegs«, antwortete ich.

»Und hast du unterwegs deinen Kopf verlegt? Ist dein Hirn mit der Meeresbrise davongeweht worden? Ab ins Haus mit dir!«, rief sie und stach mich mit dem Finger in die Seite. »Frau Jörgensen hat ihrer Schwester schon wegen einer Stelle in Kristiania geschrieben. Ich glaube, das wäre wirklich das Beste, du nicht auch? Wir wollen nur dein Bestes, Johanne, und das ist in diesem Fall, dich von hier wegzubekommen … weg von *all diesem*!« Sie verzog das Gesicht und schnalzte missbilligend mit der Zunge. Dann knallte sie die Tür vor dem unsichtbaren Bösen da draußen zu.

Der Abend war unerträglich. Ich konnte an nichts anderes denken als an Tullik. Ich mochte mir ihre Strafe gar nicht vorstellen, für die Schande, die sie über ihre Familie gebracht hatte, die Demütigung. Julie würde untröstlich sein, weil sie wusste, dass alle in Åsgårdstrand und Borre wieder einmal über ihre Tochter und *diesen Mann* redeten.

Ich schlief nicht. Selbst wenn Andreas' Bett über mir nicht gequietscht hätte, wäre es mir unmöglich gewesen. Ich lag da, unruhig zuckend, als krabbelten mir tausend Ameisen durch die Glieder, und hatte das Gefühl, ein Krug mit Eiswasser würde durch ein Loch in meinem Schädel gegossen und brächte das Blut in meinen Adern zum Gefrieren. Ich versuchte nicht mal, die Augen zu schließen, aus Angst vor den Bildern, die dann in mir aufsteigen würden. Stattdessen drehte ich mich auf die Seite und starrte auf die unregelmäßigen Bodendielen.

Ich stand schon vor Mutter auf und ging, ohne sie zu wecken. Der Morgen war grau in grau, und hinter der Wolkendecke, die den Himmel überzogen hatte, gab es keinen Hoffnungsschimmer auf Sonne. Drückende Stille lag über dem Wald, und als ich über die Wege tappte, kam ich mir vor, als wäre ich das einzige Lebewesen in einer völlig verlassenen Welt. Ich machte ganz langsame, kleine Schritte, weil ich eigentlich nicht ankommen und den Ihlens gegenübertreten wollte. Denn dann würde ich erfahren, was geschehen war, würde mir die Geschichte von Tulliks Schande anhören müssen. Ragna und Frau Berg würden es auskosten, mir bis ins letzte Detail zu erzählen, was ich längst wusste.

Jetzt, da kein Sonnenstrahl auf das Haus fiel, wirkte es glanzlos und fahl. Ich drückte mich eng an die Hausmauer und schlich auf Zehenspitzen zur Hintertür, vorbei an dem Fliederbusch, der in voller Blüte stand. Ich nahm meine Schürze vom Haken, holte meine Handschuhe und kniete mich vor den Ofen, um die Asche vom Vortag auszufegen. Über mir knackten Bodendielen. Der Admiral und Frau Ihlen rührten sich immer als Erste. Ich schaufelte die Asche in meinen Zinkeimer und fegte um die Füße des Ofens. Da kein Holz mehr im Alkoven war, stellte ich die Kienspäne zusammen und ging nach draußen, um frische Holzscheite zu holen.

Als ich zum Haus zurückkehrte, sah ich, dass Ragna mich durchs Fenster beobachtete. Unsere Blicke trafen sich, doch selbst als sie wissen musste, dass ich sie gesehen hatte, wandte sie ihren Blick nicht ab, sondern funkelte mich mit ihren scharfen, dunklen Augen drohend an.

»Du bist spät dran«, bemerkte sie, als ich wieder zum Ofen ging.

»Wirklich?«, fragte ich. »Ich bin aber früh aufgebrochen.«

»Es sind alle schon wach. Du deckst jetzt besser den Tisch. Heute nur für drei, Miss Tullik bekommt ein Tablett.« Das sagte sie so triumphierend, als hätte sie selbst entschieden, dass Tullik aus dem Speisezimmer verbannt werden sollte.

»Geht es Tullik nicht gut?«, fragte ich.

»*Miss* Tullik hat Stubenarrest«, antwortete sie und nahm

Mörser und Stößel vom Regal und ein Messer aus der Schublade. »Sie muss auf ihrem Zimmer bleiben. Den ganzen Tag.«

Ich zündete den Ofen an und beeilte mich, den Tisch zu decken, wobei ich Tulliks Platz demonstrativ leer ließ. Doch dann schob ich die Marmeladengläser und die Butterdose auf Tulliks Seite und deckte die anderen Sets weiter auseinander, um die Lücke zu füllen. Allerdings konnte nichts über Tulliks Abwesenheit und die daraus entstehende Leere hinwegtäuschen, als die Ihlens zum Essen herunterkamen. Frau Ihlen war niedergeschlagen. Sie rührte ihr Essen kaum an und ließ ihren Kaffee kalt werden, so als hätte ich ihn für jemand anderen eingeschenkt. Caroline und der Admiral unterhielten sich übers Wetter. Tullik wurde mit keinem Wort erwähnt.

Frau Berg und Ragna tuschelten in der Vorratskammer, als ich in die Küche zurückkehrte, um für Tullik ein Tablett zusammenzustellen. Ich klapperte mit dem Geschirr und warf den Teelöffel gegen das Porzellan, sodass es laut klingelte. Damit wollte ich meinen Protest zeigen, obwohl so kindischer Trotz eigentlich eher zu Andreas passte. Er war ein Experte im Protestgeschrei, ohne dabei auch nur den Mund aufzumachen.

»Nur hochbringen und wieder abholen«, befahl Frau Berg, als sie aus der Vorratskammer auftauchte und sich die Schürzenbändel am Rücken zusammenband. »Miss Tullik will heute nicht von dir belästigt werden.«

Ich ging zur Hintertür, schnitt einen Fliederzweig vom Busch und steckte ihn in ein silbernes Väschen.

»Sie hat nicht Geburtstag«, bemerkte Frau Berg. »Vorerst darf sie eine ganze Weile nicht auf Sondervergünstigungen hoffen.«

Ich brachte das Tablett hoch und trat, ohne anzuklopfen, in Tulliks Zimmer. »Tullik«, flüsterte ich. »Ich habe dir Frühstück gebracht.«

Sie lag in ihrem Bett. Ihr Anblick war ein solcher Schock, dass ich mich zuerst abwenden musste und etwas über das Essen murmelte, um mich abzulenken. Ihr Gesicht war von einem kränklichen Fahlweiß, und ihre Wangen und Augen waren eingesunken und grau. So hatte ich Tullik noch nie gesehen. Sie war erloschen, hatte keinerlei Lebensfunken mehr in sich. Selbst ihr Haar, das um ihren Kopf herum ausgebreitet war, wirkte stumpf und kraftlos.

»Tullik«, sagte ich und nahm auf der Bettkante Platz. »Was ist geschehen?«

»Ich darf ihn nicht mehr sehen«, antwortete sie. Sie hatte den Blick starr auf den Schrank gerichtet und sah mich nicht mal an, als sie mit mir sprach.

Ich nahm ihre Hand in meine. Ihre Finger waren schlaff und reagierten nicht auf meine Berührung.

»Kann ich was für dich tun?«, fragte ich. Vor lauter Mitleid wurde mir so die Brust abgedrückt, dass ich kaum sprechen konnte.

Tränen stiegen ihr in die Augen, doch sie blinzelte sie nicht weg. »Ich liebe ihn«, sagte sie.

»Du musst versuchen, etwas zu essen, Tullik.« Ich strich ihr über den Arm, goss ihr ein Glas Apfelsaft ein und hielt es ihr hin, doch sie wollte es nicht und drehte sich zur Wand. »Ich komme später noch mal wieder«, versprach ich. Dann neigte ich mich zu ihr und gab ihr einen Kuss auf die Wange.

Sie schloss die Augen und kapselte sich in ihrem Schmerz ein, während ihr die Tränen aus den Augen quollen und ihre Nase hinunterrannen.

Tullik verließ ihr Zimmer weder an diesem noch am nächsten Tag. Ihre Trennung von Munch war eine so zehrende Krankheit, dass sie auf uns alle übergriff. Das ganze Haus verstummte, als die Ihlens unter dem Schmerz zusammenbrachen, der aus Tulliks Zimmer strömte. So extrem, wie sie liebte, so sehr litt sie auch. Die ersten Tage hätte sie ihr Zimmer nicht mal verlassen können, wenn sie gewollt hätte. Ihr Körper war völlig erschöpft, ihr Geist ausgelaugt. Sie konnte nur daliegen, welk wie eine Blume ohne Wasser, während die Trennung sie langsam aufzehrte.

Nachts lag ich wach in Millys Zimmer und hörte Tulliks Trauer durch die Wände dringen. Manchmal, wenn sie die Kraft dazu hatte, weinte sie. Ich lernte, dankbar für dieses Weinen zu sein, denn so etwas kannte ich noch. Viel erschreckender aber war das Stöhnen und hohle Heulen. Diese Laute waren nicht mehr menschlich, sie klangen wie ein Tier, das sich selbst in Stücke riss, sich auffraß und von innen zerstörte. Tullik heulte und wimmerte, als würde sie das Letzte aus sich herausholen, alles zerstören, bis ihr nichts mehr geblieben war.

Sie hörte auf zu reden und fing an, unverständlich vor sich hin zu murmeln. Ich versuchte, mich mit ihr zu unterhalten, konnte aber durch nichts ihre Aufmerksamkeit gewinnen. Ihre Augen waren dunkel und trüb geworden, wie gläserne Türen zu den Kammern des Schreckens in ihrem Innern. Als die Ihlens erkannten, welch katastrophale Auswirkungen ihre Strafe auf Tullik hatte, erlaubten sie ihr kleine Spaziergänge mit mir im Wald, doch sie weigerte sich. Der Schaden war schon angerichtet. Sie war verloren. Gerüchte kamen auf. Wo war Miss Ihlen? *Sie ist verrückt geworden. Sie ist eine Trinkerin. Sie ist verrückt wie Munch. Sie ist mit ihm verlobt. Sie kriegt ein Kind von ihm.*

Um dem Gerede ein Ende zu machen, erzählten die Ihlens überall herum, Tullik hätte Grippe und könnte ihr Bett nicht verlassen. Eine schwache Lüge. Nichts im Vergleich zu den Täuschungsmanövern von Tullik und mir. Sie brachte weder die Gerüchte zum Verstummen, noch stellte sie Tulliks Ruf wieder her, der unwiderruflich befleckt war.

Jeden Tag versuchte ich, Tullik aus dem Haus zu locken, um der Welt zu zeigen, dass sie weder verrückt noch betrunken noch schwanger war. Doch sie ließ sich nicht überreden. Manchmal sprach sie, aber nicht mit mir, nicht als führe sie ein Gespräch. Sie stellte mir Fragen, wartete aber die Antworten nicht ab. *Kommt sie? Ist er bei ihr? Ist er da? Schaust du mal nach? Kommt sie?*

Ich unterdrückte meine Gefühle: meinen dunkelbraunen Hass auf Ragna, den grauen Groll gegenüber Caroline und Frau Berg, die rostrote Enttäuschung gegenüber den Ihlens. Eines Tages, als ich es nicht mehr aushielt, rannte ich zu Munch, ohne mich darum zu kümmern, ob mich jemand sah.

Es war Sonntagnachmittag. Munch stand im Garten, inmitten seiner Bilder und blickte, die Arme schlaff herunterhängend, zum Meer. Sein Blick war noch trauriger als sonst und wirkte vor lauter Anspannung umwölkt.

»Ich muss malen«, erklärte ich kühn.

Er hielt seine Linke hoch, damit ich sie sehen konnte. Um jeden seiner Finger hatte er ein kleines Stück Schnur verknotet. »Ich versuche mich zu erinnern«, sagte er. »Kannst du mir dabei helfen, Johanne?«

»Erinnern? Woran denn?«

»Ich bin nicht sicher. Diese Schnüre sollten Gedächtnisstützen sein, für das, was ich tun sollte. Aber es will mir einfach nicht einfallen.«

»Malen«, sagte ich. »Wahrscheinlich wollten Sie malen.«

»Ist Tullik mit dir gekommen?«, fragte er.

»Nein. Sie darf nicht mehr herkommen. Sie ist zu Hause, auf ihrem Zimmer.«

»Kannst du sie nicht zu mir bringen, Johanne? Ich kann nicht arbeiten.«

»Tullik ist krank«, erklärte ich. »Sie ist nicht mehr sie selbst. Sie muss sich ausruhen.«

»Dann bring ihr dieses Bild. Ich wollte es ihr schenken.«

Ich folgte ihm ins Atelier, wo er zwischen den Leinwänden stöberte, die an den Wänden lehnten. Er holte eine schlichte Aquarellzeichnung hervor, auf der ein Mann am Strand kauerte und sich zum Meer neigte, wo ihm eine Frau entgegenschwamm. Ihre Gesichter waren abstrakt, jedes hatte nur ein einziges, dunkles Auge. Der Himmel war in ausgewaschenen Lagen aus Rost und Lavendel gehalten, deren Farbe ins indigoblaue Meer tröpfelte. Deutlich sichtbare Pinselstriche. Die Frau war nackt. Strähnen ihres Haars sanken wie Seile in die braunen Tiefen des Wassers. Der Mann war so von ihr angezogen, dass man fast seine Bewegung sah. Munch hatte diesen Augenblick voller Magie und Sehnsucht genau da eingefangen, da Nasen und Lippen sich fast zu einem Kuss trafen.

»Es ist wunderschön«, sagte ich.

»Ich weiß nie, ob sie eine Nixe ist oder nicht.« Er rollte die Skizze auf und reichte sie mir. »Gib es ihr bei deiner Rückkehr. Aber jetzt wolltest du malen. Ich habe hier einiges umgeräumt«, erklärte er und ging zum anderen Ende des Ateliers. »Die Staffelei habe ich hier aufgestellt.«

Auf einer Staffelei in der Ecke stand das dritte der Verzweiflungsbilder, das auf Karton. »Ich nehme das schnell herunter und stelle deines darauf«, sagte er.

»Ich kann auch ohne Staffelei malen, wenn Sie die hier brauchen.«

»Ich bringe das raus«, erwiderte er und nahm den Karton. »Es muss ein bisschen auslüften. Diese Rosskuren bewirken Wunder.«

Als er das Bild von der Staffelei nahm, warf ich einen Blick darauf.

Kaum sah ich es, hörte ich einen Laut. Ein Wimmern? Ein Heulen, wie nachts von Tullik.

Munch hatte den bewegten Himmel ausgemalt. Jetzt zogen sich Schlieren aus tiefrotem Zinnober und leuchtendem Gold darüber. In den Himmel gearbeitet war eine lang gezogene elliptische Form, wie ein Auge, das mich betrachtete. Der Fjord war in reinem Ultramarin mit schwarzen geschwungenen Linien gehalten, und die winzigen Boote trieben gefährlich dicht am gelben Strudel in der Mitte des Fjords. Doch am schockierendsten war die Gestalt auf der Brücke. Es war nicht mehr ein Mann mit Hut, der über das Geländer blickte, sondern nur noch eine abstrakte Figur, die sich uns zuwandte. Noch sah man lediglich den Umriss, aber sie war geformt wie eine Flamme, die sich im Wind neigt. Und der Laut, dieses Heulen, schien von der Figur zu kommen, dem Wesen auf der Brücke.

»Ich weiß nicht, Johanne. Ich kann ihr einfach kein Gesicht geben. Je länger Tullik wegbleibt, desto mehr fühlt es sich an, als wäre das nicht mehr nur ich, sondern die Natur selbst, die um Erlösung aus dieser Hölle schreit. Aber wie sieht das Gesicht der Natur aus?«

»Sie gibt einen Laut von sich«, sagte ich und sah genauer hin, *lauschte* dem Bild. »Genau solche Laute wie Tullik nachts.«

»Mir hat man gesagt, es wäre nicht möglich, ein Geräusch zu malen. Aber du kannst es hören?«

Ich schluckte. Das Bild löste Beklemmung in mir aus, ein Gefühl von Verwirrung und Angst. Hatte ich wirklich etwas gehört? Ich sah es wieder an und schloss dann die Augen.

»Ja«, erklärte ich, als das Heulen zurückkehrte. »Ich höre es klar und deutlich.«

»Dann bringe ich es hinaus, damit es dich nicht stört«, sagte Munch und stellte mein eigenes Bild auf die Staffelei. »Wir malen sie beide«, bemerkte er dann, als er mein Bild an der Staffelei befestigte. »Aber du siehst sie anders als ich. Auf deinem Bild wendet sie sich vom Licht ab. Aber auf meinen Bildern *ist* sie das Licht.« Er senkte den Blick. Seine Stimme war sanft.

»Eigentlich habe ich gar nicht darüber nachgedacht.«

»Nein, und das musst du auch nicht. Sobald wir anfangen, über unsere Bilder nachzudenken, zerstören wir sie. Du könntest jederzeit aufhören, Johanne. Es ist nicht erst fertig, wenn jedes Stück Leinwand bemalt ist.«

»Ich weiß«, erwiderte ich und rieb mit den Fingerspitzen über die äußeren Ränder des Bildes. »Aber eigentlich ist nicht dieses Bild unfertig. Sondern was ich *fühle.*« Plötzlich brannten Tränen in meinen Augen.

»Mmm. Gut«, sagte er und ließ mich ohne ein Wort des Trosts allein.

Konfrontiert mit meiner eigenen Schöpfung, versuchte ich, nicht darüber nachzudenken. Nicht über die Frau nachzudenken, die Tullik war. Vielleicht war sie gar nicht Tullik? Vielleicht war sie jemand anderes. Vielleicht war sie ja ich?

Ich nahm die Pinsel und Farben und hakte eine Palette über meinen Daumen, so wie Munch es immer tat.

Holte einmal tief Luft.

Linien in Taupe, Ziegel und Beige. Der Strand in der Sonne. Ich habe mich abgewandt. Meiner Familie den Rücken zugedreht. Trete ins grüne Wasser, den schlammigen Sumpf. Ich höre Thomas nach mir rufen. Seine Stimme ist cremefarben, getreidefarben, sandfarben. Ich drehe mich nicht um. Schatten sind dunkler. Hellbraun und falb. Ich bewege mich durch die Farbe. Fühle durch Farbe. Die Tiefe des Meeres grün bis rot. Korallen- und rostrot. Lagen. Lagen wie Sand und Schlick. Wie Munch und Tullik, petrol und rubin. Ragna: schwarz. Julie: olivenfarben. Caroline: braun. Milly: weiß bis grau. Und ich: gelb. Rückkehr zur Sonne, zum Licht. Zur Liebe. Ich werde zum Feuer gezogen. Die Quelle des Lebens. Die Quelle der Seele, wo alles zusammenhängt, alles eins ist.

Alles ist die Farbe der Liebe.

15

Zinnober

Wer die prismatische Entstehung des Purpurs kennt, wird nicht paradox finden, wenn wir behaupten, dass diese Farbe teils actu, teils potentia alle anderen Farben enthalte.

Johann Wolfgang von Goethe,
Zur Farbenlehre

Auf dem Heimweg begegnete mir Thomas. Rot. Hitzig. Aufgeregt. Er erschien am Strand, mit einem Netz unter dem Arm.

»Johanne«, sagte er mit fragender Stimme, als wäre er nicht sicher, dass ich es tatsächlich war. »Wo warst du denn? Ich habe nach dem Gottesdienst nach dir gesucht, konnte aber …«

»Nirgendwo«, sagte ich.

»Was hast du denn da?«

Ich versteckte das Bild für Tullik hinter meinem Rücken. »Nichts.«

»Und was hast du da an den Händen? Ist das Farbe?«, fragte er, wartete glücklicherweise aber nicht auf eine Antwort. »Und wer war der Mann, mit dem du letzte Woche gesprochen hast? Er kannte dich. Wer war er?«

»Niemand«, antwortete ich. »Nur ein Freund von Tullik.«

»Weißt du eigentlich, was die Leute über Miss Ihlen reden?«, fuhr er in dem Versuch fort, mich gegen sie aufzubringen.

»Sie hat Grippe.«

»Meinst du wirklich, die Leute glauben das? Hast du nicht gehört, was geredet wird? Es heißt, dieser verrückte Munch wäre vom Teufel besessen, ein Wahnsinniger. Es heißt, Regine Ihlen hätte Schande über ihre Familie gebracht und wäre jetzt wie Munch.« Er klopfte sich mit dem Finger gegen die Schläfe. »Verrückt. Es heißt, sie wäre mit dem Maler verlobt. Manche behaupten sogar, sie bekäme sein Kind. Stimmt das, Johanne?«

»Was ist denn aus *Sind doch nur Worte* geworden?«

»Johanne, weißt du, dass man auch über dich redet? Du bist gesehen worden, in seinem Garten, wie du mit ihr Beeren gepflückt hast.«

»Und?«

»Du wirst da in etwas hineingezogen, das du nicht verstehst.« Er ließ das Netz in den Sand fallen und fing an, es zu entwirren.

»Ach, aber *du* verstehst es, wie?«, gab ich zurück.

»Du hast dich verändert«, sagte er. »Weil du zu viel Zeit mit Miss Ihlen verbracht hast. Diese Veränderung gefällt mir nicht.«

Da ließ ich ihn stehen.

Bei Mutter war es genauso. Jedes Mal, wenn ich nach Hause kam, kannte sie nur ein Thema. Sobald ich über ihre Schwelle trat, überschwemmte sie mich mit endlosen Fragen. Außer sich vor Angst um meinen und ihren Ruf, befürchtete sie, meine Verbindung zu Tullik würde uns für immer beflecken. Das Bild versteckte ich am Zaun hinter Munchs Atelier und wappnete mich gegen ihre Attacke.

»Da bist du ja, Johanne«, setzte sie an. »Wo warst du denn?«

»Unterwegs.«

»Mit ihr? Warst du heute Nachmittag auch mit ihr zusammen?«

»Nein, Mutter. Ich war allein.«

»Du musst doch davon gewusst haben«, fuhr sie fort. »Wusstest du nicht, dass Miss Ihlen sich mit diesen Leuten herumtreibt? Hast du das nicht gesehen? Hat sie es dir nicht erzählt? Alle Welt hat euch beide ständig zusammen gesehen. Und Frau Jörgensen hat dich in diesem Garten gesehen.«

»Ich hab dir doch schon gesagt, dass ich nur Anweisungen befolgt habe«, entgegnete ich, tauchte meine Hände tief in die Waschschüssel neben ihr und schrubbte sie heftig. »Ich muss tun, was Tullik mir befiehlt – sie ist meine Arbeitgeberin. Ich dachte, es würde dir gefallen, wenn ich so viel Zeit mit einer Dame aus Kristiania verbringe.«

»Nicht mit einer, die ihren guten Ruf verspielt«, gab sie zurück. »Wir müssen dir eine neue Stellung verschaffen. Ich rechne täglich mit einer Nachricht von Frau Jörgensen. Ich meine, was soll denn jetzt aus Miss Ihlen werden? Du machst einfach deine Arbeit, still und leise, und sprichst kein Wort mehr mit ihr. Deine Anweisungen nimmst du nur noch von Frau Ihlen und dem Admiral entgegen. Von niemandem sonst. Hast du gehört?«

Später lag ich aufgewühlt in meinem Bett und beobachtete, wie in mir Vernunft und Gefühl miteinander rangen. Ich steckte bereits derart tief im Sumpf, den meine Mutter so fürchtete. Mein eigener Ruf würde wahrscheinlich mit Tulliks untergehen. Thomas befürchtete das auch, befürchtete, eine Frau zu bekommen, die sich mit Verrückten eingelassen und gewissenlos dem Trunk und der Unmoral hingegeben hatte. Nur weil sie malen wollte. Jedes Mal, wenn ich die Augen schloss, hackten Mutter und Thomas gemeinsam auf mir herum.

Andererseits war da die Liebe. Die unwiderstehliche Anziehung, die von seiner Malerei ausging. Die Erhebung der Seele, wenn zwei Liebende sich küssten. Die Stimme, die lauter sprach als alle anderen, die uns beherrschte und entweder Frieden oder Wahnsinn bescherte. Das musste etwas bedeuten. Es musste einen Grund geben, ein Ziel für die Liebe, der Tullik sich mit Haut und Haaren verschrieben hatte. Und ich sollte mich dem in den Weg stellen?

Am nächsten Morgen brachte ich Tullik das Bild. Ich musste die Rolle knicken, um sie unter meinem Schultertuch zu verstecken, und als ich bei den Ihlens ankam, schob ich sie in meine Schürze. Ich befürchtete schon, das Bild ruiniert zu haben, aber als ich es in Tulliks Zimmer ausbreitete, um es wieder zu bewundern, leuchtete es farbenprächtig in der Morgensonne. Die Spannung, die Sehnsucht, die Anziehung zwischen zwei Seelen, die nichts trennen konnte: All das hatte er so einfach, so mühelos dargestellt.

»Sieh mal, Tullik«, sagte ich. »Das hat er für dich gemalt. Das sind du und er, zusammen.«

Ich wollte, dass sie es sich ansah, damit sie wieder gesund wurde. Ich wollte, dass sie vom Bett aufsprang, das sie seit Tagen nicht verlassen hatte, und diesem Gefängnis entfloh. Wenn sie nur ihre feurige Abenteuerlust wiederfände, die Leidenschaft, die sie erst zu Munch geführt hatte, dann würde ihr Kummer versiegen. Davon war ich überzeugt.

Doch sie ließ ihre Augen nur lustlos über das Bild wandern. »Wann kommt er denn? Ist er immer noch bei ihr?

Hängt er irgendwo in der Schwebe? In der Luft oder im Wasser? Wo ist er, Johanne? Wo?«

»Er ist bei sich zu Hause, Tullik. Und hat das für dich gemalt. Er sagte, du wärst sein Licht.«

Ich war nur froh, dass er sie jetzt nicht sehen konnte. Sie war nur noch eine leere Hülle, ein Schatten ihres einstigen Selbst. Alles Licht in ihr war verblasst, und zurück blieb nur noch Dunkelheit.

»Erdbeermädchen«, flüsterte sie, »bring mir Erdbeeren, in einer Schüssel, frisch gepflückt, süß und saftig.«

»Aber ja, Tullik«, sagte ich, rollte die Skizze auf und versteckte sie im Schrank. »Ich werde Erdbeeren für dich pflücken.«

Sie kauerte sich auf ihrem Bett zusammen und hielt sich die Ohren zu, als täte ihr der Klang meiner Worte weh. Ihr Gesicht war kränklich grün.

»Tullik? Ist alles in Ordnung?«

»Später, später«, sagte sie. »Später reden.«

Die nächsten Wochen änderte sich nichts an ihrem Zustand. Sie bat jeden Tag um Erdbeeren, und ich suchte welche für sie, obwohl die Erdbeerzeit sich dem Ende näherte und es nicht mehr viele gab.

Wenn sie dann meine Erdbeeren gegessen hatte, kam immer für kurze Zeit die alte Tullik zum Vorschein.

»Woher weißt du eigentlich, wo du noch welche findest?«, fragte sie eines Tages. »Mittlerweile müsstest du doch alle Erdbeeren in Borre und Åsgårdstrand gepflückt haben.«

»Die Natur ist großzügig«, erwiderte ich.

»Und grausam. Ist es nicht grausam von der Natur, uns so heftig lieben zu lassen? Oder uns an Seelen zu binden, die keine Verbindung eingehen können?«

Sie erwähnte Munch zwar nicht direkt, starrte aber mit glasigen, kummervollen Augen zum Schrank. Daraufhin nahm ich ihr die leere Schüssel ab und ging in die Küche zurück. Als ich am Salon vorbeikam, hörte ich zufällig, wie der Admiral und Frau Ihlen miteinander redeten.

»Aber Gaustad?«, fragte Julie mit brüchiger Stimme.

»Wenn es nicht besser wird, bleibt uns nichts anderes übrig«, sagte der Admiral. »Wenn es ihr noch schlechter geht, können wir ihr einfach nicht mehr helfen. Und du, meine Liebe – deine Nerven. Wir können das einfach nicht noch einmal durchstehen. Ich dachte, diese Affäre mit Milly und diesem Künstler wäre unser aller Ende.«

»Aber Tullik ist nicht Milly«, wandte Julie ein.

»Nein«, sagte der Admiral. »Sie hat längst nicht ihre Stärke.«

Am Sonntag lief ich, angezogen vom Malen und dem friedlichen Atelier, wieder zu Munch. Die Tür zum Atelier war verschlossen und Munch in seiner Hütte. Also setzte ich mich auf die Stufen und schlang die Hände um die Knie, um zu warten, bis er herauskam. Als sich die Tür schließlich öffnete, erschien statt seiner jedoch eine Frau auf der Schwelle.

»Nanu«, sagte sie. »Munch, du hast Besuch.«

Ich rechnete schon damit, fortgescheucht zu werden. Stattdessen setzte sie sich zu mir. »Hallo«, sagte sie, »wer ist denn dieser kleine Engel? Möchtest du eine Tasse Kaffee?« Ihre Stimme war rau und doch angenehm. Sie hatte ein freundliches, offenes Gesicht, und ihre Augen waren hübsch und sanft.

Ein kleiner, dunkelhaariger Mann mit einer Kappe trat hinter ihr aus der Hütte. »Wer ist der Engel?«, fragte er. »Munch, Oda hat einen Engel vor deinem Haus gefunden.«

»Was? Einen gefallenen Engel?«, fragte Munch, der den beiden gefolgt war. »Ach, Johanne, du bist es. Möchtest du nicht meine Freunde Oda und Jappe begrüßen? Bist du zum Malen gekommen?«

»Und um mit Ihnen zu sprechen.«

»Noch eine Frau, die malt«, bemerkte Oda, griff nach meinem Arm und half mir auf. »Gott sei Dank! Es gibt viel zu wenige von uns.«

Instinktiv wusste ich, dass dies Oda Krohg war, die Ehefrau des berühmten Malers Christian Krohg. Aber wer Jappe war, wusste ich nicht.

»Willst du dich nicht zu uns gesellen, Johanne?«, fragte Munch.

»Nein, ich möchte lieber ins Atelier gehen«, sagte ich. Mein Blick huschte über die angrenzenden Gärten und Häuser.

»Ich verstehe«, nickte er. »Jappe, hol schon mal den Wein, ich bin in einer Minute bei euch.«

Jappe und Oda gingen zum Gartentisch, während ich Munch ins Atelier folgte.

»Du wirkst mitgenommen«, sagte er und schloss die Tür. »Was ist denn?«

Ich konnte ihm nicht in die Augen sehen.

»Es geht um Tullik, nicht wahr? Was ist passiert?«

»Sie verlässt ihr Zimmer nicht mehr und isst kaum was – nur Erdbeeren. Sie liest auch nicht mehr. Allein darf sie das Haus nicht verlassen, aber mit mir will sie auch nicht gehen. Sie welkt dahin«, sagte ich. »Ihr Feuer ist erloschen. Manchmal verstehe ich nicht mal mehr, was sie sagt. Frau Ihlen und der Admiral reden davon, sie nach Gaustad zu schicken.«

Darauf sagte Munch nichts. Dann zog er mich zu seiner Staffelei, wo noch immer sein Bild stand. »Du musst ihr das bringen«, bat er. »Sie wird es erkennen. Sie wird es verstehen.«

Als ich einen Blick darauf warf, erschauerte ich. Die abstrakte Figur, die weder Mann noch Frau war, wirkte nun fast wie ein Skelett und ihr Kopf wie ein Schädel mit leeren Augenhöhlen. Sie drückte ihre Hände an die Ohren, und ihr Mund war so weit aufgerissen, als schrie sie. Ich fühlte mich, als hätte ich einen harten Schlag in den Magen bekommen. Ich wollte wegrennen. Denn voller Entsetzen erkannte ich Tullik in dem Bild. Der Himmel in leuchtendem Rot und Orange war wie ihr welliges Haar, die Angst auf dem Gesicht der Figur beherrschte auch Tulliks Gesicht: Die grünen Linien um Mund und Nase hatte ich auch in ihrem Gesicht gesehen; es war geradezu unheimlich, dass Tullik sich genauso die Hände auf die Ohren gepresst hatte wie die Figur auf dem Bild. Selbst der wilde Strudel flößte mir ein Gefühl von drohendem und unausweichlichem Unheil ein, wie der Sturm, gegen den Julie Ihlen sich ständig zu wappnen schien.

»Das ist sie«, sagte ich, wich vor dem Bild zurück und drehte mich zu ihm um. »Es zeigt sie, so wie sie jetzt ist.« Das Heulen, das vom Bild zu mir drang, wurde lauter. »Es schreit«, sagte ich. »Wie sie.«

»Das ist die Natur«, erwiderte er. »Hast du je den blutroten Schrei der Natur gehört? Laut und überwältigend? Das ist es, was an unseren Seelen zerrt. Der Verlust, der der Trennung folgt. Doch wir sind nicht getrennt, wir sind verbunden. Alles in der Natur ist verbunden. Du musst ihr das hier geben und ihr sagen, dass ich es verstehe. Sag ihr, das ist der *Schrei.*«

Er wollte das Bild von der Staffelei nehmen, aber ich hielt ihn auf. »Das kann ich heute nicht mitnehmen«, erklärte ich.

»Es ist Sonntag, da schlafe ich zu Hause. Ich muss es morgen abholen.«

»Dann lass ich die Tür unverschlossen«, sagte er. »Aber jetzt kannst du malen, wenn du willst.« Er hob eine andere Leinwand vom Boden auf und nahm sie mit seinen Zeitungsstapeln und Farben mit nach draußen.

Der Schrei starrte mich aus seinen weit aufgerissenen Augen an. Sein gequältes Heulen setzte mir zu, doch war ich gleichzeitig davon angezogen und spürte, dass sich tief in meinem Innern etwas damit verband. Ich hielt mir die Ohren zu, um das Heulen auszusperren, und neigte mich langsam näher zu dem Bild, um es eingehender zu betrachten.

Er benutzte Eitempera, damit es schneller trocknete. Ich hatte Tuben davon im Atelier herumliegen sehen. Manche Stellen des Bildes waren zusätzlich mit Kreide und Buntstift hervorgehoben: blau und grün auf dem Meer, orange und rot am Himmel, weiß und gelb im skelettartigen Gesicht der schreienden Figur. Andere Stellen hingegen zeigten noch keinerlei Farbe – waren unfertig, wie er sagen würde –, als wollte er zeigen, woraus das Bild entstanden war. Es zeigte etwas von seiner eigenen Schöpfung. Wie die Natur hatte es eine Kraft in sich, schlicht und unleugbar. Wenn man es ansah, erkannte man das Grauen, von sich selbst getrennt zu sein, von den Dingen, die uns zu dem machen, was wir sind. Man erkannte die Isolation der Seelen und die Angst vor einer Welt ohne Liebe und Sinn. Es war chaotisch und erschreckend und doch zutiefst verbindend. Etwas darin verband uns alle miteinander. Vielleicht konnte es Tullik heilen? Vielleicht würde es sie trösten, dass auch Munch dort am Abgrund des Wahnsinns gestanden hatte.

Ich durchlitt eine weitere schlaflose Nacht. Andreas beugte sich ständig über den Rand des oberen Betts und löcherte mich mit Fragen, die ich nicht beantworten wollte. »Also ist es wahr, was man sich über Miss Ihlen erzählt? Ist sie wirklich mit diesem verrückten Munch verlobt? Ist sie auch verrückt? Spricht sie mit dir über ihn? Was wird jetzt aus ihr?«

»Ich weiß es nicht«, sagte ich immer wieder und wünschte, es wäre wahr. »Ich weiß gar nichts, also schlaf jetzt.«

Ich kniff die Augen zu, sah aber nur das entsetzliche Gesicht von der Figur auf Munchs *Schrei* vor mir: die leeren Augen und den aufgerissenen Mund. Weder konnte ich das Bild loswerden noch die Last, die drückend auf meiner Brust lag.

Kaum spürte ich die ersten Sonnenstrahlen auf meinem Gesicht, stand ich auf und zog mich leise an. Ich stieß mir den Zeh an dem unebenen Dielenboden, der immer noch knarzte und kippelte, obwohl Andreas und ich einen dicken Flickenteppich darübergelegt hatten.

Als ich ins Wohnzimmer kam, war Mutter schon wach, aber noch im Bett. »Du bist früh auf«, bemerkte sie.

»Heute ist viel zu tun«, sagte ich. »Jetzt, da die Saison zu Ende geht, muss gründlicher geputzt werden.«

»Die Heyerdahls reisen nächste Woche ab«, sagte sie, »doch der Kirschbaum am Central Hotel trägt noch Früchte. Bring ihnen auf jeden Fall eine Schüssel. Er hat immer noch Zeit, ein Bild fertigzustellen, weißt du.«

»Ja, Mutter.«

Ich schlüpfte aus dem Haus und ging absichtlich in die falsche Richtung, um sie zu täuschen. Kaum war ich an den Fischerhütten vorbei, nahm ich eine Abkürzung durch eine Gasse zwischen den Häusern und kam nach Nygardsgaten, wo ich Munchs Haus ansteuerte.

Ich zögerte an der Gartenpforte, denn das Bild kam mir wieder in den Sinn. Als ich den blutroten Himmel und den klaffenden Mund vor mir sah, erkannte ich, dass ich die ganze Nacht daran gedacht hatte. Es verfolgte mich jetzt schon.

Sobald ich mich dem Atelier näherte, setzten die Schreie ein, so laut, dass mein ganzer Körper davon vibrierte. Plötzlich dachte ich an meinen Vater und seine Sehnsucht nach Stille. Er hätte dieses Bild nicht betrachten können: Zu unruhig, zu laut war es. Beim Gedanken an Vater nahm alles um mich herum plötzlich an Schärfe zu: die Tautropfen, die auf dem Gras blinkten, die Größe und Form der im Garten verstreuten Bilder, die tiefroten Wände des Ateliers und die verblichen weiße Tür mit der abblätternden Farbe.

Ich umfasste den Griff, riss die Tür auf und tastete mich an der Wand entlang hinein. Das Bild stand noch auf der Staffelei, wo Munch es gelassen hatte. Ich näherte mich ihm so vorsichtig wie Bauern einem Wildpferd: keine ruckartigen Bewegungen, keine Anzeichen von Furcht, kein direkter Augenkontakt. Ich starrte ins Leere, bis mir die Sicht verschwamm, dann konzentrierte ich mich auf den unteren Rand des Bildes, auf den geschwungenen schwarzen Körper der Gestalt, damit ich ihr nicht ins Gesicht blicken musste. Doch sie zwang mich, genauer hinzusehen, lenkte meine Augen nach oben und sog mich in ein in ihre Beklemmung. Ich begegnete dem unmenschlichen Blick. Tiefe Angst lag darin, nackt und roh, vor der ich am liebsten weggelaufen wäre, doch ich wusste, es gab kein Entkommen, denn ein Teil davon war ein Teil von mir. Als ich die Gestalt erneut betrachtete, ihre langen, schmalen Hände, fragte ich mich, ob sie sich nicht die Ohren zuhielt. Vielleicht gab nicht sie diesen Schrei von sich, sondern die Landschaft um sie herum? Hatte

Munch das gemeint, als er sagte: *Das ist die Natur?* Ich versank in den welligen Linien des Fjords, der Küste, des Himmels: rot, blau, grün, gelb. Die Primärfarben, die sich miteinander verwoben, um den Urschrei zu bilden.

Ich hob das Bild von der Staffelei und klemmte es mir unter den Arm, um die Schreie zu ersticken. Es war kein großes Bild, höchstens dreißig mal sechzig Zentimeter, und weil es auf Karton gemalt war, wesentlich leichter und einfacher zu transportieren als Leinwand. Dennoch war es mir wegen der veränderten Umstände noch nie so schwergefallen, ein Bild zu schmuggeln. Tullik hatte Stubenarrest. Caroline hatte Ragna damit betraut, mich im Auge zu behalten. Und Ragna war neugierig wie immer, blieb länger als nötig in den Zimmern und nutzte das Küchenfenster als Aussichtspunkt, um draußen alles zu beobachten. Es war unmöglich, an ihr vorbeizukommen. Ich musste das Bild bis zum Einbruch der Dunkelheit verstecken, durfte es erst ins Haus bringen, wenn Ragna zu Bett gegangen war. Damit erwischt zu werden war undenkbar. Die Auswirkungen wären katastrophal.

Munch war noch nicht wach. Ich schloss die Ateliertür hinter mir und lief im Laufschritt durch Nygardsgaten auf den Fjugstad-Wald zu. Obwohl ich nur Munchs Anweisungen befolgte, fühlte ich mich wie eine Diebin. All die anderen Bilder waren uns überreicht worden, doch dieses hatte ich direkt aus dem Atelier mitgenommen. Aber es lag nicht nur daran, sondern auch an der Tiefe und Intensität des Gefühls bei diesem Bild. Es kam mir vor, als würde ich ein Gefühl stehlen oder gar Munchs Seele.

Da ich es nicht sofort ins Haus bringen konnte, verließ ich den Waldweg und lief mitten durch die Bäume und Büsche. Dabei fegte ich mit der freien Hand Zweige und Blätter beiseite und presste das Bild an meinen Körper. Schließlich fand ich die Felsen, wo Thomas und ich uns am Abend des Tanzes geküsst hatten. Ich kniete mich ins Moos und schaffte es, das Bild in einen Spalt dazwischen zu schieben.

»Du musst hierbleiben, bis es dunkel ist«, erklärte ich ihm. »Dann hole ich dich.«

Doch das Bild schien nur noch lauter zu schreien, als ich mich entfernte. Es war, als ließe man ein Kind allein zurück.

Mitten in der Nacht kehrte ich zum *Schrei* zurück. Der Vollmond hoch am Himmel half mir und warf sein Licht auf den Weg zwischen den raschelnden Bäumen. Ich schlich mich quälend langsam aus dem Haus, barfuß und nur im Nachthemd. Zuerst stahl ich mich ins Speisezimmer und nahm ein Tischtuch aus der Kommode, dann wartete ich an der Hintertür. Erst als die Uhr in der Eingangshalle zwei schlug, drückte ich leise die Klinke herunter, in der Hoffnung, dass der Klang der Uhr alle Geräusche, die ich verursachte, übertönen würde. Kaum hatte ich die Straße überquert, rannte ich los. Ich musste mich beeilen und mit dem Bild wieder im Haus sein, bevor jemand aufwachte.

Im Wald war es kalt. Die samtweichen Sommernächte gehörten der Vergangenheit an. Noch waren der Luft nicht die Zähne gewachsen, mit denen sie uns im Winter beißen würde, doch eine gewisse Schärfe darin kündete vom nahenden Herbst. Im Mondlicht schien alles fahl und schemenhaft. Die farblosen Blätter verschmolzen ineinander. Felsen ragten wie Grabsteine aus den Schatten hervor, grauweiße Blöcke vor dem dunkleren Unterholz. Dann sah ich es: Das flammende Rot und Orange – Tulliks Feuer – flackerte am wilden Himmel des *Schreis*.

»Du hast gewartet«, sagte ich zu dem Bild, um meine Nerven zu beruhigen. »Das ist gut. Ich hab dich. So, jetzt.« Ich zog es zwischen den Felsen hervor und schlug es in das Tischtuch ein. »Ich muss dich darin einwickeln, damit du nicht gesehen wirst.« Ein Grollen durchfuhr meine Brust, und mein Atem wurde flach und schneller. Der *Schrei* war zornig. Er wollte nicht versteckt werden. »Tullik wird dich sehen«, sagte ich. »Morgen früh wird Tullik dich sehen.« Ich drückte das Bild an mich, während ich das Tuch darumwickelte, dann steckte ich es unter den Arm und rannte zurück zum Haus.

Erleichtert sah ich, dass alles noch so war wie zuvor. Niemand hatte sich gerührt, und in keinem der Zimmer schien Licht. In der Küche begrüßte mich Henriette mit einem lauten Miauen, dann umkreiste sie mich misstrauisch, als spürte sie die Schallwellen, die von dem Bild ausgingen. Der Ton durchströmte vibrierend meinen Körper. Es war dumm von mir gewesen anzunehmen, ich könnte einen Schrei unbemerkt in ein Haus schmuggeln.

Ich hatte gelernt, in Solbakken schnell und leise von einem Punkt zum anderen zu gelangen. Mein erster Zielpunkt war der Pfosten unten an der Treppe. Ich warf einen Blick zur Uhr. Fast Viertel vor drei. Das Pendel schwang, als wollte es den Takt meiner Bewegungen vorgeben. Ich hielt den Atem an und sauste die Treppe hinauf. Der nächste Punkt war das Fenster an der Biegung der Treppe. Dort drehte ich mich um und vergewisserte mich, dass niemand hinter mir war. Der letzte Punkt war mein Zimmer. Gerade wollte ich mich vorwärtsstürzen, da hörte ich das verräterische Quietschen einer Tür.

Jetzt hallte mir, zusätzlich zum Heulen des Bildes, das Klopfen meines Herzens in den Ohren, daher konnte ich nicht bestimmen, woher das Geräusch kam. Ich wusste nicht, ob es über oder unter mir war, vor oder hinter mir. Ich lehnte den *Schrei* an die Wand und trat ein paar Schritte davon weg. Dann erkannte ich, dass es zwei Geräusche gab. Einerseits Schritte in der Halle unter mir, andererseits eine quietschende Schlafzimmertür. Unter mir konnte nur Ragna sein. Ich spähte übers Geländer und sah ihren Schopf, der sich der Treppe näherte. Ich schnappte mir den *Schrei* und rannte in mein Zimmer, ohne zu wissen, wessen Tür sich geöffnet oder wer mich gesehen hatte.

Ich warf das Bild unter Millys Bett und sprang unter die Decken. Da meine Füße noch schmutzig vom Wald waren, versuchte ich, nicht das Laken zu berühren, und hielt meine Beine unbequem in der Luft. Um meinen Atem zu beruhigen, saugte ich mit fast geschlossenen Lippen Luft ein, hörte aber Ragnas Schritte auf der Treppe. Sie kam näher. Ich sah vom Bett aus, wie sich die Türklinke bewegte. Ich klammerte mich an mein Laken. Als ich über die Bettkante hinweg zum Boden spähte, entdeckte ich, dass man eine Ecke vom Tischtuch sah: *Der Schrei* linste unter dem Bett hervor. Die Tür ging auf. Ich verschob die Bettdecke mit meinen Knien und hoffte, sie würde zu Boden gleiten, bevor Ragna etwas sah.

Bevor sie hereinkam, ertönte ein lautes Flüstern.

»Ich habe etwas gehört«, sagte Ragna.

»Das war ich«, hörte ich Tullik sagen. »Du kannst jetzt wieder hinuntergehen.«

»Soll ich Sie nicht noch ins Bett bringen, Miss Tullik?«, fragte sie. Ich sah sie vor mir, wie sie mit ihren schwarzen Augen Tulliks Körper musterte. An ihrem Ton erkannte ich, dass sie Bescheid wusste. Sie wusste, dass *ich* auf der Treppe gewesen war.

»Nein«, sagte Tullik. »Geh.«

Tullik wartete, bis Ragnas Schritte verklungen waren, bevor sie mein Zimmer betrat. »Johanne?«, fragte sie. »Bist du wach?«

»Tullik!« Ich schwang meine schmutzigen Füße vom Bett und setzte mich auf. »Gott sei Dank warst du das! Geht es dir gut?«

In dem mondbeschienenen Zimmer wirkten ihre Augen klarer und heller. »Ich hörte ein Stöhnen oder Heulen«, sagte sie. »Hast du geweint?«

»Nein.«

»Johanne, du bist ja eiskalt«, sagte sie, als sie sich neben mich setzte und dabei meinen Arm berührte. »Wo bist du denn gewesen?«

»Im Wald. Ich habe ein Bild für dich.«

»Ist er hier? Ist er gekommen?«

»So könnte man es sagen. Er meinte, du würdest es erkennen und verstehen.«

»Zeig's mir«, flüsterte sie. »Wo ist es?«

Ich kniete mich vors Bett und zog den *Schrei* hervor. Dann stellte ich mich vor sie, streifte das Tuch vom Bild und hielt es, mit der schreienden Gestalt zu mir gewandt, in die Höhe. Langsam drehte ich es um.

Tullik klappte der Mund auf, als sie es sah, und ihre Hände flogen zu ihren Ohren. Sie war das Spiegelbild des *Schreis.*

»Sieh dir die groben Striche an.« Sie fuhr mit den Fingern über die verkrustete Farbe am düsterblauen Fjord. »Der Himmel steht in Flammen. Wir haben Angst ... vor allem um uns herum, vor dieser Welt. Denn wenn wir getrennt sind, bleibt nur noch der Schmerz. Unsere Seelen schreien. Es ist ein endloser, ohrenbetäubender Schrei.«

Sie ließ sich aufs Bett fallen. »Ich muss zu ihm«, erklärte sie mit hellerer, aber nüchterner Stimme.

»Tullik, bist du sicher?«

»Ja, ich sehe jetzt ganz klar. Ich muss zu ihm.«

»Aber deine Eltern werden …«

»Sie müssen es ja nicht wissen«, unterbrach sie mich.

»Sie werden es herausfinden. Es ist zu gefährlich. Ragna beobachtet jeden unserer Schritte.«

»Dann denke ich mir was aus.« Sie nahm das Bild und fuhr mit dem Finger um das O des aufklaffenden Mundes. Sie hörte es auch.

»Aber versteck es gut«, sagte ich, als sie ging.

Darauf erwiderte sie nichts.

Der Morgen riss mich aus Albträumen von blutroten Himmeln und Schwindel erregenden Strudeln, die winzige Boote in die dunkelblauen Tiefen des Fjords zogen.

Frau Berg klopfte an meine Tür. »Johanne, du bist spät dran«, schimpfte sie. »Was in aller Welt ist in dich gefahren? Auf, auf mit dir!« Ich spürte ihre klobigen Hände an meinen Schultern, als sie mich wachrüttelte. »Johanne! Komm schon! Das Frühstück!«

»Tut mir leid«, murmelte ich und setzte mich verwirrt auf. »Ich hatte so einen schrecklichen Traum.«

»Der wird gleich wahr werden, wenn du dich nicht beeilst. Los jetzt, Mädchen!«

Als sie zur Tür ging, rutschte sie auf dem Tischtuch aus, das noch auf dem Boden lag. »Was macht das denn hier?«

»Das muss gewaschen werden«, sagte ich. »Sie können es mitnehmen. Ich habe es gestern Abend versehentlich mit hochgenommen.«

Sie bückte sich, hob es auf und drückte es an ihre Brust. »Beeilung, Mädchen«, sagte sie, dann watschelte sie hinaus.

Als ich in die Küche kam, war Ragnas Zorn deutlich spürbar. Ihre knochigen Schultern zuckten vor Anspannung, und ihre Augen huschten begierig über mich. Sie wusste, dass sie mich in der Nacht zuvor fast geschnappt hätte, und kochte vor Wut, weil ich ihr entwischt war. Den ganzen Morgen ließ sie absichtlich jede Suppe und jede Sauce anbrennen, damit die Töpfe und Pfannen schwarz wurden und ich sie nachher mühsam sauber schrubben musste.

Am späten Vormittag, als ich mit dem Staubwischen und Putzen fertig war, ging ich mit den Töpfen hinaus, um sie in einer Stahlwanne am Hühnerkäfig zu säubern. Um die Wanne mit heißem Wasser zu füllen, musste ich mehrfach einen schweren Topf mit zwei Griffen vom Ofen herschleppen. Es war harte Arbeit, vor der Wanne zu knien und die Töpfe über den hohen Rand zu hieven. Ich schrubbte, bis mir der Rücken wehtat. Da ich zudem kaum geschlafen hatte, war ich den Tränen nahe. Doch allein einen Funken von Tulliks einstigem Feuer in ihren Augen zu sehen war das Ganze wert gewesen.

Ich holte gerade eine Kartoffelpfanne aus dem Wasser, als ein Schrei aus Tulliks Zimmer drang. Karmesin. Weiß. Das Fenster stand offen, und der nervenzerfetzende Schrei kam so unerwartet, dass ich die Pfanne fallen ließ. Dann veränderte der Schrei die Form und wurde zu meinem Namen.

»Johanne! Johanne!«

Zuerst erkannte ich die Stimme nicht, denn ich hatte sie noch nie so laut gehört. Es war Frau Ihlen. Sie schrie vor Hilflosigkeit.

Ich sprang von der Wanne auf und rannte mit tropfnassen Händen die Treppe hoch zu Tulliks Zimmer.

»Johanne!«, brüllte Frau Ihlen. »Oh, Johanne, da bist du ja. Gott sei Dank. Du musst uns helfen.«

Sie stand zwischen Ragna und Frau Berg, die den Blick gesenkt hatten, als wäre gerade jemand gestorben. Tullik saß mit über der Brust verschränkten Armen auf ihrem Bett.

Mein nächtlicher Gang in den Wald und all meine Bemühungen, den *Schrei* zu verstecken, waren unnütz gewesen.

Tullik hatte ihn für alle sichtbar an die Wand gehängt.

»Du musst dieses grässliche Ding hier wegschaffen«, befahl Frau Ihlen und zeigte auf das schockierende Bild. »Ich kann es nicht mal anfassen. Woher hast du dieses Machwerk, Tullik?«

»Edvard«, gab Tullik trotzig zurück.

»Johanne.« Frau Ihlen richtete ihre klaren Augen auf mich. »Du musst dieses schreckliche Ding wegschaffen und verbrennen.«

»Nein!«, kreischte Tullik.

»Nimm es«, sagte Julie und wies Frau Berg und Ragna an, Tullik festzuhalten.

Tullik versuchte, an das Bild zu gelangen, aber die beiden Frauen zerrten sie zum Bett zurück.

»Johanne! Nein!«, flehte sie. »Nimm es nicht mit! Nimm es mir nicht weg!«

»Achte gar nicht auf sie«, sagte Frau Ihlen. »Es ist nur zu ihrem Besten.«

Wie mir befohlen, kniete ich mich auf Tulliks Bett und streckte die Arme nach dem Bild aus.

»Nein, Johanne!«, schrie Tullik. »Du bist meine Freundin. Du verstehst das doch! Das ist er. Er ist in diesem Bild. Er und ich. Unser Schmerz. Unser vereinter Schmerz. Nimm es nicht mit!«

»Hör nicht auf sie«, wiederholte Julie. »Bring es weg.«

Ragna und Frau Berg hielten Tullik noch entschlossener fest. Jetzt konnte sie ihre Arme nicht mehr bewegen, also fing sie an, um sich zu treten. Ihr Fuß traf meinen Magen, als ich mich zur Wand beugte. »Johanne!«, brüllte sie. »Tu es nicht!«

Ich ließ die Arme sinken.

Julie berührte mich an der Schulter und beugte sich dann zu Tullik, um ihre Beine festzuhalten. »Bitte, Johanne«, sagte sie ruhig. »Es muss weg. Schnell.«

Ich streckte die Arme aus, senkte sie dann aber wieder. Ich konnte Tullik den *Schrei* nicht wegnehmen. Ich würde ihr einen Teil ihrer Seele stehlen.

»Um Himmels willen, Mädchen!«, brüllte Ragna über Tulliks Schreie hinweg. »Schaff das verdammte Ding fort!«

»Beeilung, Johanne«, sagte Julie. »Bring es hinaus.«

Ich löste mich aus meiner Erstarrung und hob, Tulliks Blick ausweichend, den *Schrei* von der Wand. Ich ertrug es nicht länger, Zeuge ihres Schmerzes zu werden. Ohne ein Wort floh ich aus dem Zimmer.

Frau Ihlen eilte mir nach. »Für so etwas Unmenschliches und Monströses ist kein Platz auf dieser Welt. Verbrenne es«, befahl sie gewichtig. »Und komm erst zurück, wenn es verbrannt ist.«

16

Natürlich

Man schließe das Auge, man öffne, man schärfe das Ohr, und vom leisesten Hauch bis zum wildesten Geräusch, vom einfachsten Klang bis zur höchsten Zusammenstimmung, von dem heftigsten leidenschaftlichen Schrei bis zum sanftesten Worte der Vernunft ist es nur die Natur, die spricht, ihr Dasein, ihre Kraft, ihr Leben und ihre Verhältnisse offenbart, so dass ein Blinder, dem das unendlich Sichtbare versagt ist, im Hörbaren ein unendlich Lebendiges fassen kann.

Johann Wolfgang von Goethe,
Zur Farbenlehre

Der *Schrei* und ich waren wieder allein im Wald. Diesmal verbarg kein Tuch das Bild, es war für alle sichtbar, so wie es sein wollte. Frau Ihlen hatte mir eine Flasche Terpentin und Streichhölzer mitgegeben, aber die brauchte ich nicht. Kaum befand ich mich im Schutz des Waldes, warf ich beides ins Gebüsch. Als ich den *Schrei* wieder ansah, begann ich zu weinen. Vergoss hellblaue Tränen. Warum ich weinte, wusste ich nicht.

»Ich werde dich nicht verbrennen«, sagte ich und blickte in das verhärmte Gesicht mit den aufgerissenen Augen. »Ich werde dich beschützen.«

Aber wie?

»Zurück zu Munch kann ich dich nicht bringen«, fuhr ich fort und wischte mir über die Augen. »Das würde er als Zurückweisung empfinden. Er will, dass du bei Tullik bist. Ich muss dich nur eine Weile in Sicherheit bringen, bis sie dich wiederhaben kann.«

Ich rannte zu den Felsen und schob das Bild in den Spalt, der es schon in der Nacht zuvor geschützt hatte. Ich musste einen sicheren Ort dafür finden, brauchte aber Hilfe. Wem konnte ich dieses Geheimnis anvertrauen?

Ich wandte mein Gesicht zum Himmel und schloss die Augen. Streckte die Hände aus, drehte die Handflächen nach oben und flehte, im Kreis gehend, schweigend den Wald um Hilfe an. Erst als ich über einen abgebrochenen Ast stolperte, erhielt ich eine Antwort. Daraufhin rannte ich aus dem Wald und ließ den *Schrei* allein zurück.

Ich lief durch Åsgårdstrand zu unserer Hütte. Rannte durch alle Zimmer, um mich zu vergewissern, dass niemand da war. Stürzte zur Pier, um meinen Bruder zu suchen. »Andreas!«

Meine Rufe weckten die Aufmerksamkeit der Fischer an der Mole. »Du hast es aber eilig, Johanne«, rief einer von ihnen. Es war Thomas' Vater. Er hatte Würmer in den Händen, die er auf Angelhaken spießte.

»Haben Sie Andreas gesehen, Herr Askeland?«, fragte ich.

»Heute Morgen war er auf der anderen Seite vom Bootshaus«, antwortete er und zeigte quer über die Pier. »Er und die Jungs haben geangelt.«

Ich lief wieder los und rannte zum Bootshaus am Ende des Strands. Als ich es umrundete, entdeckte ich Andreas. Er saß mit seinen Freunden Markus und Petter zusammen und ließ die Füße über den Steg baumeln.

»Andreas!«, keuchte ich außer Atem. »Du musst mitkommen und mir helfen.«

»Ich angle«, antwortete er und schwenkte seine Angel.

»Aber es ist wichtig.«

»Das hier ist auch wichtig«, sagte er, ohne sich zu rühren.

»Mach schon, komm schnell.«

Da reichte er Petter seine Angel. »Ich hoffe, du hast mehr Glück als ich«, sagte er, stieg über die Beine seines Freundes und zog sich die Mütze tiefer ins Gesicht.

»Wo ist Mutter?«, fragte ich.

»Woher soll ich das wissen? Ich war den ganzen Morgen hier.«

»Du musst zu Vaters Werkstatt. Bitte ihn um ein altes Segeltuch, das er nicht mehr braucht, oder einen Stoffrest.«

»Wofür denn?«

»Tu's einfach. Und bring auch Hammer und Nägel mit.«

»Wieso fragst du ihn nicht selbst?«

»Ich sollte doch eigentlich auf der Arbeit sein. Ich will nicht, dass Fragen aufkommen. Lass Hammer und Nagel in unserem Zimmer, dann triff mich mit dem Segeltuch im Wald. Aber erzähl es keiner Menschenseele. Wir müssen uns beeilen, solange Mutter aus dem Haus ist.«

Ich bedachte ihn mit einem letzten strengen Blick, dann drehte ich mich um und rannte in den Wald zurück.

Als Andreas zu mir stieß, hatte ich den *Schrei* zwischen den Felsen hervorgeholt und ein Versteck für ihn hinter den Birken bei Nielsens Bauernhof gefunden. Ich kauerte hinter den Bäumen und spähte immer wieder zum Weg hinüber. Kaum tauchte Andreas auf, stürzte ich aus meinem Versteck.

Ich erschreckte ihn sehr. »Was soll das denn?«, rief er, sprang zurück und ließ das Segeltuch fallen.

»Tut mir leid«, flüsterte ich. »Niemand darf uns sehen, wir müssen schnell machen.«

»Liebe Güte, Johanne!«, sagte er und wurde blass. »Hast du jemanden umgebracht?«

»Sei doch nicht dumm!«, erwiderte ich. »Höchstens bringe ich *dich* um, wenn du ein Wort hierüber verlierst.«

»Schon gut, schon gut. Also, was machen wir?«

»Komm mit.«

Ich führte ihn vom Weg hinunter durch das Unterholz.

»Leg das Segel hin«, befahl ich dann und half ihm, es auszubreiten.

»Es ist kein richtiges Segel«, erklärte Andreas, »nur ein Stoffrest. Ich habe ihm erzählt, ich wollte ein Floß bauen.«

»Sehr gut«, lobte ich. »Aber jetzt müssen wir dieses Bild damit einwickeln.«

Ich holte den *Schrei* hinter den Bäumen hervor und legte ihn aufs Segel.

»Allmächtiger!«, stieß Andreas hervor und schlug sich die Hand vor den Mund. »Das ist der Verrückte, oder?«

»Es ist ein Bild von Munch, ja«, sagte ich und tat so, als wäre die schreiende, skelettartige Gestalt und die dräuende Landschaft völlig normal. »Aber ich muss es verstecken.«

»Wieso? Woher hast du es?«

»Stell keine Fragen, sondern hilf mir, es einzupacken.«

Wir schlugen den *Schrei* in das dicht gewebte Tuch ein und wickelten den Stoff sorgfältig um die Ecken.

»Jetzt bringen wir es zur Hütte«, sagte ich, umfasste es mit beiden Armen und stützte es auf der Hüfte ab. »Wenn jemand fragt, sagen wir, es sei ein Segel für Vater. Das würdest du uns doch abnehmen, oder?«

»Wahrscheinlich schon«, antwortete Andreas.

Während ich das Bild zu unserer Hütte trug, ging er neben mir und schirmte so viel von dem Bündel ab wie möglich.

»Gut, sie ist immer noch unterwegs«, bemerkte ich, als wir die Hütte erreicht hatten. »Gehen wir in unser Zimmer.«

Wir legten das Bild auf die untere Koje.

»Und jetzt?«, fragte Andreas. »Richtig versteckt ist es dort wohl nicht, oder?«

»Wir werden diesen Fußboden reparieren«, sagte ich. »Hast du Hammer und Nägel besorgt?«

Andreas griff zur oberen Koje, holte das Werkzeug herunter und legte es auf den Boden.

»Sehr gut«, sagte ich, hob den Teppich hoch und warf ihn beiseite. »Hilf mir, die losen Dielen anzuheben.«

Das war schwere, schmutzige Arbeit. Die Dielenbretter waren alt und dick, und wir mussten sie einzeln anheben und auf einem schmalen Rechteck neben unseren Betten stapeln. Darunter befand sich eine flache, staubige Grube, die von Ratten und Ungeziefer verdreckt war.

»Das wären jetzt fünf«, sagte Andreas, als wir zur gegenüber liegenden Wand kamen. »Nur noch eins. Haben wir jetzt genug Platz?«

Ich fuhr mit der Hand zwischen die Stützbalken. »Vielleicht, wenn wir es so hinlegen«, sagte ich und zeigte die entsprechende Position.

Wir hoben das Bild vom Bett und senkten es langsam ab. Das Tuch staute sich und verrutschte, als wir es unter den Querbalken schoben. Ich bückte mich und zog es gerade, während Andreas vorsichtig die Ecken vom *Schrei* in die Nischen manövrierte.

»Da! Fertig!«, sagte er. Dann sah er mich verwirrt an. »Was ist denn?«

Ich weinte schon wieder. Blaue Rinnsale strömten mir übers Gesicht. »Ich weiß nicht. Es ist nur so traurig. Es will nicht so versteckt werden. Das weiß ich. Es ist, als würde man jemanden beerdigen, der noch nicht tot ist.«

»Johanne, das ist nur ein *Bild*«, sagte Andreas. »Ein dummes, verrücktes Bild. Jetzt komm, wir müssen die Bretter wieder zurücklegen.«

Wir trugen ein Dielenbrett nach dem anderen wieder an seinen Platz zurück und nagelten es diesmal fest, damit es an Ort und Stelle blieb.

Gerade wollten wir das letzte anheben, da kehrte Mutter zurück. Sie kam in die Hütte geeilt und schrie erschrocken auf, als sie sah, dass jemand da war. »Was geht hier vor?«, fragte sie und starrte uns an, wie wir am Boden knieten.

»Wir reparieren den Dielenboden«, gab ich zurück. »Die Bretter sind lose. Wir stolpern ständig darüber.«

»Warum bist du nicht bei den Ihlens?«, fragte sie.

»Ich muss für Frau Ihlen etwas besorgen.«

»Dann tust du das jetzt besser«, befahl sie, »anstatt die kostbare Zeit deiner Herrschaften an einen Schlafzimmerboden zu verschwenden. Also wirklich, Johanne!«

»Es ist meine Schuld, ich habe sie um Hilfe gebeten«, sprang Andreas mir bei. »Aber die letzte Diele schaffe ich allein. Du solltest jetzt zurück zur Arbeit.«

»Wenn du schon mal hier bist«, sagte Mutter mit so zusammengepressten Lippen, als wären sie zugenäht, »könntest du noch ein paar Beeren für die Heyerdahls pflücken. Habe ich dir nicht gesagt, dass sie diese Woche abreisen?«

»Ja, Mutter«, antwortete ich und ging an ihr vorbei. »Hämmer das Brett schön fest in den Balken, Andreas. Das wird uns nicht mehr stören.«

»Hast du mich gehört, Johanne? Kirschen für Herrn Heyerdahl!«

»Ich komme morgen noch mal. Dann mach ich's.«

Hätten die Ihlens nicht auf mich gewartet, hätte Mutter mich wegen meines Ungehorsams geschlagen. Stattdessen knurrte sie nur und versetzte mir, als ich ging, einen Stoß zwischen die Schulterblätter.

»Räum das Chaos hier auf, Andreas«, befahl sie dann. »Sieh dir nur den Dreck überall an.«

Ich überließ es Andreas, die Arbeit unter den Argusaugen meiner Mutter zu beenden. Mein Bruder und ich verbrachten nur selten Zeit miteinander, daher fand sie unsere Zusammenarbeit zweifellos verdächtig. Doch ich ging davon aus, dass sie bei den Dielen nur interessierte, dass sie sauber waren, und nicht, was darunter lag.

Am Samstag erlaubte mir Frau Ihlen, früh nach Hause zu gehen. Ich kehrte nach Åsgårdstrand zurück und hielt mein Versprechen: Ich pflückte Kirschen für die Heyerdahls. Am Abend sollte wieder eine Tanzveranstaltung im Grand Hotel stattfinden. Es war die letzte der Saison, doch ich würde nicht hingehen, nicht ohne Tullik.

Herr Heyerdahl sprach gerade darüber, als er mich in mein eigenes Haus bat. »Wie köstlich! Kirschen! Christine, sieh mal, was Johanne uns gebracht hat. Komm doch herein, Johanne«, sagte er. »Christine sucht gerade im Schrankkoffer nach einem Kleid. Heute Abend gibt es einen Tanz im Grand Hotel. Gehst du auch hin?«

»Nein, ich glaube nicht«, erwiderte ich und trat vorsichtig durch das Chaos, das die Heyerdahls angerichtet hatten. Überall waren Leinwände, Staffeleien, Paletten, Farbspritzer,

Putzlappen und Abdecklaken verteilt. Nach ihrer Abreise würde Mutter entzückt eine wahre Putzorgie veranstalten.

»Ach, aber es ist doch das letzte Mal in dieser Saison«, wandte Herr Heyerdahl ein.

Ich ignorierte seine Bemerkung und sagte: »Ich lege die Kirschen hier auf die Bank. Aber sie sind nur noch ein, zwei Tage gut.«

»Dann essen wir sie heute Abend, vor dem Tanz«, gab er zurück. »Bist du sicher, dass du nicht auch kommen willst?«

»Nicht ohne Tullik.« Das war mir so herausgerutscht. Jetzt konnte ich es nicht mehr zurücknehmen.

»Miss Ihlen? Ja, Edvard erwähnte, dass sie verschwunden ist. Geht es ihr denn gut?«

»Sie haben ihr verboten, ihn zu sehen«, sagte ich. Es war mir inzwischen egal, wer davon wusste und wohin meine Freimütigkeit führen konnte.

»Du musst ihr sagen, dass sie ihn vergessen soll.«

»Das ist unmöglich. Ohne ihn kann sie nicht Tullik sein.«

»Edvard ist kein Mann zum Lieben, Johanne. Nicht für eine Frau. Er liebt nur seine Kunst. Mit ihr ist er verheiratet.«

»Das weiß sie.«

»Er geht völlig darin auf. Sie verschlingt ihn, nimmt seine ganze Seele ein.«

»Ich glaube, das weiß sie auch«, sagte ich tieftraurig.

»Dann wird sie auch wissen, dass man ihn wahrhaft nur lieben kann, wenn man ihn loslässt. Weißt du, dass er eine Reise nach Deutschland plant? Er wird schon bald aufbrechen, zusammen mit uns anderen. Wir reisen ab, und ihr habt euren Frieden wieder und könnt euer Leben weiterleben.«

Ich fragte mich, ob es je wieder Frieden für Tullik geben

würde und wie sie ihr Leben weiterleben sollte, wo es doch jetzt schon zu Ende zu sein schien.

»Wann bricht er auf?«, fragte ich.

»Ich weiß nicht. Schon bald. Er hat von einem seiner Bewunderer eine Einladung bekommen und soll in Berlin ausstellen. Das ist eine Gelegenheit, über die er sich glücklich schätzen kann, schließlich schafft er es in Kristiania nicht mal, eine Skizze zu verkaufen.«

»Er will sie ja auch gar nicht verkaufen. Tullik meint, er würde sie als seine Kinder betrachten.«

Herr Heyerdahl brach in Gelächter aus und hielt sich seinen dicken Bauch. »Das sind sie wohl auch«, sagte er dann und blickte durchs Fenster zu seinen eigenen Kindern, die draußen spielten. »Armer Edvard.«

»Ich muss wieder los«, sagte ich, irgendwie gekränkt. »Mutter braucht meine Hilfe.«

»Ihr seid bestimmt alle froh, nächste Woche wieder in euer Haus zurückzukönnen.«

Ich maskierte mit einem Lächeln, dass ich anderer Meinung war, und war erleichtert, dass die Kirschen ihm nicht zu der Inspiration verholfen hatten, auf die meine Mutter so verzweifelt gehofft hatte. Es würde keine weiteren Bilder von mir geben, keine Porträts, die mich in der Zeit einfroren.

Am Abend, nach dem Essen, als das Geschirr abgewaschen und die Reste weggeräumt waren, spürte ich die Hand meines Vaters auf meiner Schulter. »Ich habe gehört, heute Abend gibt's einen Tanz, Johanne«, flüsterte er. »Das letzte Mal in dieser Saison. Geh doch hin, und amüsier dich ein bisschen.«

Ich fühlte mich ausgelaugt und nicht in der Stimmung zu tanzen. »Ich muss nicht tanzen, Vater.«

»Wer in aller Welt *muss* denn tanzen?«, gab er zurück.

»Man geht tanzen, weil man das *will. Willst* du nicht hier rauskommen?« Er zwinkerte mir zu und wies mit dem Kopf auf Mutter, die in einem Stuhl am Kamin döste.

»Ein bisschen frische Luft könnte ich schon brauchen«, sagte ich.

»Dann ab mit dir, Liebes.« Er trat einen Schritt zurück und wies zur Tür, als wüsste ich nicht, wo sie sich befände.

Ich zog meine Schürze aus und legte sie über den Stuhl. »Danke, Vater«, sagte ich und küsste ihn zum Abschied auf die Wange.

Auf der gegenüberliegenden Straßenseite saß Thomas auf einem umgedrehten Fischerboot und wartete auf mich. Ich wusste nicht, wie lange er schon dort hockte. Er hielt einen gestreiften terrakottafarbenen Stein in der Hand und rieb mit den Daumen über seine Oberfläche. Er wusste, ich mochte diese Steine besonders gerne, solche, die so schwer zu finden waren.

»Heute Abend ist der Tanz«, sagte er lächelnd. »Schon vergessen? Ich hatte gehofft, du würdest kommen.« Er stand auf, kam auf mich zu und streckte die Arme aus.

»Mir ist nicht danach«, sagte ich und schob ihn weg. »Nicht ohne Tullik.«

»Aber es würde dir guttun, mal was ohne sie zu machen. Reicht es dir nicht, mit mir zusammen zu sein?«

Durch seine Frage bekam ich einen Kloß im Hals, den keine Worte wegdrängen konnten.

»Nicht?«, hakte er nach, und sein Blick verdüsterte sich.

Plötzlich sah ich Tullik vor mir, wie sie mich umarmte, mit ihrem feurig lodernden Haar und ihrer Stimme, die so verführerisch war wie Rosenduft. Rot und Rubin, wirbelnd, fließend und sprühend vor Leben. Das Hochgefühl von Scharlach, das Schwelgen von dunklem Burgunder. Die Freiheit, die Farben mit sich brachten. Dann wiederum sah ich Thomas, direkt vor mit. Reichte es mir? Reichte *er* mir? Würde er mir die Farben wegnehmen?

»Du musst darauf nicht antworten«, sagte er. »Ich kann dir nicht geben, was Munch dir gibt oder Miss Ihlen oder die Gästeschar aus Kristiania. Ich bin nur ein Fischer.« Er wandte sich von mir ab und schleuderte den Stein so heftig und weit ins Meer, dass ich ihn nicht auftitschen hörte. Dann zog er die Nase hoch, schüttelte den Kopf und setzte sich in Bewegung.

»Thomas, bitte«, sagte ich. »Ich …« Der Satz brach ab, verlor auf dem Weg hinaus an Überzeugungskraft.

Ich wollte, dass Thomas zurückkam, doch unter welchen Bedingungen? Das wusste ich nicht. Ein Blitz aus Magenta jagte ihm nach. Wirbel von Scharlachrot umkreisten seine Brust und hüllten ihn in rötliches Licht.

Mit dem Schwinden des Sommers war der Mond ungeduldig geworden. Kaum war die Sonne gesunken, kam er hervor und beanspruchte den Himmel für sich. In seinem grellgelben Licht stapfte ich über die Grashügel. Es zog mich, wie immer, zum Meer hin.

Ich folgte den Felsen und bahnte mir meinen Weg, ohne nach unten zu blicken. Gleichmäßig rauschten die Wellen ans Ufer, hinterließen Seetang und Salzmuster und verhallten in der kühlen Nachtluft. Ich passte mich ihrem Takt an und atmete mit dem Meer ein und aus. Wie schon an manchen Abenden zuvor meinte ich, bis in alle Ewigkeit an der Küste von Åsgårdstrand entlangwandern zu können. Ich folgte ihr durch Borre und Horten und gelangte bis nach Holmestrand.

Wenn ich weiterginge, würde ich bis nach Svelvik oder gar bis nach Drammen kommen. Und irgendwann nach Kristiania. Während die Wellen sacht neben mir ans Ufer spülten, war ich überzeugt, bis nach Schweden gehen zu können, ohne zu ermüden.

Hin und wieder musste ich mich daran erinnern anzuhalten, bevor ich zu weit ging. Die erste dieser Selbstermahnungen kam am Waldrand, wo die Küste in Form eines Hufeisens landeinwärts bog. Meine Stiefel sanken leicht in den Sand und Kies ein. Es war dunkel, doch ich kannte den Weg.

Als ich mich umblickte, sah ich die Lichter von Åsgårdstrand funkeln: die Lampions an der Rückseite vom Grand Hotel und das Licht aus den Fenstern. Dort tanzten die Gäste, und Kristian und seine Freunde spielten ihre Fiedeln. Mir fiel wieder ein, wie Thomas mich an jenem Abend, als ich Tullik zum ersten Mal sah, über die Tanzfläche gewirbelt hatte, bis mir schwindlig wurde. Das schien Jahre her zu sein.

Am Ende des Hufeisens ragte eine steinerne Anlegestelle ins Meer hinaus. Dorthin lenkte mich eine unsichtbare Hand, und ich folgte ihr, ohne zu zögern. Erst als ich schon die Hälfte des Weges zurückgelegt hatte, entdeckte ich Munch. Er saß mit angezogenen Knien am Ende des Anlegers und starrte nach Borre. Auch ohne sein Gesicht zu sehen, wusste ich, dass er es war.

Als ich ihn erreicht hatte, nahm ich wortlos neben ihm Platz. Er wusste, dass ich da war. Er wusste, dass ich es war. Es war genauso wie früher, als ich noch jünger war und mich in einigem Abstand zu ihm gesellt hatte. Der Mond beschien seinen Haarschopf, den die Meeresbrise ihm ins Gesicht wehte. Er blickte sehnsüchtig nach Borre, und seine Verzweiflung war so spürbar, dass es mir das Herz zerriss.

So saßen wir da, umgeben von Natur: Wasser, das um uns herumfloss, Wind, der an unseren Haaren und Kleidern zerrte, mächtige Kiefern, die ihre Äste nach uns reckten, die Kluft aber nicht überbrücken konnten. Unbemerkt verging die Zeit. In der Stille war Munch weniger rätselhaft, und langsam verstand ich ihn, so wie eine Knospe versteht, wie sie blühen muss. Hier, in der stillen Atmosphäre waren wir keine voneinander getrennten Einzelwesen mehr, sondern zwei Geschöpfe der Natur, die sich wortlos verständigten. Seine Traurigkeit und Rastlosigkeit schob sich zwischen uns wie aus einer Tube gedrückte Farben. *Ich kann Ihnen nicht helfen, Munch,* dachte ich und begriff allmählich, dass das niemand konnte, nicht mal Tullik.

Es war kalt, und vom steinernen Anleger wurden allmählich meine Beine taub.

»Ich gehe«, durchbrach er die Stille. »Ich gehe wieder nach Deutschland, um dort auszustellen.«

»Wann?«

»Bald. Vielleicht nächste Woche.«

»Werden Sie es ihr sagen?«

Er senkte den Blick und fuhr sich mit der Hand durchs Haar.

»Ich werde mich verabschieden.«

Eine beißende Windböe wehte um meinen Hals. Ich zog mein Schultertuch enger zusammen.

»Was ist besser, Johanne? Der Traum vom Glück oder ein Traumbild des Glücks? Ich habe meine Kunst, ich habe keinen Raum in mir für etwas anderes. Und dann ist da noch meine Kränklichkeit, die ich von meinen Eltern geerbt habe: die schwache körperliche Konstitution meiner Mutter und die Nervosität und Angst meines Vaters. Würde Tullik wirklich damit zurechtkommen? Denn das kann ich nicht vertreiben. Wenn ich es loswürde, was würde aus meiner Kunst? Und meine Schwester Inger meint, für uns sei das Beste die Arbeit. Sie gibt uns Kraft. Ich habe meine Arbeit immer vor alles andere gestellt, da würde eine Frau nur im Weg sein, oder nicht? Und könnte ich wirklich unter solchen Menschen leben? Mit ihren albernen Liebesromanen, ihren Geburtstagsfeiern und ihrem Tratsch? Wagen sie es jemals, allein zu sein? Die Frauen, die Arm in Arm die Promenade herunterstolzieren, und die Männer mit ihren Clubs. Sie sind immer so schrecklich beschäftigt. Doch womit? Was werden sie vorzuweisen haben, wenn ihre Zeit gekommen ist? Denn soviel wir wissen, müssen wir das Tal des Todes allein durchschreiten. Wir müssen allein durch die Dunkelheit wandern, wenn wir kein Licht bei uns haben. Also sollten wir denen folgen, die Licht haben, die uns das Licht bringen. Aber was tun wir? Wir wenden uns gegen sie. Die Menschen sehen das Licht nicht, sie sehen nur Dunkelheit.«

Auf seine Gedankensprünge konnte ich nichts erwidern, doch ich verstand, dass die Liebe für ihn immer an zweiter Stelle stehen würde, hinter der Kunst. Die Kunst war sein Leben.

»Als Kind war ich mehrere Male dem Tode nahe«, fuhr er fort. »Ich spürte schon seine Finger an meiner Schulter, und ein Schauer durchfuhr mich bis auf die Knochen. Es gab Zeiten, da dachte ich, ich würde es nicht schaffen, und Zeiten, da ich das nicht mal mehr wollte. Doch dann, wenn es mir wieder besser ging, begriff ich, dass ich mich eines Tages dem Tode wirklich stellen und etwas vorweisen müsste für die Zeit, die er mir gewährt hatte.«

»Und das ist Ihre Kunst«, sagte ich.

»Genau.«

Der Wind frischte wieder auf und rüttelte an Munch, als wollte er ihm die Hand schütteln. Meine Beine waren eiskalt und taub. Ich stand auf, um sie wieder zu spüren. »Ich geh wohl jetzt besser zurück. Es ist schon spät.«

»Ich begleite dich«, sagte er und drehte sich zu mir um.

»Nein, das ist nicht nötig. Ich kenne den Weg.«

»Den kenne ich auch. Wir alle kennen den Weg zurück.« Seine Augen waren dunkel und seine Stimme so schwach wie das Zwitschern einer Drossel. »Der Weg nach vorn ist der unbekannte.«

Ich ließ ihn auf dem Anleger zurück und kehrte durchgefroren, Wangen und Nasenspitze rot, nach Hause zurück. Mutter schlief schon, und Vater murmelte etwas Unverständliches aus seinem Bett, als er die Tür gehen hörte. Ich flüsterte ihm eine Lüge zu: Ja, ich war beim Tanz gewesen. Ja, ich hatte mich amüsiert. Ich schlich mich in mein Zimmer, wo Andreas schon fest schlief. Die Dielen knarzten nicht mehr. Während ich mich auszog und über sie hinwegging, spürte ich, wie glatt sie sich unter meinen Fußsohlen anfühlten. Dann legte ich mich in meine Koje, schloss die Augen und betete, der Schlaf möge rasch kommen. Doch die ganze Zeit hörte ich nur das verzweifelte Heulen des *Schreis* unter den Dielen hervordringen.

17

Schwarz

Wir können in der Finsternis durch Forderungen der Einbildungskraft uns die hellsten Bilder hervorrufen.

Johann Wolfgang von Goethe, *Zur Farbenlehre*

Der Sturm begann am Montagabend nach dem Essen. Zuerst dachten wir, er würde nie kommen. Die Luft knisterte vor Spannung, immer wieder zuckten Blitze und grollten Donner wie ein Bauchgrimmen.

Frau Berg eilte mit ihren Wäschekörben im ganzen Haus herum und wusste nicht, was sie mit ihnen anfangen sollte. »Da braut sich was Böses zusammen«, meldete sie mir auf der Treppe, als ich nach Tullik sehen wollte. »Man spürt förmlich, wie es finstere Pläne gegen uns schmiedet. Gott zürnt uns.« Ich lehnte mich gegen das Geländer, durch das sich Henriette schlängelte, und zog den Bauch ein, um Platz für Frau Berg zu machen. Sie stieß Henriette mit dem Fuß an. »Aus dem Weg, Katze«, sagte sie und stapfte in ihrer eigenen aufgeladenen Angstblase zur Küche.

Tullik hatte den ganzen Nachmittag geschlafen. Nach dem

kurzen Anflug von Klarheit, als sie den *Schrei* gesehen hatte, war sie wieder in ihrer Dunkelheit, ihrer Welt aus Panik und Verwirrung versunken. Sie hatte sich so entschieden dem alltäglichen Leben der Ihlens entzogen, dass ich befürchtete, ihre Eltern würden dem Ruf aus Gaustad schon bald nachgeben.

Niemand machte sich größere Sorgen als ich. Es war, als ginge Tullik durch Treibsand, denn sie versank immer mehr in ihrer trostlosen Existenz, diesem Dasein aus Heulen bei Nacht und dumpfem Dösen am Tag. Sie war nur noch ein Schatten ihres einstigen vor Leben sprühenden Selbst, dunkel und verschwommen wie der Schatten auf dem Bild, der über Laura Munch aufgeragt war. Und wie Laura konnte auch Tullik ihm nicht entkommen.

Stickige Luft schlug mir entgegen, als ich ihr Zimmer betrat. Ich öffnete das Fenster trotz des dräuenden Himmels. Wie Schlangenzungen schnellten Blitze durch die schiefergrauen Wolken, gejagt vom drohenden Grollen des Donners.

»Was ist?«, fragte Tullik benommen.

»Es kommt ein Sturm«, erklärte ich. »Frau Berg ist außer sich vor Angst. Sie glaubt, Gott ist wütend. Aber ich glaube, so ein Sturm reinigt die Luft. Möchtest du nicht zum Abendessen herunterkommen?«, fragte ich, als ich sah, dass das Brot, das ich ihr vor einiger Zeit gebracht hatte, auf dem Tablett vertrocknete.

»Ich habe keinen Hunger«, erwiderte sie.

»Was kann ich dann für dich tun?« Ich nahm ihre Hand in meine.

»Mach den Schrank auf«, flüsterte sie. »Bring ihn mir, Johanne.«

»Und wenn …«

»Bring ihn mir«, wiederholte sie und kletterte aus dem Bett.

Ich sah kurz auf dem oberen Treppenabsatz nach, ob wir ungestört waren, und drückte dann leise Tulliks Zimmertür zu. Am Schrank löste ich vorsichtig die falsche Rückwand, das dunkle Tuch, das die Bilder verbarg. Ich verhakte meine Finger hinter den Heftzwecken und zerrte daran, bis der Stoff sich löste und eine Flut von Papierrollen mir durch Tulliks Kleider entgegenstürzte. Ich holte sie einzeln heraus und präsentierte sie ihr wie Kleider.

»Er ist hier«, sagte ich. »Edvard ist hier, in jedem einzelnen Bild.«

In dem dämmrigen Zimmer leuchteten ihre Augen auf wie zwei helle Monde, als ich zuerst *Seemädchen* und dann das herzzerreißend bezeichnende Bild von der Begegnung eines Mannes und einer Frau am Strand hochhielt. Tullik bat mich, sie auf den Boden zu legen. Dann fing sie an, darum herumzutanzen, als hätte die dunkle Energie des Sturms sie verhext. Sie war so bezaubernd wie das Seemädchen, das aus dem indigoblauen Wasser auftauchte und im Licht des Mondes erstrahlte, der einen breiten hellen Strahl über das gekräuselte Wasser warf. Sie bewegte sich wie eine Nixe und warf ihre Beine hoch, als wäre es ein Schwanz, mit dem sie die Wellen fächeln wollte.

Ich sah mir ihre prächtigen Haare auf dem Bild an, die ihr über eine Schulter hingen, sich dann ins Wasser ergossen und um sie herumdrifteten. Über der anderen Schulter war ihr Haar zurückgestrichen, sodass Brüste, Hüften und Schenkel frei lagen, genau wie an jenem Tag, als Tullik so wagemutig gewesen war, so voller Feuer und Tollkühnheit.

Ich zeigte ihr *Die Stimme*, den Augenblick, als sie in jener

Nacht im Fjugstad-Wald vor ihm stand: die Hände auf dem Rücken verschränkt, das Gesicht zu ihm erhoben. Ich erinnerte mich daran, wie sehr mich ihre Leidenschaft fasziniert hatte, als sie sich küssten wie zwei ausgehungerte Tiere, die einander verschlingen.

»Er liebt mich«, sagte sie plötzlich, während sie weiterhin die Bilder umtanzte und ihre Arme dazu bewegte.

»Aber natürlich.«

»Und ich muss zu ihm.« Jetzt sprühten ihre Augen wieder vor Leben. Ich spürte die Gefahr, konnte aber nicht sagen, dass ich es bedauerte.

Die Ihlens hatten sich bereits vor einiger Zeit zur Nachtruhe zurückgezogen, als die ersten Regentropfen fielen. Vielleicht schliefen sie sogar. Ich stand im Nachthemd am Fenster, angezogen vom Sturm, von der Kraft der Natur und all ihrer Macht, die mir wieder einmal klarmachte, dass wir für immer ihrer Gnade ausgeliefert waren. Der Himmel riss auf, und wilde Wassermassen stürzten wie bei einer Attacke hernieder, trommelten gegen Dächer und Fenster. Harte Tropfen prasselten wie Kieselsteinchen gegen die Scheiben, während sich der Niederschlag in den Regenrinnen sammelte und kleine Wasserfälle zu Boden rauschten.

Der Himmel wurde von Donnerschlägen erschüttert, und bei jedem Schlag erzitterte das Haus. Ich stellte mir vor, wie Frau Berg bei sich daheim vor Angst erschauerte, überzeugt, dass Gott uns allen zürnte. Ein Blitz erhellte die Kirche, und eine Sekunde lang konnte ich sehen, wie sich die Balken der Stirnseite und die dicke Tür gegen den Angriff stemmten. Ich fragte mich, wie oft die Kirche in den vielen hundert Jahren solche Stürme überstanden hatte. Sie wirkte trutzig und ungerührt, als wüsste sie, dass Gott niemals den Ort seiner Anbetung zerstören würde.

Unermüdlich und wild entschlossen, erschütterten die Donnerschläge Solbakken bis in die Grundfesten. Irgendwo ratterte panisch ein halb geschlossenes Fenster. Unten knallte eine Tür. Auf und zu. Auf und zu. Tulliks Hühner gackerten aufgebracht in ihrem Käfig. Für sie musste der Donner erscheinen wie Tausende von Frau Bergs, die sie zum Abendessen des Admirals zu braten drohte. Der Sturm baute sich zu einem endlosen Crescendo auf, jeder Donnerschlag war heftiger als der vorhergehende. Ich spürte förmlich, wie das Meer anschwoll. Meine rätselhafte Verbindung mit dem Wasser jagte mir unangenehme Wellen durch die Brust, sodass ich ins Bett ging, um mich zu beruhigen.

Zwischen Blitz und Donner lauschte ich auf ein Zeichen von Tullik, hörte sie aber nicht. Keinerlei Laut drang aus ihrem Zimmer, aber aus irgendeinem Grund beruhigte mich das nicht. Die Stille war unheilschwanger, als läge noch eine zweite Gefahr in der Luft. Während der Sturm immer weiter tobte, versuchte ich, nicht daran zu denken, und atmete bewusst langsam und tief. Nach etwa ein, zwei Stunden döste ich zu den wechselnden Launen des Unwetters ein.

Eine wahre Explosion aus Donnerschlägen weckte mich. Ich schrak im Bett hoch und spürte, wie mein Herz raste und mein Kopf drängend pochte. Immer noch peitschte Regen gegen das Fenster, so ungestüm, dass es mich aus dem Bett trieb. Dann stand ich verwirrt und frierend im Raum und fragte mich, was ich da machte. Auf einmal schien das unaufhörliche Rattern der Fensterscheibe einen Rhythmus anzunehmen und immer wieder zwei Silben zu bilden: *Tul-lik, Tul-lik, Tul-lik.*

Ich rannte zu ihrem Zimmer. »Tullik«, flüsterte ich. »Bist du wach?«

Das Zimmer lag im Dunkeln. Da das Fenster immer noch offen stand, hatte sich eine Regenpfütze auf dem Sims gebildet, die die Wand hinunterrann.

»Tullik!«

Ich ging hinüber zu ihrem Bett, sah sie aber nicht. Blind tastete ich im Dunkeln nach ihr, drückte mit gespreizten Fingern die Bettdecke hinunter, doch sie sank gleichmäßig ein. Ich riss an der Bettwäsche, schob sie beiseite, zog sie von der Matratze und warf sie auf den Boden. Ich wirbelte herum, suchte am Boden, dann am Stuhl und wieder im Bett. Doch Tullik war verschwunden.

Ich ging hinaus auf den Flur, spähte übers Treppengeländer und lauschte. Vielleicht hatte sie nicht schlafen können und war in die Küche gegangen? Einen Augenblick lang spitzte ich die Ohren und filterte das Prasseln des Regens und das Krachen des Donners heraus, doch unten rührte sich nichts.

»Nein!«, flüsterte ich. »Nein, Tullik. Was hast du getan?«

Ich stürzte zurück in mein Zimmer und zog mich hastig an. Vor lauter Eile knöpfte und hakte ich mich falsch zu. Ich schnappte mir mein Schultertuch, wickelte mir einen Schal um den Kopf, verließ das Zimmer und wappnete mich gegen den Sturm.

Draußen war es pechschwarz. Zwar fand ich im Schuppen eine Laterne, doch die war im Regen kaum von Nutzen und schuf nur verwirrende Schatten vor mir. Der Boden stand unter Wasser, Strudel bildeten sich darin. Die Straße war ein zweiter Ozean geworden, die Felder ein Sumpf. Als ich den Wald erreichte, waren meine Stiefel bereits völlig durchweicht. Wasser strömte die Bäume herab, Äste und Blätter boten keinerlei Schutz. Während ich über den schlammigen, sumpfigen Pfad eilte, schwang die Laterne vor und zurück.

Über meinem Kopf krachte eine Donnersalve, so laut und heftig, dass ich aufschrie, zurückwich und mich hinter einen Baum kauerte. Die Äste bogen sich unter der Last des Regens und zeigten mit glänzend schwarzen Fingern auf mich. Als ich durch sie hindurchging, strichen sie mir schaurig übers Gesicht und ächzten, als würden sie im heulenden Wind zerbrechen. Mir fiel wieder ein, was Tullik vom Huldrevolk und den Trollen erzählt hatte: dass sie in der Dämmerung durch genau diesen Wald gegangen war und Schatten und Schemen gesehen hatte, die wie Geister durch die Bäume huschten. Damals hatte ich das als Ausgeburten ihrer Fantasie abgetan, doch jetzt glaubte ich ihr. Ein Troll oder ein Abkömmling des Huldrevolks passte ohne Weiteres in diesen Sturm, und während Donner und Blitz durch die Bäume krachten, erzeugte mein Kopf plötzlich grässliche Bilder von Geistern und Ungeheuern, die hinter jedem Ast lauerten.

Selbst das beruhigende Rauschen des Meeres wurde vom allgegenwärtigen Prasseln und Platschen des Regens übertönt. Ich drehte mein Ohr lauschend zum Ufer, doch die Wellen hatten Richtung und Rhythmus verloren und brodelten nun aufgewühlt kreuz und quer, krachten gegen die Felsen, stießen mit lautem Knall zusammen und gurgelten bedrohlich.

Ich stolperte und rutschte über den morastigen Pfad, vorwärtsgetrieben von den bösartigen Nadelspitzen des Regens, der einfach nicht nachlassen wollte. Wasser lief mir über Nase und Wangen, rann in den offenen Mund und tropfte mir vom Kinn. Es war, als schwämme ich auf hoher See. Kopfschüttelnd und blinzelnd versuchte ich, mich vom Wasser zu befreien, doch jedes Mal, wenn ich wieder klar sehen konnte, attackierten mich neue Regentropfen.

Als ich schließlich Nielsens Bauernhof erreichte, war ich komplett erschöpft. Ich ließ mich gegen die Mauer sinken, zog den Schal vom Kopf und wischte mir die Schlammspritzer vom Gesicht. Meine Haare waren tropfnass. Ich wrang sie aus wie einen Lappen, kämmte mit den Fingern durch die wirren, feuchten Strähnen und band sie zu einem Knoten im Nacken zusammen.

In Nacht und Sturm lag Åsgårdstrand verlassen da. Kein Mensch war auf der Straße, nur Schatten und Schemen. Die Fenster schwarze Höhlen. Ich hörte, wie Pforten im Wind hin- und herschwangen und gegen ihr Schloss knallten. Bäume beugten sich der Macht des Sturms und neigten sich gedemütigt über die Zäune. Nygardsgaten war eine einzige Kloake voller Zweige, Steine und Pferdeäpfel. Ich sprang über die riesigen Pfützen und hielt mich strikt in der Mitte der Straße, um nicht in den randvollen Spurrillen einzusinken. Als ich an unserer Hütte vorbeikam, hörte ich das Baby der Andersens schreien und dachte an all die Kinder, die in dieser Nacht zitternd vor Angst dalagen und im Bett ihrer Eltern Schutz vor dem Huldrevolk und den Trollen suchten. Und dann dachte ich an Andreas und fragte mich, ob er über das dumpfe Grollen des Donners hinweg das Heulen des *Schreis* hören konnte.

An Munchs Haus stand die Pforte offen, lehnte schief am Haus, als wäre sie aus ihrem Scharnier gerissen worden. Die Blendläden am Seitenfenster waren geschlossen, daher konnte ich nicht hineinspähen. Mir fiel auf, dass trotz des prasselnden Regens all seine Bilder noch draußen standen.

Vielleicht war er sogar froh darüber? Vielleicht dachte er, seine Bilder bräuchten genauso Wasser wie Obst und Gemüse? In der Dunkelheit konnte ich nur Ingers Kleid auf dem Bild leuchten sehen, wo sie auf den Felsen am Strand saß.

Ich eilte die Stufen zur Hintertür hinauf, während über mir zornig strafend der Donner krachte. Obwohl ich mit der Faust gegen die Tür hämmerte, kam niemand öffnen. Im Fenster flackerte eine Kerze auf einer Weinflasche hinter einem Vorhang aus Regentropfen, der bewirkte, dass die kleinen Scheiben flüssig zu sein schienen.

Ich kehrte zum Fuß der Treppe zurück und hämmerte mit der Hand gegen das Glas. »Tullik!«, brüllte ich. »Ich bin's, Johanne. Lass mich rein!«

Das Fenster befand sich jetzt auf Höhe meiner Schulter. Wenn ich mich auf die Zehenspitzen stellte, konnte ich zwar ins Haus spähen, doch alles war durch den Regen verschwommen, und abgesehen vom Lichtkreis der flackernden Kerze lag ein Großteil der Hütte im Dunkeln.

»Tullik!«, brüllte ich noch einmal. »Bist du da?«

Panik stieg in mir auf, als immer noch niemand antwortete. Wenn Tullik nicht hier war, wo konnte sie dann sein? Ich musste ins Haus oder zumindest einen genaueren Blick hineinwerfen. Ich suchte im Garten nach etwas, worauf ich mich stellen konnte, und fand ein paar große Steine, doch meine Hände rutschten ständig von ihrer nassen Oberfläche ab, außerdem waren sie nicht stabil genug. Dann entdeckte ich die Gartenbank, auf der Tullik und Munch an jenem Abend gesessen und getrunken hatten. Zuerst wollte die Bank sich kaum bewegen, und ich musste sie mit dem Rücken und den Knien vom Boden lockern, bis ich sie zum Fenster zerren konnte. Das durchweichte Gras wurde von den Beinen der Bank zerteilt, sodass zwei schlammige Rillen zurückblieben.

Ich schaffte es, die Bank mit der Rückenlehne an die Hauswand zu stellen. »Tullik!«, brüllte ich erneut. »Hier ist Johanne! Bist du da?«

Ein paar Sekunden blickte ich hinauf und wartete, doch es kam keine Antwort. Also stieg ich mit der Laterne in der Hand auf die Bank und beugte mich zum Fenster.

Zuerst sah ich nur Schatten, die sich hinter dem flackernden Kerzenlicht bewegten. Dann wischte ich die Regentropfen fort und bildete mit meiner Hand einen Sichtschutz auf dem Glas, sodass ich die Schemen genauer erkennen konnte.

Fast hätte ich aufgeschrien, als ich Tullik entdeckte, weil ich eine Schrecksekunde lang dachte, sie wäre tot.

Sie lag wie hingegossen auf dem Bett, und ihr rechter Arm hing über der Kante, als wäre er von ihrem Körper losgelöst. Ihre Haare waren in rotbraunen Wellen um ihren Kopf drapiert und flossen so weit vom Bett herunter, dass sie den Boden berührten. Ihre Bluse stand offen, sodass ihre Brüste entblößt waren. Unter ihrem Unterrock hatte sie ein Bein gestreckt und das andere gebeugt. Sie hatte die Augen geschlossen. Als ich ihr Gesicht betrachtete, wirkte es weder schmerzerfüllt noch leblos, sondern ruhig wie das einer Göttin oder eines Engels. Ihre Wangen waren rosig, ihre vollen Lippen leicht geöffnet. Noch nie hatte ich sie so gelassen, so frei von Sehnsucht, Unruhe oder Schmerz gesehen.

»Tullik.« Meine Stimme war zu einem Flüstern gesunken.

Munch saß mit nacktem Oberkörper auf einem Stuhl am Bett. Er hatte sein Skizzenbuch auf den Knien und zeichnete mit ausladenden Gesten Tulliks Körper mit einem Kohlestift auf das Blatt, während er sie unverwandt anblickte. Sein

Schnurrbart zuckte leicht, als er leise und für mich unhörbar mit ihr sprach. Eine leere Weinflasche und zwei Gläser standen auf dem Tisch neben dem Bett. Tullik und Munch bemerkten weder Regen noch Donner noch mich – sie hatten nur Augen füreinander. Hier, inmitten dieses ungeheuer heftigen Sturms, hatten die Liebenden ihren Frieden gefunden.

Als ich Tullik so sah, widerstrebte es mir, sie zu stören, doch der Regen prasselte derart erbarmungslos auf mich hernieder und ich war so nass und kalt, dass ich wusste, ich würde krank werden, wenn ich die ganze Nacht hier draußen auf sie wartete. Außerdem hätten wir am nächsten Morgen einige Fragen zu beantworten: *Wo war sie gewesen? Was hatte sie die ganze Nacht im Sturm gemacht?* Und dieses Mal würde ich sie nicht schützen können. Caroline würde genau wissen, wo sie gewesen war, und Tullik würde verbannt werden. Sie würde Edvard nie mehr wiedersehen. Ich musste sie also vor Tagesanbruch nach Hause schaffen.

Ich nahm einen kleinen Stein und klopfte damit so lange gegen die Scheibe, bis sie mich bemerkten. Munch reagierte als Erster. Er blickte über die Schulter, um herauszufinden, woher das Geräusch kam, worauf ich noch schneller, wie ein Specht, klopfte, um seine Aufmerksamkeit auf mich zu lenken.

Er legte sein Skizzenbuch aufs Bett, und Tullik rührte sich, setzte sich auf und knöpfte sich die Bluse zu.

»Ich bin's!«, rief ich durchs Fenster. »Johanne.«

Munch kam zur Hintertür. »Johanne, was hast du denn in diesem Unwetter draußen zu suchen?«, fragte er und streifte sich sein Hemd über, als ich eintrat. »Sieh dich nur an! Du bist ja nass bis auf die Knochen. Um Himmels willen, komm doch herein.«

»Ich muss Tullik zurückbringen, bevor man merkt, dass sie weg ist«, erklärte ich und versuchte, ihn dabei nicht anzusehen.

»Johanne, meine Liebe!«, sagte Tullik gedehnt, als wäre ich ein Gast auf einer Feier in Kristiania.

»Tullik, ich habe mir Sorgen um dich gemacht. Wenn sie merken, dass du nicht da bist, werden sie …«

»Ach, was kümmert mich das«, unterbrach sie mich. »Sie können mich nicht aufhalten.«

Munch reichte mir ein Handtuch, sodass ich mir das Gesicht abtrocknen konnte. »Aber wenn sie dich wegschicken, nach …«

»Sie können mir nichts anhaben«, erwiderte sie knapp.

»Du weißt doch, was Caroline von alldem hier hält«, sagte ich. »Und deine Eltern.«

Tullik tapste zu Munch, der sich wieder auf seinen Stuhl gesetzt hatte, kletterte auf seinen Schoß, schlang die Arme um seinen Hals und drückte seinen Kopf an ihre Brust. Ihre Haare umhüllten sie, als sie sich umarmten. Als Tullik ihn noch enger an sich presste, legte er seine Arme um ihre Taille und schmiegte sich an ihr Herz wie ein Kind bei seiner Mutter. Sie beugte den Kopf, küsste ihn sanft und zärtlich auf den Hals und flüsterte ihm liebevoll etwas zu, das ich nicht hören konnte. Ich wollte den Blick abwenden, doch es gelang mir nicht, so gebannt war ich von ihrem Anblick.

»Wenn du willst, kannst du mich nach Hause bringen, Johanne«, sagte sie, als sie sich schließlich von ihm löste. »Jetzt ist sowieso alles anders.« Sie hob Munchs Gesicht, barg es in ihren Händen und strich mit ihren Daumen über seine Lippen. »Nicht wahr, Liebster?«

Er hatte es ihr nicht gesagt. Dass er wegging. Nach Deutschland. Er hatte es ihr nicht gesagt.

»Tullik, wir müssen los«, sagte ich scharf, weil es mich wütend machte, wie gleichgültig er war. Er wollte Tullik verlassen, und ihre arme Seele würde zerbrechen. Aber Munch hatte ja seine Kunst. Seine einzige wahre Liebe. Nur das zählte.

»Nimm diese Skizze mit, Tullik«, sagte er und riss ein Blatt von seinem Block. »Ich habe auch noch ein Bild für dich, hier: *Mondlicht,* eine Landschaft.« Er durchquerte den Raum und hob ein rechteckiges Gemälde vom Boden, das in hellem Türkis die Küste zeigte, mit einem breiten Streifen Mondlicht auf dem Meer. Die Skizze und das Bild waren Teile von ihm, die einzigen Teile, die er geben und die sie behalten konnte.

»Sieh mal, Johanne«, sagte sie und nahm das Gemälde von ihm entgegen. »Åsgårdstrand. Wie es in der Nacht daliegt, schön und still.« Sie versenkte sich in das friedliche Bild, sodass ich sie hinausführen musste.

Während wir uns zurück in den windumtosten Wald kämpften, schien es fast, als würden die Regenfluten ihr guttun, als wäre der Sturm ihre eigene Rosskur. Wir trugen die Bilder nach Haus und sie hüpfte durch die Pfützen, als wäre ihre Haut aus Öl und könnte nicht nass werden. »Ich glaube, er wird um meine Hand anhalten. Eigentlich bin ich mir sogar sicher.«

Ich wünschte, ich hätte ihr widersprechen können. Ich wollte ihr die Wahrheit sagen: dass er fortging, zurück nach Deutschland. Doch ich konnte ihr ihre Freude nicht nehmen. Zum ersten Mal seit Wochen war sie wieder glücklich. Also beließ ich sie in ihrem Glauben.

»Wir sollten in Borre heiraten«, fuhr sie fort. »Er wird bestimmt keine Hochzeit in Kristiania wollen.«

»Wir müssen uns beeilen«, sagte ich. »Damit du nicht krank wirst.«

Der Donner war endlich verstummt und hatte das Feld dem prasselnden Regen überlassen, der einfach nicht nachlassen wollte. Die Laterne, die an meiner Seite baumelte, erfüllte eigentlich nur den Zweck, uns in der Finsternis ein falsches Gefühl von Sicherheit zu verleihen.

An der Kirche tauchten Teile der Straße nach dem Angriff des Sturms zum Luftholen auf. Kleine Inseln bildeten sich, wo das Wasser zurückwich, durch Rinnen davonfloss oder in die Erde sickerte. Der Boden würde noch tagelang aufgeweicht sein.

Wir gingen an der Seite des Hauses entlang. Aus den Regenrinnen strömten Fontänen. Meine Kleider waren tropfnass und klebten an meiner Haut. Ich zitterte. Eisblau. Mir war schwindelig. An der Hintertür ließ ich das Bild fallen. *Mondlicht* knallte auf den Boden, und ich packte Tulliks Arm. »Bring mich ins Haus, Tullik«, sagte ich.

Dann hüllte mich Dunkelheit ein. Meine Knie wurden weich, und ich sank zu Boden.

18

Burgunder

Die Farbe fixiert sich an den Körpern
mehr oder weniger dauerhaft, oberflächlich
oder durchdringend.

Johann Wolfgang von Goethe,
Zur Farbenlehre

Als ich aufwachte, lag ich auf dem Küchenboden. Eine Decke war über mich gebreitet worden. Mein Kopf war schwer. Dunkelviolett. Meine Stirn brannte schmerzhaft. Ich kniete mich hin. Mir klingelten die Ohren. Meine Haare waren immer noch feucht, meine Kleider kalt. Da klopfte etwas. Zuerst dachte ich, mein Kopf wäre die Quelle davon, doch dann wurde es deutlicher: ein Klopfen an der Hintertür. Ich mühte mich auf und versuchte, mir die Haare glatt zu streichen. Zog eine frische Schürze vom Haken. Das Klopfen verstummte.

Neugierig ging ich hinaus in den nebelgrauen Morgen. Es regnete nicht mehr, obwohl es sich so anhörte, weil aus jeder Öffnung des Hauses Wasser tropfte und rann. Es war, als würde das ganze Haus von innen auslaufen. Die Pflanzen im Garten waren zu Boden gedrückt. Selbst der Fliederbusch hatte seine Form verändert; da es ihn besonders in der Mitte getroffen hatte, sah er jetzt aus wie ein Herz mit rundem Unterteil.

Der Regen hatte den Hühnerstall völlig verwüstet. Ingrid und Dorothea, die ich jetzt vom Aussehen her unterscheiden konnte, hockten in der hintersten Ecke des Käfigs, weil sie eine Riesenpfütze am Boden nicht überwinden konnten. Wasser floss vom Dach ihres Schlafplatzes, das unter den Regenmassen eingeknickt war. Das Heu war nass und niedergedrückt, und die anderen Hühner pickten unglücklich am Boden und wussten nicht, wo sie ihre Eier legen sollten.

»Kommt schon, meine Damen«, sagte ich und griff nach dem Besen. »Das kriegen wir wieder hin.«

Ich fegte das Wasser zu einer Seite, wo der Boden so geneigt war, dass es abfließen konnte. Dann hob ich das Dach an und schüttete das Wasser ab. Gerade wollte ich frisches Stroh aus dem Schuppen holen, als ich Hufgeklapper von der Seite des Hauses hörte.

Ich drehte mich um und spähte mit zusammengekniffenen Augen in den Nebel. Mir dröhnte der Schädel. Für Frau Berg war es zu früh, außerdem kam sie nie mit Pferd und Wagen. Ich lehnte den Besen gegen den Hühnerstall und spähte um die Hausecke. Ein Mann, der ein großes schwarzes Pferd mit sich führte, näherte sich dem Haus. Schon bald konnte ich sehen, dass er eine Marineuniform trug: eine Schirmmütze und eine blaue Jacke mit Silberknöpfen und silbernen Litzen, die durch den Nebel schimmerten. Es war, als sähe ich nur die Umrisse eines Mannes.

»Hallo?«, rief ich und klammerte mich an den Käfig.

»Ist da jemand?«, fragte der Mann. Er sprach mit ausgeprägtem schwedischem Akzent.

»Ja, ich, Johanne, das Dienstmädchen.«

»Ich weiß, es ist noch früh«, sagte er. »Aber unser Schiff wurde im Sturm geradezu nach Horten geschleudert, und wir kamen früher an als geplant.«

Ich nahm an, dass der Mann ein Freund des Admirals war.

»Kann ich Ihnen helfen, mein Herr?«

»Ich bin Marineoffizier im Dienst von Prinz Carl von Schweden. Seine königliche Hoheit und vier seiner Offiziere würden heute Abend gerne hier mit Admiral Ihlen speisen. Außerdem würde es seiner Königlichen Hoheit gefallen, hier zu übernachten, wenn es nicht allzu viele Ungelegenheiten bereitet. Vielleicht könnten Sie das Ihrer Herrin ausrichten?«

Ich spürte ein nervöses Flattern in meiner Brust. Es fühlte sich an, als würde ich wegen eines mir unbekannten Verbrechens verhaftet. Sagte er *Seine Königliche Hoheit?*

»Möchten Sie nicht hereinkommen? Ich wollte gerade den Ofen anzünden.«

»Ich wäre Ihnen sehr verbunden«, sagte er und sah sich suchend nach einem Platz um, wo er sein Pferd anbinden konnte. Ich wartete, benommen und außerstande, etwas Hilfreiches zu sagen. Er schlang die Zügel um den Zaunpfosten und verknotete sie, dann tätschelte er das Pferd am Hals, bevor er sich mir zuwandte.

»Ich führe Sie in den Salon«, sagte ich.

Als er mir durchs Haus folgte, hallten seine Stiefel entweder hallend oder dumpf, je nachdem ob er über Teppich oder nackte Dielen lief. Ich konnte nur an Tullik und das Bild denken. War sie in der Nacht erwischt worden? Hatte sie die Bilder verstecken können?

»Ich setze Kaffee auf und sage der Dame des Hauses Bescheid, dass Sie hier sind«, sagte ich und verneigte mich unbeholfen, bevor ich ihn allein ließ. Dann rannte ich nach oben und hämmerte gegen die Schlafzimmertür der Ihlens.

»Gute Güte, Johanne«, sagte Frau Ihlen, die verschlafen und mit dem Kopf voller Stoffpapilloten erschien. »Was ist denn los?«

»Verzeihung, Frau Ihlen, aber hier ist ein Mann – ein Marineoffizier. Er sagt, er kommt vom Schiff von Prinz Carl von Schweden, und der Prinz und vier seiner Männer wollen heute hier zu Abend essen. Wenn es nicht zu ungelegen kommt, möchte der Prinz auch hier schlafen.«

Julie riss die Augen auf. Sie starrte mich so entsetzt an, als hätte ich ihr einen Eimer kaltes Wasser ins Gesicht geschüttet. »Prinz Carl? Hier? In Solbakken?«

»Sein Offizier wartet im Salon.«

Sie holte tief Luft und füllte ihre Brust mit Ideen. »Lauf hinunter, und sag ihm, er muss unbedingt mit uns frühstücken. Setz Kaffee auf, und weck Ragna. Ich sag dem Admiral und den Mädchen Bescheid.«

»Ja, Frau Ihlen.«

Ich eilte die Treppe hinunter in die Küche, wo ich den Ofen anzündete und Wasser aufsetzte.

Ragna war bereits wach und schlich sich, ihre Schürze zuknotend, von hinten an mich heran. »Was ist das für ein Aufruhr?«

Ich drehte mich zu ihr um und knetete das Küchentuch in meinen Händen.

»Wieso sind deine Haare feucht?«, fragte sie, und ihr Blick huschte über mich hinweg. »Und deine Kleider auch.«

»Der Prinz von Schweden und vier seiner Offiziere kommen heute zum Abendessen. Der Prinz wird hier auch übernachten. Sein Offizier frühstückt mit der Familie. Er wartet im Salon auf Kaffee.«

Ragna fing an, mit ihren Schneidezähnen an den Innenseiten ihrer Lippen zu nagen wie eine Maus an einem Seil. Sie heftete ihren Blick auf einen Fleck am Boden, während Hunderte von Mahlzeiten ihr durch den Kopf gingen. Das hatte ich schon öfter gesehen, wenn sie gezwungen war, mit wenigen Mitteln ein ganzes Bankett zu zaubern, und ich hatte ihre Findigkeit bewundert. Sie verstand vom Kochen so viel wie ich von Beeren.

»Ich besorge in Gannestad Hühner«, sagte sie und starrte weiterhin auf den Fleck, als plante sie ein Verbrechen. »Sofort nach dem Frühstück. Du gehst hinüber zum Pfarrhaus und fragst nach Lachs, Milch und Sahne. Aus dem Garten holst du so viel Obst, wie du finden kannst; es gibt noch Rhabarber und Äpfel, damit backe ich einen Kuchen. Und mach, so schnell es geht.«

Ein leiser Aufschrei an der Hintertür zeigte mir die Ankunft von Frau Berg an. »Wem gehört das Pferd?«, fragte sie verblüfft.

»Wir bekommen einen königlichen Gast«, meldete Ragna. »Prinz Carl von Schweden.«

»Was? Hier? In Solbakken?« Frau Berg suchte in Ragnas Gesicht nach einem Anflug von Humor. »Willst du mich frühzeitig ins Grab bringen?« Sie griff sich an die Brust.

»Es ist wahr«, sagte ich. »Einer seiner Offiziere ist gerade hier, er bleibt zum Frühstück. Einschließlich des Prinzen werden heute fünf Gäste zum Abendessen kommen. Und der Prinz übernachtet auch hier.«

»Gnade uns Gott!«, rief Frau Berg aus, als wäre der Besuch des Prinzen eine Prüfung des Herrn. Sie fing an, von Reinigungsmitteln und Möbelpolitur zu plappern, und eilte aufgeregt in der Küche hin und her.

»Das reicht, Benedikte«, sagte Frau Ihlen, die in makelloser Haltung anmutig in die Küche geschwebt war. »Johanne, meine Liebe, du wirst heute zu Hause schlafen müssen; der Prinz bekommt Millys Zimmer. Wir brauchen das beste Porzellan und Silber. Auf Hochglanz poliert. Außerdem müssen die Teppiche geklopft werden, und ich brauche frische Blumen im Salon und im Speisezimmer. Caroline wird unsere beste Bett- und Tischwäsche von meiner Schwester aus Horten holen. Was wir hier in Solbakken haben, ist nicht gut genug. Ach, und die Gläser … Wir nehmen das Kristall vom obersten Bord der Anrichte. Johanne, es muss so blank sein, dass du dich darin spiegeln kannst. Ich möchte, dass sich gleich nach dem Frühstück alle an die Arbeit machen. Der Prinz und seine Männer werden um fünf Uhr hier erwartet.«

Wir drei nickten schweigend, und ich wandte mich wieder dem Kaffee zu.

»Bring uns ein Tablett mit drei Tassen«, sagte Frau Ihlen zu mir. »Wir trinken ihn im Salon.«

Der Tag verging in einem Wirbel aus Aufregung und Anspannung. Wir suchten von allem das Beste zusammen und verbrachten jede Minute mit Putzen und Polieren, Fegen, Waschen und Wienern. Frau Ihlen glitt wie ein Hochseedampfer auf stürmischer See zwischen uns hindurch, bewegte sich wie von den Gezeiten gelenkt hin und her und lenkte alles mit leichter, ruhiger Hand. Selbst als sie eine Flasche Karbolsäure im Arbeitszimmer des Admirals umkippte, sodass ein durchdringender Gestank das ganze Haus erfüllte, schloss sie einfach nur die Tür, öffnete alle Fenster und bat mich, stark duftende Blumen zu bringen. Ich schnitt Lavendelzweige ab, stellte sie in Vasen und verteilte diese überall im Haus.

Wegen der ganzen Aufregung kam ich erst am späten Vormittag zu Tullik. Sie hatte ihr Zimmer nicht verlassen und sich auch nicht am Frühstückstisch gezeigt. Als Caroline mit der Kutsche nach Horten fuhr, rannte ich die Treppe hinauf und platzte in Tulliks Zimmer.

»Johanne! Ist alles in Ordnung?«, fragte sie.

»Sag mir nur, was passiert ist.«

»Du bist zusammengebrochen. Dir ging es nicht gut. Da ich unten Geräusche hörte, konnte ich dich nicht hochtragen, sondern musste dich unten lassen. Ich habe dich mit einer Decke zugedeckt, mir das Bild geschnappt und bin in mein Zimmer gerannt.«

»Gut. Das ist gut, Tullik«, sagte ich.

»Bist du krank?«

»Dazu habe ich keine Zeit. Der Prinz von Schweden kommt heute Abend zu Besuch. Du musst dich fertig machen.«

»Wen interessiert schon ein Prinz?«

»Deine Familie.«

»Aber mich nicht. Ich habe Edvard. Und schon bald werde ich seine Frau sein. Ganz sicher wird er mir in Kürze einen Antrag machen. Habe ich dir das schon erzählt? Dass er mich um meine Hand bitten wird?«

»Ja, Tullik. Aber du musst dich jetzt in Bewegung setzen. Du solltest dich anziehen.«

Caroline kehrte aus Horten schwer beladen mit den Schätzen zurück, die Julies Familie, die Nicolaysens, über Generationen hinweg angehäuft hatten.

»Tante Bolette hat uns das bestickte Tischtuch überlassen«, sagte sie zu ihrer Mutter, als sie das Speisezimmer vorbereiteten, »und als Großmutter Aars hörte, dass der Prinz kommt, hat sie mir ein Set Weingläser mitgegeben, das schon *ihre* Mutter zur Hochzeit geschenkt bekommen hat. Ich hatte fast Angst, sie mitzubringen. Zwar sind sie in einer Kiste verpackt, aber bei der leisesten Erschütterung hätten sie zerbrechen können.«

Den ganzen Tag über versuchte Ragna, Caroline zu sprechen, andeutend, sie hätte ihr etwas mitzuteilen. Und jedes Mal zog sich mein Magen vor Angst zusammen. Wenn Tullik aufflog – wenn die Ihlens erfuhren, dass sie wieder bei Munch gewesen war –, dann würde sie weggeschickt werden und müsste bei Großmutter Aars oder Tante Bolette leben. Weit weg von Munch. Die Ihlens konnten nicht wissen, dass er weggehen wollte, dass die Gefahr, die ihrer Tochter drohte, schon bald gebannt sein würde.

Glücklicherweise war Caroline zu sehr damit beschäftigt, Solbakken in einen Palast zu verwandeln, als sich von Ragna belästigen zu lassen, und scheuchte sie bei jedem Versuch fort. Einen Prinzen zu Besuch zu haben würde ihr in Kristiania neues, höchstes Ansehen verschaffen. Dies war der Stoff, aus dem Carolines Träume bestanden, und sie wollte, dass alles perfekt war.

»Worüber sollen wir uns unterhalten?«, fragte sie Julie, als die beiden Großmutter Aars' Weingläser auspackten.

»Ich dachte, ich könnte ihm vielleicht von der Tierschutzorganisation und unseren Kampagnen erzählen. Vielleicht bietet er uns ja sogar seine Unterstützung an.«

»Glaubst du wirklich, er will sich über Tiere unterhalten?«, fragte Caroline entsetzt.

»Vielleicht. Und natürlich über Angelegenheiten der Marine und über Politik, zum Beispiel die norwegische Unabhängigkeit. Dieses Thema ist zwar ziemlich heikel, aber ich bin sicher, dein Vater wird das Gespräch diplomatisch steuern. Er ist Prinz Carl schon einmal begegnet, weißt du?«

»Du meinst, er wird nicht über das Leben im Palast sprechen wollen?«, fragte Caroline.

»Prinz Carl ist ein Kommandant der Marine, Liebes. Da wird er sicher nur über solche Dinge mit deinem Vater reden wollen.«

»Und was ist mit mir?«

»Du und Tullik werdet euch still verhalten und nur etwas sagen, wenn ihr angesprochen werdet. Ansonsten seid höflich und zuvorkommend.«

»Du weißt genau, dass Tullik da nicht mitmacht. Im Gegenteil, sie wird extra unhöflich sein.«

»Wenn es sein muss, weiß Tullik sich zu benehmen. Außerdem scheint sie langsam wieder die Alte zu werden; sie wirkt munterer und fröhlicher.« Julie lächelte erleichtert. »Sie wird sicher ganz bezaubernd sein.«

Wir alle gingen davon aus, der Prinz würde ein steifer Adliger in einer gestärkten Uniform sein, voller Allüren und immer streng nach Etikette handelnd. Doch der Mann, der Solbakken besuchte, erwies sich als das genaue Gegenteil.

Die Gruppe traf pünktlich ein, kurz nachdem die Uhr in der Eingangshalle fünf geschlagen hatte. Frau Berg, Ragna und ich hatten mit frisch gebleichten Schürzen und Häubchen auf der vorderen Veranda Aufstellung genommen. Frau Berg hatte jedes noch so kleine Fältchen gedämpft und gebügelt, bis die Baumwolle jeden Widerstand aufgegeben hatte.

Wie ich so dastand, den Rücken gerade, die Brust herausgestreckt und die Hände auf dem Rücken gefaltet, kam ich mir genauso leblos vor wie meine Schürze.

Die Flagge wehte stolz am Mast, als die ersten zwei Männer zu Pferd erschienen. Einer von ihnen war der Kurier, der mich am Morgen im Garten angesprochen hatte. Die anderen beiden saßen mit dem Prinzen in der Kutsche, die vor den Haupteingang rollte, wo die Ihlens zur Begrüßung warteten. Julie und der Admiral standen auf der einen Seite des Wegs, Tullik und Caroline auf der anderen. Selbstverständlich hatte sich die Kunde vom königlichen Besuch rasch verbreitet: Auf der anderen Straßenseite hatte sich eine kleine Gruppe versammelt. Ich sah Isabel und ihre Mutter zwischen ein paar Nachbarn und den Vikar. Alle grinsten sie vor Stolz, weil ein Mitglied der königlichen Familie in ihren kleinen, stillen Ort kam. Wahrscheinlich hatte es seit den Wikingerkönigen, die am Ufer begraben waren, keinen so hohen Besuch mehr in Borre gegeben.

Prinz Carl trug dieselbe hellblaue Uniform und Schirmmütze wie seine Offiziere. Seine Jacke war mit Goldbrokat, goldenen Knöpfen und Epauletten mit dicken Kordeln verziert. Eine Reihe Orden blinkte an seiner Brust. Er hatte eine rötliche Gesichtsfarbe, eine lange, gerade Nase und einen schwarzen Schnurrbart, der an den Spitzen zusammengezwirbelt war. Er schien sich unbehaglich, ja der ganzen Aufmerksamkeit nicht wert zu fühlen, und wedelte mit der Hand in Richtung der Zuschauer, als wollte er sie grüßen und gleichzeitig entlassen. Dann sprang er aus der Kutsche, schritt durch das offene Gartentor und lächelte den vier wartenden Ihlens zu. Zuerst küsste er mit eleganter Geste Julie die Hand, dann Caroline und Tullik, bevor er den Admiral mit einem zwanglosen Händedruck und einem leichten Schlag auf die Schulter begrüßte. »Nils, wie freundlich von Ihnen, mich so kurzfristig aufzunehmen. Ich hoffe, es macht nicht allzu viele Umstände.«

»Es ist uns eine Ehre und ein Vergnügen«, erwiderte Admiral Ihlen.

Unter meiner gestärkten Uniform schlug mein Herz einen Purzelbaum vor lauter Stolz darüber, in welchem Haus ich dienen durfte.

Sie gingen hinein, und ich machte mich an die Arbeit, wobei ich das scharlachrote Brennen meiner Stirn und den Schüttelfrost ignorierte, der den Tag über immer schlimmer geworden war.

Tullik trug ein schönes, leuchtend burgunderfarbenes Abendkleid. Ihr Haar war aus dem Gesicht gekämmt und mit Goldnadeln hochgesteckt worden, die im Kerzenlicht funkelten. Der Tisch war mit zwei Einsätzen verlängert worden, damit die Ihlens und ihre Gäste daran Platz fanden. Der Prinz saß am oberen und der Admiral am unteren Ende des Tischs, wo sonst eigentlich Frau Ihlen saß. Frau Berg, Ragna und ich trugen ihnen schweigend auf. Ich konzentrierte mich darauf, die Teller im richtigen Moment abzuräumen und die Gläser nachzufüllen, wenn sie weniger als halbvoll waren.

Nur Tulliks Glas brauchte ich nie nachzufüllen.

Da alle Augen auf Prinz Carl gerichtet waren, bemerkte ich als Einzige, wie viel sie trank und sich ständig selbst nachschenkte. Zwischen zwei Gängen entfernte ich ihr Glas und nahm es mit in die Küche, doch als ich zurückkehrte, hatte sie sich irgendwie ein neues besorgt, das randvoll neben ihr stand.

Das Tischgespräch bewegte sich so mühelos wie ein Walzer. Caroline war fest entschlossen zu glänzen und sprach höchst taktvoll über Politik und die Frage der Verfassung. Wollten wir die Unabhängigkeit von Schweden? Selbstverständlich, doch sie musste auf friedliche Weise vollzogen werden. Ja, Norwegen würde das erste Land auf der Welt sein, das seine Souveränität durch friedliche Verhandlungen statt durch Krieg gewänne. Es habe schon viel zu viele Kriege gegeben, sagte sie. In dem Punkt musste ich ihr zustimmen.

Erst als sich der Abend dem Ende näherte, zog Tullik schließlich die Aufmerksamkeit auf sich. »Ach, sagen Sie doch, Prinz Carl, welche sind die bekanntesten Maler in Schweden?«, fragte sie.

Der Prinz wandte sich lächelnd Tullik zu. »Nun, Anders Zorn zum Beispiel ist ein wunderbarer Maler. Ich bin ihm schon mehrmals begegnet.«

»Oh ja, Zorn.« Sie nickte ernst. »Lautet der Name seiner Frau nicht Emma?«

»Das ist korrekt. Ihr Porträt ist eines seiner vielen Meisterwerke.«

»Stammte Emma nicht aus einer reichen Familie?«, fragte Tullik, während die anderen Gespräche am Tisch stockten und verstummten.

»Ich glaube schon«, antwortete der Prinz.

»Und doch hat sie einen armen Maler geheiratet?«

»Ja, weil er ein Genie ist.«

»Wie kommt es, dass ihre Familie das zugelassen hat?«

»Das weiß ich nicht genau«, erwiderte der Prinz geduldig, »doch ich glaube, als sie heirateten, wurde Zorn langsam erfolgreich. Schließlich musste er in der Lage sein, Emma zu versorgen.« Er nickte leicht und trank einen Schluck aus seinem Glas. Ein ganz klares Signal für alle, dass dieses Thema abgehandelt war.

Doch Tullik setzte nach. »Und er malt doch gerne Akte, nicht wahr? Von fülligen Damen, die baden oder in Booten sitzen und sich in kompromittierenden Haltungen zeigen. Nicht wahr?«

»Also wirklich, Tullik«, schaltete sich der Admiral ein. »Ist das jetzt notwendig?«

»Und einfache Arbeiter«, fuhr sie fort, ohne auf ihren Vater zu achten. »Malt er nicht das Leben so, wie es ist?«

»Sie sind ja eine richtige Kunstkritikerin, Miss Ihlen«, sagte der Prinz.

»Verzeihen Sie ihr«, bat Caroline ihn. »Sie lässt sich bei diesem Thema immer hinreißen. Offenbar weiß sie nie, wann ihr Interesse und ihre Begeisterung lästig werden.«

»Aber nicht doch«, erwiderte der Prinz. »Kultur ist wichtig für ein Land. Da hat Miss Tullik ganz recht.«

Nach dem Essen zogen sich die Männer in den Rauchersalon zurück, und Julie und ihre Töchter begaben sich nach oben. Als sie den oberen Treppenabsatz erreicht hatten, hörte ich, wie Caroline mit Tullik schimpfte. »Kannst du denn nur peinlich und unhöflich sein? So kann man sich nicht gegenüber einem Mitglied der königlichen Familie benehmen! Deine Vulgarität wird noch das Ende dieser Familie bedeuten, Tullik.«

Doch Tullik lachte nur. »Ich werde nicht mehr lange zu dieser Familie gehören«, gab sie zurück. »Ich werde die Frau eines Malers sein, genau wie Emma Zorn.«

19

Verblassen

Die Malerei ist in dem Falle, dass sie die schönsten Arbeiten des Geistes und der Mühe durch die Zeit auf mancherlei Weise zerstört sieht.

Johann Wolfgang von Goethe,
Zur Farbenlehre

Die kühle Nachtluft brachte Erleichterung für meine Lungen, denn den ganzen Tag über hatte solche Nervosität in der Luft gelegen, dass sie sich kaum hatten füllen können. Trotz Tulliks Ausbruch war das Abendessen mit Prinz Carl gut gegangen, und als der Tisch abgeräumt war, durfte ich gehen.

Im Wald roch es nach dem Unwetter frisch und fruchtbar. Der würzige Duft von Kiefernnadeln erfüllte die Luft, und die Birkenstämme wirkten, als hätte der Regen ihre silbrige Rinde sauber geschrubbt. Als ich den Waldweg entlangging, konnte ich das vertraute Rauschen der Wellen zwischen den Bäumen hören. Alles war wieder an seinem Platz, nachdem es so gründlich vom Sturm durchgerüttelt worden war. Als ich aus dem Wald trat, fühlte auch ich mich gereinigt, trotz des ständigen Niesens und Zitterns, das ich nicht abstellen konnte.

Da meinte ich in der klaren Luft ein Wispern zu hören.

Thomas, sagte mein Herz.

Thomas.

Ich sehnte mich nach seiner tröstlichen Vertrautheit. Kein Prinz oder Maler, sondern ein einfacher Fischer. Wie das Meer, das mich beruhigte, und der Wald, der mich schützte, war Thomas ein Teil meines stetigen Gefühls von Zugehörigkeit: zu diesem Ort, zu Åsgårdstrand und zu ihm. Es gab nichts mehr zu befürchten. Wenn er mich liebte, würde er mir nicht die Farben wegnehmen. Wie Kadmiumpigmente würde er sie nur noch heller und strahlender leuchten lassen.

Doch da, als mein Herz endlich sprach, fing es auch an zu brechen. Denn ich erkannte gleichzeitig, dass ich ihn liebte und ihn bereits verloren hatte.

Als ich nach Hause kam, saß Mutter im trüben Kerzenlicht am Tisch und nähte. Sie hatte eine runde Brille auf der Nasenspitze, neigte den Kopf zur Flamme und konzentrierte sich auf den Ellbogen von einem von Vaters Hemden. Irgendwo hörte ich leises Schreien, wahrscheinlich das Baby der Andersens.

»Was machst du denn hier?«, fragte Mutter, als sie mich sah.

»Die Ihlens haben einen wichtigen Gast, daher brauchten sie mehr Platz«, antwortete ich. Ich hatte ihr immer noch nicht erzählt, dass ich in Millys Zimmer schlief. »Aber morgen früh gehe ich zurück, um das Frühstück zuzubereiten.«

»Verstehe«, sagte sie und zog das Hemd glatt. »Einen *wichtigen* Gast also?«

»Ja, Mutter. Prinz Carl von Schweden.«

Sie ließ das Hemd meines Vaters sinken und zog sich die Brille von der Nase. »Wirklich? Den *Prinz* von Schweden? Halvor!« Sie sprang auf und lief zum Bett, wo mein Vater schon schlief. »Halvor! Wach auf! Johanne hat den Prinz von Schweden getroffen!«

Vater grunzte und stöhnte nur. Mutter riss ihm die Nachtmütze vom Kopf und rüttelte ihn an den Schultern. »Den Prinz von Schweden!«, rief sie laut. »Und, wie war er?«, fragte sie mich dann. »Was gab es zu essen? Worüber wurde gesprochen?«

Zum ersten Mal in meinem Leben fand meine Mutter mich faszinierend. Sie schlang mir sogar den Arm um die Schultern, während ich berichtete. Ich konnte ihr nicht böse sein. Stattdessen empfand ich Befriedigung, sie so entzückt zu sehen, so entspannt und gelöst und sogar mit einem Anflug von Stolz. Sie gab keine Ruhe, bis ich ihr von Anfang bis Ende alles bis in die letzte Einzelheit erzählt hatte: von dem Augenblick an, als der Kurier mit seinem Pferd aus dem Nebel auftauchte, bis zu dem, als ich entlassen wurde. Sie kostete jedes Wort aus, als würde sie jeden Happen der am Abend aufgetragenen Speisen selbst essen.

»Ich wusste, es würde dir guttun, für diese Familie zu arbeiten«, sagte sie. »Obwohl diese Sache mit Miss Tullik höchst unerfreulich war. Jetzt sieh nur, was dir das eingebracht hat: Du hast einen Admiral und einen Prinzen kennengelernt! An die solltest du dich halten, Johanne, nicht an diesen vulgären Maler und die abscheulichen Leute, mit denen er sich vergnügt. Ich weiß nicht, wieso Miss Ihlen solche Leute einem *Prinzen* vorzieht. Sie muss verrückt sein. Nicht wahr, Halvor?«

Aber Vater hatte sich die Decke über die Ohren gezogen

und sein Gesicht zur Wand gedreht. Im Hintergrund hörte ich immer noch das Schreien.

»Hörst du das?«, fragte ich.

»Hmmm?«

»Das Baby?«

»Nein«, antwortete Mutter. »Solbjörg hat ihn heute früh ins Bett gesteckt – von dem habe ich keinen Piep gehört.«

»Ich gehe jetzt lieber schlafen«, sagte ich. »Ich habe das Gefühl, ich bekomme eine Erkältung.«

»Dann mache ich noch eine Wärmepfanne für dich«, erklärte sie und beeilte sich, noch mal den Ofen anzuzünden. »Wir können doch nicht zulassen, dass du krank wirst und morgen den Prinzen verpasst, oder? Auf gar keinen Fall.« Sie packte die kupferne Wärmepfanne beim langen Holzstiel und nahm sie vom Haken, dann setzte sie den Wasserkessel auf. »Geh und mach dich fertig. Ich bringe sie dir dann.«

Als ich die Tür zum Schlafzimmer öffnete, wo Andreas bereits schlief, wurde das verzweifelte Schreien lauter, und da erkannte ich: Es kam vom *Schrei* unter den Dielen. Plötzlich sah ich das Bild vor mir. Die langen, dünnen Hände, die an den skelettartigen Kopf gedrückt wurden, die leeren Augenhöhlen, den blutroten Himmel, die übelkeitserregenden Wellen überall, die Schallwellen dieses entsetzlichen Heulens. Die Farben drängten in meinen Kopf: Blau, Grün, Schwarz, grelles Scharlachrot und Gelb. Ich spürte, wie das seltsame Auge am Himmel mich anstarrte, durch das Segeltuch und die Dielen, und mein Herz durchbohrte.

Ich stieg ins Bett. Mutter kam mit der Wärmepfanne und schob sie unter die Decke. »Mach Platz!«, befahl sie.

Als ich mich zur Wand drehte, fuhr sie mit der Kupferpfanne mehrmals über die Matratze, von einem Ende zum anderen. »Aufgepasst, dass du nicht mit den nackten Füßen drankommst«, flüsterte sie und ließ die Pfanne am Fußende des Betts. »Du könntest dich verbrennen, und wir können weder Krankheit noch Verletzungen dulden, nein, nein. Morgen früh musst du gesund und munter sein und früh raus für den Prinzen!«

»Ja, Mutter.«

Ich zog die Knie an die Brust und döste schließlich zum Heulen des *Schreis* ein.

Doch die Wärmepfanne linderte meine Erkältung nicht, und als ich am nächsten Morgen aufwachte, brummte mir der Schädel, und meine Nase lief. Ich zwang mich aus dem Bett und zog mich schwerfällig an.

Mutter kochte mir einen Brennnesseltee. Ich konnte mich nicht erinnern, wann sie mir das letzte Mal so viel Aufmerksamkeit geschenkt hatte. »Trink du nur deinen Tee, ich kümmere mich um deine Haare«, sagte sie. »Du sollst doch nicht krank aussehen, oder?«

Sie kämmte meine Haare und steckte sie zu einem festen Dutt auf dem Kopf fest. Die Kämme und Nadeln fühlten sich wie Rasierklingen auf meinem dröhnenden Schädel an, und ich zuckte mehrfach zusammen, während ich an meinem Tee nippte.

»Es liegt Nebel überm Wasser«, bemerkte Mutter nach einem Blick aus dem Fenster. »Es muss nur ein bisschen Sonne kommen, die brennt ihn weg. Aber jetzt ab mit dir. Nimm mein Schultertuch, das ist dicker als deins, und deinen Strohhut. Warte, ich stecke ihn dir fest.«

»Ich gehe nur zur Arbeit, Mutter, nicht zur Kirche.«

»Aber für den Prinzen willst du doch so gut wie möglich aussehen, nicht wahr?«, entgegnete sie und setzte mir den

Hut auf. »Soll ich dir noch ein Band holen? Oder vielleicht eine Feder?«

»Ich nehme ihn in der Spülküche schon wieder ab, Mutter. Der Prinz sieht ihn nicht mal.«

»Nun, dann achte darauf, dass deine Haare ordentlich bleiben und deine Hände sauber sind«, sagte sie und scheuchte mich aus dem Haus. »Und wir erwarten einen vollständigen Bericht. Nicht wahr, Halvor? Halvor? Bist du wach?«

Ich ließ sie plappern und lief zum Strand hinunter, wo eine Schar lärmender Austernfischer das Ufer bevölkerte. Auf der Suche nach Muscheln und Wattwürmern pickten sie mit ihren roten Schnäbeln im Sand und zwischen den Felsen. Ich spürte den Blick ihrer starren, grellroten Augen auf mir. Sie pfiffen, als machten sie sich über meinen schicken Hut lustig. So als wüssten sie, dass es gar nicht Sonntag und alles nur Scharade war.

Über dem Wald hing der Nebel tief und tauchte die Bäume in gespenstische Schleier. Als ich über den Pfad lief, knirschten Eicheln unter meinen Füßen. Schon bald würden sich die Blätter golden färben. In den Zweigen sangen die Amseln, so klagend, als stimmten sie das letzte Lied des Sommers an.

Da ertönten hinter mir Schritte. Ich fuhr herum und sah Munch, mit grauer Jacke und Strohhut. »Hallo«, sagte er.

»Munch?«

»Ich reise ab. Ich muss ihr noch Lebewohl sagen. Sie haben einen Prinzen zu Gast. Einen Prinzen! Ein Grund mehr für mich zu gehen.«

»Ihre Abreise wird ihr sehr leidtun, Munch.«

Ich konnte ihm nicht sagen, dass Tullik einen Antrag von ihm erwartete.

Schweigend durchquerten wir den Wald. Munchs lastende

Gedanken ließen keinen Raum für ein Gespräch. Er hatte sein Skizzenbuch unter den Arm gesteckt und spielte mit einem Stück Kohlestift: drehte es zwischen den Fingern, steckte es in seine Tasche, holte es sofort wieder heraus und drehte es erneut zwischen den Fingern. Als wir zur Kirche kamen, ließ er davon ab und holte ein Klümpchen Tabak hervor. »Wann bricht Prinz Carl auf?«, fragte er, während er sich eine Zigarette drehte.

»Nach dem Frühstück.«

»Dann warte ich, bis er weg ist. Hier, unter der Linde.«

Auf meinem Weg zum Haus pflückte ich eine Handvoll Himbeeren von einem Busch neben der Kirche. Es waren die letzten der Saison, hatten schon einen bläulichen Schatten, waren aber noch prall und ließen sich ganz leicht pflücken. In ein, zwei Tagen wären sie überreif gewesen und hätten nicht mehr gegessen werden können. Reife Früchte musste ich einfach pflücken.

In der Küche, wo Ragna schon das Frühstück zubereitete, suchte ich einen Teller für die Himbeeren.

»Trödel nicht rum«, sagte sie. »Zünde die Kerzen an, und deck den Tisch. Um acht kommen sie herunter.«

Ich ließ die Beeren auf dem Küchentisch und holte eine neue Schürze aus der Spülküche. Als ich das Speisezimmer betrat, musste ich niesen, bis mir der Schädel dröhnte und die Augen tränten. Ich holte ein Taschentuch hervor und putzte mir die Nase. Ich presste meine klamme Stirn zum Abkühlen an eine Fensterscheibe. Auf der gegenüberliegenden Straßenseite sah ich im Kirchhof eine Rauchspirale aus Munchs Zigarette in die Luft steigen. Ein nervöser Schauer durchfuhr meine Brust. Niemand sonst wusste, dass er hier war.

Ich entschied, es Tullik nicht zu sagen. Die Familie hatte jetzt anderes zu bedenken, und Tullik musste aufmerksam und charmant am Frühstück teilnehmen, durfte nicht von Munch abgelenkt werden. Ich deckte den Tisch und zündete die Kerzen im silbernen Leuchter an. Er war kunstvoll geschmiedet, hatte die Form von zwei Drachen und war ebenfalls eine Leihgabe aus Horten. Aus den Schwänzen der Drachen ragten die beiden äußeren Kerzen, ihre Köpfe trafen sich in der Mittelsäule, Nase an Nase. Sie erinnerten mich an Tullik und Caroline, in ständigem Kampf verstrickt.

Als die Uhr in der Eingangshalle ankündigte, dass uns nur noch fünfzehn Minuten für die Vorbereitungen blieben, kam oben Betriebsamkeit auf; Frau Ihlen und der Admiral kamen herunter, gefolgt von Tullik und Caroline. Sie versammelten sich im Salon, um auf den Prinzen zu warten.

Der erschien allerdings erst um Viertel nach acht. »Ich bitte um Verzeihung«, sagte er am Fuß der Treppe. »Ihr Gästezimmer schlägt eine Schiffskoje um Längen. Das ist das bequemste Bett, das ich seit Monaten hatte. Ich habe geschlafen wie ein Baby.«

Als Frau Berg und ich dieses große Lob von der Küchentür aus hörten, stieß mich Frau Berg aufgeregt in den Rücken. »Hör dir das an!«, flüsterte sie. »Ich frage mich, ob es auch bequemer ist als die im Palast! Das sind meine Laken, ich sag's dir. *Meine* Laken haben das bewirkt«, wiederholte sie, »meine perfekt gepflegte Bettwäsche.«

Beim Frühstück lief alles wie am Schnürchen. Selbst ich war beeindruckt, wie gut ich servieren und aufwarten konnte. Noch zu Anfang dieses Sommers, als ich die Stelle angetreten hatte, hätte ich mir nie vorstellen können, dass ich zum Ende der Saison einen echten Prinzen bedienen würde. Ich unterdrückte meinen Niesreiz und verbarg, dass ich Fieber hatte, während ich um den Tisch herumschwebte und zur rechten Zeit am rechten Ort Kaffee ausschenkte und Körbchen mit Eiern servierte.

Frau Ihlen war sehr freundlich und flüsterte jedes Mal »Danke, Johanne«, wenn ich eine Schüssel abstellte oder eine Tasse nachfüllte. Ich spürte, wie ihre Befürchtungen wegen Tullik schwanden, als sie sah, wie ihre wunderschöne Tochter so höflich und gewandt mit dem Prinz von Schweden Konversation betrieb, als wäre sie dafür geboren.

Immer noch wusste niemand, dass Munch wartete.

Als das Frühstück beendet war und ich den Tisch abräumte, bemerkte ich, dass sich vor dem Haus eine Menschenmenge versammelt hatte, um den Prinzen gebührend zu verabschieden. Offenbar hatte sich die Kunde verbreitet, denn es waren mindestens zweimal, wenn nicht gar dreimal so viele Menschen wie am Vortag. Die Morgensonne hatte den Nebel vertrieben und warf jetzt ihr kupferfarbenes Licht über den Garten, wo Tautropfen auf dem Gras glitzerten und die Rosenhecke in einem satten Grün leuchtete. Als die Kutsche eintraf, durchlief eine Welle der Erregung die Menge. Ich hörte die Menge laut »Ooh« und »Aah« ausrufen, so wie Frau Berg, und dann setzte aufgeregtes Geplapper ein.

Die Ihlens verabschiedeten den Prinzen. Der reichte dem Admiral als Gastgeschenk eine Schatulle mit einer goldenen Krawattennadel, die alle bewunderten, besonders Caroline. Die Ihlens folgten Prinz Carl zur Gartenpforte hinaus. Frau Berg, Ragna und ich nahmen unsere Plätze auf der Frontveranda unter der gehissten Flagge ein. Als der Prinz winkte, jubelte die Menge. Ich sah Isabel und ihre Mutter weiße Taschentücher schwenken. Ein kleines Mädchen in einem gelben Kleid rannte zur Kutsche und schenkte dem Prinzen ein Sträußchen Veilchen. Er nahm es willig entgegen und tätschelte ihr sanft den Kopf, woraufhin sie zu ihrer Mutter zurückhüpfte, die sie, glühend vor Stolz, gegen ihren Rock drückte.

Als die Kutsche losfuhr und der Prinz durch Kirkebakken entschwand, strömte die Menge zum Haus. Eine Gruppe Kinder rannte zum Zaun. Ein schwarzer Hund flitzte bellend und schwanzwedelnd hinter ihnen her, weil er dachte, man wollte mit ihm spielen. Als die Kutsche schließlich nicht mehr zu sehen war, ertönte eine Stimme aus der Menge: »Haben Sie ein Andenken für uns, Frau Ihlen? Etwas, das uns an den Prinzen erinnert?«

Julie blickte zum Admiral und hob fragend die Hände.

»Ich hab's!«, sagte Caroline zur Menge. »Wartet hier!«

Sie verschwand im Haus und war nach ein paar Minuten wieder zurück. Sie hatte ihre Hand ausgestreckt und hielt etwas zwischen Daumen und Zeigefinger. Doch was es war, sah man nicht.

»Was ist es?«, rief eine Frau.

»Ich seh nichts«, meldete eine andere.

Caroline grinste verschmitzt. »Drei Haare vom Kissen des Prinzen«, erklärte sie. »Wer will drei Haare vom Kissen des Prinzen?«

Sofort schossen Hände in die Höhe: fünf, zehn, fünfzehn – viel zu viele zum Zählen.

»Schön, schön«, sagte Caroline. »Dann muss ich sie an den Meistbietenden versteigern. Wer gibt mir zwei Kronen dafür? Ja. Gut. Wer bietet zweieinhalb? Und drei?«

Innerhalb weniger Minuten waren die Haare des Prinzen verkauft.

Tullik entfernte sich kopfschüttelnd. »Das Ganze ist ihr zu Kopf gestiegen«, sagte sie zu mir.

»Kommt, Mädchen«, sagte Frau Ihlen. »Johanne hat heute Morgen Himbeeren mitgebracht. Gehen wir in die Küche und essen sie.«

Caroline und Tullik folgten ihrer Mutter in den hinteren Teil des Hauses, während der Admiral sich in sein Arbeitszimmer begab, um Morgenmantel und Zigarren zu holen.

Als sich die Menge zerstreute, entdeckte ich Munch an der Linde. Zu schüchtern, um sich zu nähern, während noch Leute ums Haus herumwimmelten, zeichnete er eifrig alles, was er sah.

»Ich trinke hier draußen auf der Veranda einen Kaffee, Johanne«, sagte der Admiral, als er zurückkehrte.

»Ja, mein Herr«, sagte ich und eilte in die Küche.

Ich wartete, bis eine Kanne frischer Kaffee gekocht war, und deckte ein Tablett genau so, wie der Admiral es mochte: mit Tasse und Untertasse, einem silbernen Teelöffel, einer kleinen Zuckerdose und einer gefalteten Serviette.

Als ich es zu ihm hinausbrachte, waren die Leute verschwunden und Stille hatte sich über Solbakken gesenkt. Nils Ihlen bewunderte seine neue Krawattennadel und lächelte in sich hinein, weil der Besuch des Prinzen ein solcher Erfolg gewesen war. Er nahm eine dicke Zigarre aus seiner Blechdose, schnitt das Ende mit einem silbernen Kneifer ab, steckte sie sich in den Mund und zündete sie an, sog daran und stieß dann den Rauch aus. »Was für ein prächtiger Morgen«, sagte er und machte es sich auf seinem Platz bequem, während ich das Tablett auf dem Tisch neben ihm abstellte. »Danke, Johanne. Das wäre dann alles.«

Als ich ins Haus zurückkehrte, hörte ich das Schloss der

Gartenpforte klicken und Admiral Ihlen aufspringen. Ich blickte mich um und sah Munch am Eingang des Gartens, mit seinem Skizzenbuch unter dem Arm. Er nahm seinen Hut ab, kam den Gartenweg herauf und bot dem Admiral zittrig wie eine Maus die Hand.

Admiral Ihlen hätte am liebsten laut geschrien, bezwang sich aber und senkte die Stimme. »Sie?«, sagte er, packte Munch am Arm und führte ihn zurück zur Pforte. »Sie wagen es, hierherzukommen?«

»Ich kann verstehen, dass Sie aufgebracht sind, mein Herr«, sagte Munch.

»Was wollen Sie?«, fragte der Admiral. »Was interessiert Sie an unserer Familie – und an meinen Töchtern insbesondere? Warum sind Sie so versessen darauf, ihren guten Ruf zu zerstören? Sie sind nicht wie Sie. Es sind unschuldige und achtbare junge Frauen.«

»Da haben Sie recht, mein Herr. Ich wollte mich nur verabschieden.«

Die Haustür stand offen, und ich hörte Schritte in der Eingangshalle. »Johanne, könntest du uns Kaffee bringen?« Es war Tullik.

Ich rannte die Vordertreppe hinauf ins Haus und drückte die Tür fest hinter mir zu.

»Was? Was soll das?«, fragte Tullik und bemerkte, dass ich unter meiner kränklichen Blässe errötete.

»Nichts«, log ich. »Dein Vater will nur allein sein. Das ist alles.« Ich trat einen Schritt zurück und presste meine Hand gegen die Tür.

»Johanne«, sagte Tullik. »Was verbirgst du vor mir?«

»Nichts.«

Ich konzentrierte mich so darauf, sie nicht vorbeizulassen,

dass ich nicht auf die Tür zum Speisezimmer achtete. Sie eilte zum dortigen Fenster, keuchte auf und stieß einen leisen Schrei aus. »Er ist hier!«, rief sie. »Er will um meine Hand bitten! Oh, Johanne. Sieh ihn nur an! Ist es nicht ehrenhaft von ihm, herzukommen und das Richtige zu tun: meine Familie aufzusuchen und meinen Vater um Erlaubnis zu bitten? Halt … was macht Vater da? Er hat ihn am Arm gepackt. Johanne? Weg da. Weg da!«, schrie sie, kam aus dem Speisezimmer gestürzt und versuchte, meine Hand vom Türgriff zu reißen. »Ich muss zu ihm.«

»Nein, Tullik«, sagte ich. »Es wäre nicht klug, sie jetzt zu stören.«

Mit der Kraft einer Wahnsinnigen schob sie mich einfach beiseite. Mit beiden Händen drückte sie die Türklinke herunter und riss die Tür so heftig auf, dass sie gegen die Wand knallte und dort Kerben hinterließ.

»Edvard!«, schrie sie.

Munch war schon auf der Straße.

»Wohin gehst du? Edvard!«

Sie stürzte ihm nach, doch der Admiral war zu schnell für sie. Er trat ihr in den Weg und hielt sie am Arm fest. »Nein, Tullik«, sagte er und warf seinen Zigarrenstummel auf den Boden.

»Edvard!«, flehte Tullik.

Munch drehte sich um und sah sie an. Er hob seine Hand zum Hut und tippte sich höflich an die Krempe.

»Edvard!«

»Ins Haus mit dir, Tullik«, befahl der Admiral und hielt sie mit Mühe fest. »Johanne, könntest du mir bitte helfen?«

Ich nahm ihren zweiten Arm, doch sie entriss ihn mir und reckte und bog ihren Kopf zurück, um nach Munch zu sehen. »Du hast ihn weggeschickt!«, rief sie. »Wie konntest du nur!«

»Hinein mit dir, Tullik«, sagte der Admiral. »So ein Theater ist ganz unnötig.«

»Aber Edvard – du hast ihn weggeschickt! Er hat um meine Hand gebeten, nicht wahr? Aber du hast sie ihm verweigert. Du verweigerst mir mein Glück, einfach so!«

»Nein, so war es nicht, Tullik. Komm jetzt, Liebes, ab ins Haus.«

Wir schoben die sich wehrende Tullik zur Haustür, wo der Admiral sie mit beiden Armen packte und ins Haus bugsierte.

Bevor er die Tür schloss, sah ich Munch auf der gegenüberliegenden Straßenseite. Er steckte sich eine Zigarette in den Mund und zündete sie an, bevor er sich schließlich abwandte und ging.

20

Schatten

Die Farbe selbst ist ein Schattiges […]
und wie sie mit dem Schatten verwandt ist,
so verbindet sie sich auch gern mit ihm, […]
sobald der Anlass nur gegeben ist.

Johann Wolfgang von Goethe,
Zur Farbenlehre

Die Tür knallte zu. Schwärze breitete sich aus. Meine Stirn brannte, meine Lungen versagten den Dienst. Die Luft war zum Schneiden dick.

»Lass ihn ziehen«, sagte der Admiral. »Lass einfach dieses Hirngespinst ziehen, Tullik.«

»Aber wir wollten heiraten«, gab Tullik zurück.

»Ich schwöre, davon hat er kein Wort gesagt«, erwiderte der Admiral. »Er sagte, er wolle abreisen, nach Deutschland.«

»Du lügst!«

»Nein, das ist die Wahrheit. Er verlässt das Land.«

Tullik wehrte sich gegen den Griff ihres Vaters und wollte sich losreißen. »Lass mich!«, schrie sie. »Ich muss zu ihm. Es ist noch nicht zu spät!«

»Nein, das musst du nicht«, entgegnete der Admiral. »Im Gegenteil: Du musst dir diesen Maler aus dem Kopf schlagen.«

»Aber ich *liebe* ihn.«

»Sei nicht albern, Tullik«, sagte der Admiral und schloss die Haustür ab. »Woher hast du nur diese dummen Ideen von der Ehe. Du *kannst* ihn nicht heiraten, Liebes. Was für ein Leben wäre das denn?«

Tullik antwortete nicht mit Worten, sondern stieß einen schrecklichen, lang gezogenen Schrei aus und ließ sich zu Boden sinken. Sie krallte sich an ihren Bauch und dann an ihre Brust, als wollte sie ihren Kleidern, ihrer Haut, ihrem Fleisch, ja, sich selbst entfliehen. Alles Blut wich ihr aus dem Gesicht, und sie wurde totenbleich. Gurgelnd stieß sie einen zweiten, durchdringenden Schrei aus.

Es vernichtete sie. Fraß sie von innen her auf. Verzerrter Mund. Gespannte Lippen. Klagelaute. Die Seele wurde ihr herausgerissen, brutal, und mit ihr die Erinnerungen. Vor meinen Augen wurde ihr das Herz gebrochen. In tausend kleine Stücke. In Splitter. Unter unmenschlichen Schreien. Eine Naturgewalt, unaufhaltsam, unnachgiebig. Das Gesicht eine einzige Grimasse, die Brust eingesunken. Die Augen voll sengendem Schmerz.

Es kam aus der Tiefe ihres Herzens, und die Macht des Stoßes schockierte Tullik ebenso wie uns alle. Ich stürzte zu ihr und fasste sie am Arm, doch sie schüttelte mich ab. Der Admiral kniete sich neben sie und versuchte, sie zu beruhigen. Julie und Caroline kamen herbeigerannt, dicht gefolgt von Frau Berg und Ragna.

Tulliks Trauer war überwältigend, versteinernd. Die tiefe Gewissheit, dass ihr Leben ohne ihn stattfinden würde. All die Bande, die sie verbunden hatten, rissen und zerfransten, und ihre Seele wurde ihr geraubt. Ihre Kraftquelle, die Quelle ihres Lebens versiegte, und ihre Lebendigkeit erstarb und ließ nur noch eine Hülle zurück. So groß war die Qual in ihren Augen, dass ihr nicht mal mehr Tränen kamen. Trockener, ausgedörrter, hohler Schrei des Verlusts.

Julie und Caroline packten sie an Armen und Taille, als ihr Körper immer mehr einsank. Entsetzt blickten sie einander an, wussten nicht, was sie sagen oder tun sollten, als Tullik immer weiterschrie. Mit heiserer Kehle. Krampfhaft. Wimmernd und flehend wiederholte sie immer wieder: »Edvard, Edvard, Edvard.« Ich war abgestoßen, so brutal kam es mir vor, als würde ein Tier zur Schlachtbank geführt. Tullik tobte weiter, wütete gegen die böse Macht, die ihr die Seele gestohlen hatte. Dann heulte sie. Stieß ihre Hände, zu Krallen gekrümmt, in die Luft, wollte sich wehren, sich rächen.

Der Admiral hob sie hoch, doch sie stemmte sich gegen ihn, schlug und kratzte ihn. Zog Striemen über sein Gesicht und schrie immer weiter. Er versuchte mit aller Kraft, ihre Arme festzuhalten, doch sie wehrte sich. Besessen und besinnungslos. Schlug nach ihm, zog sich an den eigenen Haaren. Wollte vor sich selbst fliehen.

Ich dachte, es würde niemals enden. Sie schrie und wand sich in tiefster Verzweiflung. Ihr ganzes Feuer loderte auf, als der Schrei, der sie quälte, von dem sie besessen war, zum Leben erwachte. Sirenenartiges Heulen, durchdringend, scharf und entsetzlich wie Scherben und gezackte Klingen. Wild. Bestialisch. Barbarisch und wahnsinnig.

Als es schließlich schwand, sank Tullik, aller Energie beraubt, zu Boden. Vernichtet kauerte sie dort. Auf allen vieren. Schrille Schreie entfleuchten ihr weiterhin, wie bei einem

Nachbeben. Wieder sein Name: »Edvard, Edvard, Edvard.« Irrsinnig, kaum verständlich. Schaum bildete sich an ihren Mundwinkeln, Rotz tropfte ihr aus der Nase, ihre Wangen wurden flammend rot, und Schweiß zeigte sich auf ihrer Stirn.

Julie schrie mich an. Nacktes Grauen in den Augen. Ich sah ihr Gesicht und die Bewegung ihres Munds, hörte aber nicht, was sie sagte. Dann packte mich der Admiral an den Armen. Er befahl mir, den Arzt zu holen. Horten. Horten. Den Arzt aus Horten. Caroline weinte. Frau Berg wimmerte. Und Ragna starrte. Starrte. Mit ihren schwarzen Augen.

Horten. Horten. Der Arzt in Horten. Geh, Johanne. Schnell!

Ich stand mühsam auf und stürzte zur Tür. Floh in Panik.

Ich rannte so schnell, dass ich meine Beine nicht mehr spürte. Rannte einfach drauflos. Rannte. Meine Brust verkrampfte sich, alles verschwamm vor meinen Augen. Und immer noch hörte ich Tulliks ohrenbetäubendes Kreischen, es erfüllte meinen ganzen Kopf. Ich schmeckte Blut. So schmeckte das Kreischen, Tulliks *Schrei.*

Vor dem Pfarrhaus blieb ich stehen und beugte mich zitternd vornüber. Stützte die Hände auf die Knie. Wellen der Übelkeit stiegen in mir auf. Ich schwitzte und hatte gleichzeitig Schüttelfrost. Ich musste Isabel finden. Horten. Horten. Der Arzt in Horten. Ich hob den Kopf und wischte mir mit dem Ärmel über die Stirn. Schweiß rann mir die Kniekehlen hinunter. Immer noch dröhnte es in meinem Kopf, als wimmelte dort ein Schwarm von Bienen.

Die Sonne schien auf die Frontseite des Pfarrhauses, so grell weiß, dass ich nicht hinschauen konnte. Ich wandte den Kopf ab und blickte suchend in die Ferne. Mit der Sonne im Rücken konnte ich Munch ausmachen, der den Weg zum

Wald hinunterging. Er folgte der Biegung des Pfads und ging dann quer über ein Feld Richtung Ufer. Jetzt rauchte er nicht mehr, sondern ging nur. Mit den Händen in den Taschen, dem Skizzenbuch unterm Arm. Zwang sich, einen Fuß vor den anderen zu setzen. Zielstrebig. Am Rand des Felds, wo es zum Wasser abfiel, blieb er stehen. Stand da und blickte hinaus aufs Meer. Einsam und verlassen. Verloren.

Ich räusperte mich und setzte mich wieder in Bewegung, rannte um das Pfarrhaus herum und stürzte in die Meierei, ohne mich um die Kunden an der Theke oder das kleine Mädchen mit dem Korb Eier neben ihnen zu kümmern.

Isabel hinter ihrer Registrierkasse starrte mich so verängstigt an, als wäre ein wildes Tier hereingesprungen. »Johanne?«, fragte sie.

»Horten!«, rief ich laut. »Horten! Arzt in Horten!«

»Du meinst Doktor Karlsen, Liebes?«, fragte Isabels Mutter und kam um die Theke herum zu mir, um mich zu stützen. »Bring sie zum Wagen, Isabel«, befahl sie, als die Kunden sich die Hand vor den Mund schlugen und an die Wand drückten.

Sie setzten mich auf die Ladefläche des Milchwagens, und Isabel nahm neben mir Platz und hielt mich am Arm. Ich versuchte zu erklären, was geschehen war, brachte aber nichts anderes hervor als »Schrei, Schrei, Tulliks Schrei.«

»Das verstehe ich nicht, liebes Kind«, sagte Isabels Mutter. »Ist Miss Tulliks Grippe schlimmer geworden? Sollen wir Doktor Karlsen für Tullik Ihlen holen?«

Ich nickte, als der Wagen losfuhr, und ließ mich dann an seine Seitenwand sinken.

Isabel rückte von mir ab und wandte sich an ihre Mutter, die so heftig die Peitsche schwang, als würden wir von einer

Armee verfolgt. »Mutter, ich glaube, Johanne ist krank. Der Doktor sollte sie sich auch mal anschauen.«

Frau Ellefsens Antwort hörte ich nicht mehr, weil ich immer wieder das Bewusstsein verlor. Tulliks entsetzliche Schreie hallten in meinem Kopf wider. Das Rütteln des Wagens erschütterte mich bis in die Knochen, und mir war so kalt, dass ich in einem fort zitterte. Als wir Horten erreichten, hatte mich das Fieber in eine Welt voller Schreckensvisionen entführt. Schreie, blutrote Horizonte, Strudel und leere, tote Augen.

Als ich aufwachte, lag ich in der unteren Koje in der Fischerhütte. Zwei Tage waren vergangen. Vater saß am Fußende des Betts und las weit vornübergebeugt Zeitung, um das schwache Licht vom Fenster zu nutzen. Ich schätzte, dass es später Nachmittag war. In der Ferne kreischten Möwen.

Einen Augenblick starrte ich zu meinem Vater, weil ich damit rechnete, eine skelettdürre Gestalt würde sich über seine Schulter hinweg mit offenem Mund und heiseren Schreien auf mich stürzen und eine Übelkeit in mir aufwallen lassen, die einfach nicht herauswollte. Ich lauschte, ob ein Heulen zu hören war, das langsam zu einem hysterischen Kreischen anschwoll und dann zu einem klagenden Stöhnen verebbte. Ich betrachtete sein Gesicht, weil ich befürchtete, es würde die Farbe wechseln und karmesinrot werden; seine Augen würden scharlachrot glühen, sein ganzer Kopf würde zu brodeln anfangen wie kochend heiße Lava, und seine Gesichtszüge würden schmelzen, bis er nur noch aus Feuer bestünde. Das war der Stoff, aus dem meine Albträume bestanden.

Als Vater einen Blick auf mich warf und sah, dass ich wach war, legte er die Zeitung zu Boden, rückte ans Bett und umfasste meine Hände sanft mit seinen. »Da bist du ja, meine Kleine«, sagte er. »Du hast uns allen einen großen Schrecken eingejagt. Ich sage deiner Mutter Bescheid. Und bringe dir Tee.«

»Nein, Vater. Bleib noch ein Weilchen bei mir.«

Langsam kehrte ich aus meinen Albträumen in die Wirklichkeit zurück, prüfte Vaters Taschen, als er noch näher zu mir rückte, auf knochige Finger, suchte mein Bettzeug nach Blutstriemen und Brandflecken von dem heftig wütenden Feuer ab. Ich schnüffelte, um zu prüfen, ob immer noch das erstickende Gemisch aus Ölfarbe und Terpentin in der Luft lag, die üblen Dämpfe, die meine Wahnvorstellungen befeuert hatten. Doch die Luft war frisch und mein Vater völlig normal. Und die einzigen Schreie kamen von den Möwen.

Ich warf einen Blick auf den Boden. »Hörst du was, Vater?«, fragte ich und hob meinen Kopf vom Kissen.

»Nein, Liebes«, erwiderte er und drehte den Kopf von rechts nach links. »Nur die Möwen an der Pier.«

Ich sank ins Bett zurück.

Der *Schrei* war endlich verstummt.

Mutter und Vater schoben die Rückkehr in unser Haus um zwei Tage auf, weil ich zu krank und schwach für den Transport war. Herr Heyerdahl kam vorbei, um uns den Schlüssel zu bringen, bevor er nach Kristiania abreiste.

Der Anblick seiner massigen Gestalt auf der Türschwelle entzückte Mutter beinahe genauso sehr wie bei seiner Ankunft. »Sie befindet sich eindeutig auf dem Weg der Besserung«, erklärte sie in der Hoffnung, er wollte mich vielleicht auf dem Krankenbett malen. Möglicherweise würde ich, wie ich so krank und ausgezehrt dalag, die Modewelle mit Bildern in ihrem Bett dahinsiechender Mädchen wiederaufleben lassen.

»Johanne.« Wie das Läuten einer Kirchenglocke hallte mein Name nach, als Herr Heyerdahl ihn aussprach. »Ich habe gehört, du warst krank«, fügte er hinzu, trat ins Schlafzimmer und zog sich einen Stuhl ans Bett. »Die habe ich dir mitgebracht.« Er reichte mir einen Strauß Blumen aus lila Klee, blauen Astern und weißen Winden.

»Ach, die sind ja göttlich«, rief Mutter aus. »Ich stelle sie gleich für Sie ins Wasser.«

Sie klapperte in der Küche herum, weil sie verzweifelt ein eleganteres Gefäß suchte als den irdenen Krug mit dem Sprung, den wir bei Tisch benutzten.

»Wie fühlst du dich?«, fragte Herr Heyerdahl.

»Seltsam«, erwiderte ich. »Kalt. Leer.«

»So fühlen wir uns alle am Ende der Saison.« Er nickte verständnisvoll.

Ich neigte mich zum Rand des Betts und flüsterte: »Und Munch? Wo ist er?«

»Ach, der ist weg«, sagte er. »Nach Deutschland, zur Ausstellung in Berlin.«

»Er ist gegangen?«

»Wir alle müssen irgendwann gehen.«

»Und Tullik? Hat sie ihn noch mal gesehen, bevor er ging?«

»Nein, Johanne.« Seine Miene verfinsterte sich, und Traurigkeit schimmerte in seinen Augen. »Leider nicht. Schau mal, er hat mir den hier gegeben. Nimm ihn, bitte.« Er gab mir einen rostigen Schlüssel. »Der ist fürs Atelier. Er wollte, dass du ihn bekommst. Du solltest ihn allerdings vielleicht irgendwo verstecken.«

Ich nahm den Schlüssel und schob ihn gerade unters Kopfkissen, als meine Mutter mit den Blumen zurückkehrte, die sie in ein hohes Bierglas gezwängt hatte. »Sind die nicht herrlich?«

Sie stellte den Strauß aufs Fenstersims, und dann blickten wir alle voller Bedauern darauf, als wären dies nicht nur die letzten Blumen des Sommers, sondern die letzten Blumen überhaupt, die je die Erde schmücken sollten. Ich betrachtete die blauen Sterne der Astern, die weißen Kelche der Winden und die lila Puschel des Klees und spürte plötzlich, dass alles dem Ende zuging. Doch dann fiel mir ein, dass all diese Blumen auch Futterpflanzen für Raupen waren und als solche Teil derer Verwandlung. Sie halfen den Raupen bei ihrer Entwicklung zu Schmetterlingen. Also war dies vielleicht doch nicht nur das Ende des Sommers, sondern auch der Beginn des Herbstes.

»Bleiben Sie zum Tee, Herr Heyerdahl?«, fragte Mutter mit ihrer süßlichen Stimme.

»Danke, aber ich muss weiter«, sagte er. »Christine und die Kinder warten schon an der Pier.« Er legte seine Hand auf meine Stirn. »Sie brennt nicht mehr. Ich glaube, jetzt ist sie außer Gefahr, Sara.«

»Gott sei Dank«, sagte meine Mutter. »Sie hat uns einen grässlichen Schrecken eingejagt.«

»Ich bin sicher, wenn sie erst mal wieder zu Hause ist, wird sie sich vollständig erholen. Hier ist der Schlüssel. Noch einmal vielen Dank für Ihre Gastfreundschaft. Ich fürchte, das Haus wird Ihren hohen Ansprüchen an Ordnung und Sauberkeit nicht genügen, nachdem ich dort mit meinen Pinseln, Staffeleien und wilden Kindern gewütet habe.«

»Aber nicht doch«, erwiderte Mutter. »Es war uns ein großes Vergnügen, Sie hier zu haben. Und wir hoffen, Sie beehren uns nächstes Jahr wieder.«

Herr Heyerdahl tippte sich höflich an den Hut und rauschte aus der Hütte.

Ich warf noch einen Blick zu den Blumen. Die Stängel waren zusammengedrückt, damit sie ins Glas passten: grüne und gelbe Striche in unterschiedlichen Farbtönen und Strukturen. Sonnenlicht strömte durchs Fenster und überzog die Blüten mit bronzefarbenem Schimmer. Wenn jemand draußen vorbeiging und kurz das Fenster verdunkelte, wurden auch die Blüten dunkler: von lila zu indigo, von blau zu schwarz, von weiß zu grau. Und als dann ein Mann vor dem Fenster stehen blieb und mit an die Schläfen gelegten Händen ins Zimmer spähte, wurden sie alle in tiefen Schatten getaucht.

Was erlaubt der sich?, dachte ich zuerst, doch als ich genauer hinschaute, erkannte ich Thomas. »Komm rein!«, rief ich und winkte mit einem Arm.

»Sie ist immer noch schwach«, hörte ich meine Mutter an der Tür sagen.

»Lass ihn reinkommen!«, rief ich mit zittriger Stimme.

»Dann aber nur für ein paar Minuten«, sagte meine Mutter.

Als Thomas mit großen Schritten hereinkam, brachte er die Sonne mit. Sein Gesicht strahlte, die Wangen waren gerötet, und seine braunen Augen schimmerten wie polierte Kastanien. »Johanne!« Vor dem Bett blieb er stehen und hielt sich an seiner Mütze fest.

»Setz dich«, sagte ich und zeigte auf den Stuhl, auf dem gerade noch Herr Heyerdahl gesessen hatte.

»Ich habe mir solche Sorgen gemacht«, sagte er. »Wir alle.«

»Aber dazu besteht jetzt kein Grund mehr. Ich bin bald wieder gesund. Mutter wird mich nicht lange faulenzen lassen.«

Ich beobachtete, wie seine langen Wimpern flatterten, als er blinzelte. Er hatte etwas Beruhigendes an sich. Er streckte seinen Arm aus und barg meine Hand in seiner großen, breiten Handfläche, worauf etwas Warmes und Knisterndes von Neuem entfacht wurde. Wieder hörte ich eine leise Stimme wispern. Es war kein lautes, wildes Verlangen, sondern eine zarte Andeutung, ein Zeichen von etwas, das mit der Zeit wachsen würde. Die Blumen mochten welken und die Bäume ergeben ihre Blätter abwerfen, doch nur so konnten sie in neuer Pracht erstrahlen, schöner noch als zuvor, wenn der nächste Sommer nahte.

»Also, was unser Abenteuer betrifft«, sagte Thomas. »Nach Dänemark und Frankreich. Und Ägypten. Willst du immer noch mitkommen?«

»Ja, Thomas. Das will ich«, antwortete ich lächelnd.

»Und dann kommen wir mit Juwelen bedeckt zurück, und man wird uns König und Königin von Åsgårdstrand nennen.«

»Ja«, sagte ich lachend, »König und Königin von Åsgårdstrand.«

Kaum hörte meine Mutter mich lachen, stürzte sie ins Zimmer und schimpfte mit uns. »Johanne muss sich jetzt ausruhen, Thomas. Wenn du so freundlich wärst …«

»Selbstverständlich, Frau Lien. Sie haben recht, sie muss sich ausruhen.« Er erhob sich und setzte sich die Mütze auf. »Wir haben frischen Seelachs an der Pier. Wenn Sie möchten, bringe ich Ihnen welchen.«

Thomas war so liebenswert, dass meine Mutter Mühe hatte, ihre strenge Miene aufrechtzuerhalten. Sie bröckelte an ihren Mundwinkeln, wo ein Lächeln sich breitmachen wollte. »Danke«, sagte sie, »das wäre sehr freundlich.«

Thomas war weder ein Admiral noch ein Prinz, doch konnte Mutter nicht leugnen, dass seine Gunstbezeugungen durchaus Vorteile hatten. Es sprach einiges dafür, einen einfachen Fischer als Schwiegersohn zu haben.

»Du bist zu jung zum Heiraten«, beschied sie, als er gegangen war. »So nett er auch sein mag, du bist zu jung.«

»Ja, Mutter. Ich weiß. Ich will auch gar nicht heiraten, nicht jetzt jedenfalls.«

»Gut. Du musst dir ganz sicher sein, dass du den Richtigen gefunden hast«, sagte sie. »Sieh nur, wohin es Miss Ihlen gebracht hat, sich in diesen Maler zu verlieben.«

»Tullik«, sagte ich und wurde bei ihrem Namen munter. »Geht es ihr wieder gut, Mutter? Hast du Neuigkeiten aus Solbakken gehört? Ist Frau Berg vorbeigekommen?«

»Man hat dich an dem Abend hergebracht, als Miss Ihlen krank wurde«, erklärte sie. »Frau Ellefsen und ihre Tochter Isabel. Sie sagten, Doktor Karlsen hätte sie angewiesen, dich so schnell wie möglich nach Hause zu bringen. Er hätte es selbst getan, doch er musste sofort mit Miss Ihlen nach Horten zurück.«

»Dann ist Tullik in Horten?«, fragte ich.

»Nein, Johanne.«

»Aber wo ist sie dann?«, hakte ich nach, weil mir plötzlich Herrn Heyerdahls trauriger Blick einfiel, als ich mich nach ihr erkundigt hatte.

Mutter schüttelte nur den Kopf.

»Wo ist sie?«, flehte ich sie an und setzte mich auf.

»Wir wollten dich nicht beunruhigen«, sagte Mutter. »Sieh, wie du dich schon wieder aufregst. Aber du brauchst Ruhe. Frau Ihlen sagte, man bräuchte deine Dienste nicht mehr, nun, da die Saison zu Ende ist. Du musst also nicht mehr dorthin zurück. Du brauchst keinen Gedanken auf die Ihlens verwenden. Jetzt nicht mehr.«

»Sag's mir, Mutter. Bitte! Sie ist meine *Freundin*!«, krächzte ich und packte sie am Arm. »Wo ist Tullik?«

Mutter setzte sich zu mir aufs Bett. »Na gut. Aber leg dich erst hin, Johanne. Du bist immer noch sehr schwach.«

Widerstrebend legte ich mich hin, stützte mich aber auf die Ellbogen.

Mutters Erklärung war kurz und knapp. »Sie wurde eingewiesen. In Gaustad. Doktor Karlsen hielt es für das Beste. Die Familie fand das auch.«

All meine Albträume waren wahr geworden. »Gaustad?«, fragte ich. »In Ekeberg?«

»Ja. Das ist eine Anstalt für Frauen. Dort kümmern sich erfahrene Ärzte um sie. Frau Berg sagt, die Ihlens hätten keinen Zugang mehr zu ihr gehabt. Sie konnten nichts mehr für sie tun.«

»Ist sie dort eingesperrt? In einer Zelle?«

»Ich weiß nicht, was in solchen Anstalten geschieht«, sagte Mutter, »aber sie bleibt dort, bis es ihr besser geht.«

Gaustad. Wo Munchs Schwester Laura steckte, gegen ihre Gemütskrankheit kämpfte, unfähig zu sprechen, verloren in den finstersten Tiefen ihrer Seele. Ich dachte an Laura und das Bild, daran, dass Tullik gesagt hatte, so könnte sie auch werden. Munch hatte Tullik in das Bild gemalt, sie mit ein paar Kohlestrichen mit seiner Schwester verbunden.

Munch hatte sie zusammengebracht, und jetzt schmachteten beide in Gaustad und versuchten, ihrem eigenen Schatten zu entkommen.

21

Harmonie

Wenn nun zwei aus derselben Quelle entspringende entgegengesetzte Phänomene, indem man sie zusammenbringt, sich nicht aufheben, sondern sich zu einem dritten angenehm Bemerkbaren verbinden, so ist dies schon ein Phänomen, das auf Übereinstimmung hindeutet.

Johann Wolfgang von Goethe,
Zur Farbenlehre

Die Rückkehr in unser eigenes Haus war befreiend und einengend zugleich. Da ich keine Stellung mehr hatte und mich erholen musste, stellte niemand Erwartungen oder Forderungen an mich. So hatte ich all meine Zeit zur freien Verfügung. Doch nur im Haus festzusitzen war nicht sonderlich erholsam. Sehr zum Ärger meiner Mutter schlich ich von Zimmer zu Zimmer und war eigentlich nur im Garten glücklich. Dort saß ich in Decken gehüllt, manchmal stundenlang. Schließlich konnte ich meine Mutter davon überzeugen, dass es gut für mich wäre zu malen. Obwohl die Vorstellung sie beunruhigte, brachte mir Vater Ölfarben und zwei Pferdehaarpinsel mit, und danach konnte mich nichts mehr aufhalten.

Der Garten veränderte sich. Doch obwohl der Oktober nahte, blühten noch ein paar orangefarbene Astern, und der Rosenbusch am Gartenschuppen war mit seinen faustgroßen roten Blüten und den seidigen Blättern immer noch ein atemberaubender Anblick. Diesen Busch malte ich wieder und wieder. Das Motiv meiner Bilder wuchs und veränderte sich je nach Stimmung. An sonnigen Nachmittagen oder wenn Thomas zu Besuch kam, wurden die Rosen groß und strahlend, die Blüten entwickelten sich aus großzügigen Farbtupfern, die ich locker mit meinem größten Pinsel auftrug. An Tagen, wenn ich immerzu an Tullik denken musste, schien der Busch zu schrumpfen, war in einem stumpfen Burgunderrot gehalten, und die Blätter wirkten dunkel wie Kaffeebohnen. An diesen Tagen sah ich nur die Schatten. An manchen Tagen gar war mir das Herz so schwer, dass ich gar nicht malen konnte. Dann saß ich mit geschlossenen Augen auf meinem Stuhl im Garten und lauschte der Natur. In meinem Kopf sagte ich immer wieder den Spruch von Goethe auf: *So spricht die Natur hinabwärts zu anderen Sinnen, zu bekannten, verkannten, unbekannten Sinnen; so spricht sie mit sich selbst und zu uns durch tausend Erscheinungen.* Er hatte recht. Hier war es, mit dem rastlosen Rufen der Zugvögel, die am Himmel ihr breites V bildeten und sich auf den Aufbruch vorbereiteten; mit dem Wind, der raschelnd durch die Bäume fuhr, langsam stärker wurde und sanft die Blätter von den Bäumen pflückte; mit dem Klopfen des Spechts hier und da sowie dem leisen Huschen eines Eichhörnchens. Selbst in einem stillen Garten sprach die Natur. Man musste nur aufmerksam zuhören.

An einem dieser Vormittage, als ich mit geschlossenen Augen dasaß, hörte ich etwas Ungewöhnliches, Störendes. Es war Sonntag, und die anderen waren zur Kirche gegangen. *Alle* waren in der Kirche. Doch Schritte näherten sich dem Garten. Harte, schnelle Schritte auf der Straße. Keuchender Atem, durchsetzt mit leisem Wimmern. Und dann mein Name, immer wieder, stockend, in verschiedenen Betonungen: *Jo-han-ne. Johan-ne. Jo-hanne.*

Ich riss die Augen auf, sprang vom Stuhl, warf die Decke ab und ließ sie im Gras liegen. An der Gartenpforte stand eine Frau. Sie trug ein dunkelrotes Kleid und hatte wild flammendes Haar.

»Tullik?«, rief ich. »Tullik! Bist du das?«

»Johanne! Du musst ganz schnell kommen!«

»Tullik! Du bist wieder da!« Tränen schossen mir in die Augen, als ich zu ihr rannte.

Sie schlang die Arme um mich, und dann klammerten wir uns weinend aneinander.

»Du musst mitkommen«, sagte sie. »Du musst sofort mit mir nach Solbakken. Für Erklärungen ist keine Zeit. Komm einfach mit. Sofort.«

Sie nuschelte, und ihr Blick war durchdringend und gehetzt. Ich fragte mich, ob sie aus Gaustad geflohen, ob sie immer noch krank war. Doch ungeachtet ihres Gemütszustands musste ich ihr einfach folgen. Ihre Aufforderung war so dringlich, dass ich so schnell ich konnte mit ihr rannte, obwohl ich meine Beine seit Wochen kaum beansprucht hatte. Sie zerrte mich aus dem Garten, und dann stolperten wir weinend, zitternd und nach Luft schnappend den Hügel hinunter. Meine Beine waren so zittrig wie Blumenstängel, und es fühlte sich an, als könnte ich meinen eigenen Körper nicht tragen. Ein metallischer Geschmack im Mund zeigte mir an, dass ich zu früh zu schnell rannte, nicht genügend Kraft dazu hatte. Als wir den Wald erreichten, lehnte ich mich gegen einen Baum und übergab mich.

Tullik war vorausgerannt, so schnell, dass sie erst nach einiger Zeit bemerkte, dass ich ihr nicht mehr folgte. »Beeil dich, Johanne!«, rief sich, als sie sich umdrehte und mich am Baum sah. Zwar erkannte sie, dass es mir nicht gut ging, doch sie kam mir nicht zu Hilfe. Sie wirkte wie eingekapselt in ihrer eigenen Welt und konnte sich weder vor noch zurück bewegen. »Beeil dich, Johanne. Beeil dich!«

»Tullik, *bitte*!«, japste ich. »Ich war krank. Ich muss mich ausruhen.«

»Dazu ist keine Zeit«, widersprach sie.

»Was in Gottes Namen ist denn so wichtig, Tullik?«, rief ich, mit Spuckefäden am Mund.

Sie schrie auf und rannte widerstrebend zu mir zurück. »Du musst dich beeilen! Es ist Ragna.«

»Was denn? Was ist mit Ragna?«

»Ach, Johanne, sie hat die Bilder gefunden, jedes einzelne. Sie haben den Schrank ausgeräumt, und Mutter hat ihr befohlen, sie nach der Kirche zu verbrennen. Sie haben sie im Garten aufgestapelt.«

»Nein!«, sagte ich und wischte mir über den Mund. »Das können sie nicht machen!«

»Doch, das können und werden sie! Du musst mir helfen, sie aufzuhalten. Ich bin von der Kirche weggerannt, habe behauptet, ich müsste was trinken. Sie haben mich zwar nicht daran gehindert, werden aber bald zurückkommen. Johanne, bitte beeil dich.«

Wieder riss sie mich am Arm, und irgendwie schaffte ich es loszurennen. In meinem Kopf loderte ein Feuer aus Wut und Angst. Die Bilder verbrennen? Alle? Munchs Werk. Zerstört.

Wir rannten durch den Wald und kamen keuchend und völlig erschöpft am anderen Ende an. Auf dem Kirchhof versammelten sich Menschen. Der Gottesdienst war vorbei. Ich spürte meine Beine nicht mehr. Angst und Übelkeit drückten mir die Brust ab. Dann erschien das Haus vor mir, mit seinen Fenstern, die mich anstarrten, mich verurteilten. Ich war wieder eine Fremde.

Mir kratzte ein Geruch nach Rauch und Terpentin in der Kehle.

Wir kamen zu spät.

Tullik weinte.

Wir stürzten in den Garten, vorbei an Tulliks Hühnern, die aufgeregt gackerten und mit den Flügeln schlugen. Hinter dem Haus hatte man schon angefangen. Wo früher der weiße Tisch und die Stühle gestanden hatten, stapelten sich nun Leinwände aufeinander, umringt von einigen Skizzen. Überall sah man Bilder von Tullik. Ragna und Frau Berg hielten noch weitere in den Händen, Skizzen und Papierrollen. Es waren mehr, als ich gewusst hatte, neue, unbekannte Zeichnungen und Bilder, die Munch Tullik bei jeder ihrer Begegnungen geschenkt haben musste. Als Ragna uns kommen sah, warf sie wie beiläufig eine der Skizzen in die Flammen, die schon den Scheiterhaufen hochzüngelten.

»Halt!«, schrie Tullik. Sie stürzte zum Feuer und streckte die Hände trotz der Flammen nach den Bildern aus. Frau Berg packte sie an den Armen und zog sie weg. Ragna warf noch eine Skizze ins Feuer und dann noch eine. Ich stürzte ebenfalls dorthin, rannte ums Feuer. Brennende Bilder. Die Mondlichtsäule. Tulliks Haare. Tullik im Wald. Tullik am Strand. Leinwände, die sich vom Rahmen schälten. Schwarze Striche. Bilder, die schrumpften, Skizzen, die flatterten. Verkohlte Ecken. Dichter Rauch. Loderndes Feuer, das immer größer wurde. Flammen, die in die Luft schossen. Tullik auf den Knien. Heulend.

Hilflos sah ich zu, wie *Mondlicht* verbrannte. In Sekundenschnelle breitete sich Kohlschwarz von links nach rechts über das Bild und verschlang das stille Meer, die Säule des Mondlichts, den Strand und die Bäume. Einfach weg. Dann sah ich das Paar am Ufer. Ich streckte die Hand aus, doch innerhalb von Sekunden war dieser bedeutsame Augenblick – die so mühelos festgehaltene Sehnsucht – ausgelöscht.

Ohne zu wissen, was ich tat, packten meine Hände nach Ragna. Zuerst ihre Schultern und dann ihren Hals. »Warum?«, schrie ich und bohrte meine Finger in ihren mageren Hals. »Warum? Wo sie doch so krank und zerbrechlich ist? Warum tut ihr ihr das an?«

Ragnas Mund bildete ein O, und ihre Augen waren so weit aufgerissen, dass ich rote Äderchen in ihren weißen Augäpfeln sehen konnte.

Ich schüttelte sie, selbst erstaunt, wie stark ich plötzlich war. Unter meinem zornigen Griff fühlten sich ihre Knochen so zart an wie von einem Vögelchen. Ich hätte sie zerbrechen können. Ich wollte sie zerbrechen.

»Wir befolgen nur Frau Ihlens Anweisungen«, krächzte sie. Ihre Miene war voller Hass und Verachtung. Selbst jetzt noch, mit meinen Händen an ihrer Kehle, versuchte sie, ein Bild ins Feuer zu werfen.

»Du!«, brüllte ich. »Nur weil du nie erfahren hast, was Liebe ist. Nur weil du zurückgewiesen wurdest, verlassen wegen einer anderen, die besser ist als du!«

»Johanne!«, rief Frau Berg und löste meine Finger von Ragnas Hals. »Das reicht!«

Ich hatte sie so fest gepackt, dass meine Nägel rote Kratzer auf Ragnas Haut hinterließen. Sie entzog sich mir, eilte durch den Garten, hob die restlichen Bilder auf und warf sie in das Feuer, das jetzt ungezügelt und brausend in die Höhe schoss.

Das letzte Bild war das schöne Seemädchen. Sengender Schmerz brannte in meiner Brust, als ich sah, wie schwarze Kreise das gelbe Mondlicht verschlangen und dann ihre goldene Haut und ihre betörenden Augen. Flammen loderten auf und fraßen sich hungrig durch das Bild. Sekunden später war es vorbei.

Tullik kroch auf Händen und Füßen um das Feuer, außerstande aufzustehen. Oder aufzusehen. Ascheflöckchen von den verbrannten Bildern stiegen in die Luft. Meine Augen, trocken und brennend vom heißen Feuer, folgten ihnen. Immer weiter stiegen die Flocken in die Höhe und führten mich zu einem Fenster an der hinteren Seite des Hauses. Dort stand Caroline mit verschränkten Armen. Ein selbstzufriedenes Lächeln umspielte ihren Mund.

Als alle Bilder verbrannt waren, klatschte Ragna in die Hände. Ein makabrer Applaus. Dann zog sie verstohlen etwas aus ihrer Tasche.

»Nein!«, schrie ich. »Das nicht. Das ist *meins*!«

Sie blickte nicht mal zu mir herüber, sondern warf das Buch ungerührt ins Feuer. Ich sah, wie der Einband verbrannte und der Name *Goethe* auf dem Buchrücken schwarz wurde, bevor das hungrige Feuer sich hineinfraß, alle Farben auf den Seiten schwärzte und meine Zeichnungen verschlang, die ich so lange wie einen kostbaren Schatz gehütet hatte.

»Nein!«, schrie ich. »Wie konntest du nur?«

»Das ist nur alberner Quatsch«, sagte Frau Berg. »Komm jetzt, Johanne, komm weg da.«

Ich rannte zu Tullik, die sich wimmernd ins versengte Gras krallte und verzweifelt ums Feuer kroch. »Steh auf, Tullik«, rief ich, schlang meine Arme um ihren Bauch und zog sie auf die Knie. »Halt dich an mir fest.« Ich schob ihr die Hände unter die Achseln. »Komm, ich bring dich von hier weg.« Sie sah mich mit verschleiertem Blick an. Ich hievte sie auf die Beine. »Wir können nichts mehr tun.«

Wir beide mussten vom Rauch und den giftigen Dämpfen des Terpentins keuchen. Wir husteten uns die Seele aus dem Leib. Ein Teil von uns war mit den Bildern verbrannt. Als ich einen Blick zurückwarf, sah ich, dass Ragna und Frau Berg mit Schüreisen in den Flammen stocherten, als bewachten sie ein Herbstfeuer. Für sie war das Ganze nur ein Prozess der Reinigung am Ende der Saison. Sie mussten die schmutzigen Bilder loswerden und auch noch die letzten Spuren des *Sünders* entfernen.

Tullik und ich entfernten uns, taumelnd, vernichtet. Ich wusste nicht, wohin oder was tun, bemerkte aber, dass ich zum Meer strebte. Stockend und zitternd gingen wir am Ufer entlang, bis wir zu dem Anleger kamen, wo ich schweigend mit Munch gesessen hatte. Genau dort setzte ich mich mit Tullik hin, stumm, verstört und wie betäubt. Mit gebeugtem Rücken und den Füßen im Wasser hielt ich ihre Hand, spürte es jedoch kaum, da alles Gefühl aus meinem Körper gewichen war.

Eine Ewigkeit verging, bevor ich langsam meiner Umgebung gewahr wurde. Eine Welle krachte schäumend gegen einen Felsen, bespritzte mein Gesicht und rief mir so ins Bewusstsein, dass ich hier auf dem Anleger mit Tullik saß und wir die letzten Überlebenden einer schrecklichen Katastrophe waren.

»Geht es dir gut?«, fragte ich und wandte mich zu ihr.

Sie starrte aufs Wasser. Ihre Augen waren kalt und leblos. Nichts regte sich an ihr, nur ein paar Haarsträhnen, die ihr der Wind ins Gesicht blies.

Ich schlang ihr einen Arm um die Schultern. »Tullik, ich muss es wissen. Geht es dir gut?«

»Ich bin nicht *verrückt*, wenn du das meinst«, antwortete sie und sah mit leerem Blick auf ihre Füße.

»Nein, das meinte ich nicht.« Ich fasste sie an den Schultern und drehte sie zu mir, suchte in ihren Augen nach einem Funken, einer Spur der einstigen Tullik. »Haben sie dich wirklich nach Gaustad geschickt?«, fragte ich.

»Ja«, nickte sie, »aber nicht für lange. Sie wussten, dass ich nicht verrückt war, nur gebrochen, und die Ärzte dort wollten mich nicht dabehalten. Seltsamerweise war es gut, allein zu sein. Wenn man eingesperrt ist, kann man auf einmal klar denken.«

»Obwohl du gezwungen wurdest, gegen deinen Willen?«

»Solange man nicht an die Tür hämmert und bettelt, rausgelassen zu werden. Denn das ist die wahre Ursache allen Schmerzes, Johanne; viel schlimmer noch als das Nichtstun oder Eingesperrtsein ist das ständige Schreien und Flehen darum, von etwas Unausweichlichem, Unvermeidlichem befreit zu werden.« Sie strich sich über ihr Kleid, als wollte sie aufstehen, doch dann warf sie ihre Arme um mich, und wir hielten uns aneinander fest. »Liebste Johanne«, sagte sie. »Du bist mir eine echte Freundin gewesen. Du und ich, wir bleiben Freundinnen. Für immer.«

»Für immer.«

»Und jetzt ist Edvard nach Deutschland gegangen«, fuhr sie fort und ließ mich los. »Er geht seinen Weg und folgt seiner Kunst, so wie es sein muss. Mein Vater hat die Wahrheit gesagt. Edvard hat ihn nicht um meine Hand gebeten. Das kann ich jetzt akzeptieren. Ich weiß, er muss frei sein, um malen zu können. Für ihn ist das der einzige Weg. Und jetzt sind all seine Bilder weg, und auch das muss ich akzeptieren.«

»Nicht *alle* sind weg«, sagte ich. »Eines ist noch da.«

Da hob sie ihr Kinn und sah mich aus ihren wunderschönen, schräg geschnittenen, traurigen Augen an. »Was meinst du damit?«

»Der *Schrei*«, erklärte ich. »Der bei dir an der Wand hing.«

»Aber Mutter hat dir befohlen, ihn mitzunehmen und zu verbrennen.«

»Ich habe ihn auch mitgenommen. Aber nicht verbrannt, sondern versteckt.«

»Wo denn?«

»In der alten Fischerhütte, in meinem Schlafzimmer, unter den Bodendielen. Dort liegt er.«

»Weiß noch jemand davon?«

»Nur mein Bruder. Er hat mir geschworen, niemandem ein Wort davon zu verraten.«

»Du hast das Bild versteckt?«, fragte sie noch mal, und ein winziges Lächeln umzuckte ihre Mundwinkel.

»Ich glaube, die Fischerhütten sind noch unbewohnt«, sagte ich. »Ich könnte es für dich holen.«

»Nein«, sagte sie. »Lass es dort. Behalte es. Bei mir wäre es niemals sicher. Wenn sie es fänden, würden sie es verbrennen, und ich könnte es nie für immer verstecken.«

»Aber Tullik, er hat es doch für ...«

»Es tut zu weh, Johanne. Wenn ich es anschaue, wirft es mich nur wieder zurück in diese Einsamkeit und schreckliche Verzweiflung, und ich will uns nicht getrennt sehen. Edvard und ich werden für immer vereint sein. Wir sind zusammen, irgendwo anders, weit über dem Meer und dem Himmel, doch gleichzeitig sind wir in jedem kleinsten Teilchen. Es gibt keine Trennung. Das hat er immer gesagt, und jetzt verstehe ich es.«

Ich blickte hinauf zu den Wolken und beobachtete, wie die gelben, blauen und grauen Gebilde über den Himmel trieben. Ich versuchte, das Licht zu sehen, wie *er* es hätte sehen können, die Sonne zu finden und zu erkennen, wohin sie ihr Licht warf.

»Morgen früh verlassen wir Solbakken«, sagte Tullik, »daher sollte ich mich jetzt von dir verabschieden, Johanne. Ich muss gehen.«

»Tullik«, sagte ich, als wir aufstanden. »Meine liebe Tullik.«

Wir umarmten uns.

Ich wollte ihr Feuer wieder entfachen, wollte, dass die Freude in ihre Seele zurückkehrte, wollte sie so sehen wie zu Beginn des Sommers, mit all ihrer übersprudelnden, strahlenden Lebendigkeit. Doch jetzt fielen die Blätter von den Bäumen. Die Zeit des Abschieds war gekommen. Tulliks Feuer war erloschen.

Sie umarmte mich matt und strich mir über die Wange. »Ich werde schreiben, wenn ich wieder in Kristiania bin.«

»Und ich werde hier sein«, sagte ich, »und bis zum nächsten Sommer auf dich warten.«

»Schick mir Bilder von dir«, bat sie, als wir langsam zurück zum Wald gingen.

Auf der Brücke, unter der der Bach hindurchrauschte, blieben wir stehen. Rostfarbene Blätter drifteten im Wasser und wirbelten in rötlichen und gelblichen Strudeln immer schneller aufs Meer zu.

Ich küsste Tullik auf die Wange. »Leb wohl, meine Freundin.«

Sie ging zurück nach Borre, wo Julie und Nils schon auf sie warteten. Sie würden von Horten aus losfahren, und schon bald wäre sie zurück an ihrem Platz als junge Dame in Kristiania: schön und privilegiert und doch herrlich ungezähmt.

Unter dem Blätterdach der mächtigen Bäume ging ich zum Waldrand. Der Weg war mit einem weichen Laubteppich bedeckt. Hier und da fand ein Strahl der Nachmittagssonne eine Lücke zwischen den Ästen, tauchte alles über mir in magisch goldenes Licht, durchschnitt mit bernsteinfarbener Klinge die Schatten des Weges und ließ die Blätter um mich herum wundersam goldbraun funkeln.

Ich ging nicht direkt nach Hause, sondern schlenderte erst zur Pier, vorbei an den Fischerhütten, wo immer noch der *Schrei* lag. *Ruh dich jetzt aus*, flüsterte ich ihm in Gedanken zu, als ich am Fenster vorbeikam. *Sie ist bei dir. Es gibt keine Trennung.*

Die Möwen flogen am Himmel, segelten und stürzten sich im freien Fall in die Tiefe. Sie krächzten von ihren Hochsitzen auf Bootsmasten und Zaunpfosten. Ich stellte mir vor, sie bejubelten eine Königin, die von ihren Abenteuern in fernen Ländern zurückkehrte: die Königin von Åsgårdstrand.

Als Königin von Åsgårdstrand durchquerte ich ohne Scham und ohne Entschuldigung Munchs Garten. Ohne die Bilder wirkte er leer, und unwillkürlich hielt ich Ausschau nach ihnen, sah sie vor meinem inneren Auge noch deutlich an ihrem Platz stehen: Jacob, den Aufseher vom Badehaus, in seinem Liegestuhl, die schwangere Dame mit dem Korb voller Kirschen, Inger am Strand, Laura mit ihrem Schatten.

Auch sie hatten einen Kreislauf durchschritten und sich an einen anderen Ort begeben.

Das Haus war jetzt leer, seine Tür verschlossen. Ich legte meine Hand auf die senffarbene Holzwand. Sie war warm von der Sonne. Einen Augenblick lang stand ich so da und lauschte auf das Kreischen der Möwen. *Bis zum nächsten Mal, Munch,* dachte ich. *Ich werde nach dem Licht Ausschau halten.*

Und so ging ich heim zu dem Haus auf dem Hügel, wo mich Mutters letzte Wicken am Zaun begrüßten. Ich strich mit den Fingerspitzen über die hellrosa Blüten und sog ihren unergründlichen, zarten und gleichzeitig verführerischen Duft ein. Ich hatte die Hand an der Pforte und war kurz davor, in Das Bild zurückzukehren. Ein Schritt noch, und ich wäre wieder das Erdbeermädchen, das Kind mit den blauen Augen und den zerzausten, kornfeldfarbenen Haaren. Schlicht und umstandslos begrüßte ich es und schlüpfte hinein wie in einen bequemen alten Mantel. Ich kehrte zu ihr zurück. Für ein weiteres Jahr vielleicht. Oder bis die Zeiten sich wieder änderten.

Åsgårdstrand

1947

Epilog

Träume
Ruhig wandere ich in meinen Träumen,
die mein Leben sind – nur so kann ich leben.

Aus dem Tagebuch von Edvard Munch

Ich sitze abseits. Die Stühle sind hart und unbequem, wurden nur ausgesucht, weil sie praktisch sind. Inger sitzt in der ersten Reihe auf ihrem Klappsitz; ihr dicker Leib quillt zu beiden Seiten über den Rand. Doch sie beklagt sich nicht. Sie hat ihren getüpfelten Schal eng um den Hals geschlungen, zu fest für einen Tag wie diesen. Als sie ihren dunklen Hut verrückt, kommt ihr schneeweißes Haar zum Vorschein. Sie dreht sich herum, entdeckt mich und lächelt.

Neben dem Atelier hat ein Männerchor in zwei Reihen Aufstellung genommen. Auf der Hintertreppe steht der Bürgermeister August Christensen mit dem Schlüssel, der wie ein neuer Knopf blinkt und Hoffnung und Zuversicht ausstrahlt. Wie viele von uns. Das Haus wird ein Museum werden, für die Nachwelt genau so erhalten wie zu der Zeit, als er hier wohnte. Der größte Künstler unseres Landes.

Mein Freund, Edvard Munch.

All der Pomp hätte ihm nicht gefallen, so zurückhaltend,

wie er war. Doch den Park, den man aus seinem Garten und dem umliegenden Land gestaltet hat, hätte er gemocht, und er wäre glücklich gewesen, dass Åsgårdstrand jetzt sein Haus besaß, nicht eine Privatperson, die damit machen konnte, was sie wollte. Alles andere hat er der Stadt Oslo überlassen. Obwohl sie jetzt schon seit Jahren so heißt, kann ich mich immer noch nicht an den Namen gewöhnen. Für mich wird sie immer Kristiania sein. Kristiania hat seine Bilder geerbt, Tausende. Er hat sie alle bei sich in seinem Haus in Ekely aufbewahrt. Seine Kinder. Es scheint nur recht, dass wir seine kleine Hütte hier bekommen, das einzige Haus, das er je als Zuhause bezeichnet hat. Obwohl er seit Jahren nicht mehr hier war. Mittlerweile war es eher ein Zuhause für Ameisen und Ratten geworden. Vom Dach hat man Ameisenhaufen entfernt, die eine Tonne wogen. Munch unternahm nie etwas gegen das Ungeziefer. Er ließ sogar die Schränke für die Ratten offen. Er wollte nicht, dass sie Hunger litten, während er fort war.

Die Kapelle fängt an zu spielen.

Hinter mir sitzen die Gjermundsen-Schwestern und eine von Frau Books Töchtern. Früher kochte sie für ihn, nachdem er die Hütte gekauft hatte. Ich kann mich gerade nicht an ihren Namen erinnern, aber der fällt mir schon wieder ein. Noch andere sind da: Modelle, Putzfrauen, Menschen, denen er wichtig war. Wir alle hatten zu einem bestimmten Zeitpunkt mit ihm zu tun, jeder auf seine Weise. Er schrieb uns und schickte uns Geld, als sich seine Bilder langsam verkauften. Mir schenkte er in einem Sommer sogar neue Schuhe. Er vergaß uns nicht – uns, die kleinen Leute von Åsgårdstrand.

Der Chor singt. Die Töne steigen auf und nieder und tanzen in der Luft. Lila, Purpur, Blau, Blau, Blau. Hoch zu Pink.

Anschwellend zu Rot. Schar-lach. Rot. Karme-sin. Scharlach. Rot. Karme-sin. Rot.

In meinen Gedanken ist sie immer rot.

Seit ihrem Tod sind fünf Jahre vergangen, doch in mir, in einem Traum, der nie endet, lebt sie weiter. Liebste Tullik.

Selbst ohne Antrag heiratete sie ihn. Obwohl sie nie mehr miteinander sprachen, wurde sie in jenem Sommer 1893 seine Frau und blieb es ihr Leben lang.

Nach dem Tod des Admirals kamen Julie und Tullik nach Solbakken, um dort dauerhaft zu wohnen. Tullik war kränklich, sorgte aber für Julie und ihre Hühner und wirkte in ihrem Leben in Borre zufriedener, als sie es in Kristiania je hätte sein können. Frau Ihlen wurde zweiundachtzig und widmete ihr Leben Tullik und den Rechten von Tieren. Sie schrieb Artikel für die *Aftenposten* und gab bis zu ihrem Tod das Magazin ihrer Tierschutzorganisation heraus. Als Julie gestorben war, kümmerte nur noch ich mich um Tullik, denn Milly und Caroline waren verheiratet und lebten weit weg.

Sie lag oft mit Fieber danieder. Irgendwann wurde ich immer gerufen, entweder vom Hausmädchen oder von jemandem aus der Meierei. Thomas war immer auf See, daher musste ich meine Söhne bei einer Nachbarin lassen, um Tullik pflegen zu können. Sie wollte nur mich. Nie einen Arzt. Ich saß die ganze Nacht bei ihr am Bett, hielt ihr die Hand, wischte ihr die Stirn ab und beruhigte sie. War wieder ihre Dienstmagd. Wenn es ganz schlimm wurde, blieb ich mehrere Tage. Ich konnte sie nicht allein lassen.

Manchmal sah ich morgens *ihn.* Auf dem Kirchhof. Er kam, wenn noch niemand unterwegs war. Selbst nach vielen Jahren, als er schon über sechzig war, erkannte ich ihn unfehlbar an seinem ausgeprägten Kiefer und den traurigen Augen.

Er kam und ging, scheinbar willkürlich. Wie ein Boot ohne Steuermann.

Ich fragte Tullik, ob sie ihn auch sähe.

»Hin und wieder, wenn ich bei Sonnenaufgang mein Fenster öffne.«

»Verspürst du nie den Wunsch, nach ihm zu rufen?«

»Wozu sollte ich? Er muss frei sein, um seinen Weg zu gehen. Da ist es besser, wenn ich nicht nach ihm rufe. Es kann doch nicht von mir ausgehen, oder? Du hast es selbst gesagt, Johanne: Du sprichst ihn auch nicht an. Du wartest. Es muss von ihm ausgehen. Du siehst ihn überall: im Wald, am Strand, auf den Straßen. Er verschließt sich für lange Zeitspannen, doch wenn er dich trifft, lässt er alles heraus. Du sagst selbst, dass es aus ihm herausströmt. Und das ist, weil du nie versucht hast, ihn festzuhalten. Nur er kann entscheiden, wann er stehen bleibt und wann er weitergeht.«

Ich hatte mich oft gefragt, ob es ihm Kraft gab zu wissen, dass Tullik an ihn glaubte, ohne etwas dafür zu erwarten. Wie ein wiederkehrender Traum tauchte sie über die Jahre immer wieder in seinen Bildern auf. Stets erkannte ich sie. Es war Tullik, ganz gleich, was andere sagten. An seiner Zuneigung für sie bestand kein Zweifel. Doch Tullik hätte sich nicht an einen Mann wie Munch binden können. Das hätte sie beide zerstört. Stattdessen rangen sie *irgendwo anders* miteinander, wie Tullik immer sagte, jenseits von Zeit und Raum. Hier waren sie nicht zusammen, weder wohnten sie in einem Haus noch sprachen sie miteinander, doch waren sie durch stärkere Bande miteinander verbunden, als wenn sie ihr Leben unter einem Dach verbracht und aus derselben Kaffeetasse getrunken hätten.

August Christensen räuspert sich. Er redet über Freiheit.

Ja. Endlich sind die Deutschen fort. Norwegen ist frei. Meine Söhne haben Leib und Leben im Widerstand riskiert, obwohl sie beide schon über vierzig waren, Männer mittleren Alters, denen die Liebe zum Vaterland Mut verlieh. Freiheit erlangten wir auch von Schweden und zwar im Jahre 1905. Eine Freiheit, die wir stolz errungen und stolz verteidigt haben. Seltsam, wenn ich jetzt darüber nachdenke: Munchs Gönner, die sein Werk bekannt gemacht hatten, waren Deutsche gewesen – und das waren auch die Nazis, die uns die Freiheit stahlen. Hitler bezeichnete Munchs Arbeit als *entartete Kunst* und machte sie lächerlich. Dann aber versuchten die Nazis, die in Norwegen die Kontrolle übernahmen, einen Helden aus Munch zu machen, um selbst an Popularität zu gewinnen. Sie wollten ein eigenes Ehrenpräsidium norwegischer Künstler gründen. Munch jedoch war nicht interessiert, und ohne seine Unterstützung wurde nichts daraus. Die Befreiung Norwegens erlebte er nicht mehr mit. Inger war fuchsteufelswild, dass die Nazis seine Beerdigung für ihre Propagandazwecke nutzten. Sie entrissen ihr die Kontrolle und übernahmen selbst die Gestaltung der Trauerfeier. Trotz ihrer furchtlosen Proteste wurde sein Sarg mit Hakenkreuzen bedeckt und mit militärischen Ehren über die Karl-Johan-Straße getragen.

Wir singen mit dem Chor. Wir hören dem Bürgermeister zu. Hiernach wird es einen Empfang im Victoria Hotel geben.

Ich blicke auf meine vernarbten, farbbespritzten Hände. Ich hätte meine Handschuhe anziehen sollen, aber dazu ist es heute zu heiß. Applaus ertönt, dann setzen wir uns alle in Bewegung. Als wir den Hügel hinaufgehen, nimmt die Hitze zu. Thomas wartet am Victoria Hotel auf mich. Ich sehe, wie Inger ihm die Hand schüttelt. Er nimmt seine Kappe ab und betreibt höflich Konversation. Zwar ist er nicht der König von Åsgårdstrand, dafür aber ein guter Mann. Er kam nie bis nach Ägypten, erbte jedoch das Fischerboot seines Vaters und erlebte genügend Abenteuer, indem er hart arbeitete, um für uns zu sorgen. Jetzt haben unsere Söhne einen eigenen Trawler.

Thomas hat meine Malerei nie richtig verstanden, doch er gewöhnte sich daran und erkannte irgendwann, dass es nicht etwas war, das ich *tat*, sondern etwas, das ich *war.* Es wurde auch besser, als meine Bilder sich langsam verkauften. Im Grunde konnte er meine Kunst erst wertschätzen, als sie in Lebensmittel und Kleidungsstücke umzurechnen waren. In Greifbares.

Jens Thiis, der Mann, den ich vor all den Jahren in Munchs Garten kennenlernte, war ein Kunsthändler, der schließlich der Leiter der Nationalgalerie in Oslo wurde. Kurz nach Thomas' und meiner Hochzeit verkaufte Jens eines meiner ersten Bilder an einen Sammler in Lillehammer. Es war ein einfaches Landschaftsgemälde, das den Hafen mit Fischerbooten und den Fjord mit Bastoy im Hintergrund zeigte. Danach verkaufte ich weitere Bilder, und als die kleinen Fischerhütten zum Verkauf standen, konnten wir uns mit dem Erlös der Bilder die Anzahlung leisten.

Thomas konnte nicht nachvollziehen, warum es ausgerechnet diese eine Hütte sein musste. Doch ich blieb stur. Oben, wo früher die Andersens wohnten, befinden sich jetzt Küche und Wohnzimmer. Dort sitze ich jeden Tag in meinem Sessel und blicke hinaus auf die riesige, wunderschöne blaue Fläche, die das Fenster ausfüllt. Auch wenn die Aussicht immer gleich ist, ändert sich das Bild. Die Natur präsentiert mir den Fjord in allen denkbaren Farben und Strukturen. In einem Licht, das ich nicht mit Worten beschreiben kann. Sonnenaufgänge. Sonnenuntergänge. Atemberaubend. Überwältigend. Sowohl innerhalb einer Jahreszeit als auch im Verlauf der Jahreszeiten gibt es hier in Åsgårdstrand keine zwei Tage, die einander völlig gleichen. Das Wasser schenkt mir solche Freude und Inspiration – und das immer noch, nach all den Jahren.

Unten befinden sich die Schlafzimmer. Zuerst befürchtete ich, die Jungen würden ihn hören, würden nachts Albträume haben oder weinen. Aber der *Schrei* ist zufrieden. Er ist still geblieben, und weder meine Kinder noch meine Enkel haben ihn je erwähnt. Ich rede natürlich noch mit ihm, wenn niemand zu Hause ist.

Andreas und ich sind die Einzigen, die wissen, dass er da ist. Tullik wollte ihn nie zurückhaben, und Munch hat im Laufe der Jahre vier weitere Versionen davon gemalt. Einmal, als er sehr in Nöten war, bot ich ihm an, den *Schrei* herauszuholen, damit er ihn verkaufen könnte. Er scherzte, es würde ihn ohnehin niemand wollen, da eine andere Version davon in Deutschland bereits verlacht worden war. Er sagte, diese Version gehöre mir, und er nannte sie immer *Der Schrei des Erdbeermädchens.*

Jetzt gesellt sich seine Schwester zu mir. Sie hält ein Bild in der Hand, ein zerknittertes Pergament, das sie vorsichtig entrollt, weil es alt und brüchig ist, mit eingerissenen Kanten. »Das hat man bei der Renovierung in der Wand des Ateliers gefunden.«

Als ich meinen Blick darauf senke, sehe ich Tullik. Tullik, mit windzerzausten Haaren. Sie steht dicht vor ihm. Ihre Nasen berühren sich fast. Im Hintergrund sieht man Äste von den Kiefern des Fjugstad-Waldes. Mittelpunkt des Bildes ist der breite Lichtstrahl des Mondes auf dem Wasser, der durch die Bäume zerteilt wird. Munchs Kopf liegt im Dunkeln, ist fast nur als Silhouette zu sehen, mit schwarzen, hohlen Augen, dunklen Haaren und Schultern. Tullik hingegen ist hell. Ihr Gesicht ist in das gelbe Licht des Mondes getaucht. Die Strähnen ihres goldenen Haars strecken sich wie Arme nach ihm aus und verbinden ihre Seelen. Für alle Ewigkeit.

»Wenn man bedenkt, dass es jahrelang versteckt war …«, sagt Inger. »Wie ist das nur möglich? Dass ein solches Bild verborgen bleibt? Ich bin so froh, dass es gefunden wurde.«

»Ja«, sage ich. »Bilder sollten gesehen werden. Auf die eine oder andere Weise finden sie immer einen Weg aus ihrem Versteck.«

Doch das stimmt nicht ganz. Nicht alle Bilder müssen gesehen werden. Meines nicht. Das liegt sicher unter den Dielen meiner kleinen Fischerhütte. Dort hat es ein Zuhause gefunden. Dort kann es sich ausruhen. Dort ist es zufrieden. Und wenn Andreas und ich sterben, werden wir unser Geheimnis mit ins Grab nehmen. Denn es kann sonst nirgendwohin. Die anderen *Schreie* werden gesehen und vielleicht auch von manchen gehört. Aber nicht *Der Schrei des Erdbeermädchens.* Der wird niemals gefunden werden.

Nachwort

Wenn man in Norwegen lebt, kommt man um Edvard Munch nicht herum. Er ist eine unserer größten Touristenattraktionen und ein wesentliches Element der norwegischen Kultur. Doch so unglaublich es ist, gelang es mir doch, ihn ziemlich lange zu ignorieren. Mehr als zehn Jahre lebte ich in der Nähe von Munch, bevor ich ihm meine Aufmerksamkeit schenkte. Wahrscheinlich war er so ein integraler Bestandteil des norwegischen Lebens, dass er für mich gar kein Mysterium darstellte. Ich dachte, ich würde ihn kennen. Ich bekam natürlich mit, dass 2004 *Der Schrei* und *Die Madonna* gestohlen wurden, doch aus meiner Gleichgültigkeit wurde ich wirklich erst 2012 gerissen, als *Der Schrei* zu einem Rekordpreis versteigert wurde. Damals lebte ich schon lange genug in Norwegen, um einen gewissen Stolz und vielleicht sogar leichte Besitzergefühle in Bezug auf diesen großartigen norwegischen Künstler zu empfinden. Endlich war meine Faszination geweckt. Ich fing an, Fragen zu stellen: *Wie kommt es, dass ein Bild für hundertzwanzig Millionen Dollar verkauft wird? Wer war Munch? Und warum hinterlässt ein so verstörendes Bild weltweit Eindruck?* Ironischerweise entdeckte ich erst dann, welch ein Mysterium der Mensch Edvard Munch war.

Mir kam die Idee, eine epische Geschichte zu schreiben,

die über eine lange Zeitspanne und mit vielen Erzählsträngen vom *Schrei* handeln und 2012 mit der Auktion bei Sothebys enden sollte. Doch meine Recherchen führten mich in eine andere Richtung, viel näher an mein eigenes Zuhause. Sie brachten mich zu einem wunderhübschen kleinen Küstenstädtchen, das nicht mal eine Stunde Fahrtzeit von meinem Haus entfernt liegt: nach Åsgårdstrand. Es war Liebe auf den ersten Blick, und kaum hatte ich meinen Fuß auf den Strand gesetzt, wusste ich, dass meine Geschichte hier spielen musste. Ich würde über Åsgårdstrand im Sommer schreiben.

Dazu las ich alles, was ich über Munchs Leben in Åsgårdstrand finden konnte. Ich sprach mit Einheimischen, studierte die Periodika des dortigen Geschichtsvereins und ging zu jeder Ausstellung, zu jedem Event im Umkreis, die mit Munch zu tun hatten. Kurz darauf fielen mir die alten Memoiren einer Einheimischen namens Inger Alver Gloersen in die Hände, deren Stiefvater mit Munch befreundet gewesen war.

In ihrem Buch *Lykkehuset: Edvard Munch og Åsgårdstrand* widmet Gloersen ein paar Seiten einer Geschichte über ein junges Mädchen namens Regine, der Tochter eines Admirals, die in Borre lebte und eine Sommerromanze mit Edvard Munch hatte. Laut Gloersen beschenkte der Künstler Regine den ganzen Sommer lang mit Bildern, die sie vor ihren strengen Eltern versteckte. Diese Bilder wurden, als die Dienstmädchen am Ende der Saison das Haus putzten, entdeckt und verbrannt.

Diese Geschichte inspirierte mich, und so war der Grundstein für *Das Erdbeermädchen* gelegt. Ich war entschlossen herauszufinden, wer diese Regine war und ob ein Körnchen Wahrheit in der Geschichte steckte.

Es ist allgemein bekannt, dass Edvard Munch eine Romanze mit Milly Ihlen hatte, der Tochter eines Admirals, die jeden Sommer in Borre verbrachte. Daher nahm ich eine Zeit lang an, das Mädchen, das Gloersen Regine genannt hatte, müsste Milly Ihlen sein. Doch ganz überzeugt war ich nicht. Dann fiel mir die Fotografie eines jungen Mädchens namens Tullik Ihlen in die Hände. Nach der Lektüre der dortigen Volkszählungsunterlagen und eines Berichts über Prinz Carls Besuch in Borre dämmerte mir schließlich, dass Tullik ein Spitzname war. Tulliks echter Name lautete Regine Ihlen. Die Unterlagen bestätigten es: Regine war Millys jüngere Schwester. Plötzlich wurde der Plot pikanter. Zwei Schwestern hatten mit demselben Künstler eine Affäre.

Ob wirklich etwas an Gloersens Geschichte dran ist, bleibt unklar, ist aber unwahrscheinlich. Denn Munch erwähnt in seinen Tagebüchern niemals eine Tullik (obwohl er oft Decknamen für Personen aus seinem Privatleben benutzte), und keiner der Munch-Experten, die ich gesprochen oder deren Werk ich gelesen habe, konnte die Geschichte bestätigen. Im Gegenteil, Tullik Ihlen scheint spurlos verschwunden zu sein. Ihr Name taucht nur im Nachruf ihres Vaters von 1905 und in ein paar wenig aussagekräftigen Briefen und Artikeln auf. Dennoch entzündete sich meine Fantasie daran, und ich erschuf aus diesen Fragmenten meine Geschichte.

Ich beschloss, die Handlung des Romans 1893 spielen zu lassen, da Munch in diesem Jahr seine erste Version von *Der Schrei* malte. Aus diesem Grund habe ich die Entstehungsdaten der Bilder der Geschichte angeglichen. Manche von ihnen wurden nicht 1893 gemalt, zum Beispiel *Seemädchen* (1896) und *Fruchtbarkeit* (1898) oder andere, die früher entstanden. Außerdem mietete Munch die Hütte in Åsgårdstrand nicht, bevor er sie kaufte. Seine Familie mietete ein Haus (Thorins Haus) auf derselben Straße, doch er kaufte die Hütte erst 1897.

Die Mitglieder der Familie Ihlen gab es alle wirklich. Admiral Ihlen, seine Frau Julie und ihre drei Töchter bewohnten jeden Sommer ein Haus namens Solbakken in Borre. Dieses Haus war ein Hochzeitsgeschenk von Julies Eltern. Später, als der Admiral starb und die beiden älteren Töchter verheiratet waren, wohnten Julie und Tullik dauerhaft dort. Im Ortsregister ist verzeichnet, dass Tullik (eine ans Haus gefesselte, »kranke« Tochter), Julie und ein Dienstmagd namens Ragna 1910 dort lebten.

Obwohl es sie tatsächlich gab, habe ich ihre Charaktere doch frei erfunden. Allerdings bieten ein paar Unterlagen Einblick in ihre Persönlichkeiten: alte Artikel aus Zeitungsarchiven berichten von Julie Ihlens Arbeit im Tierschutz, und der Nachruf der *Aftenposten* über Admiral Nils Ihlen (Admiral, Leiter und Gründer der norwegischen Schiffsversicherungsgesellschaft *Det Norske Veritas*) beschreibt einen hoch geschätzten und geachteten Mann. Milly betätigte sich zeitweilig als Schauspielerin in Oslo (Kristiania), und aus Munchs Tagebüchern und Bildern geht eindeutig hervor, dass er zumindest eine Zeit lang geradezu besessen von ihr war und sie ihm schließlich das Herz brach.

Der Künstler Hans Heyerdahl stammte aus Drammen. Er war unglaublich talentiert und für seine Porträts berühmt. Zwar war er älter als Munch, dennoch verkehrten sie miteinander und verbrachten beide viele Sommer in Åsgårdstrand. Im Laufe der Jahre ist Heyerdahl wegen Munch und Krohg etwas in Vergessenheit geraten. Obwohl seine Bilder nicht so innovativ waren wie Munchs, sind sie dennoch schön und geben uns einen guten Einblick in das Leben in Norwegen des neunzehnten Jahrhunderts.

Es gibt einige Spekulationen darüber, wer Heyerdahls *Erdbeermädchen (Jordboerpiken)* wirklich war. Einer Theorie zufolge handelte es sich um Karen Gjermundsen, eines der Mädchen von Åsgårdstrand, dessen Schwester Henriette ebenfalls von Munch, Marthe und Heyerdahl gemalt wurde. Laut den Aufzeichnungen des Kunstmuseums in Lillehammer jedoch war das *Erdbeermädchen* Albertine Sofie Olsson – bekannt als »Albertine mit den Augen«. Sie war die Tochter eines Mechanikers aus Oslo, die tragischerweise schon im Alter von siebzehn starb, nachdem sie ihren eigenen Tod vorhergesagt hatte.

Doch ganz gleich, um wen es sich bei dem Mädchen auf dem Bild in Wirklichkeit handelt, ist Johanne frei erfunden. Ich brauchte eine Stimme, die die Geschichte erzählt, und war fasziniert davon, was dieses Mädchen uns alles vermitteln konnte: dieses sehr einfache, arme Mädchen, das mitten unter solch außergewöhnlichen Künstlern lebte und die Freundin einer reichen jungen Dame wurde. Mir gefiel es, die Gegensätze herauszuarbeiten und die Möglichkeit zu entwickeln, dass das Erdbeermädchen ebenfalls Malerin gewesen war.

Was Edvard Munch betrifft, so habe ich versucht, ihn so wohlwollend wie möglich darzustellen, ohne über seine Schwächen und exzentrischen Neigungen hinwegzugehen. Er war ein extrem komplizierter, intensiver Mensch, für den ich doch Zuneigung und Bewunderung entwickelte. Er hatte etwas Paradoxes an sich und zeigte unterschiedlichen Menschen unterschiedliche Seiten von sich. Die Berichte über ihn gehen weit auseinander. Selbst wenn er noch leben würde und wir ihn über sein Leben und seine Kunst befragen könnten, würden wir ihn wohl doch nicht zur Gänze verstehen. Meiner Erfahrung nach bedeutet die Beschäftigung mit Munch, ein Rätsel zu lösen, Schicht um Schicht zu entfernen, bis man in die Tiefen der menschlichen Psyche gelangt. Edvard Munch fürchtete sich nicht davor, seinen sogenannten »Wahnsinn« zu ergründen, und machte aus seiner Malerei eine emotionale Erkundung. Damit war er ein Vorläufer der Expressionisten und hinterließ ein Vermächtnis, das uns bis heute beschäftigt und inspiriert. Mich persönlich inspirierte es dazu, ein Buch zu schreiben, mit dem ich den Leser an die Hand nehmen wollte, um mit ihm gemeinsam durch die Galerie der Gefühle zu schreiten, die Munchs Kunst darstellt.

Dank

Mein tief empfundener Dank gilt meinem wunderbaren Agenten Bill Hamilton, weil er an dieses Buch glaubte und mir mit Rat und Tat zur Seite stand. Außerdem möchte ich Becky Brown und den anderen vom Team bei A.M. Heath danken.

Dank schulde ich auch meiner brillanten Lektorin Clara Farmer und jedem bei Chatto and Windus, weil sie *The Strawberry Girl* ein Zuhause gegeben und mich mit Begeisterung, Wärme und Professionalität unterstützt haben.

Dank auch an Shana Drehs und dem Team bei Sourcebooks, USA.

Ich möchte gerne namentlich einige der Quellen nennen, die mich inspirierten: *Lykkehuset: Edvard Munch og Åsgårdstrand* von Inger Alver Goersen, *Den Munch Jeg Motte,* ebenfalls von Inger Alver Gloersen, *The Private Journals of Edvard Munch,* herausgegeben und übersetzt von J. Gill Holland, und die wohl maßgebliche Munch-Biographie im englischsprachigen Raum, *Edvard Munch, Behind the Scream,* von Sue Prideaux, die eine ausgezeichnete Quelle war.

Für ihre unendliche Großzügigkeit möchte ich folgenden Personen danken: Tone Brunner im Munch-Museum in Oslo, Gry Pettersbakken im Kunstmuseum von Lillehammer und Line Berg Hastrom in Munchs Haus in Åsgårdstrand.

Zutiefst dankbar bin ich Niall Williams, meinem Fels in der Brandung beim Schreibprozess, weil er mich inspiriert und vieles gelehrt hat. Und auch, weil er einfach nur geschrieben hat. Ich bin ihm und Christine Breen ungeheuer dankbar für ihren Einfluss, ihre unermüdliche Ermutigung und Großzügigkeit.

Ich danke auch meinem fantastischen Coach, meiner guten Freundin Janet Whitehead, für ihre unermüdliche Unterstützung, die ich nur als magisch bezeichnen kann. Du hast mir geholfen, so viele neue Perspektiven zu sehen, mich stets daran erinnert, dass der Prozess Spaß machen muss, und immer an mich geglaubt.

Mein besonderer Dank gilt Heather Hepburn, die mir über dreißig Jahre lang die Hand gehalten, alle Entwürfe gelesen und nie die Überzeugung aufgegeben hat, dass ich es schaffen kann.

Außerdem danke ich folgenden Personen dafür, dass sie mir zugehört und mir unermüdlich Hilfe und Ermutigung angeboten haben: Heidi Andersen, Hege Nedberg, Kjersti Dovland, Robert Bjorka, Lene Morch Kerrison, meinen Eltern und all meinen Freunden und Verwandten in Großbritannien.

Schließlich danke ich Dagfinn, Sofie und Kristoffer. Licht. Ohne euch ist nichts möglich.

Liste der Kunstwerke

Hier ist die Liste von Munchs Kunstwerken, die im Roman entweder als Bilder oder als Szenen vorkommen (in der Reihenfolge ihres Erscheinens):

1. *Der Verrückte (Lithographie, 1908/09)*
2. *Fruchtbarkeit (1898)*
3. *Abend auf der Karl-Johan-Straße (1892)*
4. *Der Primitive (Holzschnitt, 1905)*
5. *Wäsche auf der Leine in Åsgårdstrand (1902)*
6. *Die Ankunft des Postschiffs (1809)*
7. *Verzweiflung (1892)*
8. *Zum Wald (Holzschnitt, 1897)*
9. *Sommernacht. Die Stimme (Kupferstich, 1894 und Gemälde 1896)*
10. *Rot und Weiß (1899)*
11. *Inger am Strand (1889)*
12. *Seemädchen (1896)*
13. *Tanz des Lebens (1899)*
14. *Begegnung am Strand – Meerjungfrau (1896)*
15. *Der Schrei (1893)*
16. *Der Sturm (1893)*
17. *Der Tag danach (1894–95)*
18. *Vampir (1893)*

19. *Mondlicht (1895)*
20. *Liebespaar am Strande (Lithographie, 1896)*